D1868034

Die Kurzgeschichten dieses Bandes überraschen zunächst durch eine breite Themenvielfalt: da findet sich ein offensichtlich stark autobiographisches Kindheitserlebnis (*Ich brauch dich nicht mehr*) neben dem berühmten *Misfits*, der Cowboygeschichte, die zur Grundlage des Films mit Marilyn Monroe und Clark Gable wurde, und der *Nacht des Monteurs*, in der ein einfacher Werftarbeiter italienischer Abstammung die Hauptrolle spielt.
Sehr bald aber bemerkt man, wie eng alle Erzählungen des Buches an Arthur Millers persönlichem Erleben bleiben.
Laßt sie bitte leben und natürlich *Misfits* drehen sich um Millers Zeit mit Marilyn Monroe, in der ersten dieser beiden Geschichten schildert er ihre naive Liebe zu allem Leben und ihren Zauber.
Die Prophezeiung übersetzt Millers Beziehung zu den Calders, den Künstlern in seiner Nachbarschaft in Connecticut, in eine spannungsreiche Erzählung.
Während des Zweiten Weltkriegs arbeitete er im Rahmen des amerikanischen ›war effort‹ auf einer Marinewerft, und seine Erfahrungen an dieser chaotischen Arbeitsstätte spiegelt die großartige Kurzgeschichte *Die Nacht des Monteurs* wider.
Arthur Miller schrieb diese Geschichten zwischen 1951 und 1967. In ihrer exakten Komposition und in der Darstellung der Gestalten kommt seine große Gabe der Inszenierung und seine Meisterschaft des Dialogs zur Geltung.

Arthur Miller wurde 1915 in New York City geboren. Er verbrachte seine Kindheit in Harlem und Brooklyn, absolvierte die High School und arbeitete zwei Jahre als Radioansager, Lastwagenfahrer und Verkäufer. 1934 begann er das Studium der Publizistik, wechselte dann aber zur Literatur- und Theaterwissenschaft über. 1936 verfaßte er sein erstes Theaterstück. 1947 brachte ihm die Broadway-Inszenierung von *Alle meine Söhne* den Durchbruch als Dramatiker; sein Stück *Tod eines Handlungsreisenden* (1949) trug ihm Weltruhm ein.
Außer Dramen hat Miller einen Roman, Short Stories, Essays, journalistische Arbeiten und das große Erinnerungsbuch *Zeitkurven* (Band Nr. 5685) geschrieben. Im Fischer Taschenbuch Verlag liegen außerdem vor: *Ein Blick von der Brücke* (Band Nr. 10399); *Hexenjagd* (Band Nr. 7108); *Tod eines Handlungsreisenden* (Band Nr. 7095) und das Buch zum Film ›Hexenjagd‹ (Band Nr. 13155).

Arthur Miller

Laßt sie bitte leben

Short Stories

Deutsch von Harald Goland

Fischer Taschenbuch Verlag

2. Auflage: Februar 1998

Veröffentlicht im Fischer Taschenbuch Verlag GmbH,
Frankfurt am Main, Januar 1993

Lizenzausgabe mit freundlicher Genehmigung des
S. Fischer Verlags GmbH, Frankfurt am Main
Die amerikanische Originalausgabe dieser Sammlung
erschien 1967 unter dem Titel »I Don't Need Any More«
im Verlag The Viking Press, Inc., New York
Copyright 1951, 1957, 1958, 1960, 1961, 1962, 1966, 1967.
Erneutes Copyright 1979, 1985 Arthur Miller.
Deutsche Ausgabe:
© 1988 S. Fischer Verlags GmbH, Frankfurt am Main
Umschlaggestaltung: Buchholz / Hinsch / Hensinger
Druck und Bindung: Clausen & Bosse, Leck
Printed in Germany
ISBN 3-596-11412-8

In Erinnerung an Pascal Covici

Inhalt

Vorwort:
Aus einer anderen Distanz

Diese Geschichten habe ich im Laufe der letzten fünfzehn Jahre geschrieben; alle bis auf eine, die in diesem Buch zum erstenmal veröffentlicht wird, sind in Zeitschriften erschienen. Selbstverständlich wurden sie nicht als eine Serie konzipiert (auch wenn mich jetzt, da ich sie nacheinander lese, eine gewisse Kontinuität überrascht). Ich habe sie zu meinem eigenen Vergnügen geschrieben, wenn das überhaupt für jemanden möglich sein sollte, der schreibt, um veröffentlicht zu werden. Im Vergleich zum Schreiben von Theaterstücken ist das Schreiben von Geschichten zweifellos eine weit vergnüglichere Angelegenheit – wenn man mit dem Wort etwas verbindet, das man in erster Linie um seiner selbst willen tut. Denn schließlich schenken wir in diesem Land Geschichten wenig Beachtung, sie werden in Zeitschriften zwischen Anzeigen gequetscht und rangieren auf der Gewichtsskala als etwas mehr oder weniger Nebensächliches am unteren Ende, wie Bungalows in der Welt der Architektur.

Aber mir wäre es nur recht, wenn wir diese Einstellung beibehielten. Da das Grandiose bei uns so hoch im Kurs steht, bleibt uns diese Kunstform, in der ein Schriftsteller immer noch so prägnant sein kann, wie es sein Thema von ihm fordert. Hier zwingt ihn die Form nicht, mehr zu sagen, als er weiß. Es gibt einen Ton der Kurzgeschichte, der unter den unbescheidenen Überschwenglichkeiten unserer Tage noch immer all die einlädt, die in einem Atemzug ihre Wahrheit aussprechen oder hinausschreien wollen. Für einen Dramatiker hat sie etwas Verwandtes; ihre Knappheit und formale Strenge – zumindest *kann* sie diese Qualitäten besitzen – bieten ein Vehikel für jene Gefühle und Geschichten, die in ihrer Schmucklosigkeit wahrhaftiger sind und trotzdem aus dem einen oder anderen Grunde nicht auf eine Bühne gehören.

Selbstverständlich erwartet man von einem Dramatiker, daß er sagt, er schreibe gern Geschichten, weil er hier Schauspieler, Regisseure und die ganze Last der Theatermaschinerie los ist, aber, ehrlich gesagt, ich habe Schauspieler und Regisseure ganz gerne. Was ich aber herausgefunden habe, ist: Von Zeit zu Zeit hat man das dringende Bedürfnis, das Tempo nicht zu beschleunigen und die Ereignisse und die Entwicklung der Charaktere nicht zu komprimieren, was man in einem Stück tun muß, sondern sie im Stillstand zu halten und die Dinge isoliert in ihrer Unbewegtheit zu betrachten, was, wie ich meine, die große Stärke einer guten Kurzgeschichte ist. Der Gegenstand, der Ort, das Wetter, wie es aussieht, wenn jemand seine Körperhaltung verändert – diese Dinge können auf der Bühne, wo Handlungen die Wahrheit sind, von zweitrangiger Bedeutung sein, hier macht die Handlung die Wahrheit evident; im Leben aber und in der Kurzgeschichte können der Ort selbst, die Stimmung eines Augenblicks, der Flug des Gedanken, der ins Leere geht, zählen und von Gewicht sein.

Aus einigen dieser Kurzgeschichten könnten nie Stücke werden, andere dagegen hätten Dramen sein können. Letztere habe ich nicht als Stücke geschrieben, weil sie teilweise dem dramatischen Tonfall zu widerstreben schienen, der im Grunde immer unbescheiden ist. Der Dramatiker ist letztlich ein verhinderter Schauspieler; durch und durch schüchterne und zurückhaltende Philosophen schreiben keine Stücke – zumindest keine spielbaren. Deshalb wenden sich wahrscheinlich Dramatiker mittleren Alters so häufig dem Erzählerischen zu und kehren der unziemlichen Maskerade den Rücken. Die ganze Welt ist eine Bühne, aber es kommt der Punkt, da man lieber man selbst und zu Hause sein möchte. Ich für meinen Fall bin über die Jahre ein- oder zweimal in der Woche an jenem Punkt gewesen (auch wenn es mir in diesen reifen Momenten nicht immer geglückt ist, ein Thema zu finden), und immer dann habe ich das Schreiben von Kurzgeschichten als besonders passend empfunden. Kurz gesagt, die Maske ist eine andere, wenn man sich hinsetzt, um eine Geschichte zu schreiben. Der Gegenspieler – Publikum und Kritiker – wird im Wartezimmer beim Zahnarzt, im Zug oder im Flugzeug oder im Badezimmer überrumpelt. Es gibt weniger Grund, etwas übelzunehmen. Die Kurzgeschichte, ist sie erst einmal veröffentlicht, fällt in einen Brunnen des Schweigens, während ein Stück immer von jeder Art menschlichen Lärms begleitet wird. Es ist paradox, aber wahr, zumindest für mich, daß es trotzdem die Kurzgeschichte ist, durch die ich mich mit dem Leser, mit Fremden verbunden fühle. Stücke zu schreiben, hat immer etwas Aggressives an sich; wenn es eine freundliche und vertrauliche Form der Kunst gibt, so ist es die Kurzgeschichte. Ich habe das Gefühl, Tschechow besser aus seinen Erzählungen als aus seinen Stücken zu kennen, und Shakespeare besser aus seinen Sonetten, die man zumindest in Analogie als seine Erzählungen ansehen kann. Mit Sicherheit ist Hemingway in seinen Kurzgeschichten greifbarer als in seinen Romanen, weniger verhüllt und nicht so eiskalt professionell. In den »Kosaken« oder im »Tod des Iwan Iljitsch« gibt es bestimmt weniger, das einen mitreißt, als in *Krieg und Frieden*, aber es gibt da auch weniger, das man unglaubwürdig findet. Vielleicht liegt gerade darin die Anziehungskraft – man übertreibt in einer Erzählung weniger, und sei es nur, weil die Verbindungsbögen der Interpretation hier kürzer sind, dem Konkreten weniger fern; das durch Überraschung eingefangene Staunen liegt näher – und um seinetwillen schreibt man – oder liest man schließlich.

Nichts davon soll das Drama oder das Theater schlechtmachen – ich möchte lediglich einige Unterschiede herausstellen. Für mich ist es immer merkwürdig gewesen, daß es mir zum Beispiel in einer Geschichte weitaus schwererfällt, Dialoge zu schreiben, als in einem Stück, und von Zeit zu Zeit habe ich mir dafür verschiedene Erklärungen zurechtgelegt. Vielleicht, dachte ich, weil ich weiß, daß kein Schauspieler diese Zeilen jemals sprechen wird, also ist es absurd, sie niederzuschreiben. Damit schien mir eine halbbewußte Abneigung verbunden, den Dialog in eine Form zu bringen, die ihn nicht unbedingt forderte, und so trat das Gefühl der Willkür dazwischen. Jetzt aber glaube ich, daß es ein Konflikt der Masken, ein Zusammenprallen der Tonarten ist. Die gesprochene Zeile in einem Stück ist »Rede«, sie ist etwas, das einer Menge gesagt wird, und deshalb braucht sie besondere Emphase und Entschiedenheit, denn implizit fordert sie Antwort; jede Zeile des Bühnendialogs ist die eine Hälfte eines dialektischen Konflikts. Wenn diese Art von Druck aber auf dem Dialog einer Geschichte lastet, verzerrt sie alles andere um sie herum. Das wäre so, als erzählte einem ein Freund von einem Ereignis, und er steht plötzlich auf, läßt seinen Blick weit über das Zimmer hinausschweifen und erzählt nun seine Geschichte weiter, indem er die Stimmen aller Beteiligten imitiert. Der plötzliche Einbruch des Formalen, dieser Art von Form, besteht in der bedrohlichen Unmittelbarkeit des Schauspielers. Das ist möglicherweise der Grund dafür, warum man aus Romanen keine Dialogszenen herausnehmen und auf die Bühne bringen kann. Auf dem Papier mögen sie absolut bühnenwirksam scheinen, und manchmal sind sie es tatsächlich, aber meistens spricht der Romandialog eher das Auge als das Ohr an und wird flach, wenn man ihn hört. Umgekehrt muß der Dialog in einer Geschichte Opfer bringen, was den Klang angeht, will er fürs Auge überzeugend sein. Und darin liegt ein weiterer Reiz der Kurzgeschichte für einen Dramatiker – während man Dialoge fürs Auge schreibt, wird die Bühne wieder zu einer wundervollen Sache, und das Verlangen, ein Theaterstück zu schreiben, das »Recht«, eine Geschichte durch Laute zu erzählen, ergreift einen aufs neue. Für mich ist das nicht ohne Komik und Ironie, denn als Schuljunge haben mich Bücher um so stärker angezogen, je mehr Dialoge ich beim ersten Durchblättern in ihnen entdeckte. Um der Dialoge willen, so nahm ich an, war der Rest des Buches geschrieben; und ganz bestimmt wurden Bücher nur wegen der Dialoge gelesen. Denn hier, so dachte ich, hörte der Autor mit seinem Geschwätz auf und stellte sich nicht mehr in den Weg. Sein Kommentar war Meinung, und Meinung stand im Gegensatz zu den Tatsachen.

Ein primitiver Gedanke, aber er reflektiert trotzdem eine Wahrheit. All diese Formen, die wir geerbt haben – Geschichte, Roman, Drama – sind Grade der Distanz, die der

Autor zwischen sich und das gefährliche Publikum legt, das Publikum, dem er schmeicheln und drohen und das er auf die eine oder andere Weise zähmen muß. Der Dramatiker ist so gut wie physisch auf der Bühne anwesend, Auge in Auge mit dem Monstrum; der Erzähler dagegen, so dünn seine Verkleidung auch sein mag, ist in dieser Hinsicht sehr sicher. Aber er hört auch nicht den Applaus, sieht nicht diese Masse der Fremden, die gebannt im Theater sitzt, selbstvergessen seinen Ideen ausgeliefert. Also verändert ein Erzähler, wenn er ein Drama, oder ein Dramatiker, wenn er eine Geschichte schreibt, seine Distanz zu der schrecklichen Hitze in der Bühnenmitte, er kommt ihr näher oder er rückt von ihr ab. Manchmal tritt auch ein Dickens, ein Mark Twain in dem Bestreben, alle Masken abzureißen, in eigener Person an das Pult und liest, ein Sinclair Lewis erscheint als Mitglied von *Actors Equity*, ein Hemingway wird zu einer Persönlichkeit in sich, sein Werk neben ihm. Aber die Masken sind endlos; die eine, die wir abnehmen, macht die sichtbar, die wir darunter tragen. Das Problem ist daher nicht das der Aufrichtigkeit – wer könnte da seiner selbst sicher sein? Es geht eher darum, einer bestimmten Sicht die ihr angemessene Distanz zu geben, dem, was man für eine Sache, eine Person, ein Ereignis empfindet, den angemessenen Ton zu verleihen. Keine Form allein kann alles meistern; diese Geschichten sind einfach das, was ich gesehen habe – aus einer anderen Distanz.

November 1966 A. M.

Ich brauch dich nicht mehr

Mehrere Male in den vorausgegangenen Tagen war er nicht geradezu gewarnt, aber auf eine gewisse, unübersehbar absolute Weise belehrt worden, daß Gott in dieser Woche das Schwimmen am Freitag verbot. Und heute war Freitag. Er hatte den Ozean mehrmals am Tag beobachtet, und tatsächlich war die See immer rauher und rauher geworden, und das Wasser hatte eine seltsame Farbe angenommen. Nicht grün oder blau, sondern irgendwie grau und an manchen Stellen sogar schwarz, und jetzt, da das Wasser von Sünden erfüllt war, schlugen die Brecher so hart auf den Sand, daß der Betonvorsprung, auf dem er saß, ein leichtes Beben durch sein Rückgrat sandte. Unter dem Strand mußte es eine Verbindung geben, bis hier herauf, wo die Straße endete.

Die Wogen glitten herein wie große Gebäude, die betrunken schwankten und dann vornüber stürzten und weit über den harten Sand spritzten. Er hielt Wache und untersuchte die tanzenden Linien in den Gesichtern der Brecher auf ein Anzeichen bärtiger Sünden. Er wußte, sie trieben dort draußen herum wie Seetang, und manchmal konnte er sekundenlang einen Blick auf sie erhaschen. Sie sahen wie Bärte aus, nur daß sie meterlang waren und man das Männergesicht nicht sehen konnte, an dem sie wuchsen.

Irgendwie waren dort mehrere Bärte, aber sie gehörten alle zu demselben Gesicht. Es sah so aus, als ob dort ein Mann einen halben Meter unter der Oberfläche trieb oder sich manchmal schnell wie ein Fisch bewegte und dann wieder an einer anderen Stelle dahintrieb. Das alles war so, weil heute Tischebuf oder Rosch Haschonoh oder Jom Kippur oder einer dieser Feiertage war, von denen Großvater und die anderen alten Männer irgendwie wußten, daß die Zeit für sie gekommen war – Tage, an denen sich alle feierlich kleideten und er seinen Tweed-Anzug mit Krawatte und die neuen Schuhe tragen mußte, und den ganzen Tag lang durfte niemand etwas essen, außer ihm, weil er noch immer erst fünf war und noch keine Hebräisch-Stunden hatte. Er würde auch Klavier- oder Geigenunterricht bekommen, wenn er sechs war, und wenn er erst einmal mit dem Klavier- oder Geigenspielen angefangen hatte, würde er an diesen Feiertagen auch nicht mehr essen dürfen, so wie sein Bruder. In der Zwischenzeit konnte er, wenn er wollte, mit seinem Bruder und Vater in die Synagoge gehen, aber er mußte nicht. Es war besser, mitzugehen, aber wenn er ungeduldig wurde und nach draußen an die frische Luft wollte, konnte er gehen, ohne daß jemand schimpfte oder ihn auch nur bemerkte. Er konnte praktisch alles tun, weil er erst fünf war.

Heute morgen nach dem Frühstück, bei dem er ganz allein an dem Küchentisch mit der Wachstuchdecke gesessen hatte, nachdem sein Vater und sein Bruder zum Beten gegangen waren, hatte er sich entschlossen, den ganzen Tag über nicht mehr das geringste zu essen. Um elf Uhr aber war seine Mutter, wie immer, mit einem Schwarzbrot mit Marmelade aus dem Haus gekommen und hatte nach ihm gerufen, und er hatte sich zuerst geweigert, es zu essen.

Aber dann hatte sie gesagt: »Nächstes Jahr...«, und er hatte ihr den Gefallen getan und es gegessen. Es schmeckte gut, aber nicht besonders, und einen Augenblick später war er wütend, weil sie es ihm aufgezwungen hatte. Dann war sie zur Mittagszeit wieder herausgekommen und hatte nach ihm gerufen, und er hatte mit der gleichen Unzufriedenheit zu Mittag gegessen. Aber jetzt, wie er so dasaß und auf den Ozean starrte und seinem donnernden Brüllen zuhörte, hatte er nur den einen Wunsch, daß sein Vater oder sein Bruder ihm ausdrücklich verboten hätten, überhaupt etwas zu essen. Er hätte es geschafft. Seite an Seite mit seinem großen Vater und seinem guten Bruder hätte er den ganzen Tag sogar ohne Wasser hinter sich gebracht. Genausowenig dachte er jetzt auch nur im Traum daran, zum Beispiel schwimmen zu gehen, auch wenn sein Tweed-Anzug am Nacken und an den Oberschenkeln kratzte, auch wenn er nicht aufhören konnte, sich vorzustellen, wie schön das Wasser sich auf der Haut anfühlen würde. Seine Mutter hatte gesagt, daß er ruhig kurze Hosen aus Baumwolle anziehen könnte, aber er dachte nicht daran, seinen kratzigen Anzug auszuziehen. Ein Feiertag war ein Feiertag. Jetzt versuchte er, aus dem Gedächtnis zu streichen, daß er Mittag gegessen hatte. Er versuchte, sich vorzustellen, er sei sehr hungrig, aber er konnte sich an das Gefühl nicht genau erinnern. Wenigstens war er seit dem Mittagessen nicht ins Haus gegangen, um sich ein Glas Milch zu holen. Er zählte nach und überzeugte sich selbst halb davon, daß er heute dreimal gefastet hatte, und dann wischte er sich den Sand von den Schuhspitzen, um ganz vollkommen auszusehen. Aber kurz darauf kehrte eine gewisse Unruhe zurück; alleine konnte er an nichts glauben, und er wünschte, sein Bruder oder sein Vater wären hier, um seine

Vollkommenheit zu sehen. Plötzlich fiel ihm ein, daß er den ganzen Tag noch nicht in der Nase gebohrt hatte, und er schwebte wie auf Wolken. Aber es war keine Menschenseele da, die das hätte bezeugen können.

Das Meer toste weiter. Der Strand, weiß wie Salz, war verlassen. Das Bimmeln des Eisverkäufers war nicht mehr zu hören, und an der von Bungalows gesäumten Straße parkten kaum Autos. Es war September, und die kleinen Vorderveranden, die alle genau gleich aussahen, waren fast ganz verlassen. Auf den Bürgersteigen standen praktisch keine Abfalltonnen mehr. Er spürte, wie das verrostete Taschenmesser, das er in der Hosentasche hatte, gegen den Oberschenkel drückte. Er hatte es letzte Woche in dem verlassenen Bungalow der Levines gefunden. Es war der beste Schatz, den er jemals am Ende der Saison gefunden hatte, wenn er mit den anderen Jungen auf Beutezug ging. Er fragte sich beiläufig, warum die Mütter immer so viele Haarklemmen und haarige Seifenstücke hinterließen. Die Väter ließen Rasierklingen zurück, aber die waren nicht hinten in den Winkeln von Schubladen versteckt oder unter den Matratzen. Er fragte sich, warum Mütter zu reden aufhörten oder das Thema wechselten, wann immer er den Raum betrat. Unter ihren Röcken war es dunkel. Väter redeten einfach weiter, sie bemerkten es kaum, wenn ein kleiner Junge hereinkam, und um sie herum war immer mehr Licht.

Etwas Seltsames geschah auf dem Ozean und zerstreute seine Erinnerungen. Er sah, wie die Wasseroberfläche nach vorn kippte. Weit, weit draußen erhob sich ein riesiger Kamm, so breit wie die See selbst, und ein neues Grollen, tiefer als er es je gehört hatte, ertönte von dort. Er sprang auf die Füße, voller Furcht und Ekstase, zur Flucht bereit.

Höher und höher stieg der Kamm, bis er eine glatte Wand schwärzlichen Wassers war. Niemand sonst sah es, das wußte er, nur er und der Sand und die leeren Veranden. Jetzt neigte sich die Wand nach vorn, hart und fest wie Stein, und es war ihm, als schrie sie sich selbst etwas zu, als sie über seinem Kopf zusammenbrach und die Gischt hochschoß wie fünfzig Gartenschläuche auf einmal. Glücklich, dem Tode entronnen zu sein, drehte er sich um und machte sich auf den Weg nach Hause, um alles zu erzählen. Schon formten seine Lippen die freudige Botschaft. »Das Wasser wurde ganz hart, hart wie die Straße, und dann stand es steil in der Luft, und ich konnte nicht einmal mehr den Himmel sehen, und weißt du, was dann? Ich habe den Bart gesehen.« Er hielt inne.

Plötzlich war er sich nicht mehr sicher, ob er den Bart gesehen hatte. Er erinnerte sich zwar, aber er war sich nicht sicher, ob er ihn auch wirklich gesehen hatte. Er stellte sich seine Mutter vor; sie würde ihm glauben, wenn er ihr das erzählte, so wie sie immer alles glaubte, wenn er ihr von seinen Erlebnissen berichtete. Aber jetzt beschlich ihn eine Traurigkeit, eine Unentschlossenheit, als er sich erinnerte, daß sie sich in letzter Zeit nicht mehr so über die Sachen, die er ihr erzählte, gefreut hatte. Natürlich sagte sie nicht, daß er log, wie es sein Bruder immer behauptete. Und sie fragte auch nicht nach, wie Ben, so daß widersprüchliche Details auftauchten, die alles zerstörten. Aber jetzt war da etwas in ihr, das nicht mehr genau zuhörte, so wie früher. Deshalb mußte er jetzt sogar für sie Dinge hinzufügen, von denen er wußte, das sie nicht stimmten, damit sie ihm richtig zuhörte. Zum Beispiel die Geschichte mit dem Pferd des Milchmanns, das auf eine Fliege getreten war. Es war wirklich auf diese Fliege getreten, aber als sie bei der Neuigkeit bloß nickte, hatte er weitergemacht und erzählt, wie es noch einmal den Huf gehoben, auf den Boden gesehen, gewartet und dann eine andere Fliege zertreten hatte und dann eine dritte. Sein bläßliches Gesicht blickte mißbilligend. Wenn er jetzt zu ihr ginge und ihr erzählte, was alles auf dem Meer passiert war, würde er wahrscheinlich sagen müssen, daß er nicht nur den Bart, sondern auch das Gesicht unter dem Wasser gesehen hatte. Und vielleicht müßte er sogar noch die Augen beschreiben. In Gedanken konnte er die Augen deutlich vor sich sehen – sie waren blau mit dicken weißen Lidern, und sie konnten, ohne mit den Wimpern zu zucken, durch das Salzwasser hinaufstarren; aber das war nicht dasselbe wie zu wissen, daß er die Augen wirklich gesehen hatte. Wenn sie ihm glaubte, hatte er es wahrscheinlich gesehen, aber wenn sie nur nickte, so wie in letzter Zeit, ohne vor Erstaunen zu seufzen und den Atem anzuhalten, dann würde er sich am Ende wie ein Rumtreiber vorkommen und böse, weil er eine Lüge erzählt hatte. Es wurde fast so mit ihr wie mit seinem Bruder. Die Wut auf sie wuchs in ihm, während er dastand und darauf brannte, ihr zumindest von der Welle zu erzählen. Für ihn war nichts geschehen, wenn er nicht davon erzählen konnte, und in der letzten Zeit war es so schwierig, irgendwas zu erzählen.

Er ging durch die Haustür und betrat das kleine Wohnzimmer. Seine Unentschiedenheit erfüllte ihn jetzt mit Bitterkeit. Er sah durch die Küchentür, wie sie über die Töpfe gebeugt arbeitete. Sie sah zu ihm hinaus und sagte: »Willst du ’n Glas Milch?«

Milch! Jetzt, da sein Vater und sein Bruder in der Synagoge standen und mit ausgetrockneten Lippen zu Gott beteten, gelb vor Hunger. Er antwortete nicht. Er konnte es nicht einmal über sich bringen, in die Küche zu gehen, diesen gesegneten Ort, wo er immer so gerne saß, das Kinn auf die kühle Wachstuchdecke gestützt, und sie beim Kochen beobachtete und ihr all die erstaunlichen Dinge berichtete, die er draußen in der Welt gesehen hatte. Er kletterte auf einen Stuhl am Wohnzimmertisch, wo er nie zuvor allein gesessen hatte.

Nach ein paar Augenblicken des Schweigens wandte sie sich zu ihm um und sah ihn da sitzen. Ihre Augenbrauen hoben sich, als hinge er von der Decke herab. »Was tust du da?« fragte sie.

Als wenn sie das nicht wüßte! Er senkte die Augen bitter auf den Tisch. Jetzt kam sie aus der Küche heraus und stand verwundert ein paar Schritte vor ihm. Er sah sie nicht an, aber er konnte sie sehen, und wieder, als bemerkte er es zum erstenmal, fiel ihm ein, daß sie in letzter Zeit seltsam aussah, ihr Gesicht war irgendwie geschwollen. Ja, und sie ging anders, so als bewegte sie sich immer in einer langsamen Schlange von Menschen.

Sie sah weiter, ohne zu sprechen, auf ihn herunter, die Augenbrauen zusammengezogen, und plötzlich wurde ihm klar, daß er der einzige in der Familie war – seine Cousins eingeschlossen –, der abstehende Ohren hatte. »Zieh die Ohren ein, Martin, wir fahren durch'n Tunnel!« Und seine Onkel sahen auf ihn herab und fragten grinsend: »Wo kommt *der* denn her? Wem sieht er ähnlich?« Er ähnelte niemandem, erinnerte er sich, als er da saß und seine Mutter vor ihm stand. Das Gefühl, daß es zwischen ihm und seiner Mutter einen Abstand gab, wuchs jetzt, einen Abstand, über den hinweg sie sich die ganze Zeit ansahen, und dieses Gefühl war neu für ihn. »Ist dir nicht gut?« sagte sie schließlich und legte ihm die Hand auf die Stirn.

Er stieß ihre Hand weg und schlug mit den Fingern leicht gegen ihren Bauch. Sofort fühlten sich die Finger heiß an, und Furcht bohrte sich wie ein Glassplitter in seinen Magen. Sie legte die Hand mit einem stillen Seufzer auf den Bauch, es war wie ein tiefes Anspannen in ihrem Körper, das er fast hören konnte, und sie wandte sich um und ging in die Küche zurück. Er nutzte die Gelegenheit, ihr ins Gesicht zu sehen, als sie sich umdrehte. Es war still und verschlossen, und still ging sie auch zurück zum Herd. Sie schrie ihn in letzter Zeit nicht einmal mehr an, dachte er, und sie zog sich nicht mehr an, wenn er im Schlafzimmer war, sondern ging ins Ankleidezimmer und redete mit ihm durch die fast geschlossene Tür. Er wußte, daß dies etwas war, was er eigentlich nicht bemerken sollte, so wie Ben und Papa es auch nicht bemerkten. Und jetzt fiel ihm ein, daß er es eigentlich auch nicht bemerken sollte, daß sie ihn nicht mehr anschrie, und er stieg vom Stuhl, wußte aber nicht, wohin er jetzt gehen sollte, und sein geheimes Wissen ließ ihn erschauern.

»Warum ziehst du keine Shorts an?« sagte sie aus der Küche.

Ein Schluchzen stieg in ihm auf. Jetzt Shorts! Jetzt, da Ben und Papa den ganzen Tag in ihren Wollanzügen in der Synagoge millionenmal aufstehen und sich wieder setzen mußten! Wenn es nach ihr ging, konnte man alles tun, was man wollte – und dabei trieb der lange Bart im Wasser, und der Ozean war so wild! Er hatte Lust, ihr zu sagen, sie sollte sich mal trauen, Papa und Ben vorzuschlagen, Shorts anzuziehen!

»Mach schon, Schätzchen«, sagte sie, »sie sind in der obersten Schublade.«

Der Stuhl, auf dem er gesessen hatte, rutschte quietschend

weg. Ihm wurde klar, daß er dagegen getreten hatte. Er blickte zur Küchentür hinüber. Sie hatte sich mit einem erschrocken-amüsierten Ausdruck in den Augen umgedreht.

»Was ist los?« fragte sie. Ihre Falschheit summte ihm um den Kopf wie eine Mücke.

Er schlurfte aus der Haustür und stieß sie weit auf, so daß die Feder miaute.

»Martin?« Schneller als er erwartet hatte, kam sie durch das Wohnzimmer, und er ging über die Veranda, wollte eigentlich laufen, behielt aber ein stolzes Schlendern bei. Ein wenig fühlte er sich im Recht, denn er hatte ihr irgendwie das Gesetz aufgezwungen. Hinter ihm miaute die Feder, und er war dabei, unbeirrbar die Verandastufen hinunterzugehen, als sie ihn an der Schulter festhielt.

»Martin!« Ihre Stimme war eine Klage, aber jetzt auch ein Vorwurf, der seine innersten Gedanken erreichte und sich dort ausbreitete und seine Selbstgerechtigkeit sprengte. Er versuchte, sich ihrem Griff zu entwinden, aber sie hielt ihn an der Jacke fest und zog so kräftig, daß der oberste Knopf an sein Kinn drückte. »Martin!« schrie sie ihm jetzt ins Gesicht.

Daß sie so respektlos an seinem Anzug zerrte, den er so sorgsam trug, empfand er als eine Kränkung, und wütend schlug er mit seiner ganzen Kraft auf ihren Arm. »Laß mich los!« schrie er.

Sein Schlag machte sie wild. Sie hielt die böse Hand am Handgelenk und schlug ihm auf die Handfläche, immer wieder, bis es brannte, und als er versuchte, sich loszureißen, stolperte er und landete mit dem Hintern auf der Veranda. »Papa wird dir 'ne Tracht Prügel verpassen!« schrie sie auf ihn hinunter, Tränen in den Augen.

Papa! Sie wollte es Papa sagen! Seine Verachtung schob ihr verzerrtes, schreiendes Gesicht meilenweit von sich, und er spürte, wie sich eine ruhige, lichte Straße vor ihm auftat. Sein Kinn zitterte, die schwarzen Augen haßerfüllt, schrie er: »Ich brauch dich nicht mehr!«

Ihre Augen wurden weiter und weiter, als hätte er etwas unendlich Skandalöses gesagt. Er war erstaunt; selbst jetzt noch schien es ihm nichts Böses zu sein, nur die Wahrheit. Sie brauchte ihn nicht, also brauchte er sie nicht. Aber da stand sie, mit offenem Mund, die Hand an der Wange, und sah auf ihn mit einem Entsetzen herab, das er sich nicht einmal im Traum hätte vorstellen können. Er verstand nicht; nur Lügen waren entsetzlich. Sie trat zurück, sah auf ihn hinunter wie auf etwas Fremdes, öffnete die Tür und ging still ins Haus.

Hinter sich hörte er das Tosen der See, und es war ihm, als klopfte ihm das vertraute Geräusch auf die Schulter. Er stand auf, seltsam erschöpft. Er horchte, aber sie gab keinen Laut und kein Schluchzen von sich. Er ging die Treppe hinunter und die paar Meter Gehsteig bis zum Strand, zögerte, weil er fürchtete, seine geputzten Schuhe dreckig zu machen, und ging dann auf dem Sand weiter. Er wußte, daß er böse gewesen war, aber er wußte nicht, warum. Er näherte sich dem verbotenen Wasser. Es schien ihn anzusehen.

Hier hatte er seine Ruhe. Der frische Wind würde ihre Stimme davontragen, wenn sie nach ihm riefe, und sie konnte jetzt, das fiel ihm ein, nicht mehr hinter ihm herlaufen. So wie sie auch nicht mehr mit ihm um den Tisch herumtanzte oder ihn morgens auf ihrem Bett herumspringen ließ, und wenn er sie von hinten plötzlich umarmte, entzog sie sich immer schnell. Und niemand außer ihm hatte diese neue Art an ihr bemerkt, und das Wissen darum war irgendwie gefährlich. Papa wußte nichts davon, Ben wußte es auch nicht, und während er am Rand des Wassers über den feuchten Sand ging, eingehüllt in das Gebrüll der fallenden Brecher, preßte er ein Ohr fest an den Kopf und sprach still seinen Wunsch aus. Wenn er nur wie sein Vater und sein Bruder aussähe! Dann würde er nicht wissen, was er nicht wissen durfte. Es lag alles an seinen Ohren. Weil er so anders aussah, sah er die Dinge anders als sie und wußte von Dingen, die ein guter Junge niemals wissen konnte. Wie von der Sache mit dem Zahnarzt.

Er hatte einen Kloß im Hals, als er versuchte, die Erinnerung an jenen schrecklichen Tag abzuwehren. Eine große Welle wusch den Strand herauf und überspülte seinen Schuh, und er sprang zur Seite. Er beugte sich hinunter und versuchte, sich darauf zu konzentrieren, mit der Hand die Feuchtigkeit vom Schuh zu wischen. Plötzlich wurde ihm klar, daß er das böse Wasser wirklich berührt hatte. Er roch an seiner Hand. Sie roch nicht faulig. Oder vielleicht war es Gott, der heute im Wasser war, und man durfte nicht mit IHM zusammen hinein, und deshalb war das Wasser nicht faulig und stank nicht, obwohl es verboten war. Er trat ein paar Meter zurück und setzte sich auf den Sand, und das Bild des Zahnarztes verwob sich mit seiner Aufregung und Furcht, denn er hatte das Wasser berührt, und er hatte eine gewisse Freude daran, sich selbst Angst zu machen.

Er sah den Gehsteig ihres Apartmenthauses in der Stadt deutlich vor sich – wie seine Mutter nach Hause kam, er auf ihrer Hüfte, im Ohr hatte er das dumpfe Knistern der Einkaufstüte aus braunem Papier, die sie trug. Und er erinnerte sich an das Gefühl, als er neben ihr ging und nicht

daran denken mußte, wann man abbog, wann man stehenblieb, wann man sich beeilen mußte, wann man langsam ging. Sie waren wie miteinander verbunden, und er war einfach da. Und dann, plötzlich, hatte das aufgehört. Als er aufblickte, sah er das Gesicht des fremden Mannes dicht neben ihrem. Und eine Träne fiel von der Wange des Mannes an Martins Nase vorbei. Sie redete mit einem so seltsamen Lachen, einer schweren Aufgeregtheit, und sie hielt sich sehr gerade. Er, der Fremde, rief sie beim Vornamen. Und danach, als sie in der Lobby auf den Aufzug warteten, lachte sie und sagte, noch immer mit atemlosen Lachen: »Oh, er war so in mich verliebt! Ich hätte ihn geheiratet, kannst du dir das vorstellen? Aber Großpapa hat ihn weggeschickt. Er war damals erst Student. Oh, die Bücher, die er mir immer brachte!«
Durch das Tosen der Wellen konnte er noch immer ihre aufgeregte Stimme über seinem Kopf hören, genau wie sie in der Lobby geklungen hatte. Und er errötete wieder aus Verlegenheit, aus einer Demütigung, die nichts mit der Sache selbst zu tun hatte und auch nicht mit dem Gedanken daran. Er konnte sich nicht vorstellen, daß sie wirklich mit dem Zahnarzt verheiratet war; schließlich war sie Papas Frau, Mama. Eigentlich konnte er sich auch kaum an irgend etwas erinnern, das sie an jenem Tag gesagt hatte, bloß an ihr Lachen und die Aufregung in ihrem Atem, als sie gegangen waren und ihr Haus betreten hatten. So hatte er ihre Stimme nie gehört, und augenblicklich hatte er beschlossen, niemals zu verraten, daß er den neuen Ton und die ziemlich fremdartige Frau, zu der er gehörte, bemerkt hatte. Und der Schrecken, der sich hinter seiner Verlegenheit verbarg, rührte daher, daß sie Gedanken hatte, die Papa nicht kannte. Seit jenem Tag war er sich wie ein kleiner

Schäfer vorgekommen, der große Tiere hütete, die man davor bewahren mußte, ihre eigene Stärke zu begreifen. Und wenn er nur einen Augenblick irgendwo spielte, wo sie ihn nicht sehen konnten, oder mit ihnen herumalberte oder sich mit ihnen stritt, vergaß er nie, daß seine Hirtenflöte nicht wirklich etwas gegen ihre verborgene Gewalttätigkeit ausrichten konnte, wenn sie erst einmal begriffen, daß sie nicht eine einzige Person, sondern zwei Wesen waren, nicht vereinigt, wie sie glaubten, sondern fähig, unabhängig voneinander zu reden und zu atmen, wenn sie getrennt waren. Nur er wußte das, und nur er hatte die Pflicht, sie vor der Erkenntnis zu bewahren, daß sie nicht mehr so waren wie damals, bevor der Zahnarzt Mama auf der Straße angesprochen hatte.

Wie immer, wenn er sich an den Fremden erinnerte, dachte er jetzt an den Tag danach, einen Sonntag, als die ganze Familie einen Spaziergang gemacht hatte. Und als sie sich der bestimmten Stelle auf dem Bürgersteig näherten, hatte er den Atem angehalten und war sich ganz sicher gewesen, daß in dem Augenblick, in dem Papas Schuh diese Stelle berührte, ein gewaltiges Krachen und Tosen die Luft erfüllen würde. Aber Papa war einfach über das Pflaster gegangen, ohne etwas zu bemerken, und Mama hatte genausowenig etwas bemerkt, und Martin hatte in dem Augenblick seine Aufgabe ganz deutlich vor sich gesehen. Er allein mußte Wache halten. Denn obwohl Mama sich mit dem Fremden tatsächlich so aufgeführt hatte, schien sie irgendwie die wahre Bedeutung des Ganzen nicht so zu begreifen wie er. Sie durfte auf keinen Fall jemals herausbekommen, was sie da getan hatte; denn als sie sagte: »Er war so in mich verliebt! Ich hätte ihn fast geheiratet«, hätte sie eigentlich vor lauter Entsetzen schreien und heulen müssen, statt aufgeregt zu lachen. Das würde er ihr aber nie sagen.

Zitternd und zagend wie jedesmal, wenn er daran dachte, kam er nun zum Schluß der Geschichte. Er stellte sich vor, was wohl passierte, wenn Papa jemals herausfand, nicht nur, was vorgefallen war, sondern auch, daß er dieses Geheimnis kannte. Papa würde von seiner Höhe auf ihn herabblicken und mit furchtbarer Verletztheit und Wut aufbrüllen: »Mama hätte fast den Zahnarzt geheiratet? Was bist du nur für ein Junge, dir sowas auszudenken! Boooooorrr!« Und er würde von dem Gebrüll verschlungen, und die Qual bei dem Gedanken brachte ihn auf die Beine.

Er ging am Wasser entlang, hob winzige Schneckenhäuser auf und zerdrückte sie zu Pulver; er warf Steine ins Wasser, zerbrach Stöckchen, aber eine Bedrohung ließ ihm keine Ruhe. Allmählich fiel ihm wieder ein, daß er seine Mutter noch nie so entsetzt gesehen hatte wie vor ein paar Minuten. Er hatte sie oft in Wut gebracht, aber diesmal war es anders, so hatten ihre Augen noch nie ausgesehen. Und sie hatte die Zähne gezeigt, als sie ihn schlug. Das war noch nie vorgekommen – das mit den Zähnen.

Ihre Zähne und ihre geweiteten Augen ... Er sah aufs Wasser. Vielleicht hatte es etwas damit zu tun, daß heute ein Feiertag war? Schon glaubte er, daß von seiner Schlechtigkeit eine Art unsichtbarer Strahlung ausging, eine Botschaft, die über seine Familie hinausreichte und weit weg irgendwo in tiefer Dunkelheit endete; es war nichts, an das er schon je gedacht hatte, es war etwas, das er schon immer wußte. Und die Vergeltung würde aus dieser Dunkelheit wie ein unverrückbares Urteil kommen, das man nicht aufhalten oder ablenken konnte. Ihre entsetzten Augen schienen nun um ihn zu fürchten, sie hatte Angst vor dem, was er aus der Dunkelheit auf sich gezogen hatte. Auf der Veranda war sie nicht einfach nur wütend auf ihn gewesen, sie hatte sich mit ihm zusammen gefürchtet. Er mußte etwas zu ihr gesagt haben, das nicht bloß eine Beleidigung für sie war, sondern eine Sünde. Und er konnte sich nicht daran erinnern, was er gesagt hatte. Die Tatsache, daß er sich nicht erinnern konnte, schreckte ihn; sie eröffnete einige fürchterliche Möglichkeiten.

Der Zahnarzt! Sein Herz zog sich zusammen; hatte er ihr aus Versehen gesagt, daß er wußte, wie sie sich mit dem fremden Mann aufgeführt hatte, oder glaubte sie vielleicht, er hätte es schon Papa erzählt? Er wollte nach Hause laufen und ihr sagen: »Mama, ich hab Papa nie von dem Zahnarzt erzählt!« Aber sobald er sich das vorstellte, wurde ihm klar, daß er ihr das auch nicht sagen konnte. Und wenn er es Ben sagte, wäre Ben entsetzt, daß er so etwas auch nur aussprechen konnte. Er schlurfte, ganz allein mit seiner Pflicht, den leeren Strand entlang und teilte sein Geheimnis mit der bärtigen See, in deren verbotenen Tiefen es Augen gab, die sahen, die ihn sahen, die durch seinen Schädel sahen. Und als er so dahinging, stellte er sich vor, wie es wäre, unsichtbar zu sein; wenn Papa jemals entdeckte, was er wußte, und losbrüllte, würde er nach und nach verschwinden. Aber das war nicht das Ende. Er wäre immer noch da, hörte alles und sähe sie alle die ganze Zeit, nur sie könnten ihn nicht sehen. Plötzlich war ihm, als müßte er in Tränen ausbrechen, weil sie ihn verloren hatten, und schnell korrigierte er seine Vision. Er würde zu sehen sein, wenn sie ihn ansahen, aber sobald sie ihm den Rücken kehrten, würde er verschwinden. Das war sehr schön. Nachts könnte er zum Beispiel aufstehen und unsichtbar in

ihr Schlafzimmer gehen und es sich dort gemütlich machen, und sie würden nicht wissen, daß er da war. Und wenn er müde würde und es spät war, könnte er sich einfach zwischen sie legen, und sie würden alle gut schlafen. Nur – verbesserte er vorsichtig – durfte er nicht ins Bett machen, sonst würden sie morgens aufwachen und es sehen, und jeder würde dem anderen die Schuld geben, und sie würden streiten.
Er merkte, daß er stehengeblieben war. Vor ihm lag das Meer. Als wäre es ein ganz alter Gedanke, der niemals verlorenging, sah er, daß er ins Wasser gehen und ertrinken konnte. Einen Augenblick lang lag darin nichts Erschrekkendes und nichts Hoffnungsvolles, nur die Zufriedenheit, sich nach nichts zu sehnen. Und jetzt erinnerte er sich daran, wie er und sein Bruder früher im Sommer einmal vor dem Frühstück Schwimmen gegangen waren, als der Strand noch ganz leer war. Und sie hatten eine Zeitlang im Wasser herumgespielt, und dann wurde es Zeit zurückzuschwimmen, und er konnte es nicht. Die Strömung zog ihn ebenso stark hinaus, wie er gegen sie anzuschwimmen versuchte. Und dann hatte er sich im Wasser herumgedreht, sich vor Anstrengung erbrechend, und hatte angefangen, mit der Strömung zu schwimmen. Wie leicht das war, wie schnell! Und bald wäre er in Europa angekommen. Dann lag er fest eingewickelt im Bett, und der Arzt war da, und alle sagten, er wäre ertrunken, hätte ihn nicht zufällig der Milchmann gesehen.
Er hatte ihnen nie direkt widersprochen. Aber jetzt, wie er so dastand, wußte er, daß er keineswegs beinah ertrunken wäre. Er hätte es bis Europa geschafft, weil er eine geheime Kraft besaß, von der niemand wußte. Und plötzlich erinnerte er sich: »Ich brauch dich nicht mehr!« Seine eigenen

Worte waren wieder da, schrill und rot vor Zorn. Warum war das so furchtbar? Er brauchte sie nicht. Er konnte jetzt seine Schnürsenkel binden, er konnte ewig laufen, ohne müde zu werden ... Sie wollte ihn nicht, warum sollte er so tun, als wollte er sie? Er sah nicht, was daran so entsetzlich sein sollte. Trotzdem, es war wahrscheinlich entsetzlich, nur verstand er nicht, warum. Wenn er nur wüßte, was entsetzlich war und was nur schrecklich! Wie schön es wäre, jetzt im Ozean zu versinken, dachte er. Wie sie sein totes Gesicht mit den geschlossenen Augen anflehen würde, etwas zu sagen. Ben würde auch völlig außer sich sein, und Papa ... Papa würde wahrscheinlich im Hintergrund warten, weil er den Arzt nicht stören wollte, bis man ihm sagte, was geschehen war. Und dann würden sich seine Lippen ein wenig bewegen, und alle würden sie aufseufzen. »Er will was sagen«, würde sie ausrufen. Und er würde die Augen aufschlagen und sagen: »Ich bin am Ozean spazierengegangen. Ich hab eine Welle gesehen und in der Welle den Bart. Er war so lang wie ein ganzer Häuserblock. Ganz grau. Und dann hab ich das Gesicht gesehen. Die Augen waren blau, so wie Großpapas, nur viel größer. Und die Stimme war ganz, ganz tief, als ob die Wale auf dem Meeresgrund posaunten. Es ist Gott.«
»Es ist Gott«, stößt seine Mutter hervor und klatscht in die Hände wie früher.
»Wie kann es Gott sein«, fragt Ben, angewidert von seinen Lügen.
»Weil Er mich geküßt hat.«
»Das mußt du beweisen!« sagt Ben mit warmem Lachen.
Und er öffnet den Mund, und sie sehen hinein, so wie sie es Sylvester getan haben, als er Zahnschmerzen hatte und sie

so viele Zahnärzte anrufen mußten. Und in seinem Mund sehen sie den ganzen Ozean, und direkt unter der Oberfläche sehen sie die blauen Augen und den treibenden Bart, und dann ertönt aus seinem Mund ein tiefes gigantisches Brüllen, genau wie das Meer. Aus den Augenwinkeln sah er eine Bewegung. Da war ein Mann, schwarz gekleidet. Er wagte nicht, sich ganz umzudrehen, aber schon auf den ersten Blick sah er, daß der Mann glänzende schwarze Schuhe trug und über den Schultern einen weißen Gebetsschal aus Satin und eine schwarze Kappe auf dem Kopf. Jetzt zwang er sich, den Mann voll anzusehen; vor Schreck bekam er einen trockenen Mund, aber dann war er sofort erleichtert – der Mann war wirklich da, denn hinter ihm standen noch mehr Männer in einer Gruppe. Sie waren so weit weg, wie er einen Ball werfen konnte. Der Wind peitschte die weißen Fransen ihrer Gebetsschals. Sie standen dem Meer zugewandt da und beteten laut aus den schwarzen Gebetbüchern, die sie in der Hand hielten, und es kam ihm vor, als schwankten sie ein bißchen flehentlicher vor und zurück als sonst in der Synagoge, und er sah seinen Vater und Bruder unter ihnen. Wußten sie, daß er da stand? Niemand warf ihm auch nur einen Blick zu; sie sprachen weiterhin die Luft über dem Ozean an.

Niemals zuvor hatte er so viele Männer mit glänzenden schwarzen Schuhen am Strand gesehen. Niemals zuvor hatte er Gebetsschals draußen im Sonnenlicht gesehen. Das war für ihn außergewöhnlich, und darin schwang etwas unbestimmt Alarmierendes mit. Er hatte Angst um sie, als wäre das Dach der Synagoge abgehoben worden und als könnte Gott tatsächlich erscheinen und nicht nur die Thora-Rollen. Sie standen Ihm zugewandt, und Er mußte sehr nahe sein, und es war schrecklich. Wenn er ihren nach innen gerichteten Blick sah, fragte er sich, ob sie vielleicht gar nicht bemerkten, daß sie draußen am Strand waren, nur ein paar Schritte vom wilden Ozean entfernt. Vielleicht sollte er sich zu Papa hinüberschleichen und es ihm sagen, und dann würde Papa von seinem Buch aufblicken, feststellen, wo er war, und schreien: »Was haben wir getan! Wieso haben wir die Synagoge verlassen!« Und sie würden sich alle umdrehen und mit fliegenden Gebetsschals zurückrennen, zurück zur Synagoge, und ihm dann dafür danken, daß er sie davor bewahrt hatte, in Gottes nacktes Gesicht zu blicken.

Oder vielleicht durfte er das gar nicht sehen, so wie letztes Jahr in der Synagoge, als sein Großvater zu ihm gesagt hatte: »Du darfst jetzt nicht gucken«, und ihm befohlen hatte, die Hände über die Augen zu legen. Aber für eine Sekunde hatte er durch die Finger geblinzelt, und dort oben, auf der erhobenen Plattform hatte er etwas Schreckliches gesehen. Der Kantor oder der Rabbi oder jemand mit einem langen Bart und drei oder vier andere alte Männer bedeckten ihr Gesicht mit ihren seidenen Gebetsschals. Er hatte keine Schuhe an, nur weiße Socken. Alle trugen sie weiße Socken, und sie begannen, seltsam zu singen, und dann *tanzten* sie! Und keinen schönen Tanz, sondern einen Altmännertanz, hauptsächlich auf und ab und steif von einem Fuß auf den anderen wie eine Gruppe Zelte, die hin- und herschaukelte, und unter den Schals hervor kamen krächzende und heulende und abrupte Rufe. Dann wandten sie sich alle dem Schrein zu, wo die Thora-Rollen aufbewahrt wurden, und sie fielen erst auf das eine, dann auf das andere Knie, und dann, wie Gebäude, die nach vorne kippen, legten sie sich lang auf den Boden mit dem Gesicht nach unten. Dort oben am Altar, wo gewöhnlich der Rabbi

oder der Kantor oder wer immer er sein mochte, steif stand und nicht einmal jemanden ansah, dort tanzten sie. Der Gedanke, daß die ernsten alten Männer getanzt hatten, war ihm peinlich.
Niemand in der Gruppe sah ihn an, auch Ben nicht eine Sekunde und Papa auch nicht. »Sie wissen, daß ich damals, als der Kantor getanzt hat, geguckt habe«, dachte Martin, und sie wußten, daß er nicht mehr gerettet werden konnte; es war egal, ob er das jetzt beobachtete oder nicht, er war sowieso nicht gut. Es konnte sogar sein, daß sie alle gekommen waren, um darüber zu trauern, daß er ein solches Ungeheuer war. Wenn ein guter Junge wie einer seiner Cousins mit normalen Ohren jetzt hier wäre, würden sie wahrscheinlich auf ihn zueilen und ihm befehlen, die Augen zu schließen und nicht zu gucken. Er wandte das Gesicht von den Männern ab, um sich auf das Tosen des Meeres zu konzentrieren, er versuchte sogar, ihre Gebete nicht zu hören. Aber das wurde nicht belohnt, es wurde nichts belohnt, und plötzlich erhob sich die Stimme des Kantors, des Mannes, den er zuerst gesehen hatte, hoch und immer höher in den Wind, bis sie wie eine Mädchenstimme klang und Martin hingucken mußte.
Jetzt beteten sie alle lauter und riefen furchterregend zu den Wellen hinüber; der Kantor zuerst und dann die anderen Männer mit ihm schlugen die Fäuste gegen die Brust. Die Schläge klangen wie Trommeln unter der Erde, und sie riefen dabei und stöhnten wieder und wieder über das Wasser, und Martin sah, wie etwas Glitzerndes aus der Hand des Kantors flog und im hohen Bogen in eine Welle fiel. Eine tote Sardine? Oder war es nur ein glitzernder Gischttropfen gewesen? Jetzt war alles still. Niemand bewegte sich. Ihre Lippen öffneten und schlossen sich, und es gab

nichts als ein tiefes Summen, das mit dem Tosen der Wogen verschmolz.
Martin wartete, und plötzlich hatte er Angst, weil er dachte, der Kantor könnte wie letzte Woche in der Synagoge das gekrümmte Horn eines Ziegenbocks hervorziehen und darauf blasen. »Ahuuu jah!« Martin bekam eine Gänsehaut bei der Erinnerung an den rauhen, tierischen Schrei, und er betete, daß das jetzt nicht geschehe, jetzt, da Gott so nah war, daß der Lärm direkt in Sein Ohr träfe und Ihn aus dem Wasser holte, daß Er sie alle mit seinen blauen Augen verbrannte. Oh, welch eine gewaltige schaumbedeckte Gestalt würde sich aus dem Wasser erheben, Flüsse grünen Wassers würden den riesigen Bart herunterstürzen.
Ohne Warnung schüttelten sich plötzlich alle die Hände. Jetzt unterhielten sie sich, erleichtert und vertraut, lachend und nickend, sie falteten ihre Satingebetsschals zusammen, schlossen ihre Bücher und sprachen miteinander wie Nachbarn. Martin jauchzte innerlich, daß Gott geblieben war, wohin er gehörte. Gott sei Dank war er nicht herausgekommen! Er eilte hinüber und drängte sich durch die Menschen zu seinem Vater und dachte nicht mehr daran, ob er hatte zusehen dürfen oder nicht. Er sah Ben zuerst und rief aufgeregt seinen Namen, während er versuchte, zu ihm durchzukommen. Als Ben ihn sah, zog er seinen Vater am Ärmel, und Papa drehte sich um und erblickte ihn, und er hatte das Gefühl, daß beide stolz auf ihn herunterlächelten. Und bevor er nachdenken konnte, rief er: »Ben! Ich hab's gesehen! Ich hab gesehen, wie er's ins Wasser geworfen hat!« Wie schön war es, ein Wunder gesehen zu haben, und das nicht alleine! »Ich hab gesehen, wie es in die Wellen geflogen ist!« Er fühlte sich so frei und gut wie Ben, er brauchte nichts zu verbergen.

»Was, ins Wasser?« fragte Ben erstaunt.
Der Schrecken streifte Martin leicht. Die Zurechtweisung trieb ihm die Röte in die Wangen, aber er konnte sich nicht zurückhalten. »Der Kantor – was er gerade reingeworfen hat.« Er blickte schnell zu seinem Vater auf, weil er von ihm Bestätigung erhoffte. Der lachte ihn warm und überrascht an, er verstand ihn nicht, liebte ihn nur.
Ben sah seinen Vater an und schüttelte den Kopf. »Junge«, sagte er, »was der sich alles ausdenkt!«
Papa lachte, aber es kam Martin so vor, als gebe er ihm irgendwie recht, und davon lebte er ein paar Momente, während er mit ihnen über den Strand nach Hause ging. Zumindest hatte er Papa zum Lachen gebracht. Aber er *hatte* etwas im Bogen ins Wasser fliegen sehen – warum wollten sie das nicht zugeben? Ein düsteres Gefühl beschlich ihn. Er fühlte, daß seine Ohren weiter und weiter abstanden, und er konnte seine Einsamkeit nicht ertragen, er wollte mit seinen Geheimnissen nicht allein sein. »Ich *hab* es gesehen, Ben«, beharrte er und versuchte, Ben dazu zu bringen, stehenzubleiben. »Pa? Ich hab gesehen, wie er's geworfen hat, ich schwöre es!« schrie er plötzlich.
Sein Vater, so schien ihm, erschrak und sah ihn mit seiner gutmütigen Verständnislosigkeit an, er wünschte sich immer nur, daß Martin glücklich war. »Er wirft nur so die Hand, Marty. Wenn er sich an die Brust schlägt.«
Das war immerhin etwas. »Aber was hat er in der Hand? Er hat was geworfen, ich hab's gesehen.«
»Er wirft seine Sünden weg, du Esel«, sagte Ben.
»Sicher«, sagte Papa, »die Sünden werden ins Meer geworfen.«
Martin spürte einen schüchternen Humor in der Stimme seines Vaters. Vielleicht deshalb, weil man darüber eigent-

lich nicht sprach. Und dann fragte er sich, ob Papa nicht wirklich daran glaubte, daß der Kantor Sünden in der Hand gehabt hatte.

»Und sie glitzern, nicht, Pa?« fragte er eifrig. Er wollte unbedingt, daß Papa ja sagte, weil sie dann etwas gemeinsam gesehen hätten und er nicht länger mit dem allein war, was er wußte.

»Na ja . . .« Papa redete nicht weiter. Er seufzte. Er lachte nicht, aber er war auch nicht ernst genug.

»Glitzern sie nicht?« wiederholte Martin ängstlich.

Papa schien antworten zu wollen, tat es dann aber doch nicht, und Martin konnte es nicht ertragen, daß alles so im Schweigen enden sollte. »Ich hab sowas gesehen« – eine innere Stimme warnte ihn, aber er konnte nicht anders – »wie eine Sardine, die flog ins Wasser.«

»Eine Sardine!« Sein Vater brach in Lachen aus.

»Oh Gott!« stöhnte Ben und schlug sich mit der Faust auf den Kopf.

»Also, keine lebendige! Ich mein, sie war tot!« fügte Martin verzweifelt hinzu.

»Schon tot!« lachte Ben. »Weißt du, was er letzte Woche gesagt hat, Pa?«

»Halt den Mund!« schrie Martin, denn er wußte genau, was jetzt kommen würde.

»Das Pferd des Milchmanns –«

Martin packte seinen Bruder am Ärmel und wollte ihn zum Strand hinunterziehen, aber Ben redete weiter.

»– fängt Fliegen mit dem Huf!«

Mit aller Kraft schlug Martin seinem Bruder auf den Rükken, trommelte mit den Fäusten auf ihm herum.

»He, he!« rief Papa mit seiner hellen Stimme, die genauso klang wie Bens.

»Ich hab's gesehen«, Martin riß an den Armen seines Bruders, trat ihm gegen die Beine, während ihr Vater versuchte, sie auseinanderzubringen.
»Okay, du hast es gesehen, du hast es gesehen«, schrie Ben.
Papa zog Martin sanft von seinem Bruder weg. »Okay, hör jetzt auf. Benimm dich wie ein Mann«, sagte er und ließ ihn los. Und Martin schlug auf den Arm seines Vaters, als der ihn losließ, aber sein Vater sagte nichts.
Sie gingen quer über den Strand. Martin versuchte, die Worte zu unterdrücken, die herausdrängten. Bevor er merkte, daß er sprach, sagte er mit einem Schluchzen: »Auf einem Pferd sitzen immer 'ne Menge Fliegen.«
»Okay«, sagte Ben verächtlich und schwieg dann.
Martin ging neben ihm her, und sein Ärger arbeitete in ihm. Eine Frau mit einer Schürze stand am Ende ihrer Straße und sah zu der Gruppe von Männern hinüber, die sich auflöste. Wahrscheinlich suchte sie ihren Mann. Als er sie sah, drängte sich Martin enger an seinen Vater, damit sie vielleicht dachte, daß er auch den ganzen Tag in der Synagoge gefastet und mit den anderen am Strand gebetet hatte. Sie sah sie an, als sie sich dem Asphalt näherten, und sagte respektvoll: *»Gut Jontef.«*
»Gut Jontef«, sagten Papa und Ben zusammen, gewichtig. Dann wollte Martin es auch sagen, aber es war zu spät; es würde sich verloren anhören, seine Stimme ganz allein, und vielleicht komisch, weil er den ganzen Tag so oft gegessen hatte. Sie gingen die Treppe zum Haus hinauf, und plötzlich fühlte er sich unwohl und schwach, weil er nicht dazugehörte.
Die Türfeder miaute, und sein unschuldiger Vater hielt Ben die Tür auf und legte seine große Hand schwer auf Martins Rücken, dem vor Stolz warm wurde. Erst als die

Tür hinter ihnen ins Schloß fiel, erinnerte er sich an die entsetzten Augen seiner Mutter und daß sie ihm die Zähne gezeigt hatte.
»Ma?« rief Ben.
Keine Antwort.
Auf dem Herd kochte etwas, unbeaufsichtigt. Martins Vater ging in die Küche, rief ihren Namen mit fragender Stimme und kam zurück ins Wohnzimmer, und Martin sah die Verwirrung in seinem Gesicht und eine beginnende Unruhe. Martin wurde rot, er hatte Angst, an das zu denken, was sein Vater nicht wußte. Und er stellte sich vor, daß sie für immer gegangen war, verschwunden, damit sie, die drei Männer, sich ruhig niedersetzen und in Frieden essen konnten. Und dann würde Ben auch gehen, und nur er und Papa würden übrigbleiben, und wie folgsam würde er dann sein! Wie vollkommen ernsthaft würde er immer in Gegenwart seines Vaters sein, der mit ihm all die wichtigen Dinge besprechen würde, so wie er es bisher mit Ben getan hatte. Er dürfte sich dann jeden Samstag die Schuhe auf Hochglanz putzen wie Ben jetzt, und Papa würde mit ihm über die Feiertage reden, so daß er im voraus wußte, wann sie kamen, und nicht plötzlich am Tag davor davon überrascht wurde, daß es Rosch Haschonoh oder Tischebuf oder sonst irgendein Feiertag war, und sie würden beide immer wissen, was und was nicht gegen das Gesetz verstieß.
Die Badezimmertür ging auf, und Mama kam heraus. Er sah sofort, daß sie es nicht vergessen hatte. Ihre Augen waren rot wie damals, als Onkel Karl gestorben war, weil er sich gebückt hatte, um ein Telefonbuch aufzuheben. Die Hartnäckigkeit ihres Kummers jagte ihm einen Schauer über den Rücken. Es war kein Witz, das sah er – Papa war wirklich erschrocken, und Ben bekam große Augen.

»Was ist passiert?« fragten sie verwundert.
Sie sah von ihnen zu Martin hinunter. Hilfloses Unverständnis, trockener Kummer verschleierten ihren Blick.
»Warum mußte ich das erleben?« sagte sie wieder an Martins Vater gewandt.
Selbst jetzt noch konnte Martin nicht glauben, daß sie ihn bei Papa verraten würde. Schon wieder konnte er sich nicht genau daran erinnern, was es da zu verraten gab, aber daß sie überhaupt etwas weitersagte, was zwischen ihnen passiert war, erschien ihm unbestimmt bedrohlich und würde ihn ganz allein Vaters und Bens erwachenden Augen und einem Donnerwetter aussetzen, das ihn in den Boden versinken lassen würde.
»Weißt du, was er zu mir gesagt hat?«
»Was?«
»›Ich brauch dich nicht mehr.‹ Das hat er zu mir gesagt!«
Es schien, als ob alle den Atem anhielten. Ben sah so verletzt und erstaunt aus, als wolle er in Ohnmacht fallen. Und Martin wartete darauf, daß sie weiterredete, noch eine endgültige Tatsache über ihn hinzufügte, die wie ein Stein oder ein kleines Tier aus ihrem Mund fallen würde. Und alle würden darauf sehen und wissen, wer er war, und er auch.
Aber sie redete nicht weiter. Das war alles! Martin hatte keine genaue Vorstellung davon, was sie noch hinzufügen könnte, aber das endgültige Böse, das wie die See brüllte, war nicht in den Raum gekommen, und er fühlte sich erleichtert. Sie redete weiter, aber nur davon, wie er sie geschlagen hatte. Und obwohl Papa dastand und den Kopf schüttelte, sah Martin, daß er schon nicht mehr richtig zuhörte.
»So etwas darfst du nicht sagen, Marty«, sagte er und ging

ins Schlafzimmer und zog die Jacke aus. »Laßt uns essen«, sagte er von dort.
Er wollte zu seinem Vater laufen und ihm einen Kuß geben, aber etwas hielt ihn zurück: eine gewisse Enttäuschung, eine Sehnsucht nach und eine Angst vor der endgültigen Auseinandersetzung.
Und plötzlich rief seine Mutter: »Hast du nicht gehört, was ich gesagt habe? Er treibt mich jeden Tag zum Wahnsinn!«
Er hörte Papas Schritte vom Schlafzimmer näherkommen. Jetzt, jetzt würde es vielleicht geschehen, das Donnern des über ihn hereinbrechenden Abscheus. Er erschien in Hemdsärmeln in der Tür, riesig, unverrückbar. »Ich werd dir 'n paar mit dem Gürtel überziehen, junger Mann«, sagte er und berührte die Gürtelschnalle.
Martin war begeistert, er wollte schon um den Tisch herumlaufen. Papa nahm manchmal den Gürtel ab – und Martin mußte ihm ausweichen und ihm um den Eßzimmertisch herum entkommen. Aber Papa schlug ihn nie wirklich, und einmal waren ihm die Hosen beinahe heruntergerutscht, und alle hatten gelacht, auch Mama und Papa.
Aber jetzt schnallte er den Gürtel ab, und eine Welle des Mitleids mit seinem Vater brachte Tränen in Martins Augen. Sein Vater tat ihm leid, weil er einen so unwürdigen Sohn hatte, und er wußte, warum er geschlagen werden würde, und er fand es richtig, denn es war schlimm, daß ein Junge das wußte, was er wußte. Er wich vor seinem Vater zurück, nicht weil er Angst vor Schmerzen hatte, sondern um ihm den Kummer zu ersparen, grausam sein zu müssen.
»Ich wollte das nicht, Mama!« bettelte er. Vielleicht würde sie es Papa erlassen, hoffte er.

»Du bringst mich noch um«, rief sie aus.
Aber Martin wußte sofort, daß es damit vorüber war. Für sie reichte es, daß Papa den Gürtel abgeschnallt hatte, und mit der Hand auf dem Bauch ging sie zurück in die Küche und nahm den Deckel von einem klappernden Topf.
»Sei ein Mann«, sagte Papa und machte den Gürtel wieder zu, und er ging zur Anrichte und goß sich ein winziges Glas Whisky ein, trug es zum Schaukelstuhl am Fenster hinüber und setzte sich mit einem Seufzer nieder.
Das Tischtuch leuchtete, und das Silberbesteck glänzte. Martin bemerkte plötzlich, daß Ben das Zimmer verlassen hatte, und er fragte sich, ob er gegangen war, um zu weinen. Das hier war nicht zu Ende, das wußte er.
Papa hob sein Glas in Richtung Küche und sagte: »Also. Auf das neue Jahr!«
Mama rief vom Herd aus: *»Mit Glick!«* Und einen Moment schloß sie die Augen. Bei solchen Gelegenheiten war Martin immer ganz still, denn sie sprachen zu einem unsichtbaren Ohr.
Papa trank sein Glas mit einem Zug und atmete tief aus. »Das kann ich dir sagen«, sagte er zur Küchentür hin, »dieser Kantor ist 'n Pferd.« Martin sah den Kantor mit seinem langen Bart vor den Wagen des Milchmanns gespannt. »Er hat sich den ganzen Tag nicht einmal hingesetzt. Der Mann hat nicht fünf Minuten Pause gemacht.«
»Weil er keiner von diesen Heuchlern ist. Er ist ein frommer Mann.«
»Na ja«, sagte Papa widerwillig zustimmend, »andererseits kann er sich das ganze Jahr ausruhen.«
»Oh, hör auf damit!«
»Wenn ich nur zwei Tage im Jahr arbeiten müßte, würde ich auch die ganze Zeit stehen.« Martin sah den warmen

Humor in den Augen seines Vaters, seinen friedlichen Blick.
»Was redest du da?« sagte Mama. »Sie könnten tot umfallen, wenn sie so den ganzen Tag singen, ohne irgendwas im Magen zu haben, noch nicht mal ein Glas Wasser.«
»Der fällt schon nicht tot um«, sagte Papa. Er wußte immer, wie die Dinge liefen, dachte Martin, wie sie ausgingen, und er betete darum, auch so gut zu werden. »Sein Boss kümmert sich gut um ihn.«
»Sei nicht so frech«, sagte Mama, und sie hob die Augenbrauen und schloß einen Moment die Augen, um Gott zu bitten, nicht auf das zu achten, was Er gerade gehört hatte.
»Dagegen hätt ich wirklich nichts – ein Zwei-Tage-Jahr.«
»Jetzt reicht's aber«, sagte Mama mit einem kleinen, unwillkürlichen Lächeln. Sie trug Papas großen Suppenteller mit Goldrand herein, der mit gelber Hühnersuppe gefüllt war, in der Matze-Klöße schwammen. »Iß«, sagte sie und ging wieder in die Küche.
Papa stand auf und zog sich die Hosen hoch, lockerte seinen langen braunen Gürtel um zwei Löcher. Schnell ging Martin an seinen Platz, kletterte auf seinen Stuhl und setzte sich sein Käppchen auf. Papa nahm am Kopfende Platz und setzte sich auch die Kappe auf. Mama brachte Bens Suppe und kehrte in die Küche zurück.
»Wer ist sein Boss?« fragte Martin.
»Wessen?«
»Der vom Kantor.«
Papa zuckte die Achseln. »Gott. Wer weiß?« Dann tauchte er den Löffel in die Suppe, rührte und murmelte ein Gebet.

»Kann er Gott sehen?« fragte Martin. In seinem Herzen war plötzlich ein Hoffnungsschimmer, daß der Kantor und vielleicht auch Papa den Bart im Meer gesehen hatten, und dann könnte er erzählen, wie er ihn im Wasser dahintreiben gesehen hatte, und wenn dieses Geheimnis einmal ausgelöscht wäre, würde es alle Geheimnisse mit sich nehmen.

»Wo ist Ben?« fragte Papa. Er hatte den Löffel erhoben, aber noch nicht an den Lippen.

Mama kam sofort aus der Küche. »Ja, wo ist Ben?« Sie sah Martin bestürzt an, und sein Mund blieb offenstehen, und er errötete.

»Weiß ich nicht. Ich hab ihm nichts getan«, sagte er.

»Ben?« rief Mama, eilte zum Schlafzimmer und sah hinein. »Ben?«

Papa sah hinter ihr her, den Löffel immer noch erhoben, es tropfte herunter. »Reg dich nicht auf, um Himmels willen«, sagte er gereizt. Aber er klang auch besorgt, und Martin überfiel plötzlich die Angst, daß er Ben vielleicht etwas angetan hatte, was er nicht mehr wußte.

»Was heißt hier, reg dich nicht auf!« sagte sie empört. »Hier drin ist er nicht.« Und sie lief zum Badezimmer, die Tür war verschlossen. »Ben? Ben!« rief sie ängstlich fordernd, und mit einem Schock begriff Martin, welch ein Verlust es wäre, wenn Ben verschwände.

Man hörte, wie sich der Schlüssel im Schloß drehte, und die Tür öffnete sich. Ben kam heraus, das Haar naß und frisch gekämmt, die blaue Krawatte noch umgebunden, obwohl Papa seine schon abgenommen hatte. Martin sah, wie verletzt sein Bruder war und daß er ihn immer noch nicht ansah und daß er als guter Sohn wegen Mama geweint hatte.

»Na, na!« sagte Papa. »Was hast *du* jetzt hier zu heulen?« Und er aß seine Suppe, ein Löffel nach dem anderen.

»Ich hab schon geglaubt, es wär was passiert«, beschwerte sie sich bei Ben.

»Ich bin bloß im Badezimmer gewesen«, sagte Ben mit belegter Stimme.

»Warum gibst du's ihr nicht schriftlich, daß du ins Badezimmer gehst?« sagte Papa.

»Okay, okay«, sagte Mama warnend.

Ben versuchte zu lächeln und setzte sich an seinen Platz.

»Wenn du's ihr nicht schriftlich gibst«, fuhr Papa fort, »wärst du da vielleicht umgekommen und dann . . .«

»Hör auf!« sagte Mama, lächelnd und doch ärgerlich.

»Du hättest überfahren werden können. Schließlich ist hier 'ne Menge Verkehr im Haus.«

»Hörst du jetzt auf?« fragte sie ihn und lächelte nicht mehr.

»Es wimmelt hier von Lastwagen«, fuhr Papa fort, während er seine Suppe aß. »Man sollte sie in jedem Fall um Erlaubnis fragen, bevor man ins Bad geht.« Dann blickte er zu ihr auf und schüttelte den Kopf, gleich würde er loslachen. »Ich sag dir, junge Frau –« Er brach mit einem müden Lachen ab und wandte sich wieder seiner Suppe zu.

Ben rückte seine Satinkappe zurecht und starrte bedeutungsschwer auf den silbernen Tafelaufsatz, der voller Obst war, und Papa hörte auf zu essen. Jetzt war alles still.

»Boruch ahto adonai . . .« intonierte Ben, und ohne zu stocken und bewegungslos sagte er das ganze Gebet auf. Mama stand in der Tür und hörte zu, gefangen von seiner Ernsthaftigkeit. Sie hatte die Hände zusammengelegt und das Gesicht erhoben, als sähe sie in die Luft, wo, wie Martin wußte, ihre geheimen Wünsche herumtrieben, von Bens

Gebet und seinem makellosen Gedächtnis, das ihn nie auch nur ein einziges heiliges Wort vergessen ließ, zum Leben erweckt. Martin preßte ein Ohr fest an den Kopf und tat so, als juckte es ihn, während Ben unbeirrbar das Gebet zu Ende sprach. Erst danach begann Papa wieder zu essen, und Ben nahm sich ohne Eile, sein fürchterliches Fasten zu beenden, den Löffel und rührte so lange in der Suppe, daß es fast so schien, als zögerte er, überhaupt wieder zu essen. Schließlich aß er mit kummervollem Gesicht, Mama nahm das Ende des Gebets als Erlaubnis auf, sich wieder zu bewegen, und sie ging still in die Küche und kehrte nach einem Moment mit ihrem Teller zurück und setzte sich Papa gegenüber hin.

Martins Hand war noch klebrig vom Salzwasser, mit dem er seinen Schuh saubergemacht hatte, aber er wußte, daß man das nicht sehen konnte, und er aß seine Suppe mit dem Kinn knapp über dem Rand seines Tellers. Es war still im Zimmer. Er schlürfte die Suppe mit dem gleichen leisen Geräusch wie sein Vater, und nach jedem Schluck schniefte er genau wie er. Jetzt überlegte er, wie er seinen Matze-Kloß essen sollte. Er mußte ihn mit der Kante des Löffels genau in der Mitte durchschneiden, sonst würde er unter dem Löffel wegrutschen, aus dem Teller springen, und seine Hand würde abgleiten und auf den Tisch schlagen, und er würde Suppe verschütten. Er setzte mit dem Löffel oben am Matze-Kloß an, er wußte, seine Mutter beobachtete ihn vom Ende des Tisches. Mit der linken Hand hielt er den Teller fest und begann, den Löffel herunterzudrücken. Der Matze-Kloß fing unter dem Druck schon an zu rutschen.

»Martin«, begann seine Mutter, »laß mich ...«

In einem scharfen Ton, der ihn selbst überraschte, gab er

zurück: »Ich kann das alleine!« Ben war sofort wieder getroffen, sagte aber nichts. Papa blickte auf, aß dann aber weiter.
Er hob den Löffel und setzte wieder an, ein wenig neben dem ersten Versuch, den festen Kloß zu teilen. Er wußte, daß jetzt Papa und Ben ebenfalls zusahen, auch wenn sie nicht direkt auf ihn blickten. Sein Gesicht wurde konzentriert und rot, der erhobene Ellbogen zitterte vor Anstrengung, als er wieder anfing, den Löffel herunterzudrücken, um den Kloß zu zerschneiden. Wieder begann er zu rutschen, aber er wußte, daß manchmal ein plötzlicher, schneller Ruck nach unten ihn zerteilen konnte, bevor er aus dem Teller flog, obwohl das manchmal nur bewirkte, daß er auf den Tisch sprang oder in seinem Schoß landete. Er zögerte, kämpfte mit sich, und fragte sich, ob es mit seiner Würde aus wäre, wenn er noch einen dritten Anlauf brauchte, und er wollte gerade den Löffel wieder heben, um es noch einmal zu versuchen, als er die Hand seiner Mutter herankommen sah, die ihm den Löffel wegnehmen wollte.
Mit aller Kraft und seinem ganzen Zorn drückte er den Löffel herunter, sammelte all seine mystischen Kräfte, um dem Matze-Kloß zu befehlen, stillzuhalten und zu gehorchen, wie er das für Papa und Ben tat, und im gleichen Augenblick griff Mamas Hand nach der seinen. Der Kloß schoß aus dem Teller heraus, und seine Hand schlug hart auf den Rand. Die Suppe fühlte sich erst warm an, aber dann brannte sie plötzlich durch die guten Tweedhosen hindurch auf den Oberschenkel, und der rauchige Geruch nasser Wolle stieg ihm in die Nase. Durch sein eigenes Geschrei hindurch hörte er Bens Ausruf – der Kloß hatte eine der Kerzen gegen Bens Weinglas geworfen, und in dem

Versuch, es zu retten, hatte er das Glas umgeworfen. Das Tischtuch blutete aus einer roten Wunde, die sich von der Mitte her ausbreitete. Martin hüpfte auf und ab, schlug sich die Hände auf seine brennenden Oberschenkel und versuchte zur gleichen Zeit, die Hände seiner Mutter abzuwehren, die versuchte, seinen Gürtel aufzumachen, um ihm die Hose auszuziehen.

»Du hast Schuld!« schrie er sie an.

»Er hat sich verbrannt! Zieh die Hose aus!« rief sie.

Jetzt stand Ben vor ihm und zog an seiner Hose. Diese erneute Demütigung brachte ihn zur Raserei. »Laß das!« kreischte er, aber er spürte, wie sie ihm die Hose herunterzogen, und er trat um sich. Mama stöhnte, und Ben fiel auf den Hintern. Es war still. Von irgendwo weit über ihm hörte er Papas helle, fragende Stimme.

Mama richtete sich auf, eine Hand auf eine Brust gelegt, und ihre erschrockenen Augen sahen über Martins Kopf hinweg in die Zukunft. Er hörte das Tosen des Meeres, als wäre es unter dem Fußboden, und er spürte, wie das Haus erbebte, als die Wellen krachend brachen. Papa folgte Mama Fragen murmelnd in das Schlafzimmer. Ihr Atem kam in kurzen Stößen. Die Tür schloß sich.

Ben stand da und sah auf die geschlossene Schlafzimmertür. Angst und Sorge standen streng in seinen Augen.

»Was hat sie denn?« fragte Martin leise.

»Du hast sie getreten«, rief Ben flüsternd und sah Martin verächtlich an. Dann ging er zur Tür, um zu horchen.

Martin konnte sich nicht daran erinnern, sie getreten zu haben.

Er wußte, daß er getreten hatte, aber er hatte nichts getroffen, dachte er. Aber das war unmöglich zu erklären, und er schämte sich. Der Himmel wurde schwarz.

»Pa?« rief Ben leise durch die Tür. Keine Antwort, und Ben atmete schneller, war nahe daran zu weinen, während er lauschte. Dann wandte er sich seinem Bruder mit einem Ausdruck von Ungläubigkeit und Widerwillen zu. »Wie konntest du nur so etwas zu ihr sagen?«

»Was?«

»Was du gesagt hast. Du brauchst sie nicht mehr. Zu deiner eigenen Mutter!«

Martin schluchzte hemmungslos, aber leise.

»Du mußt zu ihr gehen und dich entschuldigen. Du mußt sie um Verzeihung bitten«, sagte Ben, als ob Martin überhaupt nicht wüßte, wie man sich benahm. »Oder hast du dich entschuldigt?«

Martin schüttelte schluchzend den Kopf.

»Du hast dich nicht mal entschuldigt?«

Martin weinte, das Gesicht mit den Händen bedeckt. Er weinte, weil er seiner Mutter wehgetan hatte und nichts begriff und allein außerhalb des Kreises einer großartigen Familie dastand. Seine Hose wurde jetzt kalt.

»Pa?« rief Ben noch einmal, jetzt nachdrücklicher. Dann drehte er vorsichtig den Türknauf und sah hinein. »Pa?« fragte er. Papas tiefere Stimme kam von innen, und Ben betrat das Zimmer und schloß die Tür hinter sich. Martin lauschte angestrengt, ob sie ein Fenster öffneten, um alle drei hinauszuklettern und ihn für immer allein zurückzulassen. Aber im Zimmer wurde noch geredet.

Er wartete. Sein Suppenteller lag verkehrt herum auf dem Boden; das Chaos auf dem Tisch schien ihn anzuschreien; eine Kerze verbreitete noch ihr heiliges Licht, während der Docht der anderen in Bens umgekipptem Glas lag, und alle Stühle zeigten in verschiedene Richtungen. Er machte einen Schritt auf seinen Teller zu, um ihn aufzuheben, aber als er sich bücken wollte, berührte der nasse Stoff der Hose seine Oberschenkel, und er ging daran, die verschwundene Bügelfalte wiederherzustellen. Noch einmal versuchte er zu gehen, aber der kalte Tweed klebte an seiner Haut, und das war ein ekelhaftes Gefühl, und Tränen standen ihm in den Augen. Es war so, wie zwischen nassen Laken wach zu werden, und er empfand den gleichen Widerwillen und die gleiche Verwirrung. Irgendwie war es der Fehler seiner Mutter, und er fühlte sich stärker, nachdem er sie beschuldigt hatte, und steifbeinig ging er in seines und Bens Zimmer.

Mit spitzen Fingern knöpfte er die Hose auf und ließ sie fallen, setzte sich dann auf den Boden, um sie über die Schuhe zu ziehen. Sie roch wie ein nasser Hund. Er stand auf, versuchte zu entscheiden, was er mit ihr tun konnte, und fing dann an zu weinen. Leise weinend ging er im Zimmer umher, die Hose hing schwer an seinen Fingerspitzen. Er legte sie über die Rückenlehne des einzigen Stuhls im Zimmer und trat zurück, aber ihr Gewicht zog sie auf den Fußboden herunter. Dann wollte er sie auf seinem Bett ausbreiten, aber er hatte Angst, daß die Decke naß wurde; er hatte schon seit langer Zeit nicht mehr ins Bett gemacht, vielleicht schon zwei Wochen oder einen Monat oder drei Monate, und er wollte nicht, daß sie auf den Gedanken kamen, er finge wieder damit an. Er ging durchs Zimmer zu seinem Schrank, aber die Kleiderbügel hingen unerreichbar hoch; und außerdem erinnerte er sich vage daran, daß man ihn einmal ausgeschimpft hatte, weil er seine nasse Badehose in den Schrank gelegt hatte. Er stand da und weinte leise vor sich hin und sah sich im Zimmer nach einer Stelle um, wo er die Hose hinlegen könnte, und im Magen hatte er ein komisches Gefühl. »Ma!« rief er leise, aber er wollte gar nicht, daß sein Ruf durch die Wand in ihr Zimmer drang. Aber jetzt weinte er richtig, und als er sich mit den Händen die Tränen abwischen wollte, ließ er die Hose auf den Boden fallen; er sah sie an, wie sie dort lag, und sich in sein Schicksal ergebend ging er ins Wohnzimmer.

Die Schlafzimmertür war noch immer geschlossen. Schluchzend ging er auf sie zu und sagte: »Ma?«, und versuchte, sein Weinen zu unterdrücken, um hören zu können. Aber jetzt war es da drinnen still. Sie hatten ihn verlassen! »Mama!« rief er lauter und stampfte den Fuß auf. Vielleicht hatten sie seine Hose mit Absicht naß gemacht, damit er in sein Zimmer ging und sie Zeit hatten, davonzukommen. Zum ersten Mal in seinem Leben traute er sich nicht, den Türknopf zu drehen, ohne vorher die Erlaubnis zu bekommen. Er wagte es nicht, die Tür zu öffnen, weil er fürchtete, einen leeren Raum vorzufinden. Er hämmerte gegen die Tür, rief laut nach seiner Mutter, und seine Rufe machten ihn blind. Eine plötzliche Wut überkam ihn, wie manchmal das Meer eine Welle weit auf den Strand spie. »Ich hab das Baby nicht getreten!« schrie er, und seine Schläfen pochten. »Ich hab's nicht gesehen.«

Wie zur Antwort wurde drinnen ein Stuhl ärgerlich beiseite geschoben, und die Tür öffnete sich, und Martin war schon halb durch das Wohnzimmer geflohen. Papa erschien im Türrahmen. Sein helles Gesicht war dunkler, als Martin es je gesehen hatte. Er hatte die Stirn gerunzelt, und selbst in den Augen war keine Spur von Lächeln. Es war kein Witz. Er sah auf Martin herunter. Jetzt würde er sagen: »Du bist der einzige in unserer Familie mit abstehenden Ohren! Du bist der einzige in der Familie, der am Wasser steht und versucht, den Bart zu sehen! Du bist der einzige, der durch die Finger guckt und dem Kantor zusieht, wie er in seinen weißen Socken tanzt! Du bist der einzige, der die ganze Zeit mit offenen Schnürbändern herumläuft und der Matze-Klöße über das saubere Tischtuch wirft und seine Hose von McCreerys naß macht und sich Geschichten über den Zahnarzt ausdenkt! Und du bist der einzige, der was von Babys weiß! *Das alles passiert in diesem Haus gar nicht, Martin!*«

Und dann würde Martin verschwinden. Mit großer Erleichterung sah er sich verschwinden, so wie damals, als er aus Versehen den Fön auf das Eiweiß richtete, das seine Mutter geschlagen hatte, und es war aus der Schüssel in die Luft geflogen und einfach nicht mehr dagewesen. Er wäre immer da und könnte alles sehen, aber sie könnten ihn nicht sehen, und er könnte bei seiner Mutter oder Papa sitzen oder sonntags am Morgen zwischen ihnen im Bett liegen, wie früher, und sie würden es gar nicht merken.

»Setz dich hin«, sagte sein Vater zu ihm und auch zu Ben, der gerade mit roten Augen aus dem Schlafzimmer kam.

Martin ging hinüber und nahm seinen Suppenteller auf, vermied dabei sorgsam die Pfütze auf dem Fußboden, stellte den Teller genau wieder an seinen Platz und kletterte auf seinen Stuhl. Alles war weit weg. Ben saß an seinem Platz, stellte das Weinglas auf und drückte die umgefallene Kerze in den silbernen Ständer zurück, wobei er sie behandelte, als wäre sie etwas sehr Trauriges. Aber Papa setzte sich nicht, sondern ging in die Küche. Martin konnte hören, wie dort Geschirr klapperte. Ben starrte auf die rote Wunde im Tischtuch. Der Anblick von Mamas leerem Stuhl krampfte Martins Herz zusammen, und er begann, wieder leise zu schluchzen, wobei er versuchte, weder Mitleid noch Vorwurf oder Aufmerksamkeit auf sich zu ziehen. Papa kam aus der Küche und gab jedem von ihnen einen Tel-

ler mit Hähnchen, das über den Erbsen und Karotten lag. Martin aß kein weißes Fleisch, aber er beschwerte sich nicht. Einen Augenblick später kam Papa mit seinem Teller heraus und setzte sich zu ihnen.
Martin aß unter Schluchzen, und das Hähnchen wurde naß von seinen Tränen, dem Wasser seiner kalten Nase und der Spucke, die aus seinem Mund kam. Papa langte in seine Gesäßtasche, zog sein großes Taschentuch heraus und hielt es Martin unter die Nase. Es war warm. Er schneuzte sich. »Nochmal«, sagte Papa. Martin mochte das gerne, und es kamen wieder neue Schluchzer, aber er beherrschte sich und schneuzte sich um Papas willen noch einmal.
»Soll ich dir dein Hähnchen kleinschneiden?« fragte Papa. Martin zögerte; Papas jetzt wieder respektvoller Ton erinnerte ihn an den Schmerz, den er ihm zugefügt hatte, an seinen Verrat, und er wollte jetzt nicht noch weiter gehen und seine Freundlichkeit zurückweisen. Aber er konnte die Ungerechtigkeit nicht ertragen, daß man ihm das Hähnchen kleinschnitt, während Ben seins so leicht zerlegte. »Ich kann das alleine, Papa«, flüsterte er entschuldigend.
»Okay. Sei ein Mann.«
Ein paar Minuten lang aß Papa schnell. Er schien nachzudenken. Ben blickte unentwegt auf seinen Teller. Jetzt sah der Tisch noch schlimmer aus als vorher – wie die Entweihung eines Festtages. Aus dem Schlafzimmer kam kein Laut. Schließlich legte Papa Messer und Gabel nieder, trank etwas Wein und neigte seinen Körper zu einer Seite, stützte sich mit einer Hand auf die Armlehne. Er wollte etwas sagen. Er sah Martin mit einem klaren Blick an, Schüchternheit und ein unausgesprochener Stolz gingen von ihm aus. »Du gehst also jetzt bald zur Schule, was?«
»Nächste Woche, glaub ich«, sagte Martin und warf Ben

einen Blick zu, falls der ihn korrigieren wollte. Aber Ben sah nicht auf und wollte offenbar nicht auf Papas leichten Ton eingehen.

»Du nimmst den jungen Herrn mit?« fragte er Ben.

»Am Anfang nehm ich ihn mit«, sagte Ben nach einem Moment.

Papa nickte. Martin hatte nicht gewußt, daß Ben ihn morgens mit in die Schule nehmen sollte. Wieder einmal wurde ihm klar, daß Ben und Mama heimlich miteinander sprachen, wenn er nicht da war – vielleicht, wenn er schlief. Dieser Gedanke hatte für ihn das warme Gefühl, umsorgt zu werden, aber dann wieder war es nicht so angenehm, die Dinge immer erst herauszufinden, wenn sie schon geschehen waren.

»Von jetzt ab mußt du dir morgens das Gesicht waschen und deine Schuhe selbst putzen. Du mußt dich jetzt alleine um deine Sachen kümmern.«

»Ja, Pa«, sagte Martin begeistert und hoffte, Papa würde noch weitere Anweisungen geben. Aber es kam nichts mehr. »Ich glaub, ich muß dann einen Füllfederhalter haben«, schlug er vor, denn er wußte, wie sorgsam man mit einem Füller umgehen mußte. Oh, wie würde er auf seinen Füller aufpassen!

»Du brauchst in der ersten Klasse keinen Füller«, sagte Ben.

»Na ja, ich mein, in der zweiten«, sagte Martin verlegen.

»Solange du keine Sekretärin brauchst«, sagte Papa und fügte dann hinzu: »In der dritten Klasse kannst du 'ne Sekretärin haben.« Er lachte, aber Ben ließ sich nicht täuschen, und Martin lachte zusammen mit seinem Vater und spürte, wie schön es war, wenn er ihn so bei Laune halten könnte. Aber Ben war nicht zu beeindrucken, und er suchte eifrig nach etwas Besonderem, mit dem er seinen Bruder ablenken konnte. »Weißt du was?« sagte er nun lebhaft, und seine braunen Augen schossen zwischen den beiden hin und her. Er hatte keine Ahnung, was er sagen sollte, aber er war fest entschlossen – er würde Papa bei Laune halten, auch wenn Ben sich weigerte, seine Sünden zu vergessen.

»Was?« fragte Papa.

»Sie werden Altweibersommer feiern!«

»Was du nicht sagst! Wer?«

Er sah, daß Ben rosa anlief, weil er das Lachen unterdrückte, und er hatte das Gefühl, eine eigenartige Macht über seinen Bruder zu haben. Er konnte ihn aus seinem Schmollwinkel herausholen; es war eine Macht, die böse war, denn sie konnte Bens gerechte Verdammung blenden. Er blickte weiter auf seinen Vater, dem er sich jetzt nahe fühlte, weil der ihm zuhörte. Zugleich kam er sich verräterisch vor, weil er spürte, daß er ihn in Erstaunen versetzen würde. »Ich glaub, im Hotel«, sagte er.

»Oh«, sagte Papa und warf den Kopf übertrieben hoch, »im Hotel wollen sie Altweibersommer feiern?«

Martin nickte eifrig. Jetzt sah er nur noch voller Vergnügen seine Vision vor sich. »Der Milchmann hat es mir erzählt.«

Ben machte »Ts« und wandte das Gesicht ab.

»Jedesmal, wenn er nicht mehr weiter weiß, gibt er dem Milchmann die Schuld«, sagte Ben spöttisch, aber seine Augen waren amüsiert und warteten auf mehr.

Martin wurde rot. »Er hat's gesagt! Sie hatten es letztes Jahr nicht, aber dieses Jahr machen sie's. Deshalb brauchen sie mehr Milch.«

»Um die alten Weiber zu füttern«, sagte Papa.

»Er hat's gesagt«, sagte Martin.
»Aber klar«, sagte Papa zu Ben. »Sie erwarten wahrscheinlich 'ne Menge alter Weiber.«
»Vom Land«, fügte Martin hinzu und sah eine Reihe von altmodisch gekleideten Frauen über die Landstraßen wandern.
»In andern Worten«, sagte Papa. »Landweiber.«
Mit einem Sprühregen aus Spucke platzte Ben hilflos heraus.
»Es ist wohl wahr!« schrie Martin empört, aber merkwürdig glücklich, weil er sie mit seinen Lügen zum Lachen brachte und mit nichts Schlimmerem.
»Komm, komm!« sagte Papa mit streng gerunzelter Stirn, aber einem Lachen in den Augen zu Ben. »Hör auf. Da gibt's nichts zu lachen.«
»Landwei-«, Ben keuchte hysterisch.
Martin ließ sich anstecken und kicherte. »Sie machen's, wenn alle schon wieder in der Stadt sind«, erklärte er mit verzweifelter Sorgfalt. »Deshalb sieht sie niemand.«
Ben warf plötzlich die Arme hoch und fiel vom Stuhl auf den Fußboden, und sein Fall ließ Martin in helles Siegesgelächter ausbrechen. Er sprang vom Stuhl, voller Liebe zum Lachen seines Bruders, und lief um den Tisch herum und warf sich auf Ben und kitzelte ihn mit aller Kraft, die er in den Fingern hatte, unter den Armen. Ben fiel hilflos auf den Fußboden zurück, bettelte Martin an aufzuhören, aber sein erstickendes Keuchen war wie weicher, nasser Sand, in dem man graben konnte, und Martin knetete ihn, nun rittlings auf ihm sitzend, und seine Finger schossen von den Rippen zum Bauch zum Hals, bis Ben nicht mehr lachte. Aber Martin machte weiter, er empfand eine wundervolle Wut und eine sieghafte Macht. Bens Hals war ausgestreckt

und sein Gesicht verzerrt, Tränen auf den Wangen, er bekam keine Luft mehr. Martin kämpfte dagegen an, aber er wurde in die Luft gehoben und hörte seinen Vater ausrufen: »Ben? Ben?« und dann: »Ben!« Und schließlich holte Ben Atem und lag keuchend da und lachte mit Tränen in den Augen und war nicht tot.

Papa setzte Martin ab. »Okay, altes Weib, das reicht. Sag Mama gute Nacht und geh ins Bett. Wir müssen morgen früh mit dem Packen anfangen. Ben, du auch.«

Ben stand immer noch schwer atmend auf, und sein Ausdruck wurde langsam nüchterner, während er die Sitzfläche seiner Hose mit der Hand abbürstete und seine Schuhe ansah. Glücklich begann auch Martin, seine Hose abzuklopfen, genau wie sein Bruder, aber da entdeckte er, daß er nur Unterwäsche trug, und seine Stimmung trübte sich bei dem Gedanken an die nasse Hose ein, die immer noch in der Mitte des Kinderzimmers lag. Papa war schon in das Schlafzimmer gegangen, in dem Mama lag.

»Du mußt dich bei ihr entschuldigen«, flüsterte Ben.

»Wofür?« fragte Martin in aller Unschuld. Er wurde wieder ärgerlich, ihm war, als rutschte er wieder in etwas Vergangenes zurück.

»Für was du gemacht hast, du Esel«, flüsterte Ben. »Vorhin.«

Dann ging er ins Schlafzimmer ihrer Eltern. Er wußte immer ganz genau, für was man sich entschuldigen mußte.

Martin folgte ihm, er bewegte sich in Richtung auf das Schlafzimmer seiner Eltern so langsam, wie man sich bewegen konnte, ohne ganz zum Stehen zu kommen. Erst setzte er einen Fuß einen oder zwei Zentimeter vorwärts, dann den anderen. Er suchte in sich nach einem Grund, traurig zu sein; er war innerlich immer noch glücklich. Er dachte daran, daß sein Onkel Karl gestorben war, und das machte sein Gesicht ernst, aber er konnte sich nicht genau daran erinnern, wofür er sich entschuldigen mußte, und seine Vergeßlichkeit hinterließ Lücken, die ihn erschreckten. Es war nicht die Hose, die in der Mitte des Zimmers lag, das wußte er, weil die noch keiner gesehen hatte, und das Bild seiner Mutter, wie sie dastand und ihre Brust hielt, war in Stücke zersprungen. Er konnte sich noch vorstellen, wie sie das tat und aufstöhnte, aber er wußte nicht mehr, was ihr wehgetan hatte. Die Furcht, die er empfand, als er sich der offenen Schlafzimmertür näherte, rührte daher, daß er etwas getan hatte, an das er sich nicht einmal mehr erinnerte. Immer wurden die Dinge behalten, die er vergessen hatte. Nur Ben vergaß nie etwas; Ben erinnerte sich an alles.

Er betrat das Schlafzimmer und hatte das Gefühl, daß seine Ohren wie närrisch immer größer und schwerer wurden; seine Mutter sah ihn aus den Kissen heraus an, und Papa und Ben, die an beiden Seiten des Bettes standen, wandten sich um und blickten auf ihn, als hätten sie alle schon eine Stunde über ihn gesprochen und als wüßten sie genau, was er nun tun sollte.

Am Fuß des Bettes blieb er stehen und versuchte, nicht auf den Hügel ihres Leibes zu starren. In der Stille drang das Zischen und Tosen des Meeres ins Zimmer, und er war überrascht, daß er es so plötzlich hörte. Er konnte das Wasser riechen und sah das bärtige Ding dicht unter der Oberfläche des sich hebenden und senkenden Wassers dahintreiben wie Tang.

Sie lächelte ihn jetzt müde an; seine Lippen öffneten sich vorsichtig, um das Lächeln zu erwidern. Sein Vater, sah er, hatte die Hände hinten auf die Hüften gestützt, so daß die

Ellbogen herausstanden. Als Martin es versuchte, rutschten seine Hände von den Hüften ab, also ließ er die Arme herunterhängen und stützte eine Hand auf das weiche gelbe Kissen.

»Also?« fragte sie, ohne sich ihm zuzuwenden, aber lächelnd. »Hat er gegessen – mein kleiner Räuber?«

»Sicher hat er gegessen«, sagte Papa, »er ist doch schon groß. Laß ihn man, er ißt.«

Als er hörte, daß sie ihn »Räuber« nannte – Ben rief sie nie so –, schlug er die Augen vor Freude nieder, belohnt für seine Verbrechen. Er wußte jetzt genau, daß alles gut war, und er liebte sie alle.

»Du hast deine Erbsen auch gegessen?«

»Hmmm.«

»Und die Karotten?«

»Ja.« Voller Erwartung sah er, daß sie ihn mehr und mehr als etwas Besonderes anerkannten, er war in den Augen seiner Mutter einzigartig, und auch in denen seines Vaters, und selbst Ben schien sich großmütig geschlagen zu geben und führte ihn ihr irgendwie vor. Aber er blickte noch immer starr auf die Decke, ihm war nicht klar, warum er begann, verlegen zu werden.

»Du wirst also von jetzt an artig sein, ja?« sagte sie.

»Hmm.« Er sah ihr ins Gesicht; sie war ernst und immer noch verletzt. Dann blickte er auf die Decke herunter und zupfte daran, und er sah den nächsten fünf Minuten mit Mißtrauen entgegen, denn er wußte wieder, daß etwas immer noch nicht zu Ende war.

»Du mußt ihn in Ruhe lassen«, sagte Papa. »Er ist praktisch Professor, und du willst immer noch . . .«

»Er soll sich selbst die Matze-Klöße durchschneiden? Bist du verrückt geworden?«

»Ein Mann hat das Recht, seine Matze-Klöße selbst durchzuschneiden.«
»Oh, halt den Mund!«
»Besonders 'n Professor mit'm Füller.«
»Was verstehst du schon davon?« sagte sie. Martin guckte sie an und sah, daß sie böse war, aber lächelte. Er bekam Angst. »Ich arbeite mich den ganzen Tag halbtot, und du kommst nach Hause, und er soll tun können, was er will!« Papa blickte zur Decke auf, um das herunterzuspielen, aber sie steuerte weiter auf etwas Dunkles zu, und Martin fürchtete sich, und deshalb grinste er. »Ich quäl ihn nicht«, betonte sie. »Ich versuch nur, ihm zu helfen. Ein Junge von fünf Jahren kann nicht ...«
»Ein Junge von fünf Jahren! Ich hab mit sechs Zeitungen auf der Straße verkauft.«
»Sicher«, sagte sie, »auf die Weise hast du auch so eine gute Schulbildung gekriegt!«
Wie immer an diesem Punkt der Geschichte, wandte sie sich an Ben.
»Einen Jungen nicht mal auf die Schule gehen zu lassen, damit er vielleicht in seinem Leben mal ein Buch lesen kann.«
Papa errötete ein wenig über seine Erziehung, seine Familie, und Martin grinste und zupfte gequält an der Decke. Aus den Augenwinkeln sah er die drei Bücher auf ihrem Nachttisch, und sein Herz wurde kalt; waren das die Bücher, die ihr der weinende Zahnarzt gegeben hatte? »Oh, die Bücher, die er mir immer brachte!« Ihre Stimme in der Lobby sang mit all ihrer Sehnsucht über seinem Kopf, und die Erinnerung trieb ihm die Röte ins Gesicht. Oh, Papa durfte das nie erfahren! »Wenn ich groß bin ...« sagte er.
Sie wandten sich ihm zu – über seine plötzliche Aussage

lächelnd. »Was, wenn du groß bist?« fragte seine Mutter, vor Erregung noch immer rot im Gesicht.
Er senkte die Augen auf die Decke; er hatte nichts laut sagen wollen, und sein Gesicht brannte vor Scham. »Was, Liebling?« fragte seine Mutter wieder. Er wußte nicht so recht, ob er sagen wollte, daß er Papa das Lesen beibringen würde, damit er so wie sie im Sessel sitzen und Bücher lesen konnte, oder daß er selbst ihr Bücher bringen wollte, damit sie nicht mehr an den Zahnarzt dachte. Und dann würden sie nicht mehr streiten, sie und Papa. Er war sich nur ganz sicher, daß sie Papa nie mehr in Verlegenheit bringen sollte.
Sie fragte ihn noch einmal, was er machen wollte, wenn er groß war, und er wußte, daß er schnell etwas sagen mußte. »Papa hat uns Hühnchen gebracht«, sagte er. Sie lachten alle überrascht auf, und er war erleichtert und lachte, obwohl er nicht wußte, was daran komisch war. »Es lag auf den Erbsen und Karotten!« fügte er hinzu.
»Das ist mir ein Kellner!« lachte Mama. Sie alle lachten lauter, aber Papa wurde rot, und Martin wollte zu ihm laufen und sich bei ihm entschuldigen.
Sie war jetzt stolz auf Martin, und er wußte, daß sie es nicht sein sollte. »Komm her, gib Mama einen Kuß«, sagte sie und streckte ihm die Arme entgegen. Er zögerte, blieb stehen, bewegte die Zehen in den Schuhen. »Komm«, lächelte sie.
Aus Angst, sie wieder zu verletzen, bewegte er sich ein paar Zentimeter auf ihre ausgestreckten Arme zu, blieb dann aber mit einer gequälten Bewegung stehen und zog mit den Fingerspitzen an der Decke. »Ben bringt mich zur Schule«, sagte er, hielt sich außerhalb ihrer Reichweite.
»Siehst du, er kann's gar nicht erwarten, zur Schule zu

kommen«, sagte sie prahlend direkt zu Papa, und einen Augenblick lang erstrahlte Martin in dem Stolz, daß er ihr ähnelte. Aber als er sah, wie erfreut und unschuldig Papa nickte, verdunkelte sich seine Stimmung wieder; er wußte eins genau: Sie durfte ihn vor Papa nicht so offen für sich beanspruchen, und er hatte das Gefühl, daß zwischen ihm und seiner Mutter ein böses Bündnis entstand, ein geheimes Einverständnis, auf das er begierig war und das er nicht ertragen konnte.

»Ich kann ›Strand‹ buchstabieren!« sagte er plötzlich und bekam sofort wieder Angst.

»Oh, du! Du wirst bald alles buchstabieren können!« Sie wedelte ihm die Worte mit der Hand zu. »Mach mal – buchstabier ›Strand‹.«

»›Strand‹«, sagte er, weil er wußte, daß man das Wort in der Schule zuerst aussprach und dann buchstabierte. Er sah, daß Ben grinste; weil er stolz war oder weil er bezweifelte, daß er das Wort wirklich buchstabieren konnte? Martin versuchte, sich scharf an jeden einzelnen Buchstaben zu erinnern. »›st‹ . . .«

»Richtig!« sagte sie mit zufriedenem Nicken.

»›r‹ . . .«

»Sehr gut!« sagte sie und warf Papa einen stolzen Blick zu.

»›a‹ . . .« sagte er schon leiser.

Sie schien die Unsicherheit in ihm zu spüren und schwieg. Er sah jetzt seinen Vater an, sein warmes, großzügiges Lächeln, seinen ganz und gar selbstlosen Blick – und er wußte in dem Augenblick, daß sein Vater ›Strand‹ nicht buchstabieren konnte. Er und Ben und Mama konnten es, aber Papa war in seiner geduldigen Unwissenheit ganz allein.

»›S-t-r-a‹ und weiter?« half seine Mutter ein. Er fühlte die umfassende Kraft ihrer Forderung wie einen Windstoß im Rücken, und er lehnte sich entschlossen dagegen. Aber Papa sah nichts, nur das Wunder, das gleich aus dem Munde seines Sohnes kommen würde, und in Martin brannte die Scham, daß er ihn verriet.

»Und weiter, Liebling? ›S-t-r-a‹...«

»›S-t-r-a‹...« begann Martin wieder, langsam, um Zeit zu gewinnen. Er senkte die Augen, als suchte er nach den fehlenden Buchstaben, aber ihm wurde klar, daß er seinen Vater belehrte. Wie konnte er es wagen, Papa zu belehren! Sie mußte still sein, oder etwas Schreckliches würde auf sie alle herabstürzen. Weil... er wußte nicht warum, aber er wollte hier nicht vor Papa stehen und ihn darüber belehren, was er von ihr oder... Seine Gedanken ertranken in den Folgen wie im Schwall einer hereinkommenden Welle.

»Ich kann ›Telefon‹ buchstabieren«, sagte er. Sie lachten alle. Irgendwie war ›Strand‹ jetzt verboten. Er erinnerte sich plötzlich daran, daß er für Papa einmal das Wort ›Telefon‹ vom Umschlag des Telefonbuchs buchstabiert hatte. Er wollte unbedingt wieder ›Telefon‹ für ihn buchstabieren und die Erinnerung an ›Strand‹ auswischen.

»Buchstabier erst ›Strand‹«, beschwerte sie sich ein wenig. »Du kannst es.«

Ben sagte etwas. »Ist dasselbe wie ›Rand‹.«

»Weiß ich!« zischte Martin seinen Bruder an. Sein Herz schlug schneller vor Angst, daß Ben ›Strand‹ selbst buchstabieren würde.

»Oder ›Sand‹«, sagte Ben.

»Sei still!« schrie Martin, und seine Mutter und sein Vater begannen beide zu lachen.

»Ich kann's buchstabieren!« brüllte er seinen Vater und seine Mutter an.

»Gut. Dann tu's auch«, sagte sie.
Er machte sich bereit zu buchstabieren, aber jetzt war er es, der allein war, der sie anbettelte, alle drei, ihn zeigen zu lassen, daß er buchstabieren konnte. Und er konnte die Demütigung, die Gefahr nicht ertragen, die darin lag, daß er etwas vorzeigen mußte, damit sie ihm einen Platz unter sich zugestanden. Die goldene Aura um seinen Kopf war verschwunden; er stand nackt vor ihnen, und er begann zu schluchzen, wußte aber nicht, warum, nur, daß er sie alle haßte, als ob er irgendwie verhöhnt und verraten worden wäre.
»Was ist los, Liebling?« fragte sie und streckte die Hand nach ihm aus. Er schlug nach ihrer Falschheit, und sie zog die Hand zurück.
»Kommt, wir gehn schlafen«, sagte sein Vater und kam zu ihm herüber.
Er stemmte sich mit den Händen gegen den Bauch seines Vaters, aber nicht mit aller Kraft. »Ich will nicht ins Bett!« Irgend etwas, irgendeine Schlacht war noch nicht zu Ende gekämpft, und er sehnte sich jetzt danach wie sonst nach Frieden.
Der Eindruck der Gürtelschnalle seines Vaters blieb auf seiner Hand. Er sah zu Papas verblüfftem, schwindendem Lächeln auf. Jetzt, jetzt würde er den Gürtel abnehmen und ihn verprügeln! Durch das rote Netz seiner Wut sah Martin das Versprechen eines Endes, eines Friedens. Mit einem Blick begriff er jetzt, daß er verprügelt werden würde, und dann würden die Gedanken an den Zahnarzt aus seinem Kopf verschwinden, und er würde nie wieder den Laut des hohen und erregten Lachens seiner Mutter an jenem Tag hören. Oh ja, das alles würde mit dem Klatschen des Leders und Papas wütendem Aufbrüllen:

»Ich ... ich ... ich ... ich!« ein für alle Mal vertrieben werden. Jetzt, jetzt würde er es tun! Und dann würde Papa sich umwenden und Mama gegen die Wand werfen, und sie würde es nie wieder wagen, ihn Papa belehren zu lassen.
Aber Papa beugte sich über ihn, klopfte ihm auf den Rükken und sagte: »Es ist spät, Professor, komm«, und Martin spürte, wie sich die riesige Hand seines Vaters um seinen Nacken legte, und ließ es zu, daß er auf die Tür zugeschoben wurde. Und als er in das Wohnzimmer hinaustrat, hörte er die von der Verantwortung, ihm die Dinge beibringen zu müssen, niedergedrückte Stimme seines Bruders: »›S-t-r-a-n-d‹, Marty.«
Die Ungerechtigkeit stürzte auf ihn herunter wie ein Schauer von Nägeln. Vor allem anderen hörte er das Krachen, dann sah er das Tischtuch in Kaskaden herunterfallen, das Geschirr rauschte auf ihn zu und zersprang auf dem Fußboden, Obst rollte durch den Raum, der stürzende Bogen einer brennenden Kerze, der Schlag einer Handfläche auf seine Stirn, ein zweiter auf den Hintern, und er rannte los, zuerst in Ben hinein, dann gegen Mamas Hüfte, und dann wurde er hoch in die Luft gerissen, mit strampelnden Beinen, das Gesicht zur Zimmerdecke gewandt, wo sich die Flecke dreier Fliegen, die sein Vater einmal erschlagen hatte, immer noch abzeichneten. Alles war rot, als blickte er durch sein eigenes Blut, und er fühlte den Aufprall seiner Zehen in den Schuhen, als er gegen den Körper seines Vaters trat. »Heh!« Er wurde heruntergelassen, auf die Beine gestellt, und er sah, wie die Hand seines Vaters zum Bauch ging, als tue es dort weh, und der Schmerz, den er seinem Vater zugefügt hatte, schnürte ihm die Kehle zu, aber er war seltsam frei, von sich selbst erfüllt – böse, gewandt, schnell von einem zum anderen blickend,

wie sie vor ihm standen, irgendwie in Schach gehalten, und er wußte, sie würden ihn nie fangen und festhalten können, wenn er es nicht selbst wollte. Einen Augenblick lang bewegte sich niemand, und er konnte nur sich selbst keuchen hören.

Er lief ins Kinderzimmer, hob seine zerknitterte Hose auf, rannte zurück in das Wohnzimmer und warf sie vor seine Familie auf den Fußboden. Gleich würde er, das wußte er genau, aus der Haustür laufen, die Straße hinunter, und nie mehr zurückkommen. Nein – verbesserte er sich – er würde über den Strand laufen und schwimmen gehen! Im bärtigen Meer würde er schwimmen, dort, wohin er gehörte – er fürchtete es nicht, sie hatten Angst! Seine Mutter machte einen Schritt auf ihn zu, und er spannte sich, rang nach Atem. Die Wörter schossen ihm aus dem Bauch in die Kehle – *ich brauch dich nicht mehr!* Sein Mund war offen, und er schrie, aber es kam nichts heraus, weil die Zunge wie angepreßt hinten im Mund lag.

»Martin!«

Er schrie wieder. »Errg!« kam heraus. Seine Zunge war jetzt kalt. Er bekam Angst. Sie kamen langsam, vorsichtig auf ihn zu. Er schluckte, aber seine Zunge wollte nicht dahin, wo sie hingehörte. Er spürte, daß er getragen wurde, und dann war sein Kissen unter seinem Kopf.

Das Zimmer war dunkel, und ihre Gesichter wurden durch das Mondlicht, das durchs Fenster hereinkam, halbiert. Lange sah er sie gar nicht, aber er konnte sie reden hören, ihr besorgtes Murmeln. Er konnte sich auf nichts anderes besinnen als auf seine Zunge, die er suchte und an ihren richtigen Platz bringen wollte. Er spürte eine Hand auf seinem Arm und wandte sich zur Seite, erwartete seine Mutter dort zu sehen, aber es war sein Vater, der auf einem

Stuhl an seinem Bett saß. Er sah dahin, woher die Stimme seiner Mutter kam, und sie saß zusammen mit Ben am Fuß des Bettes. Es war seltsam; Papa stand sonst immer unten am Bett, wenn er krank war, und Mama saß an seiner Seite. Er wandte sich wieder zu seinem Vater und fühlte sich hilflos, war aber zugleich dankbar und versuchte, die neue Verteilung zu verstehen.

»Sag was, Martin«, sagte seine Mutter angsterfüllt aus ihrer Entfernung.

Er sah weiter auf das halbdunkle Gesicht seines Vaters, wartete ab. Aber obwohl er sehr erschreckt aussah, sagte sein Vater nichts; er hielt nur Martins Arm fest und übertrug auf die Weise irgendeinen neuen, unergründlichen Gedanken. Und Martin bettelte schweigend seinen Vater an, zu sprechen, aber der sagte nichts.

»Was ist los, Liebling? Alles ist gut. Nichts ist passiert. Sag was. Sag ›Mama‹. Kannst du ›Mama‹ sagen?«

Seine Zunge hatte sich an ihrer Wurzel in Eis verwandelt. Da er immer noch in seinem Mund herumsuchte, konnte er ihre Stimme nur sehr entfernt hören, und diese Ferne machte es leichter für ihn, nicht zu antworten. Unfähig zu reden, fühlte er sich seltsam befreit von aller Überlegung und Planung. Er war ihnen allen und auch seinen eigenen Gefühlen entrückt, es war ihm, als schwebte er, als hätte er die Fähigkeit, sich selbst unsichtbar zu machen. Kein Zweifel, er lag auf seinem Bett, aber niemand konnte wütend auf ihn sein, wenn er auf ihre Fragen nicht antworten konnte, und dieses erzwungene Schweigen gab ihm eine neue, geglättete Sicht der Dinge, denn sie ersparte es ihm, in jedem Augenblick darüber nachdenken zu müssen, was er als nächstes sagen oder nicht sagen sollte. Plötzlich schien in seinem Leben nichts mehr zu geschehen, und alles würde doch geschehen. Schönheit schien sich um ihn zu formen, alle um ihn herum schienen sich sanft zu heben und zu senken und auf etwas zu warten, das geschehen sollte, etwas, das sich ankündigte wie ein ungesungenes und doch hörbares Lied. Daß seine Mutter sich so erschreckt von ihm fernhielt, erschien ihm nun als ein vager Ausdruck ihres Respekts, und die Hand seines Vaters auf seinem Arm war ein neues Versprechen, das er noch nicht verstand. Seine Mutter bat ihn immer wieder zu sprechen, und er hörte auch Bens Stimme und unter ihren Worten ein angenehm gleichbleibendes Erstaunen über ihn, in dem kein Vorwurf mitschwang. Hatte er sich die Zunge gebrochen? fragte er sich. Seltsamerweise erschreckte ihn der Gedanke nicht, er fand ihn nur spannend, und ihm tat nichts weh.

Er spürte, wie die Zeit verging und verging, und noch immer waren sie nicht wütend, nur besorgt, und das, so empfand er es, brachte ihn ihnen ein wenig näher – bis da im Halbdunkel etwas Neues für ihn entstand, ein neues Empfinden seiner eigenen Ehrlichkeit. Langsam begriff er, daß dies ein Wunder war, das sie alle im selben Augenblick entdeckt hatten wie er. Es war nicht etwas, das er halb erfunden hatte und halb glaubte, es war etwas, was wirklich mit ihm geschehen war und das sie trotzdem erstaunte. Sie waren sich im Glauben daran alle einig, und diese plötzliche Einigkeit, die sie ohne Vorwarnung zusammenschloß, vertrieb das Gefühl, daß er Geheimnisse hatte, völlig. Er fühlte sich aufgehoben und gestützt, sie waren um ihn, und in diesem Moment gab es keine Mama, keinen Papa und keinen Ben, sondern drei warme Wesen, die ihn, ohne einen Gedanken an sich selbst, umarmten. Und jetzt schien es ihm, daß dies alles war, was er gesucht hatte, es war wirk-

lich und vollkommen, während alles andere, die ganze Vergangenheit der Streitereien und Kämpfe, des spöttischen Lachens und wütenden Anschreiens, zu einem Traum wurde.
Sie sagte ihm jetzt, er solle die Lippen schließen und ›m‹ sagen. Aber ein geheimer Winter schien seine Oberlippe in Eis verwandelt zu haben, und er konnte sie nicht herunterziehen. Etwas Seltsames bewegte sich im Mondlicht, und er sah, daß sein Vater sich auf die Unterlippe biß. Er hatte ihn noch nie vorher das Gesicht so verzerren sehen. Er beobachtete ihn. Papa, halbgrün im Mondschein, sah auf ihn herunter und biß sich hart auf die Lippe, und sein eines beleuchtetes Auge war seltsam und wild geweitet. Das Heben und Senken wurde schwächer und hörte dann auf. Wärme begann in Martins Zunge zu fließen, und seine eigene Lippe wurde weniger steif. Er spürte, daß er Angst bekam. Papas Hand umklammerte jetzt seinen Arm, und er konnte durch sie hindurch die lebendige Kraft im großen Körper seines Vaters spüren. Ein Donner schien sich in seinem Vater zu sammeln, schien ihn aufzublähen, mit Zorn zu erfüllen, wie ein Himmel, der plötzlich die Wolken eines Unwetters anzieht. Ein platzender Laut kam von Martins Lippen, und sein Nacken kribbelte von einem plötzlichen Schweißausbruch. Er sah sich selbst jetzt weggefegt, hinausgeworfen in die Nacht wie ein Bündel Lumpen. »Papa!« rief er und drückte sich in die Kissen zurück.
»Er kann reden!« schrie die Stimme seiner Mutter auf, und er erschrak. Er hörte, wie sie vom Fuß des Bettes zu ihm eilte, sah ihre ausgestreckten Arme, und die Angst brach sein Schweigen. »Mama!« schluchzte er, und sie fiel auf ihn, küßte ihn hektisch und rief ihm ins Gesicht: »Ja, ja,

red, mein Kind, red! Es ist vorbei!« Ihre Dankbarkeit, so unerwartet rein, hob ihn aus der Reichweite jeder Strafe, die er noch einen Augenblick vorher befürchtet hatte; ihre Einheit mit ihm löschte jeden Gedanken aus, und er schien mit ihr anstrengungslos durch Licht zu schwimmen. Sie weinte jetzt und stand aufgerichtet da, blickte, die Hände wie im Gebet gefaltet, auf ihn herunter.

Martin sah wieder seinen Vater an, und der war nicht glücklich, nicht dankbar, sondern genauso, wie er einen Augenblick vorher gewesen war. Und er hörte die Stimme seines Vaters, bevor er die Wörter hörte – wie man den Donner grummeln hört, bevor er mit seinem Krachen ganz da ist.

»Gooootverrrdaaaammtnochmal!«

Mama fuhr herum und sah ihn an.

»Wann willst du ihn endlich in Ruhe lassen!« bellte er ihr ins Gesicht.

»Ich . . .?« begann sie, sich zu verteidigen.

»Du läßt ihn einfach nicht in Ruhe, und du machst ihn noch verrückt!«

Das Grummeln war nun schärfer geworden, gleich würde der brennende weiße Einschlag kommen, und Martin spannte sich, erregt hörte er das Heulen der Winde, die durch die plötzlich dunkel gewordene Luft tobten. »Gut, er verschüttet ein bißchen Suppe! Wie, verdammt noch mal, soll er lernen, wenn er nichts verschütten darf!«

»Ich hab doch nur . . .« begann sie schwach.

»Du hast ›nur‹!« Oh, er ließ sie nicht einmal erklären! Voller Staunen sah er, daß Papas Zorn sich gar nicht gegen ihn wandte! Und wie erschrocken sie war, als sie ihm da mit immer noch zum Gebet gefalteten Händen gegenüberstand. Der Donner seines Vaters traf jetzt die Erde, und er

konnte die Wörter nicht verstehen, aber er verstand die Angst seiner Mutter – ihre Angst und Bens niedergeschlagene Augen. Beide bekamen es jetzt ab, beide wurden weiter und weiter aus Papas Liebe verbannt.
»So kann man einen Jungen nicht behandeln«, sagte er jetzt ruhiger und strenger. »Wenn er noch nicht essen kann, gib ihm keinen Löffel; wenn er essen kann, laß ihn in Ruhe.« Sie wagte jetzt nicht zu antworten. Papa ging im Zimmer herum, riesig gegen sie. »Ich bin kein Professor, aber so geht das nicht«, sagte er. »So geht das überhaupt nicht. Du bringst dich um und uns auch.«
»Ich hab doch nur versucht ...«
»Hör auf, soviel zu versuchen«, brüllte er los, das Mondlicht auf seinem Ohr. »Und jetzt komm. Laß ihn schlafen. Komm.« Er atmete wütend und machte eine befehlende Bewegung mit der offenen Hand, und sie ging auf die Tür zu. Dort zögerte sie, wollte, Martin wußte es, ihm einen Gute-Nacht-Kuß geben, aber statt dessen ging sie gehorsam an Papa vorbei und hinaus, und Martin spürte, daß sie durch die Strafe beruhigt und glücklich war, als sie still verschwand.
Jetzt wandte sich Papa ihm zu und sagte so streng wie vorher: »Von jetzt an keine Tricks mehr, hörst du? Und gehorch ihr, wenn sie was sagt.«
»Ja, Papa«, flüsterte Martin, seine Liebe erstickte seine Stimme fast.
Papa langte herunter, und Martin zuckte, weil er einen Schlag erwartete, aber sein Vater zog nur sanft die Decke ein wenig zurecht und ging dann hinaus.
Einen Augenblick vergaß Martin völlig, daß Ben immer noch am Fußende des Bettes saß. Er war jetzt überzeugt, daß er etwas Großes vollbracht hatte; es war fast so ein

Gefühl, als hätte er den ganzen Tag an der Seite seines Vaters gefastet, und er war gestärkt durch das Echo der tiefen Stimme, die sich so überraschend zu seiner Verteidigung erhoben hatte. Und einen Moment lang glaubte er fast, daß er selber der Mann mit der brüllenden Stimme gewesen war; im stillen imitierte er die Laute und den wütenden Gesichtsausdruck seines Vaters und eignete sie sich an. Geläutert und schon wieder bereit, Neues zu tun, wünschte er den Morgen herbei und die Möglichkeit, im Tageslicht neben seinem Vater herzugehen und vielleicht jemanden zu treffen, zu dem sein Vater sagen würde: »Das ist mein Sohn.« Sein Sohn! Zum ersten Mal in seinem Leben war er sich scharf und unverrückbar bewußt, was Abstammung bedeutete und daß es Kraft gab, zu wissen, daß man umsorgt wurde und auf die Weise ein Vertrauen entgegennahm, das man nie enttäuschen durfte. Das Bild seines zornigen Vaters zog an ihm vorüber, und hinter Papa erschien Großpapa und hinter ihm andere Männer, alle ernst und bärtig, die sich um ihn sorgten und irgendwie etwas von ihm erwarteten und zufrieden waren, wenn ihre Rechtschaffenheit und Tapferkeit in ihm erneuert wurden. Und unter der Wärme ihres zustimmenden Nickens sank er allmählich in Schlaf.

Ein lautes Schluchzen weckte ihn. Er richtete sich schnell auf. Ben! Er suchte in der Dunkelheit nach seinem Bruder, den er vergessen hatte, und wollte ihm sagen – egal, was er ihm sagen wollte –, er hatte nur nichts mehr zu verbergen und wollte seinem Bruder nahe sein.

»Ben?« Unerklärlicherweise war Ben nicht mehr am Fußende. Martin wartete. Wieder, aber jetzt leise, hörte er ihn weinen. Wie konnte Ben traurig sein? fragte er sich.

»Ben?« rief er wieder. Das Weinen ging weiter, fern, für

sich, und es traf Martin, der sich ausgeschlossen fühlte. Plötzlich sah er, daß Ben neben ihm saß und ihn über den Raum zwischen den Betten hinweg ansah. Er war vollständig angezogen.

»Was hast du?« fragte Martin.

Der Mondschein beleuchtete eine Wange und den Winkel eines Auges; der Rest von Bens Gesicht war in Dunkelheit verloren. Martin konnte seinen Ausdruck nicht erkennen, und er wartete ohne Angst, nur mit Neugier darauf, daß Ben etwas sagte. Aber jetzt konnte er das unregelmäßige Atmen seines Bruders hören, und obwohl er sich an nichts erinnerte, was er ihm getan hatte, spürte er, daß sich in dem langen Schweigen ein Urteil gegen ihn sammelte.

»Was ist los?« fragte er.

In einer von Trauer gebrochenen Stimme sagte Ben: »Wie konntest du sowas sagen?«

»Wein nicht«, bat Martin. Aber Ben saß da und weinte in seine Hände. »Sie *schlafen*«, warnte er Ben edel. Aber Ben weinte sogar noch lauter, als seine Eltern erwähnt wurden, und Martins Angst fand zu ihm zurück; und das alte Gefühl, Geheimnisse zu haben, wurde in ihm wieder böse lebendig.

»Wein nicht so!«

Er schlüpfte schnell aus dem Bett und beugte sich vor, um seinem Bruder von unten ins Gesicht zu sehen. Panik schien einen Abgrund neben ihm aufzureißen. »Ich hab's nicht so gemeint, Ben. Bitte!« Aber noch immer wußte er nicht, was so schrecklich an dem gewesen war, was er gesagt hatte, und daß er es nicht wußte, war selbst wieder ein Zeichen dafür, daß er schlecht war.

Plötzlich griff er nach Bens Händen und wollte sie von Bens Gesicht ziehen, aber Ben riß sich los, legte sich aufs Bett und wandte Martin den Rücken zu. Ein Wirbel aus Wolken, Meerestiefen und bärtigen Geheimnissen strömte aus Bens Rücken und kreiste um Martins Kopf. Leise kroch er ins Bett zurück. »Ich werd's nie wieder sagen, ich versprech's«, sagte er.

Aber Ben antwortete nicht. Sogar seine Schluchzer wurden stiller. Er wartete, aber Ben nahm sein Versprechen nicht an, und am Schweigen seines Bruders erkannte er, daß er verworfen war. Er lag da und sah mit offenen Augen in die Dunkelheit und begriff, daß Papa zwar für ihn so laut gebrüllt hatte, aber daß es nur geschehen war, weil Papa nicht wußte, wie schlecht er war. Ben aber wußte es. Papa war so unschuldig, daß er ihn verteidigte. Aber Ben wußte Bescheid.

Er konnte nicht mehr daliegen. Er setzte sich auf und schniefte laut, um zu sehen, ob Ben sich ihm zuwenden würde, aber Ben lag bewegungslos da, still. Schlief er in seinen Kleidern ein? Das Zerbrechen einer uralten Ordnung erweiterte Martins Blick, und ihm fiel ein, daß das Eßzimmer voller Scherben sein mußte. Wie wundervoll es wäre, wenn er hinausschlüpfte und es lautlos saubermachte, und am Morgen wären sie alle verblüfft und würden ihn lieben.

Seine Füße berührten den Boden. Ben bewegte sich immer noch nicht. Tiefgebeugt schlich er auf Zehenspitzen aus dem Kinderzimmer, die Hände in die leere schwarze Luft gestreckt.

Der Mond schien nicht ins Eßzimmer, und er bewegte sich aus Angst davor, Lärm zu machen, Zentimeter um Zentimeter vorwärts. Seine Hand berührte den Tisch, und er fuhr darauf herum. Er war ganz leer. Erst jetzt erinnerte er sich genau an das, was geschehen war, und zum ersten Mal

hörte er das große Krachen, und die Erkenntnis, daß er wirklich so böse gewesen war, traf ihn wie ein Schlag. Er kniete nieder, finster entschlossen, sauberzumachen. Sein Knie traf auf eine Birne und zerquetschte sie. Ihn ekelte davor. Er setzte sich nieder, um das Knie zu säubern, spürte kaltes Fleisch unter dem Hintern und zuckte zusammen; es war eine Hühnerkeule. Die Knie vom Boden fernhaltend, kroch er auf allen vieren vom Tisch fort, um dem aufsteigenden Gefühl des Ekels zu entkommen. Am Fenster stand er auf und blickte hinaus und sah ein Wunder. Ein silbrig-grünes Glühen hing über der Asphaltstraße.
Solch hellen Mondschein hatte er nie zuvor gesehen. Er glitzerte sogar in den Fenstern auf der anderen Seite der Straße. In der Stille hatte er ein schwaches hohes Sirren in den Ohren, wie von Insekten. Seine Augen verschluckten das geheimnisvolle Glühen dort draußen, und einen Augenblick später hatte er vergessen, wozu er in das Eßzimmer gekommen war. Das Gefühl von etwas Neuem überkam ihn; Dinge zu tun, die er nie vorher getan hatte. Es war plötzlich ein geheimer Augenblick; niemand beobachtete ihn, und er konnte machen, was er wollte. Niemand wußte, daß er hier stand, und er war noch nie vorher im Haus herumgegangen, wenn alle anderen schon schliefen. Er konnte sogar hinausgehen! Die verbotene Freiheit begeisterte ihn – hinauszugehen und der einzige auf der Welt zu sein, der nicht schlief! Seine Hand griff nach dem Schlüssel in der Haustür, drehte ihn um, und sie öffnete sich. Das überraschte ihn ein wenig. Er sah durch das Fliegengitter hinaus und spürte, wie warm die Luft war. Jetzt hörte er, wie sanft das Geräusch der Brandung geworden war, und er öffnete die Fliegengittertür weit genug, um nach links gucken zu können, und dann trat er auf die Veranda hinaus

und blickte auf das Meer. Es hatte sich geglättet, die ganze Rauheit der vorhergehenden Tage war geschmolzen. War Gott fort?

Die magische neue Stille des Ozeans faszinierte ihn. Als niemand hingesehen hatte, war Gott in einem Aufschäumen aus dem Wasser nach oben geschossen; und als das Wasser zurückgefallen war, hatten sich die Wellen geglättet, und das Meer war zur Ruhe gekommen. Gott hatte gewartet, bis sie ihre Sünden hineingeworfen hatten, und Er hatte sie mit Sich genommen und das Wasser sauber und bartlos zurückgelassen. Wie wundervoll es war, daß Papa und die anderen Männer wußten, was sie mit Gott tun mußten! Wie man zu Ihm betete und wann man Ihm seine Sünden zuwerfen, wann nach Hause gehen und essen mußte. Papa und auch Ben und die anderen verstanden Gott und wußten, was als nächstes zu geschehen hatte und was Er von ihnen erwartete.

Wie er dastand und auf den gleißenden Strand hinaussah, auf den salzweißen Sand, der sich vor ihm ausstreckte wie ein Himmel, auf dem man gehen konnte, auf den grünen Strom des Mondes, der auf dem Meer auf seine Augen zufloß, wünschte er sich voller Sehnsucht zu wissen, was er für Gott tun sollte, so wie es die anderen wußten. Sein Körper reckte sich wie in einem stillen Gelöbnis, einem reinen Wunsch, der sich schnell in eine Tatsache verwandelte; wie er in der Synagoge mit der Gemeinde aufgestanden war und sich wieder gesetzt hatte, ohne zu wissen, warum, aber zufrieden, mit den anderen in reinem Gehorsam vereinigt zu sein, so schwor er nun der See Gehorsam, dem Mond, dem strahlenden Strand und dem Himmel und der Stille, die ihre Leere um ihn herum ausbreitete. Was genau ihm befohlen wurde, wußte er nicht, aber eine Ordnung kam aus dieser Nacht, und er war dankbar, denn sie machte ihn besser, und er fühlte sich nicht mehr ganz allein. Ohne daß ihm das im einzelnen klar war, glaubte er, daß er der Schutzengel von Bens Unschuld und von der seiner Eltern war. Verschwommen spürte er, daß er sie mit einigen Worten, die in seinem Kopf waren, beinahe schreiend und brüllend aufeinander und auf sich selbst gehetzt hätte. Wenn er gesagt hätte, was er hätte sagen können, dann hätten sie sich alle entsetzt vom bloßen Anblick des anderen abgewandt, und alles wäre in Schrecken zusammengebrochen. Er mußte sie von diesem Wissen fernhalten, das begriff er und empfing es wie Wasser, wenn er durstig war, mit ruhigen Augen und einer inneren Aufmerksamkeit und Freude, mit einer Sehnsucht, die mehr war als Wissen.

Plötzlich merkte er, daß er erschöpft war. Schlaf überfiel ihn, wie er mit den Händen auf der Brüstung der Veranda dastand. Er hielt die Hand über die Brüstung hinaus und spürte das Mondlicht. Es war nicht warm! Jetzt wusch er beide Hände darin und suchte nach seiner Wärme und seiner Stofflichkeit, aber es fühlte sich nicht anders an als Dunkelheit. Er legte sich die Hände, die vom Mond berührt worden waren, aufs Gesicht, aber er spürte keine Wärme. Er reckte sich und versuchte, sich über die Brüstung zu lehnen, um das Gesicht ins Mondlicht zu halten, aber er kam nicht so weit. Mit schweren Augenlidern ging er schwankend zu der kleinen Treppe, stieg hinunter, ging weiter zur Ecke des Hauses, wo der Strand anfing, und trat aus dem Schatten des Hauses hinaus in das offene Mondlicht. Als er aufsah, blendete ihn die Nacht, und er saß plötzlich, fiel zurück auf die Ellenbogen, und dann gaben die nach, und er lag lang im Sand.

Mit dem letzten sich verdunkelnden Winkel seines Bewußtseins versuchte er, sein Gesicht warm werden zu lassen, und langsam erwärmte es sich. Erst die Augenlider, dann die Nase, dann sein Mund spürten, wie sich die Wärme des Mondes ausbreitete. Er sah seinen Bruder und seinen Vater und seine Mutter und wie er ihnen erzählen würde, daß Mondlicht so warm war – und er hörte sie über diese Unmöglichkeit lachen, ein Lachen, das ihn wie ein geschlossenes Tor von der Welt fernhielt, und selbst jetzt, da er wütend und beschämt war, fühlte er sich noch als ihr Beschützer. Sie sollten ruhig lachen und ihm nicht glauben, während er sie – insgeheim und ohne daß es jemand außer den allessehenden Augen aus dem Meer wußte – durch die Kraft seines Schweigens vor dem Bösen und vor Unheil bewahrte. Vereint mit der Ordnung, verantwortlich für den gefährdeten Frieden schlief er in der Kraft seines heiligen Amtes.

Der Wind kühlte ihn aus, und bald spürte er den kalten Sand im Rücken, aber er zog mehr Wärme aus dem Mondlicht und wurde schnell wieder warm. Hinabsinkend schwamm er durch die tiefste See und hielt den Atem solange an, daß er, als er mit von Sonnenlicht strahlenden Haaren wieder auftauchte, wußte, er würde sie alle erstaunen.

(1959)

Monte Sant' Angelo

Der Fahrer, der vorne fast eine Stunde lang in vollkommenem Schweigen dagesessen hatte, während sie die eintönig grüne Ebene von Foggia durchfuhren, sagte jetzt etwas. Appello beugte sich sofort auf dem Rücksitz nach vorn und fragte ihn, was er gesagt hatte. »Das ist jetzt Sant' Angelo da vor Ihnen.« Appello duckte sich, um durch die Windschutzscheibe des kleinen klappernden Fiat zu sehen. Dann stieß er Bernstein an, der gereizt wach wurde, als wäre ihm sein Freund zu nahe getreten. »Das ist die Stadt da oben«, sagte Appello. Bernsteins Ärger verschwand, und er lehnte sich vor. Beide saßen so einige Minuten da und beobachteten, wie die Stadt ihnen näherrückte, eine Stadt, die sie beide als sehr eigenartig gelegen empfanden, noch eigenartiger sogar als jede andere, die sie während der letzten vier Wochen auf ihrer Fahrt durch das Land gesehen hatten. Sie wirkte wie eine winzige alte Dame, die sich aus Angst vor Dieben hoch auf das Dach verzogen hat.

Die nächste Viertelmeile blieb das Land flach wie ein Tisch. Dann erhob sich aus seiner Mitte wie eine Säule die Spitzkuppe; quadratisch und streng ragte sie in den Himmel empor und wurde erst zur Spitze hin schmaler. Und dort, jetzt kaum sichtbar, duckte sich die Stadt, die einen Augenblick lang hinter weißen Wolken verschwand, dann

klein und sicher wieder erschien – wie ein Berghafen, der am Rand des Meeres auftaucht. Aus der Entfernung konnten sie keine Straße erkennen, überhaupt keinen Zugang die Seite der Säule hinauf.
»Wer immer das da vorne gebaut hat, muß vor irgendwas fürchterliche Angst gehabt haben«, sagte Bernstein und zog den Mantel fester um sich.
»Wie kommen die da rauf? Geht da überhaupt jemand rauf?«
Appello fragte den Fahrer auf italienisch nach der Stadt. Der Fahrer, der erst einmal in seinem Leben dagewesen war und sonst niemanden kannte, der die Fahrt dorthin gemacht hatte – obwohl er aus dem nahegelegenen Lucera war –, antwortete leicht belustigt, sie würden gleich sehen, wie selten jemand nach Sant' Angelo hinauffuhr. »Die Esel werden ausschlagen und wegrennen, wenn wir hochfahren, und wenn wir in die Stadt kommen, werden sich alle versammeln, um uns anzugucken. Die leben hier am Ende der Welt. Da oben sehen alle wie Brüder aus. Die leben da ziemlich hinterm Mond.« Er lachte.
»Was sagt der Schwede da vorne?« fragte Bernstein.
Der Fahrer hatte kurzgeschnittene Haare, eine Stupsnase und ein rotes rundes Gesicht und blaue Augen. Das Auto gehörte ihm, und obwohl er sich wie jeder andere Italiener ausdrückte, wenn er festen Boden unter den Füßen hatte, legte er hinter dem Steuer und mit zwei Amerikanern im Fond nur eine höchst belustigte und überlegene Haltung allem gegenüber an den Tag, das sich jenseits seiner Windschutzscheibe befand. Appello übersetzte für Bernstein und fragte dann den Fahrer, wie lange sie brauchten, um dort oben hinaufzukommen. »Vielleicht eine dreiviertel Stunde – so lang, wie der Berg ist«, verbesserte er sich.

Bernstein und Appello lehnten sich zurück und sahen zu, wie sich die Kuppe näherte. Jetzt konnten sie erkennen, daß ihre Flanken aus bröckelndem weißem Gestein bestanden. Nun, aus geringerer Entfernung, sah es so aus, als habe sie von einem ungeheuren Hammer einen fürchterlichen Schlag bekommen, der Millionen von Rissen hinterlassen hatte. Sie begannen jetzt mit der Auffahrt auf einer Schotterstraße voller scharfkantiger, zerbrochener Felsstücke.
»Die Straße ist aus römischer Zeit«, bemerkte der Fahrer. Er wußte, wieviel Aufhebens die Amerikaner um alles Römische machten. Dann setzte er hinzu: »Das Auto nicht, das kommt aus Mailand.« Er und Appello lachten.
Und jetzt begann die weiße Kreide, in das Auto zu treiben. An ihren Ellenbogen wurde die Höhe bedrohlich. Die Straße hatte keine Randbefestigung, und sie beschrieb alle zweihundert Meter eine Serpentine, um dann wieder anzusteigen. Die Türen des Fiat rüttelten in ihren Rahmen; der Sitz, auf dem sie saßen, schob sich immer wieder vorwärts auf den Boden zu. Ein feiner Film von weißem Talg legte sich auf ihre Kleidung und setzte sich in ihre Augenbrauen. Sie begannen beide zu husten. Danach sagte Bernstein: »Nur um es klar und ohne Vorurteil zu verstehen, kannst du in ein paar kurzen Worten erklären, warum zum Teufel wir diesen Staubklumpen raufkraxeln, Alter?«
Appello lachte und deutete einen Boxhieb an.
»Nee, im Ernst«, sagte Bernstein und versuchte zu lächeln.
»Ich will meine Tante besuchen, das. ist alles.« Appello wurde wieder ernst.
»Du bist verrückt, ist dir das klar? Du hast irgendeine Art von Ahnenkomplex. Wir haben in diesem Land nichts anderes getan, als nach deinen Verwandten zu suchen.«

»Na ja, Himmelherrgott, wo ich jetzt schließlich in diesem Land bin, will ich auch all die Orte sehen, aus denen ich komme. Ist dir klar, daß zwei meiner Verwandten in einer Krypta der Kirche da oben begraben wurden? Um elfhundertnochwas.«

»Oh, ist das da, wo die Mönche herkamen?«

»Sicher, die beiden Appellobrüder. Sie haben mitgeholfen, die Kirche zu bauen. Sie ist sehr berühmt, die Kirche da. Angeblich ist der heilige Michael da mal erschienen oder sowas.«

»Ich hätt nie gedacht, daß ich mal jemanden kennenlernen würde, in dessen Familie es Mönche gegeben hat. Aber ich glaub immer noch, daß du auf dem Gebiet 'nen Tick hast.«

»Sind dir deine Vorfahren denn völlig egal? Würdest du nicht gerne zurück nach Österreich fahren, oder wo immer du herkommst, um zu sehen, wo deine Leute früher gelebt haben? Vielleicht eine Familie finden, die zu deinem Stammbaum gehört oder sowas?«

Bernstein schwieg einen Augenblick. Er wußte nicht genau, was er empfand, und fragte sich vage, ob er seinen Freund vielleicht ein wenig aus Neid aufzog. Als sie in dem Landhaus gewesen waren, in dem die Porträts von Appellos Großvater und Urgroßvater hingen – beide berühmte Provinz-Landräte und Friedensrichter; als sie die Nacht in Lucera verbracht hatten, wo der Name Appello etwas ausgesprochen Ehrenwertes bedeutete und wo sein Freund Vinny auf das herzlichste begrüßt und aufgenommen wurde, weil er ein Appello war – in all diesen Momenten hatte sich Bernstein ausgeschlossen und irgendwie unzureichend gefühlt. Zu Beginn hatte er so getan, als fände er das ganze Getue kindisch, aber dann, als eine Begegnung nach der anderen, als Wahrzeichen nach Wahrzeichen den Namen Appello wie ein Echo zurückwarf, konnte er allmählich nachempfinden, was seinen Freund mit seiner Geschichte verband, und es kam ihm so vor, als stärkte es Vinny, als würde es ihn weniger dem Tod ausliefern, wenn es für ihn an der Zeit war zu sterben.

»Ich hab keine Verwandten in Europa, nicht daß ich wüßte«, sagte er zu Vinny, »und wenn ich welche hätte, dann wären sie alle umgebracht worden.«

»Gefallen dir deshalb meine Besuche nicht?«

»Hab ich nicht gesagt«, sagte Bernstein und zwang sich zu lächeln. Er wünschte, er könnte sich so öffnen wie Vinny; er würde sich dann wohler und sicherer fühlen, glaubte er. Sie starrten auf die Ebene unter sich und sprachen wenig.

Der Kreidestaub hatte Appellos schwarze Augenbrauen hell gemacht. Einen flüchtigen Augenblick lang kam es Bernstein so vor, als ähnelten sie einander. Beide waren über einsachtzig groß, breitschultrig und dunkel. Bernstein war dünner, ziemlich mager und langarmig. Appello hatte kräftigere Arme und ging ein bißchen krumm, als wollte er nicht so groß sein. Aber ihre Augen waren nicht dieselben. Appello hatte etwas Chinesisches um die Augen, sie glänzten schwarz, waren direkt und – für Frauen – leidenschaftlich. Bernstein blickte eher, als daß er sah; für ihn war es gefährlich, sich in die Augen sehen zu lassen, weil er glaubte, sie verrieten ihn, und deshalb wandte er sie oft ab oder sah nach unten, und es schien in ihnen etwas abwehrend Grausames und doch Sanftes zu liegen.

Sie mochten sich; nicht so sehr aus bestimmten Gründen, sondern wegen der Möglichkeiten, die sie einander eröffneten. Es war, als hätten sie beide im anderen den Gegensatz gespürt. Und sie wurden von den Schwächen des anderen angezogen. Wenn Bernstein um ihn war, fühlte sich Appello von seiner verantwortungslosen Sinnlichkeit abgelenkt, und während dieser Fahrt hatte Bernstein seinerseits oft das Vergnügen und den Schmerz erlebt, sich die eigene Sinnlichkeit nicht länger zu verbieten.

Der Wagen fuhr eine Haarnadelkurve – rechts unter ihnen eine Wolke –, als sich plötzlich die Hauptstraße der Stadt vor ihnen aufwölbte. Sie sahen keinen Menschen. Was der Fahrer vorhergesagt hatte, war eingetreten – auf den paar Flecken Gras, an denen sie vorbeigekommen waren, rissen die Esel aus, und sie hatten Schafhirten mit Schnurrbärten und schwarzen helmartigen Mützen und langen schwarzen Mänteln gesehen, und die hatten sie mit dem schweigend prüfenden Blick derer betrachtet, die weitab leben. Aber hier in der Stadt war niemand zu sehen. Der Wagen fuhr die Hauptstraße hinauf, die jetzt flacher wurde, und urplötzlich waren sie von Leuten umringt, die aus ihren Häusern kamen und noch dabei waren, Jacken und Mützen anzuziehen. Sie sahen tatsächlich alle wie Verwandte aus, und eher irisch als italienisch.

Die beiden stiegen aus und überprüften ihre Koffer, die auf das Dach gebunden waren, während der Fahrer die ganze Zeit schützend um das Auto herumstrich. Appello unterhielt sich lachend mit den Leuten, die ihn immer wieder fragten, warum er eine so lange Reise unternommen, was er zu verkaufen habe, was er kaufen wolle, bis er ihnen schließlich klargemacht hatte, daß er nur nach seiner Tante suchte. Als er ihren Namen nannte, blickten ihn die Männer (die Frauen waren zu Hause geblieben und sahen vom Fenster aus zu) verdutzt an, bis ein alter Mann in Riemensandalen und einer Strickmütze hervortrat und sagte, daß er sich an eine solche Frau erinnere. Dann wand-

te er sich um, und Appello und Bernstein folgten ihm die Hauptstraße hinauf – mit nun bestimmt einhundert Männern hinter ihnen.
»Wieso kennt sie keiner?« fragte Bernstein.
»Sie ist Witwe. Ich glaub, sie bleibt die meiste Zeit zu Hause. Die Männer in ihrer Familie sind vor zwanzig Jahren ausgestorben. Ihr Mann war hier oben der letzte Appello. Frauen gelten bei ihnen nicht viel; ich wette, der Alte konnte sich bloß an ihren Namen erinnern, weil er ihren Mann damit in Verbindung brachte, nicht sie.«
Ein steter und starker Wind blies durch die Stadt, er wusch sie, scheuerte ihre Steine weiß. Die Sonne war kühl wie eine Zitrone, der Himmel stahlblau und die Wolken so nah, daß sie mit dem Kiel durch die nächste Straße zu segeln schienen. In den langen Schritten der Amerikaner lag die Freude über die Bewegung. Sie kamen an ein zweistöckiges Haus und gingen einen dunklen Korridor hinauf und klopften. Ihr Führer blieb respektvoll auf der Straße zurück.
Ein paar Augenblicke lang war alles still. Dann hörten sie kurze Kratzgeräusche wie von einer Maus, die lief, anhielt, sich umsah, wieder loslief. Appello klopfte noch einmal. Der Türknauf drehte sich, und die Tür öffnete sich einen Fußbreit. Eine blasse kleine Frau, noch gar nicht sehr alt, zog die Tür gerade weit genug auf, daß man ihr Gesicht sehen konnte. Sie sah sehr besorgt aus.
»Ha?« fragte sie.
»Ich bin Vincent Georgio.«
»Ha?« wiederholte sie.
»Vincenzo Giorgio Appello.«
Sie nahm die Hand vom Türknauf und wich zurück. Appello trat mit seinem freundlichen Lächeln auf den Lippen

ein, Bernstein folgte ihm und schloß die Tür. Durch ein Fenster flutete die Sonne in den Raum, der trotzdem eiskalt war. Die Frau stand mit offenem Mund da, die Hände wie im Gebet zusammengepreßt, und die Fingerspitzen zeigten auf Vinny. Sie schien gebückt, als wolle sie sich jeden Augenblick niederknien, und sie konnte nichts sagen.
Vinny ging zu ihr hinüber, berührte ihre knochige Schulter und drückte sie auf einen Stuhl. Er und Bernstein setzten sich auch. Er erklärte ihr, wie sie verwandt waren, nannte Namen von Frauen und Männern, von denen einige tot waren, von anderen hatte sie nur gehört und sie an diesem Ort unter dem Himmel nie gesehen. Schließlich sagte sie etwas, und Appello konnte nichts davon verstehen. Plötzlich lief sie aus dem Zimmer.
»Ich glaub, sie denkt, ich wär ein Geist oder sowas. Mein Onkel sagte, daß sie seit zwanzig oder fünfundzwanzig Jahren niemanden aus der Familie gesehen hat. Sie denkt bestimmt, es wär niemand mehr übrig.«
Sie kehrte mit einer Flasche zurück, in der noch ein Fingerbreit Wein war. Sie beachtete Bernstein nicht und gab Appello die Flasche. Er trank. Es war Essig. Dann begann sie zu wimmern und wischte sich immer wieder die Tränen aus den Augen, um Appello sehen zu können. Sie sprach keinen Satz zu Ende, und Appello fragte sie immer wieder, was sie sagen wollte. Sie lief die ganze Zeit von einer Ecke des Zimmers in die andere. Sie stand ständig auf, lief herum und setzte sich wieder auf den Stuhl, und das ging in so wildem Rhythmus hin und her, daß Appello ihr schließlich mit lauter Stimme befahl, sitzenzubleiben.
»Ich bin kein Geist, Tantchen. Ich bin aus Amerika hierhergekommen ...« Er hielt inne. Ihre verwirrten, erschreckten Augen drückten deutlich aus, daß sie ihn kei-

neswegs für einen Geist gehalten hatte, sondern, was genauso schlimm war – es für unmöglich hielt, daß jemand aus Amerika, einem Ort, der für sie so wahrhaftig existierte wie der Himmel und in genau dergleichen Art, überhaupt an sie denken konnte, wenn schon niemand aus Lucera sie jemals besucht hatte. Man konnte sich einfach nicht mit ihr unterhalten.

Schließlich gingen sie, und sie hatte nicht einen zusammenhängenden Satz hervorgebracht, außer einem Segen, der ihre Art war, Erleichterung darüber auszudrücken, daß Appello ging. Denn obwohl es sie mit unsagbarer Freude erfüllte, mit eigenen Augen einen Blutsverwandten ihres Mannes zu sehen, war sein Anblick zu schrecklich, denn er weckte in ihr Erinnerungen an die Verluste ihres Lebens, und außerdem lastete die Verantwortung auf ihr, ihn willkommen zu heißen und gastlich zu bewirten.

Sie gingen jetzt zu der Kirche. Bernstein hatte kein Wort sagen können. Der Gefühlsausbruch der Frau, der so rein und heftig und wild gewesen war, hatte ihn erschreckt. Als er aber Appello ansah, stellte er verblüfft fest, daß sein Freund mit einer ruhigen Zufriedenheit auf diese Begegnung reagierte, als hätte sich seine Tante einfach nur richtig benommen. Dunkel erinnerte er sich, wie er als Junge eine Tante in der Bronx besucht hatte, eine Frau, die mit der Familie keinen Kontakt gehabt und ihn nie zuvor gesehen hatte. Er wußte noch, wie sie ihn nachdrücklich aufgefordert hatte zu essen, ihn in die Wange gekniffen und jedesmal gelächelt hatte, wenn er zu ihr aufsah, aber er wußte, daß darin nichts so Blutvolles gelegen hatte und daß selbst, wenn er an der nächsten Ecke eine Frau träfe, die behauptete, zu seiner Familie zu gehören, nichts dergleichen geschehen konnte. Wenn überhaupt, würde er nur von ihr wegkommen wollen, auch wenn er sonst zu seinen Leuten immer ein gutes Verhältnis gehabt hatte und ihnen gegenüber nicht einmal die übliche Arroganz empfand. Als sie die Kirche betraten, gestand er sich ein, daß irgendein Teil von ihm nicht wirklich mit seiner Familie verbunden war, aber warum er darüber verstört sein sollte, war ihm ein Rätsel und machte ihn sogar Appello gegenüber gereizt, der jetzt den Priester fragte, wo die Familiengruft der Appellos liege.

Sie stiegen in die Kellergewölbe der Kirche hinunter, wo der Steinfußboden zum Teil unter Wasser stand. An den Wänden und die verwinkelten Gänge entlang, die von der gewölbten Halle in der Mitte wegführten, gab es Grabstätten, die so alt waren, daß keine Kerze die verwitterten Inschriften erhellen konnte. Der Priester erinnerte sich vage an eine Appellogruft, wußte aber nicht, wo sie lag. Vinny ging von einem Gewölbe zum anderen, die Kerze in der Hand, die er von dem Priester gekauft hatte. Bernstein wartete am Anfang des Ganges, den Nacken gebeugt, damit er die Decke nicht mit seinem Hut berührte. Appello, der noch krummer ging als sonst, sah selbst wie ein Mönch aus, ein Altertumsforscher, eine allmählich verschwindende Gestalt, die in das lange Dunkel der Zeit hinabblickt, um den eigenen Namen auf einem Stein zu finden. Er entdeckte ihn nicht. Sie bekamen nasse Füße. Nach einer halben Stunde verließen sie die Kirche. Draußen mußten sie zitternde kleine Jungen abwehren, die abgegriffene Postkarten mit religiösen Motiven verkauften. Der Wind drohte, sie ihnen aus den Fäusten zu reißen.

»Es muß hier sein«, sagte Appello fasziniert und aufgeregt. »Aber du hast bestimmt keine Lust, noch weiterzusuchen, oder?« fragte er hoffnungsvoll.

»Ich hab keine Lust, mir hier 'ne Lungenentzündung zu holen«, sagte Bernstein.

Sie waren ans Ende einer Nebenstraße gelangt. Sie waren an Geschäften vorbeigekommen, vor denen rosa Lämmer mit dem Kopf nach unten und steif in den Gehweg ragenden Beinen hingen. Bernstein gab einem die Hand und erfand für Vinny eine Szene mit Chaplin, in der ein Monsignore ihn hier traf, die Hand ausstreckte, um ihn zu begrüßen, und plötzlich den kalten Lammfuß in der Hand hatte, und Chaplin wäre es überaus peinlich. Am Ende der Straße suchte ihr Blick den endlosen Himmel ab, und sie sahen über den Abgrund auf Italien hinab.

»Vielleicht sind sie sogar da unten in Rüstung herumgeritten – die Appellos.« Vinny war begeistert.

»Ja, das haben sie wahrscheinlich gemacht«, sagte Bernstein. Die Vorstellung eines Appello in Rüstung tötete jeden Wunsch, sich über seinen Freund lustig zu machen. Er fühlte sich allein, trostlos wie die ausgetrocknete, zerbrochene Kalksäule, auf der er stand. In seiner Familie hatte es bestimmt keine Ritter gegeben.

Er erinnerte sich, wie sein Vater von seiner Stadt in Europa erzählt hatte, von einer gemeinsam benutzten Regentonne, einem Dorftrottel, einem Freiherrn in der Nähe. Das war alles, was er davon besaß, und kein Stolz darauf, überhaupt kein Stolz auf irgend etwas. Aber ich bin schließlich Amerikaner, sagte er sich. Und doch lag darin nicht die Kraft von Appellos enger Leidenschaft. Er blickte Appello von der Seite an und spürte, mit welcher Wärme der auf Italien sah, und er fragte sich, ob jemals ein Amerikaner in den Staaten so etwas wirklich empfunden hatte. Noch niemals im Leben war ihm die Vergangenheit so bevölkert erschienen, so voll vom Leben der Generationen – wie die

Begegnung mit Vinnys Tante vor einer Stunde. Eine gemeinsame Regentonne, ein Dorftrottel, ein Freiherr, der in der Nähe lebte... Mit ihm hatte das nichts zu tun. Und als er dort stand, fühlte er, daß irgend etwas in ihm zerbrochen war, und leicht belustigt fragte er sich, ob sich ein Kind so fühlte, wenn es herausfand, daß die Eltern, die es aufgezogen haben, nicht seine leiblichen Eltern waren. Er hatte sein Zuhause nie als Teil einer umfassenden Wärme begriffen, sondern als Zuflucht vor der Straße, einem öffentlichen und regellosen Ort...

Sie suchten und fanden ein Restaurant zum Mittagessen. Es lag am anderen Ende der Stadt und war über den Rand des Abgrunds hinausgebaut. Innen war es ein einziger riesiger Raum mit fünfzehn oder zwanzig Tischen; die Stirnseite bestand aus einer Reihe von Fenstern, die den Blick auf die Ebene unten freigaben. Sie setzten sich und warteten darauf, daß jemand erschien. In dem Restaurant war es kalt. Sie konnten den Wind hören, der um die Fenster heulte, und doch zogen die Wolken in Augenhöhe heiter und langsam vorüber. Ein junges Mädchen, die Tochter der Familie, kam aus der Küche, und als Appello mit ihr über das Essen sprach, öffnete sich die Tür, und ein Mann trat ein.

Bernstein hatte augenblicklich ein Gefühl von Vertrautheit, als er diesen Mann erblickte, obwohl er die Ursachen dafür nicht ergründen konnte. Der Mann sah sizilianisch aus, hatte ein rundes Gesicht, dunkel wie die Erde, hohe Wangenknochen, ein breites Kinn. Fast lachte er laut auf, weil es ihm plötzlich so vorkam, als könnte er sich mit diesem Mann auf Italienisch unterhalten. Als das Mädchen gegangen war, erzählte er Vinny das, der nun auch den Mann beobachtete.

Der spürte ihre Blicke und sah sie mit einem fröhlichen Grinsen an und sagte: *»Buon giorno.«*

»Buon giorno«, antwortete Bernstein über vier Tische hinweg und sagte dann zu Vinny: »Wieso hab ich dieses eigenartige Gefühl?«

»Woher zum Teufel soll ich das wissen?« sagte Vinny, froh, jetzt ein Thema gefunden zu haben, das beide interessierte.

Sie beobachteten den Mann, der offensichtlich häufig hier aß. Er hatte bereits ein großes Paket auf einen anderen Tisch gelegt, und hängte jetzt seinen Hut an einen Stuhl, seine Jacke über einen anderen und seine Weste über einen dritten. Er sah aus, als schaffe er sich aus seiner Kleidung Gesellschaft. Er war mittleren Alters und sehr robust. Und für die Amerikaner lag etwas sehr Widersprüchliches in seiner Kleidung. Seine Jacke hätte auch von einem einfachen Mann aus dem Ort getragen werden können; sie war eng und schwarz und zerknittert und voller Kreidestaub. Seine Hosen waren dunkelbraun und sehr dick wie die eines Bauern, seine Schuhe aus schwerem Leder und an den Spitzen abgestoßen. Aber er trug einen schwarzen Hut, der hier, wo alle Kappen auf dem Kopf hatten, ungewöhnlich war, und eine Krawatte. Er wischte sich die Hände ab, bevor er den Knoten lockerte; es war eine gestreifte Krawatte, gelb und blau, aus Seide, und keine Krawatte, die man in diesem Teil der Welt kaufen konnte. Niemand hier trug so etwas. Und in seinen Augen lag etwas, das anders war als das dumpfe, geistesabwesende Starren der Bauern; ebensowenig hatte sein Blick die Unschuld der anderen Männer, die sie in den Straßen angesehen hatten.

Das Mädchen brachte zwei Teller mit Lamm für die Amerikaner.

Das interessierte den Mann, und er sah über seinen Tisch auf das Lammfleisch und die Fremden. Bernstein blickte auf das kaum gebratene Fleisch und sagte: »Da sind noch Haare dran.«

Vinny rief das Mädchen zurück, das gerade auf den Neuankömmling zusteuerte, und deutete auf die Haare.

»Aber das ist vom Lamm«, erklärte sie einfach.

Sie sagten: »Oh«, und taten so, als wollten sie ein Stück von dem leicht rosa Fleisch abschneiden.

»Sie sollten eigentlich wissen, Signor, daß man heute kein Fleisch bestellt.«

Der Mann sah belustigt aus, aber es war nicht ganz klar, ob er es nicht auch ein wenig anstößig fand.

»Wieso nicht?« fragte Vinny.

»Es ist Freitag, Signor«, und er lächelte verständnisvoll.

»Stimmt!« sagte Vinny, als hätte er es die ganze Zeit gewußt.

»Bring mir Fisch«, sagte der Mann zu dem Mädchen und fragte sie nach ihrer Mutter, die offenbar krank war. Er kannte die Familie anscheinend gut.

Bernstein konnte den Blick nicht von dem Mann wenden. Er brachte es nicht über sich, von dem Fleisch zu essen. Er saß da, kaute an dem Brot herum und hatte das dringende Bedürfnis, zu dem Mann hinüberzugehen und mit ihm zu sprechen. Das kam ihm verrückt vor. Das Ganze hier – die Stadt, die Wolken in den Straßen, die dünne Luft – wurde zu einer Halluzination. Er kannte diesen Mann. Er war sicher, daß er ihn kannte. Das war eindeutig unmöglich. Dennoch gab es etwas jenseits dieser Unmöglichkeit, dessen er sich in seiner Trunkenheit sicher war. Er wußte, daß er mit diesem Mann fließend Italienisch sprechen könnte, wenn er es nur wagte. Zum ersten Mal, seit sie Amerika verlassen hatten, hatte er nicht mehr das Gefühl des Reisenden, dem alles unvertraut ist. Jetzt, so schien es ihm, war er hier genauso zu Hause wie Vinny. In Gedanken malte er sich das Innere der Küche aus; erschreckend genau sah er das Gesicht des Kochs vor sich, und er wußte, in welcher Ecke eine ganz bestimmte schmierige Schürze hing.

»Was hast du?« fragte Appello.

»Warum?«

»So wie du ihn ansiehst.«

»Ich will mit ihm reden.«

»Gut, red mit ihm.« Vinny lächelte.

»Ich kann kein Italienisch, das weißt du genau.«

»Gut, ich frag ihn. Was willst du ihm sagen?«

»Vinny ...« Bernstein wollte etwas sagen, brach aber ab.

»Was?« fragte Appello, beugte sich näher zu ihm und sah auf das Tischtuch hinunter.

»Bring ihn zum Reden. Irgendwas. Mach schon.«

Vinny, der seine Freude an der seltsamen Erregung seines Freundes hatte, sah zu dem Mann hinüber. Der aß jetzt bedächtig, aber mit enormem Genuß.

»Scusi, Signor.«

Der Mann sah auf.

»Ich bin ein Sohn Italiens aus Amerika. Ich würde mich gern mit Ihnen unterhalten. Wir sind fremd hier.«

Der Mann, der genießerisch kaute, nickte mit seinem freundlichen und belustigten Lächeln und hängte seine Jacke auf dem Stuhl neben ihm zurecht.

»Kommen Sie aus der Gegend?«

»Nicht weit von hier.«

»Wie ist das Leben hier?«

»Schlecht. Immer schlecht.«
»Was machen Sie, wenn ich fragen darf?«
Der Mann war jetzt mit dem Essen fertig. Er nahm einen letzten langen Zug Wein, stand auf und begann, sich anzukleiden und seine Krawatte festzuziehen. Sein Gang war bedächtig, weit ausschwingend, als wäre jeder Schritt einmalig.
»Ich verkaufe Tuch an die Leute und die Läden, die hier zu finden sind«, sagte er. Und er ging zu seinem Bündel hinüber, legte es behutsam auf den Tisch und knüpfte es auf.
»Er verkauft Tuch«, sagte Vinny zu Bernstein.
Bernsteins Wangen röteten sich. Von seinem Platz aus sah er den breiten Rücken des Mannes, der ganz leicht über das Bündel gebeugt war. Er sah, wie die Hände des Mannes an dem Knoten nestelten, und nur einen Winkel seines linken Auges. Jetzt nahm der Mann das Papier von den zwei Tuchballen und strich die Falten auf dem Tisch glatt, als wäre das braune Papier wertvolles Leder, das nicht gebrochen oder gewaltsam zusammengedrückt werden darf. Das Mädchen kam mit einem riesigen, runden Brot aus der Küche, das einen Durchmesser von fast einem halben Meter hatte. Sie gab es ihm, und er legte es flach oben auf das Tuch, und Bernsteins Lippen kräuselten sich mit dem leisesten Anflug eines Lächelns. Jetzt faltete der Mann das Papier wieder darüber und legte eine Schnur um das Bündel und knotete es zu, und Bernstein stieß ein kleines Lachen hervor, ein erleichtertes Lachen.
Vinny sah ihn lächelnd an, bereit mitzulachen, aber er wußte nicht, worüber. »Was ist los?« fragte er.
Bernstein holte tief Luft. In seinem Gesicht und seiner Stimme lag ein leichter Triumph, ein neuer Ausdruck von Zuversicht und Überlegenheit. »Er ist Jude, Vinny«, sagte er.

Vinny sah sich um. »Woher weißt du das?«
»Die Art, wie er das Bündel schnürt. Genauso hat mein Vater immer ein Bündel geschnürt – und mein Großvater auch. Ihre ganze Geschichte ist ein einziges Bündelschnüren und Verschwinden. Niemand sonst kann so sorgfältig und umsichtig mit Bündeln umgehen. Das ist ein Jude, der sein Bündel schnürt. Frag ihn, wie er heißt.«
Vinny war begeistert. »Signor«, rief er mit der Wärme, die er für Familienmitglieder, jedwede Familie, reserviert hatte.
Der Mann steckte das Ende der Schnur unter das Papier und wandte sich mit seinem gutmütigen Lächeln an sie.
»Darf ich nach Ihrem Namen fragen, Signor?«
»Nach meinem Namen? Mauro di Benedetto.«
»Mauro di Benedetto. Natürlich!« Vinny sah Bernstein lachend an. »Das heißt Mauro, der Gesegnete. Moses.«
»Sag ihm, daß ich Jude bin«, sagte Bernstein mit aufgeregtem Eifer in den Augen.
»Mein Freund ist Jude«, sagte Vinny zu dem Mann, der jetzt sein Bündel schulterte.
»Heh?« fragte der Mann, verwirrt durch ihre plötzliche Lebhaftigkeit. Als fragte er sich, ob er irgendeine komplizierte amerikanische Eigenheit hätte verstehen sollen, stand er verständnislos lächelnd da, höflich bereit, auf ihre Stimmung einzugehen.
»*Judeo*, mein Freund.«
»Judeo?« fragte er, und die Bereitschaft, den Witz zu verstehen, hielt das Lächeln auf seinem Gesicht fest.
Vinny zögerte, als er sah, daß der Mann noch immer nicht begriff.
»*Judeo*. Das Volk der Bibel«, sagte er.
»Oh ja, ja!« Der Mann nickte jetzt, erleichtert darüber, daß

er nicht bei einer Unwissenheit ertappt worden war. »*Ebreo*«, verbesserte er. Und er nickte Bernstein verbindlich zu und schien nicht ganz zu wissen, was sie von ihm erwarteten.

»Versteht er, was du meinst?« fragte Bernstein.

»Ja, er hat ›Hebräer‹ gesagt, aber er scheint es nicht auf sich zu beziehen. Signor«, sprach er den Mann an, »wollen Sie nicht ein Glas Wein mit uns trinken? Kommen Sie, setzen Sie sich.«

»Danke, Signor«, antwortete er respektvoll, »aber ich muß bei Sonnenuntergang zu Hause sein, und ich bin schon ein wenig spät.«

Vinny übersetzte, und Bernstein bat ihn zu fragen, warum er bei Sonnenuntergang zu Hause sein müsse.

Der Mann hatte sich darüber offensichtlich noch nie Gedanken gemacht. Er zuckte die Achseln und lachte und sagte: »Weiß ich nicht. Mein ganzes Leben lang bin ich Freitagabend zum Essen zu Hause gewesen, und ich komme gerne vor Sonnenuntergang ins Haus. Ich nehm an, es ist Gewohnheit; mein Vater – verstehen Sie, ich gehe immer einen bestimmten Weg, diesen Weg. Zuerst bin ich ihn mit meinem Vater gegangen, und er ist ihn mit seinem Vater gegangen. Man kennt uns hier schon seit vielen Generationen. Und mein Vater ist immer am Freitagabend vor Sonnenuntergang nach Hause gekommen. Es ist eine Familieneigenart, glaube ich.«

»*Schabbes* beginnt am Freitagabend bei Sonnenuntergang«, sagte Bernstein, nachdem Vinny für ihn übersetzt hatte. »Er nimmt sogar das frische Brot für den Sabbat mit nach Hause. Ich sage dir, der Mann ist Jude. Frag ihn, ja?«

»*Scusi,* Signor.« Vinny lächelte. »Mein Freund möchte so gerne wissen, ob Sie Jude sind.«

Der Mann hob die dicken Augenbrauen nicht nur aus Verwunderung, sondern auch weil er sich irgendwie geehrt fühlte, mit etwas Exotischem in Verbindung gebracht zu werden. »Ich?« fragte er.
»Ich meine nicht, ein amerikanischer«, sagte Vinny, der glaubte, er habe verstanden, was der Blick des Mannes auf Bernstein bedeutete.
»Ebreo«, wiederholte er.
Der Mann schüttelte den Kopf, und es schien ihm ein wenig leid zu tun, daß er Vinny nicht dienen konnte. »Nein«, sagte er. Er wollte aufbrechen, aber auch eine Unterhaltung weiterführen, die offensichtlich die interessanteste seit Wochen war. »Sind sie Katholiken? Die Hebräer?«
»Er fragt mich, ob die Juden Katholiken sind«, sagte Vinny.
Bernstein setzte sich zurück, einen Blick versonnener Ratlosigkeit in den Augen. Vinny antwortete dem Mann, der Bernstein wieder ansah, als wolle er diese Merkwürdigkeit weiter untersuchen, aber seine Pflicht rief ihn, und er wünschte ihnen alles Gute und verabschiedete sich. Er ging zur Küchentür und rief dem Mädchen ein Dankeschön zu und daß das Brot ihm den ganzen Weg den Berg hinab den Rücken wärmen würde, und er öffnete die Tür und ging in den Wind der Straße und in den Sonnenschein hinaus. Er winkte ihnen zu, als er fortging.
Auf dem Weg zum Wagen sprachen sie immer wieder von ihrer Verwunderung, und Bernstein erzählte noch einmal, wie sein Vater Bündel geschnürt hatte. »Vielleicht weiß er nicht, daß er Jude ist, aber wie ist es bloß möglich, daß er nicht weiß, was Juden sind?« sagte er.
»Na ja, weißt du noch, meine Tante in Lucera«, sagte Vinny. »Sie ist Lehrerin, und sie hat mich gefragt, ob du an

Christus glaubst. Sie wußte einfach nichts davon. Ich glaub, wenn die Leute hier in den kleinen Orten überhaupt etwas von Juden gehört haben, denken sie, die wären eine christliche Sekte oder sowas. Ich hab mal einen alten Italiener gekannt, der glaubte, daß alle Neger Juden wären und weiße Juden nur Konvertiten.«
»Aber sein Name . . .«
»Benedetto ist auch ein italienischer Name. Ich hab Mauro aber noch nie gehört. Mauro ist nun wirklich sehr altmodisch.«
»Aber wenn er doch einen solchen Namen hat, müßte er sich dann nicht fragen, ob . . .?«
»Glaub ich nicht. In New York ist aus Salvatore Sam geworden. Die Italiener sind berühmt für ihre Spitznamen; der Vorname hat nie viel zu bedeuten. Vincenzo ist Enzo oder Vinny oder sogar Chico. Niemand würde sich über Mauro Gedanken machen oder auch über irgendeinen anderen Vornamen. Er ist offensichtlich Jude, aber ich bin mir sicher, er weiß es nicht. Das war eindeutig, nicht? Er war verblüfft.«
»Aber, mein Gott, daß er Brot für *Schabbes* nach Hause bringt!« Bernstein lachte mit großen Augen.
Sie waren beim Wagen angekommen, und Bernstein hatte schon die Hand an der Tür, hielt aber inne, bevor er sie öffnete, und wandte sich an Vinny. Er sah erhitzt aus; seine Augenlider schienen geschwollen.
»Es ist noch früh – wenn du's noch willst, komm ich mit zur Kirche zurück. Du kannst nach deinen Leuten suchen.«
Vinny lächelte, und dann lachten sie beide, und Vinny schlug ihm auf den Rücken und drückte seine Schulter, als wollte er ihn umarmen. »Verdammt nochmal, jetzt endlich fängt die Reise an, dir Spaß zu machen!«

Als sie schnell auf die Kirche zugingen, kehrte ihre Unterhaltung immer wieder zum gleichen Punkt zurück, an dem Bernstein sagte: »Ich weiß nicht, wieso, aber ich werd's nicht los. Er benimmt sich nicht nur wie ein Jude, sondern er benimmt sich wie ein orthodoxer Jude. Und weiß es noch nicht mal – ich mein, es kommt mir so verdammt seltsam vor.«

»Weißt du, du siehst ganz anders aus«, sagte Vinny.

»Wieso?«

»Siehst du aber.«

»Weißt du, was komisch ist?« sagte Bernstein ruhig, als sie die Kirche betraten und in die Gruft hinunterstiegen. »Ich fühl mich, wie – wie zu Hause hier. Ich kann's nicht beschreiben.«

Unter der Kirche suchten sie sich vorsichtig ihren Weg durch die seichteren Pfützen auf dem Steinfußboden, sahen in Vorhallen, öffneten Türen, immer auf der Suche nach dem Priester. Schließlich erschien er – sie konnten sich nicht vorstellen, woher –, und Appello kaufte ihm noch eine Kerze ab und verschwand in den Schatten der Gänge, wo sich die Grabstätten befanden.

Bernstein stand da – alles war naß, alles tropfte. Hinter ihm erhob sich flach und breit die Steintreppe, die Millionen Schritte ausgetreten hatten. Er konnte seinen Atem sehen. Hier unten gab es nichts außer Schatten. Es war feucht und schwarz und niedrig, ein Eingang zur Hölle. Ab und zu hörte er aus weiter Ferne das Echo eines Schrittes, dann noch eines, dann Stille. Er bewegte sich nicht, suchte die Wurzeln einer Ekstase, die ihm an sich selbst fremd war; er sah den liebenswerten Mann den Berg hinuntertrotten, über die Ebene wandern, auf einem Weg, den Generationen von Männern ihm vorgezeichnet hatten, ein namenloser Wanderer, der an einem Freitagabend ein warmes Brot nach Hause trug – und sonntags in der Kirche niederkniete. Darin lag eine Ironie, die er nicht benennen konnte. Und doch empfand er Stolz. Worauf er stolz sein sollte, war ihm nicht klar; vielleicht nur darauf, daß ein Jude die hirnlosen Zerstörungen der Geschichte insgeheim überlebt hatte, seines Bewußtseins beraubt, aber auf ewig gefangen in dem unverschämten Widerspruch eines Sonnabend-Sabbats in einem katholischen Land; so daß noch seine Unwissenheit Beweis war, ein Beweis so stumm wie der Stein, daß die Vergangenheit lebendig geblieben war. Eine Vergangenheit für mich, dachte Bernstein, verwundert darüber, daß dies so wichtig für ihn war, da er doch nie an eine Religion noch auch nur, das wurde ihm jetzt klar, an eine Geschichte geglaubt hatte.

Er sah Vinnys Gestalt durch den engen Gang der Grabstätten näherkommen, die Kerzenflamme wurde von der kalten Zugluft niedergedrückt. Er hatte das Gefühl, daß er Vinny anders in die Augen sehen würde; seine Herablassung war verschwunden und mit ihr eine gewisse Verlegenheit. Er kam sich gelöst vor, seinem Freund irgendwie ebenbürtig – und das war um so merkwürdiger, als er sich vorher überlegen gefühlt hatte. Plötzlich, als Vinny nur noch einen Meter entfernt war, erkannte er, daß er mit einer verborgenen Scham gelebt hatte.

»Ich hab's gefunden! Es ist da hinten!« Vinny lachte wie ein kleiner Junge und zeigte zurück in den dunklen Gang.

»Phantastisch, Vinny«, sagte Bernstein. »Freut mich wirklich.«

Sie standen beide leicht gebückt unter der niedrigen nassen Decke, und ihre Stimmen verwandelten sich in geflüsterte Echos. Vinny war einen Augenblick still und begriff, daß

Bernstein sich wirklich mit ihm freute und daß seine Suche nicht bloß wertlose Sentimentalität gewesen war. Er hob die Kerze, um Bernsteins Gesicht besser sehen zu können, und lachte dann und ergriff Bernsteins Handgelenk und führte ihn die Treppe hinauf ans Licht. Bernstein hatte es nie gemocht, wenn jemand ihn anfaßte, aber in dieser Berührung im Dunkeln lag merkwürdigerweise keine Andeutung von Schwäche.

Seite an Seite gingen sie die steile Straße entlang, die von der Kirche fortführte. Die Stadt war wieder leer. Es roch nach brennender Holzkohle und Olivenöl. Ein paar blasse Sterne waren herausgekommen. Die Läden waren alle geschlossen. Bernstein dachte an Mauro di Benedetto, der eilig die windige felsige Straße hinunterging, um vor Sonnenuntergang zu Hause zu sein.

(1951)

Laßt sie bitte leben

Der Strand damals wurde golden gegen Sonnenuntergang. Die Leute, die zum Baden gekommen waren, gingen alle, als der Wind kühl wurde. Möwen stürzten kurz hinter der Brandung in die Wellen. Am Horizont konnte sie vier gedrungene Fischerboote sehen, die sich in einer Linie vorwärtsbewegten. Dann wandte sie sich nach rechts um und sah die beiden geparkten Lastwagen und die Fischer, die ein Netz einholten. »Komm, wir gucken mal, ob sie was gefangen haben«, sagte sie mit der plötzlich erwachenden Neugier, die immer wie eine Woge durch sie hindurchging, wenn sie etwas Neues sah.

Die Wagen waren verbeult und rostig, mit offenen Ladeflächen, und auf dem ersten der beiden lagen ungefähr fünfundzwanzig große Barsche, mit Sand besprenkelt, und weiter hinten gegen die Ladeklappe ein Haufen kleiner Makrelen. Ein Mann um die sechzig saß auf dem Lastwagen und hielt ein Seil, das über eine Winde neben ihm lief. Er nickte ihnen freundlich zu und zog dabei an dem Seil, um es auf der sich drehenden Winde straff zu halten. Am Rand des Wassers stand ein zweiter Mann und achtete auf das Netz, und während es nach und nach aus dem Wasser gezogen wurde, warf er es auf einem Haufen zusammen.

Sam sah auf die Fische, als sie vor dem Lastwagen standen, und er wußte, sie würde erschrecken. Sie sah sie, und ihre

Augen weiteten sich, aber sie versuchte sogar, dem alten Mann an dem Seil gratulierend zuzulächeln, und sie sagte: »Haben Sie all die gefangen?«
»Ja«, sagte er, und ihre Schönheit erwärmte seine Augen.
»Die hier sind alle tot, oder?« sagte sie.
»Oh ja«, sagte der alte Mann.
Mit aufgeregten Augen sah sie, so schien es, jeden einzelnen Fisch genau an, um sicher zu sein, daß sich keiner mehr bewegte. Sam begann, mit dem alten Mann darüber zu reden, ob in dem Netz, das sie gerade einholten, wohl ein guter Fang sei, und sie wurde in die Unterhaltung gezogen, und er war erleichtert, daß ihre Augen, die die Farbe der blauen See hatten, beruhigt erschienen.
Aber jetzt bewegte der alte Mann einen Hebel, und die Winde drehte sich mit einem ansteigenden Heulton schneller, und er mußte sich anstrengen, das Seil gespannt zu halten. Die Winde auf dem anderen Wagen beschleunigte sich auch, und die beiden Männer am Strand, die auf die Netze achtgaben, liefen von dem Wagen zum Wasser und beeilten sich, das Netz zusammenzulegen. Jetzt konnten sie nur ein paar Meter im Wasser die geschwungene Linie der Korkschwimmer sehen.
»Warum ziehen Sie so schnell?« fragte Sam den alten Mann. »Wehren sie sich gegen das Netz?«
»Nö«, sagte der alte Mann, »ich halt's bloß straff, damit sie nicht rausspringen und abhauen.«
Jetzt brachen sich die Wellen in dem Netz, aber sie konnten noch keine Fische sehen. Sie legte beide Hände an die Wangen und sagte: »Oh, jetzt merken sie, daß sie gefangen sind!« Sie lachte. »Jeder einzelne fragt sich jetzt, was passiert ist!« Er war froh, daß sie sich über sich selbst lustig machte, obwohl ihre Augen ängstlich gebannt auf das Netz

unter Wasser gerichtet waren. Sie sah zu ihm auf und sagte: »Oh, Liebling, jetzt gleich werden sie gefangen.«
Noch bevor er irgend etwas dazu sagen konnte, redete sie schnell weiter: »Ich weiß, es ist in Ordnung, solange sie gegessen werden. Sie werden doch gegessen, oder?«
»Sie verkaufen sie an die Fischgeschäfte«, sagte er leise, damit der alte Mann in der Winde sie nicht hören konnte. »Sie ernähren Menschen.«
»Ja«, sagte sie wie ein Kind, das man beruhigt hat. »Ich guck's mir an. Ich guck zu«, sie verkündete es ihm beinahe. Aber etwas in ihr hielt den Atem an.
Im nächsten Augenblick rollte eine Welle zurück, und mit einem Zug kam das ganze Netz aus der Brandung. Von beiden Wagen her hörte man Stimmen; es war kein besonderer Fang. Sie sah die Schwanzflossen kleiner Makrelen zappelnd in den Maschen (»Sie stehen auf dem Kopf!«), und einen großen Barsch, der wild herumschlug, und Knurrhähne, die versuchten, ihre gekrümmten umbrafarbenen Schwingen zu strecken, und eine Flunder, die mitten in diesem Wirrwarr der See lag. Immer wieder zeigte sie auf Fische, die hier plötzlich aufzuckten oder sich dort herumwarfen, und sie rief: »Da ist einer! Da noch einer!« – und sie meinte damit, daß sie noch nicht tot waren und – er wußte es – gerettet werden mußten.
Die Männer zogen das Netz auseinander und nahmen den Barsch und ein paar Makrelen heraus. Die Knurrhähne, die Flunder und die Kugelfische, die sich sofort aufbliesen, schleuderten sie auf den Sand. Sie wandte sich an den alten Mann auf dem Lastwagen und versuchte ein Lächeln und rief mit schriller Stimme, fast ein Aufschrei: »Nehmen Sie die da nicht?«
Der glühende Eifer in ihrem Gesicht und die aufregenden

Linien ihres Körpers unter dem gestreiften Pullover und den beigefarbenen Hosen gaben ihm die Wärme eines alten Mannes. »Sie taugen nichts, Ma'am«, sagte er.

»Ja, werfen Sie sie denn nicht wieder zurück?«

Der alte Mann schien zu zögern, als ginge ihm die Erinnerung an Schuld durch den Sinn.

»Sicher, wir werfen sie zurück« – und er saß da und sah seinem Partner zu, der die guten Fische aus dem Netz nahm und die mit den Schwingen rechts und links auf den Sand warf.

Jetzt lagen da ungefähr fünfzig Knurrhähne am Strand, einige schnappten noch nach Luft, einige lagen völlig still. Sam spürte, wie sich die Spannung in ihr ausbreitete, und er ging zu dem Fisch, der ihm am nächsten lag, hob ihn mit einem Anflug von Ekel auf, warf ihn in die Wellen und kam zu ihr zurück. In seinen Fingern spürte er noch den Puls des lebenden Fisches. »Wenn ich nur etwas hätte, womit ich sie anfassen könnte«, begann sie.

»Du kannst nicht all die Fische zurückwerfen«, sagte er.

»Aber sie leben!« sagte sie und versuchte verzweifelt zu lächeln und sich nicht von ihm zu trennen.

»Nein, sie sind tot. Die meisten sind tot, Süße.«

»Sind sie tot?« Sie wandte sich um und fragte den alten Mann.

»Nein, die sind nicht tot. Die meisten.«

»Würden sie wieder leben, wenn sie Wasser hätten?«

»Oh, bestimmt, sie erholen sich wieder«, sagte er in dem Versuch, sie zu beruhigen, aber er bewegte sich nicht von der Stelle.

Sie zog eine Sandale aus und ging zu einem Fisch, der sich krümmte. Sie versuchte, ihn mit der Sandale ins Wasser zu schleudern, aber er rutschte ihr weg. Sam kam herüber, hob ihn auf und warf ihn in die See. Er lachte, und sie sagte immer wieder: »Tut mir leid. Aber wenn sie leben...«

»Schon gut«, sagte er, »aber sie sind mittlerweile zum größten Teil tot. Hier.« Und er hob einen auf, der sich nicht mehr bewegte; er fühlte sich schlaff an. Er warf ihn ins Wasser, und der Fisch spannte sich wie ein Bogen, als er aufschlug, und sie rief aus: »Da! Er schwimmt!«

Besiegt und grinsend – denn jetzt sah er, wie ihn die Fischer mit lächelnden Gesichtern beobachteten – machte er sich daran, alle Knurrhähne ins Wasser zurückzuwerfen. Er spürte, daß die Männer von ihrer Beharrlichkeit fasziniert waren, auch wenn sie lächelten, und während er die glitschigen Fische einen nach dem anderen zurückwarf, sah er jeden Fisch einzeln, jeder angestrengt nach seinem Teil Meer strebend, und er schämte sich nicht mehr. Und zwei Fische waren noch übrig, zwei Knurrhähne mit weißen Bäuchen und steifen, umbrafarbenen Schwingen und den Ansätzen von Beinen an beiden Seiten ihres Nackens. Bewegungslos lagen sie auf dem Rücken. Er bückte sich nicht, um sie aufzuheben, denn sie schien bereit, sie zu opfern, und er ging mit dem vagen Gefühl zu ihr zurück, daß sie sich vielleicht mit dieser Art Verschwendung abfinden könnte, wenn er die beiden hier am Strand sterben ließ. Denn früher, zu Hause, hatte er ihretwegen ein Fenster öffnen müssen, um eine Motte herauszulassen, die er normalerweise totgeschlagen hätte, und während ein Teil seines Herzens ihre brennende Zärtlichkeit allem Lebendigen gegenüber anbetete, wußte der andere Teil, sie müsse irgendwann einmal begreifen, daß sie nicht mit den Motten starb und den Spinnen und den eben flügge gewordenen Vögeln und jetzt mit diesen Fischen hier. Aber die Fischer sollten auch sehen, daß sie nicht ganz so fanatisch war, zu verlangen, daß diesen beiden letzten, offensichtlich toten Knurrhähnen eine Chance gegeben würde. Er stand wieder neben ihr und wartete. Er lächelte und sagte: »Hier ist 'ne Aufgabe, die wie geschaffen ist für dich. Wir können diesen fünfundzwanzig Meilen langen Strand patrouillieren und alle Fische wieder zurückwerfen.« Sie lachte und zog seinen Kopf zu sich herunter und küßte ihn, und er umarmte sie, und sie sagte: »Nur noch diese beiden da. Mach schon, Sam. Vielleicht leben sie noch.«

Er lachte und hob einen der beiden Fische auf, denn er wußte, es war noch ungerechter, zwei sterben zu lassen, da doch fünfzig gerettet waren, und als er ihn in die Wellen warf, erschien ein Hund. Es war ein großer brauner Labrador, dessen Fell von der See verfilzt war, und er sprang in die Wellen, tauchte den Kopf ins Wasser, hob ihn, den Knurrhahn sanft im Maul haltend, kam voller Stolz zurück und legte ihn Sam vor die Füße. »Du meine Güte, guck mal, wie behutsam er ihn zurückbringt!« sagte Sam.

»Oh Gott!« Sie lachte und beugte sich zu dem pflichtbewußten Gesicht des braunäugigen Hundes herunter. Der Hund sah sie mit einem Blick sportlicher Entschlossenheit an. »Das darfst du nicht!« Hilflos blickte sie Sam an, der den Fisch nahm und zurückwarf. Wieder sprang der Hund ins Wasser und fischte ihn heraus, und diesmal tanzte er fast vor Begeisterung und Stolz zu Sam zurück, legte ihn ihm vor die Füße und wartete auf den nächsten Wurf, wobei seine Beine vor Aufregung zitterten.

»Na«, sagte er zu ihr, »siehst du. Es gibt 'ne richtige Verschwörung gegen diese beiden Fische. Dieser Kerl ist darauf dressiert, dem Menschen zu helfen. Der Mensch muß essen, und dafür muß etwas sterben, Liebling ...«

Während er redete, glitt eine silbrige Elritze aus dem Maul

des Knurrhahns zu seinen Füßen. »Sieh dir das jetzt an!« rief er. »Siehst du? Was ist mit *dem* kleinen Fisch da?«

»Ja!« sagte sie wie als Eingeständnis.

»Siehst du? Die Opfer erbeuten weitere Opfer.«

»Na ja, beeil dich, wirf ihn trotzdem zurück.«

»Aber dieser Typ hier bringt ihn ja immer wieder. Dieser Fisch ist zum Untergang verurteilt«, sagte er, und sie lachten beide, aber sie hatte eine Uhr im Kopf, die ihr sagte, daß jede Sekunde zählte, und sie wollte sich zu dem Fisch vor seinen Füßen herunterbeugen, obwohl ihr davor ekelte, ihn zu berühren. Er schob ihre Hand beiseite, nahm ihn auf und warf ihn, und als der Hund sich herumdrehte und ihm ins Wasser nachsprang, lief er ein paar Meter am Strand entlang zu dem anderen Fisch und warf den hinein.

»Jetzt«, sagte er ein wenig außer Atem, als der Hund mit dem ersten Fisch wieder zurückkam, »jetzt ist noch einer übrig. Dieser Fisch ist eindeutig dem Untergang geweiht nach dem Grundsatz, daß der Mensch essen muß, und dieser Hund ist ein Teil der Nahrungskette.« Aber jetzt konnte sogar er die Augen nicht von dem Fisch wenden, der nach dem schockartigen Wechseln schnell atmete: erst ins Wasser geworfen, dann von dem Hund herausgeholt und dann wieder durch den kühlen Wind geflogen. »Dieser Fisch möchte, daß du ihn in Ruhe sterben läßt.« Er lachte.

Sie sah sich verzweifelt um, lächelte immer noch und lachte mit ihm, erblickte einen Stock und lief mit den springenden Schritten eines Tänzers darauf zu, und der Hund sah sie an, beobachtete sie dann, wie sie mit dem Stock ausholte und ihn zu sich rief. Sie warf ihn in die See, und der Hund schoß ihm nach, und Sam hob schnell den letzten Fisch auf und schleuderte ihn, und der Fisch bog sich, voller Leben, als er in eine Welle glitt.

Der Strand war jetzt leer, und die Fischer waren damit beschäftigt, ihre Netze zu verstauen, und die beiden gingen davon, auf die Straße zu.
»Tut mir leid, Sam, aber sie lebten doch noch, und wenn sowieso niemand sie essen will ...«
»Hmm, die Flut hätte sie tot mit hinausgespült, Schatz, und sie wären von anderen Fischen gefressen worden, sie wären nicht verschwendet gewesen.«
»Ja«, sagte sie.
Sie gingen weiter, Hand in Hand, und sie war still. Er spürte, wie sich ein großes Glück in ihm ausbreitete, denn sie hatte ihn dazu gebracht, die Fische in die Hand zu nehmen, die jetzt im Meer schwammen, weil er sie aufgehoben hatte. Jetzt sah sie zu ihm auf wie ein kleines Mädchen, mit ihrer nackten Verwunderung im Gesicht, auch wenn sie dabei wie eine erwachsene Frau lächelte, und sie sagte: »Aber jetzt leben vielleicht ein paar von ihnen, bis sie alt sind.«
»Und dann sterben sie«, sagte er.
»Aber sie leben wenigstens so lange wie möglich.« Und sie lachte mit dem fraulichen Teil in ihr, der das Absurde kannte.
»Das stimmt«, sagte er, »sie werden bis ins hohe Alter leben, wohlhabende, würdevolle Greise ...«
Sie brach in Lachen aus. »Und ihre Kinder aufwachsen sehen!«
Er küßte sie auf den Mund und segnete sie und ihren Wunsch. »Oh, wie ich dich liebe«, sagte sie mit Tränen in den Augen. Dann gingen sie nach Hause.

(1960)

Misfits

Der Wind kam die ganze Nacht von den Bergen herunter. Ein wilder Fluß aus Luft fegte und kreiselte über den dunklen Himmel und schlug auf die blaue Wüste herunter und kehrte pfeifend in die Hügel zurück. Die drei Cowboys schliefen unter ihren Decken, mit den Rücken an Steine gelehnt, die zu den ersten Ausläufern der Berge gehörten, die Gesichter der Salbei-Wüste zugewandt. Der Wind wusch wie der Gezeitenstrom über sie hinweg, lärmte in ihren Träumen, und als er sich legte, weckte die Mondstille Gay Langland. Er öffnete die Augen. Zum ersten Mal seit drei Nächten hörte er sich selber atmen, und in dem ungewohnten Schweigen blickte er zu den Sternen auf, und er sah, wie klar und leuchtend sie waren. Er war glücklich und wickelte sich aus seinen Decken und stand vollständig angezogen auf.

Auf der stillen Hochebene zwischen den beiden Bergketten war Gay Langland das einzige, was sich bewegte. Er wandte den Kopf, und dann drehte er sich einmal um sich selbst und spähte in den tiefblauen Himmel, suchte nach Anzeichen eines Sturms. Er sah, daß es ein schöner und ein ruhiger Tag werden würde. Er entfernte sich ein paar Meter von den beiden anderen Schläfern und pinkelte auf den sandigen Boden. Die erregende Stille weckte seinen Kör-

per. Er ging zurück und zündete das Bündel trockenen Salbeis, das er am Abend zuvor gesammelt hatte, an, legte ein paar kräftigere Hölzer auf die schnell auflodernden Flammen, setzte die angerußte Kaffeekanne auf die Steine, die die Feuerstelle umgaben, und hockte sich auf eine Ferse und starrte in die glühenden Kohlen.
Gay Langland war fünfundvierzig Jahre alt, aber immer noch so beweglich wie früher. Sein Gesicht leuchtete auf, wenn es etwas zu tun gab, wenn ein Nagel geradegeklopft, ein Tier aus der Herde herausgetrieben werden mußte, und es verdunkelte sich, wenn er nichts in den Händen hatte, und dann wurden seine Augen schläfrig. Wenn es irgendwo etwas zu tun gab, blieb er dort, und wenn es nichts zu tun gab, zog er weiter. Er hatte eine Frau und zwei Kinder, die weniger als hundert Meilen entfernt lebten, und er hatte sie seit mehr als drei Jahren nicht gesehen. Sie hatte ihn betrogen und wollte ihn nicht mehr, und für die Kinder war es natürlich besser, bei der Mutter zu sein. Wenn er sich einsam fühlte, dachte er voller Sehnsucht an sie, und wenn das Gefühl vorübergegangen war, vergaß er, sich zu fragen, was er tun könnte, um sie alle wieder zusammenzubringen. Er war in diesem Land der Viehweiden geboren und aufgewachsen, und er lebte in dem Glauben, daß einmal Geschehenes nicht rückgängig zu machen war, so wie man den fallenden Regen nicht aufhalten konnte. Und genauso war sein Lächeln und der Ausdruck auf seinem Gesicht. In seine Stirn hatten sich tiefe ebenmäßige Falten eingegraben, als wären seine Brauen immer ein wenig erwartungsvoll hochgezogen, leicht überrascht, ein bißchen belustigt, und sein Mund war freundlich. Er hatte abstehende Ohren wie ein kleiner Junge oder ein junges Kalb, und er hatte die Stupsnase eines Kindes. Aber seine Haut war vom Wind

gegerbt, und seine schmalen Augen konnten staunend und forschend blicken, vor allem aber hatten sie es gelernt, keine Furcht zu zcigen.
Gay Langland sah vom Feuer auf in den Himmel, wo sich das erste zarte Rosa abzeichnete. Er ging zu den Schläfern hinüber und schüttelte Guido Racanelli am Arm. Guido grunzte einen guten Morgen, aber er blieb mit geschlossenen Augen auf der Seite liegen. »Der Scheißwind hat sich gelegt«, sagte Gay zu ihm. Guido hörte ohne sich zu rühren zu, die Augen gegen das Licht geschlossen, fest und warm in die Decken gehüllt. Gay hatte Lust, ihn noch einmal zu schütteln und ihn aufzuwecken, aber in den letzten zwei Tagen hatte er begonnen, sich zu fragen, ob Guido nicht insgeheim überlegte, auf den Flug ganz zu verzichten. Der Flugzeugmotor hatte klappernde Ventile, und ein Stoßdämpfer war nicht in Ordnung. Gay kannte den Piloten seit Jahren, und er wußte um seine Launen und respektierte sie. In diesen Bergschluchten herumzufliegen, manchmal nur Meter von Felswänden entfernt, war nichts, wozu man jemanden drängen konnte. Aber jetzt, da der Wind sich gelegt hatte, hoffte Gay sehr, daß Guido an diesem Morgen starten würde, so daß sie mit der Arbeit anfangen könnten.
Er richtete sich auf und sah wieder in den Himmel. Dann stand er da und dachte an Roslyn. Und er wünschte sich sehr, selbstverdientes Geld in der Tasche zu haben, wenn er heute abend zu ihr ging. Das Gefühl, daß er nicht länger herumalbern, sondern wieder arbeiten und wie früher, bevor er sie getroffen hatte, Geld verdienen müßte, ließ ihn nicht los. Er hatte zwar für sie gearbeitet, aber das war nicht dasselbe. Er hatte sie gefahren, ihr Haus repariert, Besorgungen gemacht – alles Dinge, die man nicht gerade

Arbeit nennen konnte. Und irgendwie war es doch Arbeit, dachte er. Aber irgendwie auch wieder nicht.
Er ging zu dem anderen Schläfer hinüber und schüttelte ihn. Perce Howland öffnete die Augen.
»Der Scheißwind hat sich gelegt, Perce«, sagte Gay.
Perce sah in den Himmel, und er nickte. Dann wickelte auch er sich aus den Decken und ging an Gay vorbei und stellte sich hin und pinkelte in den Sand. Er atmete tief wie im Schlaf. Gay machte es Spaß, ihn zu beobachten, wenn er aufwachte. Perce stolperte über alles mögliche und machte sich manchmal auf die eigenen Stiefel. Er war ein bißchen wie ein Kind, wenn er wach wurde, und jetzt waren seine Augen noch immer verschlafen und weich.
Gay rief zu ihm hinüber: »Besser als Lohnarbeit, was, Perce?«
»Kannst du wohl sagen«, murmelte Perce und ging zum Feuer zurück und rieb sich wärmend die Oberarme.
Gay kniete wieder am Feuer nieder, kratzte glühende Kohlen zu einem Haufen zusammen und setzte die Bratpfanne auf Steine darüber. Er konnte heiße Sachen anfassen, ohne daß es ihm weh tat. Jetzt schob er mit dem Finger ein Stück Glut ins Feuer.
»Du machst mich nervös damit«, sagte Perce, der ihm über die Schulter sah.
»Ist nur Feuer«, sagte Gay zufrieden grinsend.
Einen Augenblick schwiegen sie, genossen beide, wie es hell wurde.
»Meinst du, Guido startet?« fragte Perce.
»Hat nichts gesagt. Ich glaub, er überlegt noch.«
»Wird bald hell sein«, warnte Perce.
Er blickte zu der Bergkette vor ihnen hinüber und sah, wie die purpurfarbenen Felsen sich geheimnisvoll gegen die

schwach leuchtenden Sterne erhoben. Perce Howland war zweiundzwanzig, schmalhüftig und groß, und er stand genauso selbstverständlich da wie die Berge, zu denen er aufsah. Es war, als wäre er dort in seinen Jeans und seinem engen karierten Hemd mit den breiten Manschetten erschaffen worden. Der breitkrempige Hut war auf seinem blonden Kopf weit zurückgeschoben, und er hatte die Daumen in den Gürtel gehakt, so daß er mit den Fingern die Gürtelschnalle berühren konnte, auf der sein Name unter dem Relief eines bockenden Pferdes eingraviert war. Die Schnalle war sein erster Rodeo-Preis, und er berührte sie gerne, wenn er dastand und wartete, und er wartete gerne.

Perce kannte Gay Langland erst seit fünf Wochen und Guido seit drei Tagen. Er hatte Gay in einer Bar kennengelernt, und Gay hatte ihn gefragt, wo er herkam und was er machte, und er hatte Gay seine Geschichte erzählt, die der der meisten Rodeoreiter ähnelte. Er war aus Nevada heruntergekommen, um mit den Rodeos in der Gegend zu ziehen und auf bockenden Pferden ein wenig Geld zu verdienen. Das hatte er gemacht, seit er sechzehn war. Aber diesmal war alles anders gewesen, weil er sein Heimweh verloren hatte und ihn nichts mehr nach Hause zog.

Sie waren in jener Nacht Freunde geworden, als Gay ihn mit zu Roslyn genommen hatte. Als er am nächsten Morgen erwachte, hatte er sich gewundert, daß eine gebildete Frau aus dem Osten so normal und lustig und an seiner Meinung interessiert sein konnte. Seit damals war er mit Roslyn und Gay Langland herumgezogen, und es war leicht, mit ihnen auszukommen; mit Gay vor allem, weil Gay nie auf den Gedanken kam, ihm zu sagen, er müsse etwas aus seinem Leben machen. Gay gab ihm das Gefühl, daß es in Ordnung war, von einem Tag zum anderen und einer Woche zur anderen zu leben. Perce Howland traute niemandem besonders, und es war nicht notwendig, Gay zu trauen, weil Gay nichts von ihm wollte und auch nicht versuchte, ihn zu irgend etwas zu bringen. Er wollte nur einen Partner, mit dem er Wildpferde fangen konnte, und Perce hatte so etwas noch nie gemacht, und er wollte es kennenlernen. Und nun war er hier, sechzig Meilen von der nächsten Stadt entfernt, fünfzehnhundert Meter hoch, und seit zwei Tagen wartete er darauf, daß der Wind sich legte, so daß der Pilot in die Berge fliegen konnte, wo es Wildpferde gab.

Perce sah in die Wüste hinaus, wo jetzt der ruhige Horizont erschien. »Wetten, auf'm Mond sieht's so aus wie hier, wenn jemand da raufkommt?«

Gay Langland antwortete nicht. In Gedanken sah er die Wildpferde grasen und in den nahen Bergen herumziehen, und er wollte sie sich holen. Er deutete auf Guido Racanelli und sagte: »Schüttel ihn mal, Perce. Die Sonne geht gleich auf.«

Perce ging zu Guido hinüber, der sich schon rührte, bevor er bei ihm war. »Wird schon hell, Guido«, sagte Perce.

Guido Racanelli rollte sich auf sein gewaltiges Hinterteil, der Bauch hing ihm über den Gürtel, und er untersuchte den heller werdenden Himmel, als gäbe es da eine persönliche Botschaft für ihn. Die Morgenröte erhellte sein Gesicht. Die Haut um die Augen war weiß, weil sie von der Schutzbrille abgeschirmt wurde, und der Rest seines Gesichts war vom Wind braungebrannt. Sein Schweigen war tiefer als das Schweigen anderer, weil seine Wangen so dick waren wie die Pausbacken eines Pavians, die sich über dem Maul blähen. Aber es waren feste Wangen, so fest wie sein

Bauch. Jetzt sah er aus wie ein Urwaldvogel, als er langsam den Kopf von einer Seite zur anderen wandte, um den weiten Himmel zu untersuchen, ein ernsthafter Vogel mit braunem Gesicht und weißen Augen. Sein Kopf war völlig kahl. Er nahm seine khakifarbene Militärmütze ab und kratzte sich den Schädel.

Gay Langland stand auf und ging zu ihm hinüber und brachte ihm seine Eier mit dickem Schinken auf einem Blechteller. »Der Wind hat sich gelegt, Guido«, sagte Gay und stand da und sah auf den Piloten hinunter.

»Kommt nicht drauf an, was hier unten los ist.« Guido deutete mit dem Daumen nach oben. »Wie's da oben aussieht, darauf kommt's an.«

»Von Wind keine Spur da oben«, sagte Gay. Seine Augen schienen belustigt. Es sollte nicht so aussehen, als wollte er sich auf einen wirklichen Streit einlassen. »Wir haben keine Eier mehr, Guido«, sagte er warnend.

Guido aß.

Jetzt entflammte die Morgenröte plötzlich den Himmel, so wie feuchtes Papier auf einmal Feuer fing. Perce und Gay setzten sich Guido gegenüber auf den Boden, und alle aßen sie ihre Eier.

Der Mantel der Dunkelheit fiel schnell von dem roten Lastwagen ab, der ein paar Schritte entfernt in der Wüste stand. Und dann erschien dahinter das kleine Flugzeug. Guido Racanelli aß und schlürfte seinen Kaffee, und Gay Langland beobachtete ihn mit einem schwachen Lächeln und ohne etwas zu sagen. Perce blinzelte zufrieden in den heller werdenden Himmel, in Gedanken verloren. Er trank seinen Kaffee aus und schob ein Stück Kautabak in den Mund und lutschte daran.

Jetzt war der ganze Himmel rosa, es war Tag geworden.

Gay Langland zog zwischen den Oberschenkeln einen Strich in den Sand und sagte: »Fliegst du, Guido?« Er sah Guido direkt an, immer noch lächelnd.

Guido dachte einen Moment nach. Er war älter, um die fünfzig. Seine Aussprache war unerklärlicherweise östlich, mit scharfem r. Er klang manchmal gebildet. Er sah zu dem untersetzten kleinen Flugzeug hinüber. »Hin und wieder frag ich mich, was zum Teufel das alles soll«, sagte er.

»Was?« fragte Gay.

Perce beobachtete Guidos Gesicht und hörte angespannt zu.

Guido spürte ihre Aufmerksamkeit und genoß sie. Noch immer starrte er an ihnen vorbei auf das Flugzeug. »Ich hab'n lausiges Ventil. Da bin ich mir ganz sicher, Gay.«

»Ja, schon länger, Guido«, sagte Gay mitfühlend.

»Ich weiß«, sagte Guido. Sie stritten sich nicht, sie überlegten, was zu tun war. »Und wir kriegen nicht mehr als zwanzig Dollar das Stück raus – da draußen sind nur vier oder fünf Pferde.«

»Das haben wir vorher gewußt, Guido«, sagte Gay. Die beiden verstanden einander.

»Kann sein, daß ich draufgeh – für zwanzig Dollar.«

»Komm, du kennst die Berge doch«, sagte Gay.

»Den Wind kann man nicht sehen, Gay«, sagte der Pilot.

Jetzt wußte Gay, daß Guido gleich starten würde. Er begriff, daß Guido sich nur die Gefahren hatte vor Augen halten wollen, so daß er sie sehen und zählen konnte; dann stellte er sich ihnen.

»Du fliegst über diese Pässe, du gehst runter, um die verdammten Pferde zu suchen, und gerade wenn du wieder hochziehen willst, drückt dich 'ne Scheißbö runter, und dann ist es passiert.«

»Ich weiß«, sagte Gay.

Sie schwiegen. Guido trank seinen Kaffee in kleinen Schlucken und starrte zum Flugzeug hinüber. »Ich frag mich das nur hin und wieder«, sagte der Pilot.

»Mensch, ja«, sagte Perce Howland, »aber besser als Lohnarbeit.«

»Kannst du laut sagen, Perce«, sagte der Pilot nachdenklich.

»Sind genug Leute umgekommen, die nie den Boden verlassen haben«, sagte Perce.

Die beiden älteren Männer wußten, daß sein Vater vor langer Zeit von einem Bullen getötet worden war und daß er es mitangesehen hatte. Erst hatte er sich bei Rodeos die Arme gebrochen, und dann war ein Brahmabulle auf seinen Brustkorb getreten.

»Bei einem Rodeo in der Nähe von Salinas hab ich gesehen, wie einem der Kopf direkt vom Rumpf getrennt wurde, als ein Drahtseil riß. Sie hatten so ein Drahtseil, um die Pferde auf einen Lastwagen zu schaffen. Sein Kopf rollte weg wie 'ne Bowlingkugel. Ist bestimmt fünfundzwanzig Schritt gerollt, knallte gegen einen Zaunpfahl und blieb liegen.« Er spuckte Tabak aus, wandte sich um und sah Guido an. »Er hatte 'nen Schnurrbart. Komisch, hab nie gesehn, daß der Kerl 'nen Bart hatte. Ist mir nie aufgefallen. Bis ich ihn da liegen sah, als er aufgehört hat zu rollen, der Schnurrbart voller Staub.«

»Staubige Geschichte«, sagte Gay und grinste, um das Gefühl wachsender Morbidität zu vertreiben.

Sie lächelten alle. Dann blieb die Zeit einen Moment stehen, während sie warteten. Schließlich wälzte sich Guido auf eine Pobacke und sagte: »Gut, laßt uns auftanken.«

Guido stützte sich mit der Hand auf dem Boden ab und

lehnte sich zur Seite, kam dann auf die Füße, indem er sich im Kreis um die Hand bewegte. Dann richtete er sich auf. Gay und Perce Howland waren schon auf dem Weg zum Wagen; Perce zog die Jeans über seinen vollen Bauch hoch, der ältere Gay ging energischer. Guido stand da und hielt die Hand flach über das Feuer und sah zu, wie die beiden sechs riesige Lastwagenreifen auf die Ladefläche schafften. An jedem Reifen hing ein etwa sieben Meter langes Seil, und am Ende jedes Seils befand sich eine Schlinge. Bevor sie die Reifen auf den Wagen hievten, überprüfte Gay die Seile, um sicherzugehen, daß sie fest an die Reifen geknotet und daß die Schlingen offen und wurfbereit waren.

Guido blinzelte in die wärmende Sonne, beobachtete die beiden, dann sah er nach rechts, dahin, wo die Pässe waren, und in Gedanken tastete er die Täler und Kessel der Berge jenseits der Pässe ab, wo er letzte Woche die kleine Herde Wildpferde beim Grasen entdeckt hatte. Jetzt empfand er die Leichtigkeit, auf die er seit drei Tagen gehofft hatte, die Sehnsucht nach der Körperlosigkeit des Fliegens. Drei Tage lang hatte er sich dem Flugzeug ferngehalten, weil es ihn in den Fingern gejuckt hatte, zu fliegen, und weil er immer geglaubt hatte, daß eine solche Sorglosigkeit einmal sein Tod sein würde. Vor ungefähr fünf Wochen war er mit Gay Langland in diese Wüste gekommen, und er hatte sieben Mustangs aus den Bergen herausgejagt. Aber beim letzten Mal war er im Sturzflug dem Berg bis auf einen halben Meter nahegekommen, und später, als sie beim Abendessen um das Feuer saßen, war es ihm so vorgekommen, als hätte er diesen Sturzflug gemacht, um sterben zu können. Und er hatte wieder an seine tote Frau gedacht und an das andere, das sich immer bei dem Gedanken an ihr totes Gesicht einstellte. Es war die Verwunderung darüber, das sich unmerklich in ihm festsetzende Wissen, daß er niemals wieder eine Frau gewollt hatte, nachdem er sie mit dem totgeborenen Baby neben ihr auf dem Friedhof vor Bowie begraben hatte. Seit sieben Jahren wartete er nun schon darauf, daß er sich wirklich nach einer Frau sehnte, aber nichts dergleichen war geschehen. Er war zufrieden, daß er davon frei war, und manchmal machte es ihn beim Fliegen sorglos, als könnte ein großer Knall und eine völlige Zerstörung ihn wieder zu dem machen, was er einmal gewesen war. Mittlerweile konnte er eine Woche lang in Bowie herumlaufen, und nur in seltenen Momenten erinnerte er sich daran, daß er nicht einmal einem Mädchen nachgesehen hatte, und das Gefühl der Sorglosigkeit überkam ihn dann, eine Art gelöster Heiterkeit, als ob alles komisch wäre. Bis er diesen Sturzflug gemacht und das Flugzeug erst hochgezogen hatte, als die Nase schon fast Gras mitgenommen hätte, und er war wieder hochgegangen mit offenem Mund und schweißgebadet. Und deshalb hatte er es in diesen letzten drei Tagen nicht zugelassen, daß er vor totaler Windstille startete, und er hatte sich den anderen beiden gegenüber sehr mürrisch gegeben. Er wollte erst starten, wenn er sich selbst völlig im Griff hatte und nichts dem Zufall überließ. Jetzt gab es überhaupt keinen Wind mehr, und er merkte, daß er diese unheimliche Heiterkeit aus seinem Kopf vertrieben hatte. Er ging von dem verglimmenden Feuer weg, an Gay und Perce vorbei und den sanften Abhang zum Flugzeug hinunter. Er sah aus wie ein stämmiger, ernsthafter Football-Trainer vor dem Anstoß.

Er überprüfte den Rumpf und die kahlen Reifen, und er liebte das Flugzeug. Wie immer sah er auch diesmal wieder

auf den schlechten Stoßdämpfer auf der Steuerbordseite, der nicht mehr kräftig genug war, so daß die Maschine ein wenig zur Seite geneigt dastand. Und er sagte sich, daß es nichts Ernstes war. Er hörte, daß die beiden den Lastwagen anließen, und er löste die Knoten der Seile, die das Flugzeug mit den in den Wüstenboden getriebenen Heringen verband. Dann kam der Lastwagen heran, und der junge Perce Howland sprang ab und lief zum Heck des Flugzeugs herüber, hob das Heck an und zog die Maschine herum, so daß sie in die endlose Wüste hinaussah und den Bergen den Rücken kehrte. Dann wickelten sie den Gummischlauch von dem Benzinfaß auf dem Lastwagen ab und steckten den Stutzen in den Tank hinter dem Flugzeugmotor, und Perce begann zu pumpen.
Guido ging dann um den Flügel herum hinüber zum Cockpit, dessen rechte Tür aufgeklappt war, damit Luft hineinkam. Er griff hinein, nahm seine zerrissene Pilotenjacke heraus und zog sie an.
Perce stand jetzt an den Kotflügel des Lastwagens gelehnt und grinste. »Gutgelüftete Jacke, Guido«, sagte er.
»In meiner Größe gibt's die nicht mehr«, sagte Guido. Ein Ärmel der Jacke war am Ellenbogen abgerissen, und das spröde Leder war den Rücken herunter aufgeplatzt, und das Wollfutter guckte heraus. In dieser Jacke hatte er vor langer Zeit Deutschland bombardiert. Er griff hinter den Sitz und holte ein Futteral heraus, zog die Schutzbrille daraus hervor, schob das Futteral zurück, setzte die Schutzbrille fest aufs Gesicht und griff wieder hinein und holte aus einem kleinen Holzkasten neben dem Sitz eine Schrotpistole und vier Patronen heraus. Er lud die Pistole und legte sie sorgsam unter seinen Sitz. Dann stieg er ins Cockpit, setzte sich auf seinen Platz, zog den Gurt über den Bauch und

klinkte ihn ein. Inzwischen hatte Gay seinen Platz vor dem Propeller eingenommen.
Guido rief durch die offene Tür des Cockpits: »Schmeiß ihn an, Gay!«
Gay trat an den Propeller heran, sah sich um, um sicherzugehen, daß hinter ihm kein Stein lag, über den er stolpern könnte, wenn er zurücktrat, zog das Propellerblatt herunter und sprang wachsam zurück.
»Nochmal!« rief Guido in die Stille.
Gay kam wieder heran, sah nochmal hinter sich und zog das Blatt herunter. Die Maschine saugte an und atmete aus, und sie konnten alle das blecherne Geräusch hören, mit dem sich die Welle im Inneren des Motors drehte.
»Zündung an, Gay!« rief Guido und legte den Schalter um.
Dieses Mal untersuchte Gay den Boden um sich herum sogar noch sorgfältiger und zog sich den Hut fester auf den Kopf. Perce stand an den vorderen Kotflügel des Lastwagens gelehnt, spuckte und kaute, seine Augen im grellen Licht ein wenig zusammengezogen. Gay griff hinauf, zog das Blatt herunter und sprang zurück. Ein Qualmwölkchen stieg aus den Motorschlitzen auf.
»Verdammtes Autobenzin«, sagte Guido. »Zündung an. Nochmal, Gay!« Sie kauften Benzin mit niedrigen Oktanwerten, um zu sparen.
Gay stellte sich wieder vor den Propeller, zog das Blatt herunter, und der Motor sagte sein »Tschaaah«, und weißer Qualm stieg in die Morgenluft. Gay stellte sich neben Perce und beobachtete das Flugzeug. Der Rumpf erzitterte, und der Propeller verwandelte sich in ein Rad, und der Staub wurde aufgewirbelt und auf die Berge zugetrieben. Es machte Spaß, das anzusehen. Guido gab Vollgas, und

die Maschine rumpelte auf die offene Wüste zu, holperte über die Salbeibüschel und zermalmte die ausgeblichenen Skelette von Rindern, die der Winter getötet hatte. Die Maschine mit ihrem geraden Rücken wurde kleiner, bahnte sich ihren Weg über den unebenen Boden, und dann hob sie die Nase, und zwischen den kahlen Reifen und der Wüste entstand ein Raum, und sie stieg träge höher und kam dann den Weg zurück, den sie hinausgerollt war. Sie flog über die Köpfe von Perce und Gay hinweg, und Guido winkte hinunter, jetzt ein Fremder, grimmig in seiner Schutzbrille und in Leder gehüllt, und sie sahen seinen Oberkörper bis zur Taille, als er sich abwandte und durch die Windschutzscheibe auf die Berge vor sich blickte. Das Flugzeug entfernte sich, gewann stetig Höhe und verlor sich in den orange- und purpurfarbenen Wänden, die aus der Wüste aufragten und die wilden Tiere vor den Augen der Cowboys, die sie haben wollten, verbargen.

Sie hatten noch mindestens zwei Stunden, bevor das Flugzeug aus den Bergen zurückkam und die Pferde vor sich hertrieb. Also spülten sie die drei Blechteller und die Becher ab und stellten sie in die Proviantkiste aus Aluminium. Wenn Guido Pferde fand, würden sie ihr Lager abbrechen und heute abend nach Bowie zurückfahren. Deshalb rollten sie ihre Decken so ordentlich wie Seeleute zusammen und legten sie sorgfältig nebeneinander auf den Boden. Die sechs großen Lastwagenreifen, im Inneren das zusammengerollte Seil mit der Schlinge, lagen jeweils zu dritt übereinander auf der Ladefläche. Gay Langland sah sie noch einmal an, berührte sie mit der Hand und stand einen Augenblick da und überlegte, ob sie etwas vergessen hatten. Er sprang auf den Wagen, um nachzusehen, ob sie den Verschluß des Benzinfasses, der hinter dem Führerhaus festgezurrt war, zugedreht hatten. Er war fest zu. Dann sprang er wieder herunter, stieg in den Wagen und ließ den Motor an. Perce saß schon drin, er hatte den Hut gegen das hellgelbe Sonnenlicht in die Stirn gezogen. Ein dünner, besorgt aussehender Collie kam herangetrottet, als Gay die Tür zuschlagen wollte. Er rief ihr zu, ins Auto zu kommen. Die Hündin sprang herauf, und er schob sie in den Raum zwischen der Kupplung und der linken Innenwand. »Beinah hätten wir Belle vergessen«, sagte er, und sie fuhren los.

Der Lastwagen gehörte Gay, und er machte sich Sorgen um die Vorderachse, die auf dem holprigen Gelände leicht beschädigt werden konnte. Also fuhr er zu Beginn langsam. Sie konnten das Benzin draußen hinter sich in dem Faß herumschwappen hören. Jetzt wurde es warm. Sie fuhren schweigend, den Blick geradeaus gerichtet auf die Reifenspur, der sie durch den von Knochen übersäten Salbeibusch folgten. Dreißig Meilen vor ihnen erhoben sich die Lavaberge, die die nördliche Begrenzung dieser Wüste waren, einer Wüste, die den Boden einer zweitausend Meter hohen Schüssel bildeten, einen Ort, den niemand zu Gesicht bekam, außer den paar Cowboys, die zwei- oder dreimal im Jahr nach verirrtem Vieh suchten. Die Leute in Bowie, das nur achtzig Kilometer entfernt lag, wußten nichts von diesem Ort. Es gab nur sie zwei hier und den Lastwagen und die Hündin, und jetzt, da sie unterwegs waren, spürten sie beide zugleich die Zufriedenheit darüber, ein Ziel zu haben, und ihre Isolation, und Perce machte es sich in seinem Sitz bequem und blinzelte, als wolle er wieder einschlafen, und Gay rauchte eine Zigarette und ließ sich von der rollenden Bewegung des Wagens hin- und herwiegen.

Weit vor ihnen auf der Linken sahen sie eine Staubwolke, die sich bewegte, und Gay sagte: »Antilopen«, und Perce schob den Hut zurück und sah hinaus. »Die müssen achtzig drauf haben«, sagte er, und Gay sagte: »Mehr. Ich hab mal eine gejagt und hatte mehr als achtzig drauf, und sie hat mich abgehängt.« Perce schüttelte staunend den Kopf, und sie sahen wieder nach vorn.

Nachdem er eine Weile nachgedacht hatte, sagte Perce: »Bis morgen sollten wir möglichst in Largo sein, wenn wir beim Rodeo mitmachen wollen. Die Leute werden in Massen kommen, um sich dafür einzuschreiben.«

»Wir fahren morgen früh runter«, sagte Gay.

»Ich muß sehn, daß ich 'n Pferd krieg.«

»Wir werden morgen ganz früh da sein; du kriegst schon 'n Pferd, wenn du früh da bist.«

»Würd gern 'n bißchen Geld gewinnen«, sagte Perce. »Ich hoff nur, daß ich 'n gutes Pferd krieg.«

»Die werden dich schon gut versorgen, Perce. Du bist da jetzt schon ganz gut bekannt«, sagte Gay. Perce war einer der besten Bronco-Reiter, und die Rodeoveranstalter hatten ihn gerne im Programm.

Dann schwiegen sie. Gay mußte den Schaltknüppel im Gang festhalten, weil er immer in den Leerlauf sprang, wenn der Wagen bockte. Er wußte, daß das Getriebe ausgeleiert war, und die Vorderreifen waren fast hinüber. Er ließ eine Hand auf die Hosentasche fallen und fühlte die vier Silberdollars, die ihm von den zehn geblieben waren, die Roslyn ihm gegeben hatte, als sie vor ein paar Tagen aufgebrochen waren.

Als hätte er Gays Gedanken gelesen, sagte Perce: »Roslyn würd's hier gefallen. Ich wette, sie hätte die Antilopen gerne gesehn.« Perce grinste, wie beide es immer taten, wenn

Roslyn ihre östliche Überraschung über alles, was sie taten und sahen und sagten, äußerte.

»Jaaaa«, sagte Gay, »sie sieht gern neue Sachen.« Aus den Augenwinkeln beobachtete er den jüngeren Mann, der mit einem leichten Grinsen auf dem Gesicht geradeaus blickte.

»Ist 'n verdammt guter Kumpel, die alte Roslyn«, sagte Gay.

»Das ist sie wirklich«, sagte Perce Howland. Und Gay sah ihn genau an, aber in seinem Gesicht war kein Zeichen von Heuchelei zu entdecken, nur freudige Anerkennung.

»Hab noch nie 'ne Frau getroffen, die so war«, sagte der Jüngere.

»Davon gibt's mehr«, sagte Gay. »Man sieht's diesen Frauen aus dem Osten manchmal nicht an. Sie sind gebildet, aber trotzdem gute Kumpel. Und verdammt gute Frauen, einige von ihnen.«

Sie schwiegen. Dann fragte der Jüngere: »Kennst du viele von denen? Frauen aus dem Osten?«

»Ab und zu eine«, sagte Gay.

»Die einzigen gebildeten Frauen, die ich kennengelernt hab, das war damals zu Hause. Wir wohnten in der Nähe von einem College, wo Lehrer ausgebildet wurden. Studentinnen. Weißt du«, erinnerte er sich mit wachsender Begeisterung, »ich dachte immer, mein Gott, Bildung ist alles. Aber als ich dann die Männer gesehn hab, die einige von ihnen geheiratet haben – Lehrer und alles, Mann, mit denen war wirklich nicht viel los. Und sie gingen mit'm Mann ebensoschnell ins Bett, wie sie guten Morgen sagten. Ich hab 'ne Zeitlang Reitunterricht gegeben bei uns in der Nähe.«

»Ob 'ne Frau gebildet ist oder nicht, hat nicht viel zu sagen. 'Ne Frau ist 'ne Frau«, sagte Gay. Ihm fiel seine Frau ein.

Einen Augenblick fragte er sich, ob sie noch mit dem Mann zusammenlebte, den er vor sechs Jahren zusammengeschlagen hatte, als er die beiden in einem geparkten Auto überrascht hatte.
»Bist du geschieden?« fragte Perce.
»Nee. Die Mühe hab ich mir nie gemacht«, sagte Gay. Es erstaunte ihn immer wieder, daß Perce einfach so aussprach, was ihm in dem Augenblick durch den Kopf ging.
»Woher weißt du, daß ich gerade daran gedacht habe?« fragte er und grinste verlegen. Aber er war zu neugierig, um nicht zu fragen.
»Mann, ich hab's gar nicht gewußt«, sagte Perce.
»Das ist immer so. Ich denk an was, und du sprichst es aus.«
»Komisch«, sagte Perce.
Sie fuhren schweigend weiter. Sie näherten sich der Mitte der Wüste, wo sie Richtung Osten fahren wollten. Gay fuhr jetzt schneller, weil er rechtzeitig am Treffpunkt sein und in aller Ruhe auf das Flugzeug warten wollte. Er hielt den Schaltknüppel fest und spürte, wie er immer wieder in den Leerlauf springen wollte. Das mußte repariert werden. Er würde bald entweder fünfzig Dollar brauchen oder den Lastwagen verkaufen müssen. Wenn er nicht repariert wurde, war er nutzlos. Ohne Wagen und ohne Pferd war er auf das angewiesen, was er in der Tasche hatte.
Perce sprach in die Stille: »Wenn ich am Samstag nicht gewinn, muß ich was tun, um Geld aufzutreiben.«
»Verdammt nochmal, du sagst wirklich immer das, was ich grad denke.«
Perce lachte. Sein Gesicht war rot und sah sehr jung aus. »Wieso?«

»Ich hab gerade eben überlegt«, sagte Gay, »was ich tun kann, um an Geld zu kommen.«

»Roslyn gibt dir bestimmt was«, sagte Perce.

Er sagte es unschuldig, und Gay wußte, daß es unschuldig gemeint war, aber trotzdem trieb ihm der Zorn das Blut in die Wangen. Irgend etwas war in diesen fünf Wochen geschehen, und Gay wußte nicht genau, was. In der letzten Zeit hatte Roslyn angefangen, Perce süß zu nennen, und ab und zu hatte sie sich über ihn gebeugt und ihn auf den Nacken geküßt, wenn er mit ihnen im Wohnzimmer gesessen und getrunken hatte.

Nicht, daß es irgendwas zu bedeuten hatte; er hatte schon vorher Frauen aus dem Osten gekannt, die sowas gemacht hatten, es war einfach ihre Art. Besonders Frauen, die studiert hatten und geschieden waren. Er wunderte sich eher darüber, daß Perce kaum zur Kenntnis zu nehmen schien, was sie machte. Manchmal war es so, als wäre Perce schon mit ihr zusammengewesen und könnte sie nun ignorieren – wie es ein Mann tut, der weiß, daß er der Boß ist. Aber dann dachte Gay wieder, daß Perce vielleicht einfach nicht interessiert war oder daß er sich aus Achtung vor Gay heraushielt.

Wieder empfand Gay eine schreckliche Sehnsucht danach, mit richtiger Arbeit Geld zu verdienen. Er hatte das Gefühl, daß er den Boden unter den Füßen verlöre, sollte sich herausstellen, daß Roslyn wirklich diesen Jungen neben ihm geliebt hatte. Das war ihm schon einmal mit seiner Frau passiert, aber dies hier schreckte ihn mehr, und er wußte nicht genau, warum. Nicht daß er ohne Roslyn nicht leben könnte. Es gab niemanden und nichts, ohne das er nicht hätte leben können. Sie war etwa so alt wie er und voller Fröhlichkeit, die keine Fröhlichkeit war, und hatte ein Lachen, das kein Lachen, und eine Abenteuerlust, die erzwungen war, und all dies wußte er ganz genau, noch wenn er mit ihr lachte und mit ihr durch die Bars und über die Rodeos zog. Gelebt hatte er nur einmal, und das war, als er sein Haus, seine Frau und seine Kinder gehabt hatte. Er wußte, daß sein Leben jetzt anders war, aber man konnte nichts für immer behalten, und er hatte sich nie viel Gedanken darum gemacht, etwas zu behalten oder zu verlieren. Sein ganzes Leben lang war er gewesen wie Perce Howland, der jetzt neben ihm saß, ein Mann, der immer auf dem Sprung war. Erst als er seine Frau mit einem Fremden erwischt hatte, war ihm klar geworden, wieviel sie ihm bedeutete und wie sehr er an sie gebunden war – im guten Sinne. Er hatte sie oder seine Kinder seit Jahren nicht mehr gesehen und dachte nur selten an sie. Genausowenig wie sein Vater seit dem Tag an ihn gedacht hatte, als er auf sein Pferd gestiegen war, um von der Ranch in die Stadt zu reiten, und nicht anhielt, sondern nach Montana weiterritt und drei Jahre wegblieb. Damals war Gay vierzehn gewesen. Er hatte in diesem Land gelebt wie sein Vater, und wo immer er hinkam, war es dasselbe endlose Weideland, und das reichte ihm, um sich mit seinem Vater und seiner Frau und seinen Kindern verbunden zu fühlen. Irgendwann würden sie vielleicht alle in irgendeiner Stadt oder bei irgendeinem Rodeo auftauchen, er würde sich zufällig umsehen, und seine Tochter oder einer seiner Söhne wäre dann da – oder vielleicht auch nie. Weder hatte er jemanden verlassen noch nicht verlassen, solange sie noch alle auf diesem Land lebten, denn hier war alles immer jenseits des Horizonts und weit weg, und meistens hatte er allein oder mit einem oder zwei Männern gearbeitet, in dieser Weite zwischen den Bergen.

In der Ferne sah er jetzt die schimmernde Wand der Hitzewellen über dem flachen Lehmboden emporsteigen, auf den sie zufuhren. Jetzt, da sie näherkamen, lag das Land jenseits der Hitzewellen offen vor ihnen, und sie sahen wieder einmal, wie weit es war, ein prähistorisches Seenbecken, vierzig Kilometer lang und dreißig breit, eingebettet zwischen den beiden Bergketten. Es war flaches, hellbraunes Ödland ohne Gras oder Busch oder Stein, wo man freihändig hundertdreißig Kilometer in der Stunde fahren konnte, weil es nichts gab, mit dem man hätte zusammenstoßen können. Sie fuhren schweigend. Der Laster hörte auf zu bocken, als die Reifen über festeren Boden mit weniger Salbeibüschen rollten. Die Hitzewellen waren so dicht, daß man glaubte, sie berühren zu können. Jetzt rollte der Wagen ruhig, und sie waren auf dem Lehmboden, und als sie ein paar hundert Meter darauf gefahren waren, hielt Gay an und stellte den Motor ab. Die Luft stand in einer toten, sonnendurchfluteten Stille. Als er die Tür öffnete, hörte er ein Quietschen in der Angel, das er noch nie vorher bemerkt hatte. Als sie herumwanderten, konnten sie hören, wie ihre Hemden an den Rücken rieben und die Ärmel an der Hose scheuerten.

Sie standen auf dem Lehmboden, der so hart wie Beton war, und sahen in die Richtung, aus der sie gekommen waren. Sie blickten auf die Berge zurück, an deren Fuß sie gelagert und geschlafen hatten, und suchten die Kämme nach Guidos Flugzeug ab. Es war noch zu früh, und sie begannen zu arbeiten, hoben das Benzinfaß vom Lastwagen und stellten es ein paar Meter weiter auf den Boden, denn die Pritsche mußte leer sein, wenn sie mit der Jagd auf die Pferde begannen. Dann stiegen sie auf die Ladefläche und setzten sich in die Reifen, lehnten den Nacken an die Innenwülste und ließen die Beine baumeln.

Perce sagte: »Ich hoff nur, daß da wirklich fünf drin sind.«
»Guido hat gesagt, er hätte fünf gesehn.«
»Er hat gesagt, daß er nicht sicher war, ob eins nur 'n Fohlen war«, sagte Perce.
Gay zwang sich selbst, stillzubleiben. Er hatte das Gefühl, daß er sich sonst mit Perce streiten würde. Er beobachtete Perce aus den Augenwinkeln, sah die straffen blonden Wangen und den kräftigen, sehnigen Nacken, und jetzt war da etwas Hinterhältiges um Perce. »Wie lange hast du vor, in der Gegend zu bleiben, Perce?« fragte er.
Beide beobachteten die Kämme in der Ferne auf ein Anzeichen des Flugzeugs.
»Keine Ahnung«, sagte Perce und spuckte über die Seite des Lasters. »Aber hierzu hab ich keine große Lust mehr.«
»Tja, aber besser als Lohnarbeit, Perce.«
»Das sowieso. Alles ist besser als Lohnarbeit.«
Gays Augen verzogen sich lächelnd. »Du bist 'n richtiger Misfit, völlig unangepaßt, mein Junge.«
»Will auch nichts andres sein«, sagte Perce. Diese Art von Unterhaltung hatten sie schon oft gehabt, und sie genossen sie jedesmal.
»Besser als sich auf 'ner Ranch abzurackern, damit irgend so'n Scheißkerl sich Benzin für seinen Cadillac kaufen kann.«
»Aber genau«, sagte Gay.
»Mann, Gay, du bist doch der unangepaßteste Typ, den ich je gesehen hab, und du bist immer gut zurechtgekommen.«
»Kann nicht klagen«, sagte Gay.
»Ich will nichts, und ich hab auch nicht vor, was zu wollen.«

»So soll's sein, mein Junge.«
Gay fühlte sich ihm wieder näher, und er war froh darüber. Er hielt die fernen Bergkämme im Auge, die Sonne auf den Schultern war angenehm.
»Ich glaub, er hat Ärger mit den Gäulen da oben.«
Perce starrte auf die Berge. »Sind noch keine zwei Stunden.« Dann wandte er sich an Gay. »In den Bergen da können nicht mehr viele übrig sein, oder?«
»Könnte stimmen«, sagte Gay. »Nur noch ein paar kleine Herden. Hier ist nicht mehr viel zu holen.«
»Was willst du machen, wenn die hier alle weg sind?«
»Vielleicht geh ich nach Norden. Da oben in der Gegend um den Thighbone Mountain herum soll es noch ein paar große Herden geben.«
»Wie weit ist das von hier?«
»Ungefähr hundertdreißig Kilometer Richtung Norden. Wenn ich Guido dafür interessieren kann.«
Perce lächelte. »Er rührt sich nicht gern vom Fleck, nicht?«
»Er ist genauso unangepaßt wie der Rest von uns«, sagte Gay. »Er will nichts.« Dann fügte er hinzu: »Sie haben ihm einen Job als Linienpilot angeboten, rauf nach Montana und zurück. Auch gar nicht so schlecht bezahlt.«
»Hat er nicht gemacht, was?«
»Nicht Guido«, sagte Gay grinsend. »Könnte sein, daß ihm einige der Passagiere nicht gefielen, hat er ihnen gesagt.«
Beide lachten, und Perce schüttelte bewundernd den Kopf. Dann sagte er: »Mir haben sie damals angeboten, die Reitschule zu Hause zu übernehmen. Hab darüber nachgedacht. Zweihundert im Monat und Verpflegung. Leichte Arbeit. Man braucht selbst kaum zu reiten. Nur rumstehen

und drauf achten, daß die Kunden zufrieden sind, und den Mädchen rauf- und runterhelfen.«

Er verstummte. Gay kannte den Rest. Es war immer die gleiche Geschichte. Sie brachte ihn Perce näher, und vor allem ihretwegen hatte er Perce am Anfang so gemocht. Auch Perce hatte was gegen Lohnarbeit. Er war Perce in einer Bar begegnet, wo der Junge von seinen Rodeogewinnen für alle Drinks ausgab, und seine Haare waren noch blutverschmiert, weil ihn eine Stunde vorher der Huf eines bockenden Pferdes getroffen hatte. Roslyn hatte ihm einen Arzt holen wollen, und er hatte gesagt: »Sie sind sehr freundlich, vielen Dank. Aber ich bin nicht schwer verletzt. Wenn man schwer verletzt ist, stirbt man, und der Arzt kann nichts tun, und wenn man nicht schwer verletzt ist, wird es auch ohne Arzt besser.«

Jetzt kam Gay plötzlich auf die Idee, daß Perce Roslyn vielleicht schon kannte, bevor sie sich in der Bar getroffen hatten. Er starrte auf das Profil des Jungen. »Hast du Lust, mit nach Norden zu gehen, wenn ich geh?« fragte er.

Perce überlegte einen Augenblick. »Ich glaub, ich bleib hier. Im Norden gibt's zuwenig Rodeos.«

»Vielleicht find ich da oben einen Piloten. Und Roslyn fährt uns in ihrem Wagen hoch.«

Perce wandte sich ihm ein wenig erstaunt zu. »Würd sie da raufgehn?«

»Sicher. Sie ist 'n wirklich guter Kumpel«, sagte Gay. Er beobachtete Perces Augen, die interessiert und warm geworden waren.

Perce sagte: »Naja, vielleicht. Obwohl ich, um die Wahrheit zu sagen, Gay, mich immer unwohl fühl, wenn ich daran denk, daß aus diesen Pferden Hühnerfutter gemacht wird.«

»Wenn wir sie nicht fangen, holt sie sich jemand anders.«
»Weiß ich«, sagte Perce. Er wandte sich um und beobachtete wieder die Bergkämme in der Ferne. »Mir scheint nur, sie gehören da oben hin.«
»Sie fressen dem Vieh da oben nur die gute Weide weg. Die Cowboys von den Ranches knallen sie ab, wenn sie sie sehen.«
»Ich weiß«, sagte Perce.
»Sie machen sich noch nicht mal die Mühe, sie ins Schlachthaus zu bringen. Sie verrotten da oben, wenn die Cowboys sie erwischen.«
»Ich weiß«, sagte Perce.
Sie schwiegen. Weder ein Käfer noch eine Eidechse noch ein Kaninchen bewegten sich auf der großen Ebene um sie herum, und die Sonne wärmte ihnen Nacken und Oberschenkel. Gay sagte: »Ich würd sie auch lieber als Reitpferde verkaufen, aber sie sind nicht groß genug, außer für Kinder. Und die Frachtkosten für sie sind höher, als sie wert sind. Du hast sie doch gesehen – sie sind nur Haut und Knochen.«
»Ich weiß bloß nicht, ob ich's gut finde, wenn Hunderte von ihnen zu Hühnerfutter verarbeitet werden. Wenn's bloß fünf oder sechs wären, fänd ich's nicht so schlimm, aber hundert ist 'ne Menge Pferde. Ich weiß nicht.«
Gay überlegte. »Naja, entweder das oder Lohnarbeit. Auf jeden Fall hier in der Gegend.« Er sprach von sich selbst und versuchte zu erklären.
»Ich würd nur lieber die unzugerittenen Pferde beim Rodeo reiten und damit zurechtkommen, Gay.« Perce wandte sich ihm zu. »Obwohl ich vielleicht auch mit dir nach Norden geh. Ich weiß nicht.«
»Roslyn wollte zuerst auch nicht hier raus kommen«, sagte

Gay, »aber als sie die Pferde sah, hat sie sich nicht mehr beklagt. Du hast doch nicht gehört, daß sie sich beklagt hat, oder?«
»Ich beklag mich ja nicht, Gay. Ich weiß nur nicht. Kommt mir so vor, daß Gott sie da oben haben wollte, und sie gehören da hin. Aber ich mach's, und wahrscheinlich werd ich's weiter machen. Ich weiß nicht.«
»Du redest genau wie 'ne Zeitung. Sie wollen ihre Steaks, die Leute in der Stadt, aber daß Tiere kastriert oder gebrandmarkt werden oder daß die Wildpferde von den Weiden verschwinden, das wollen sie nicht.«
»Mensch Mann, ich hab mehr Bullen kastriert, als ich Haare auf dem Kopf hab«, sagte Perce.
»Ich geh besser das Fernglas holen«, sagte Gay und ließ sich aus dem Reifen gleiten, in dem er gelegen hatte, und sprang vom Wagen. Er ging zum Fahrerhaus und griff hinein und holte ein Fernglas heraus, blies auf die Linsen, stieg wieder auf den Wagen und setzte sich auf einen Reifen und stützte die Ellenbogen auf die Knie. Er hob das Glas an die Augen und stellte es scharf. Die Berge mit ihren fleckigen blauen Flanken kamen dicht heran. Er fand den Paß, über den das Flugzeug, wie er glaubte, kommen würde, er sah sich die Hänge darunter und die Luft darüber genauer an. Er war immer noch wütend. »Gott hat sie da haben wollen!« Mann, Gott hat alles überall haben wollen. Hieß das etwa, daß man zum Beispiel keine Hühner essen konnte, kein Rindfleisch? Die Abneigung gegen Perce erwachte wieder in ihm.
Sie hörten den Schuß irgendwo im Himmel, und sie erstarrten. Gay kniff die Augen zusammen und hielt das Glas vollkommen still.
»Siehst du was?« fragte Perce.

»Er ist noch über dem Paß, nehm ich an«, sagte Gay.
Sie saßen still und beobachteten den Himmel über dem Paß. Die Zeit verging. Sie schwitzten jetzt in der Sonne, und Gay wischte sich mit dem Handrücken über die feuchten Augenbrauen. Wieder hörten sie einen Schuß von irgendwoher. Gay sprach, ohne das Glas abzusetzen. »Wahrscheinlich treibt er sie aus irgendeiner Ecke heraus.«
Perce schnellte aus seinem Reifen heraus. »Ich seh ihn«, sagte er hastig. »Ich seh ihn, was Glitzerndes, ich seh das Flugzeug.«
Es ärgerte Gay, daß Perce ohne Glas das Flugzeug als erster gesehen hatte. Durch das Glas konnte er es jetzt deutlich erkennen. Es kam hinter dem Paß hoch, kurvte zurück und verschwand wieder hinter dem Paß. »Er hat sie jetzt im Paß. Ist gerade zurückgeflogen, um sie rauszuholen.«
»Kannst du sie sehen?« fragte Perce.
»Er hat sie noch nicht draußen. Er ist gerade wieder rein, um sie zu holen.«
Jetzt konnte er durch das Glas sich bewegende Punkte auf der Erde sehen, wo sich der Paß zur Wüstenhochebene hin öffnete. »Ich seh sie«, sagte er. Er zählte und bewegte dabei die Lippen. »Eins, zwei, drei, vier. Vier und ein Fohlen.«
»Holen wir uns auch das Fohlen?« fragte Perce.
»Mann, wir können die Stute nicht ohne das Fohlen nehmen.«
Perce sagte nichts. Dann reichte Gay ihm das Glas. »Guck mal durch.«
Gay glitt von der Ladefläche und ging nach vorne zum Fahrerhaus und öffnete die Tür. Seine Hündin lag hechelnd unter den Pedalen. Er schnipste mit den Fingern, und sie stand vorsichtig auf und sprang auf den Boden herunter und stand zitternd da, wie immer, wenn Wildpferde

kamen. Er sah, wie sie sich setzte und auf den Boden machte und wie sie sich besonders vorsichtig, besorgt und ängstlich bewegte, wie sie am Boden schnüffelte und den Kopf in Zeitlupe hin und her bewegte und die Pfoten setzte, als ob überall Minen lägen. Er ließ sie da zurück, kletterte wieder auf den Wagen und setzte sich auf einen Reifen neben Perce, der noch immer durch das Glas sah.

»Er macht 'nen Sturzflug auf sie runter. Mein Gott, die können wirklich laufen.«

»Laß mal sehen«, sagte Gay und streckte die Hand aus, und Perce gab ihm das Glas und sagte: »Sie kommen schnell ran.«

Gay beobachtete die Pferde durchs Glas. Vom Scheitel ihres Anstiegs herunter begann die Maschine, auf sie herunterzustoßen. Sie brachen zur Seite aus, als der dröhnende Motor tief über sie hinwegdonnerte, hoben die Köpfe und galoppierten schneller. Sie liefen jetzt schon über eine Stunde, und sie würden langsamer werden, wenn das Flugzeug nach dem Sturzflug wieder steigen mußte und der Motor leiser wurde. Während Guido wieder stieg, hörten Gay und Perce einen Schuß, fern und harmlos, und der Knall machte die Pferde wieder schneller, während das Flugzeug sich langsam in die Kurve legte und umkehrte. Dann, als sie langsamer wurden, kam das Flugzeug über ihnen zurück und stieß wieder auf sie herunter, und die Köpfe schossen wieder hoch, und sie galoppierten, bis das Dröhnen des Motors über ihnen abnahm. Der Himmel war klar und hellblau, und nur das kleine Flugzeug zog über der Wüste seine Bahn hin und her wie die leuchtende Spitze eines Zauberstabs, und die Pferde kamen auf die riesige, öde Lehmfläche zu, wo der Lastwagen stand.

Die beiden Männer auf der Ladefläche tauschten das Fernglas von Zeit zu Zeit aus. Jetzt saßen sie aufrecht auf den Reifen und warteten darauf, daß die Pferde den Rand des Beckens erreichten, wo Guido die Maschine landen würde und sie dann mit dem Wagen losfuhren. Und nun blieben die Pferde stehen.

»Sie sehen die Hitzewellen«, sagte Gay, das Glas vor Augen. Er sah, wie die Pferde mit erhobenen, aufgeschreckten Köpfen am Rand der kahlen Ebene entlangtrabten, vor der sie Angst hatten, weil die Hitzewelle wie Flüssigkeit in der Luft aus ihr emporstieg und sie trotzdem kein Wasser witterten, und sie wagten es nicht, sich weiter in ihnen fremdes Gebiet hineinzubewegen. Das Flugzeug stieß auf sie herunter, und sie liefen auseinander, wollten aber nicht aus der kühleren, salbeigefleckten Wüste vorwärts auf das Seebekken laufen. Jetzt legte sich die Maschine hoch oben in der Luft in eine Kurve, flog hinter ihnen in die Wüste zurück, beschrieb wieder eine Kurve, kam bis auf wenige Meter herunter und donnerte fast in der Höhe ihrer Köpfe auf sie zu, und als es im Anstieg über sie hinwegflog, hörten die Männer auf dem Wagen den Schuß. Jetzt machten die Pferde einen Satz nach vorn auf das Seebecken, stieben auseinander und liefen in verschiedene Richtungen, und dann trabten sie nur noch und prüften den Boden unter ihren Hufen und die merkwürdige, überhitzte Luft in den Nüstern. Allmählich, während das Flugzeug am Himmel kreiste, um wieder herabzustürzen, formierten sie sich und galoppierten langsam Schulter an Schulter auf die grenzenlose Lehmebene hinaus. Das Fohlen galoppierte eine Länge hinter ihnen, seine Nüstern berührten fast den langen seidigen Schwanz der Stute.

»Die Stute ist groß«, sagte Perce. Seine Augen waren noch

verträumt, und sein Gesicht wirkte ruhig, aber seine Haut war rot geworden.

»Die Stute ist größer, als sie's normalerweise hier oben sind, ja«, sagte Gay.

Die beiden beobachteten jetzt die kleine Herde, noch während sie sich hinstellten. Da war diese große Stute, so groß wie ein Reitpferd, und beide ließen sich ihre Überraschung nicht anmerken. Sie wußten, daß die Mustangherden in totaler Isolation lebten und daß sie wegen der Inzucht nur noch die Maße von größeren Ponys erreichten. Die Herde wich jetzt zur Seite aus, und sie sahen den Hengst. Er war kleiner als die Stute, aber noch immer größer als jedes Pferd, das Gay vorher hier gefangen hatte. Die anderen beiden Pferde waren klein, so wie es sich für Mustangs gehörte.

Jetzt setzte das Flugzeug zur Landung an. Gay und Perce Howland gingen zum vorderen Teil der Ladefläche ihres Wagens, wo ein weißes breites Band in Hüfthöhe zwischen zwei Pfosten gespannt war, die jeweils in zwei Vertiefungen an den Ecken der Pritsche steckten. Sie zogen einen weiteren Gurt von einem Pfosten zum anderen und stellten sich zwischen beide. Perce band den hinteren an den Pfosten auf seiner Seite. Dann drehten sie sich in ihren Gurten herum, und jeder griff in einen Reifen hinter sich und zog eine Seilrolle heraus, an deren Ende eine Schlinge hing. Sie schauten hinaus auf das Seebecken und sahen Guido auf sich zurollen, und sie standen da und warteten auf ihn. Zwanzig Meter vor dem Lastwagen schaltete er den Motor ab, und bevor das Flugzeug zum Stehen gekommen war, sprang er aus dem offenen Cockpit. Er befestigte ein Seil am Heck der Maschine. Am anderen Ende des Seils befand sich ein Keil, den er in den Lehmboden rammte. Dann trottete er zum Wagen hinüber, setzte die Brille ab und stopfte sie in seine zerschlissene Jackentasche. Perce und Gay riefen lachend zu ihm hinüber, aber er schien sie kaum wahrzunehmen. Sein Gesicht war vor Anstrengung geschwollen. Er sprang ins Fahrerhaus, die Colliehündin sprang ihm nach und legte sich hechelnd auf den Boden. Er startete den Wagen und donnerte über die Lehmebene in die wäßrigen Hitzewellen.

Sie sahen die Herde als eine Gruppe kleiner Punkte mehr als drei Kilometer entfernt still dastehen. Der Wagen rollte ruhig, und in dem Fahrerhaus blickte Guido auf den Tacho und sah, daß er über 90 fuhr. Er mußte aufpassen, daß er sich nicht überschlug, und er ging runter auf 80. Gay auf der rechten vorderen Ecke der Ladefläche und Perce Howland auf der linken, zogen sich die Hüte tiefer in die Stirn und hoben die Lassos mit der Schlinge hoch, die der Wind sie in ihren Händen zu verwirren drohte. Guido wußte, daß Gay Langland ein guter Lassowerfer und Perce ein unsicherer war, deshalb fuhr er von links auf die Herde zu, um möglichst auf Gays Seite an die Tiere heranzukommen. Dieser ganze Ablauf – der Lastwagen, die Reifen, die Lassos und das Flugzeug – war Guidos Erfindung, und wieder einmal empfand er die Freude darüber, sich dies alles ausgedacht zu haben. Er fuhr mit beiden Händen fest am Steuer und hielt den linken Fuß über dem Bremspedal bereit. Er griff nach dem Schaltknüppel, um zu prüfen, ob der Gang in den Leerlauf rausspringen könnte, aber er war fest eingelegt, und wenn er nicht auf einen Huckel stieße, könnte er sich auf ihn verlassen. Die Herde hatte begonnen, sich im Schritt vorwärtszubewegen, aber jetzt blieben die Tiere stehen und sahen mit aufgestellten Ohren und nach vorne gereckten Hälsen den Lastwagen an. Guido lächelte ein wenig. Er fand, sie sahen dumm aus, so wie sie dastanden, aber er wußte es besser, und sie taten ihm in ihrer Unwissenheit leid.

Der Wind peitschte Perce und Gay, die auf dem offenen Lastwagen standen, ins Gesicht. Ihre Hutkrempen wurden dicht vor ihren Augen auf- und niedergeschlagen, und sie hatten dunkelrote Gesichter. Sie sahen, daß die Pferde bewegungslos ihr Näherkommen verfolgten. Und als sie immer dichter herandröhnten, sahen sie, daß diese Herde wunderschön war.

Perce Howland sah Gay an, der im gleichen Augenblick zu ihm hinüberblickte. In diesem Frühjahr hatte es viel Regen gegeben, und die Herde mußte eine gute Weide gefunden haben. Die Tiere sahen gut genährt aus und hatten glänzendes Fell. Die Stute war fast schwarz, und der Hengst und die beiden anderen dunkelbraun. Das Fohlen war lockig und schimmerte grau. Der Hengst senkte plötzlich den Kopf und machte kehrt und galoppierte los. Die anderen drehten sich um und klapperten hinter ihm her, das Fohlen an der Seite der Stute. Guido gab Gas, und der Lastwagen brauste aufheulend vorwärts. Jetzt waren sie ein paar Meter hinter den Tieren, und sie konnten die Unterseite ihrer Hufe sehen, gesunde Hufe, die niemals beschlagen worden waren. Sie sahen die vollen, fliegenden Mähnen und die dicken und langen schwarzen Schwänze, die ihnen bis auf die Fesseln herabhingen, wenn sie stillstanden.

Der Lastwagen war jetzt mit der Stute auf gleicher Höhe, und neben ihr galoppierten die anderen, alle nur mit einem laut tickenden Geräusch auf dem Lehm. Es war ein weiches, regelmäßiges Geklapper, denn sie waren leichtfüßig und unbeschlagen. Ihre Beine waren schlank und jetzt naß, nachdem sie beinahe zwei Stunden lang in dieser Panik gelaufen waren, aber als der Wagen neben der Stute entlangfuhr und Gay sein Lasso über dem Kopf schwang, scherte die ganze Herde nach rechts aus, und Guido drückte kräftig aufs Gaspedal und schwenkte mit ihnen nach rechts, aber sie liefen ständig im Kreis, und er konnte nicht schnell genug fahren, um auf ihrer Höhe zu bleiben, also wurde er langsamer und fiel ein paar Meter hinter sie zurück, bis sie wieder geradeaus liefen. Und dann drehten sie ihre Runden wie Zirkuspferde, langsamer jetzt, denn sie waren am Ende ihrer Kräfte, und plötzlich entdeckte Guido eine Lücke zwischen dem Hengst und den beiden Braunen, und er fuhr in sie hinein und schnitt die Stute mit ihrem Fohlen links von ihnen ab. Jetzt machten sich die Pferde lang, und ihr Geklapper wurde schneller. Ihre Hinterläufe flogen weit heraus, und ihre Hälse streckten sich gesenkt nach vorne. Gay schwang sein Lasso über dem Kopf, und der Lastwagen erreichte den Hengst, dessen Lungen vor Erschöpfung heiser keuchten, und Gay warf das Lasso. Die Schlinge fiel über den Kopf des Hengstes, und mit einem Ruck an der Leine ließ Gay sie über seinen Hals fallen. Das Pferd brach nach rechts aus und spannte das Lasso, bis es den Reifen von der Ladefläche zog und über den harten Lehm zerrte. Die drei Männer sahen von dem langsamer werdenden Wagen aus zu, wie der Hengst mit schreckgeweiteten Augen den riesigen Reifen ein paar Meter weit hinter sich her schleifte, sich dann aufbäumte und die Vorderläufe in die Luft warf und wieder senkte und den Reifen ansah und rückwärts von ihm wegzukommen versuchte. Dann stand er still, schwer ein- und ausatmend, und mit den Hinterläufen tänzelte er in einem Bogen von rechts nach links hin und her, während er den Kopf in der gnadenlosen Schlinge herumwarf.

Sobald Guido sicher war, daß sie den Hengst eingefangen

hatten, sah er über das Becken und bog, ohne vorher anzuhalten, scharf nach links und fuhr auf die Stute und das Fohlen zu, die gemächlich nebeneinander hertrotteten. Die beiden Braunen verschwanden bereits gen Norden, aber Guido wußte, daß ihre Müdigkeit sie bald zum Stehen bringen würde. Die Stute jedoch konnte es vielleicht zum Ende des Beckens schaffen, bis zurück in ihre vertrauten Hügel, in die der Lastwagen ihr nicht folgen konnte. Er lenkte den Wagen geradeaus und gab Gas. In einer Minute war er direkt hinter ihr, und er fuhr von links an sie heran, weil das Fohlen zu ihrer Rechten lief. Er sah ihren massigen Körper und fragte sich jetzt, ob sie überhaupt ein Mustang war. Während er neben ihr herfuhr, betrachtete er ihre Flanken genauer und suchte sie nach einem Brandzeichen ab, sie schien aber nicht gezeichnet zu sein. Dann sah er durch sein rechtes Fenster, wie die Schlinge angeflogen kam und über ihren Kopf fiel, und er sah ihren Kopf hochfliegen, und dann blieb sie hinter ihm zurück. Er steuerte nach rechts, bremste mit dem linken Stiefel ab, und er sah sie einen Reifen hinter sich herschleifen und stehenbleiben, und das freie Fohlen beobachtete sie und trottete ganz eng neben ihr her. Dann fuhr er weiter über die Ebene geradewegs auf die beiden Punkte zu, die schnell größer wurden und zu den beiden Braunen wurden, die still dastanden und den herankommenden Lastwagen beobachteten. Er fuhr zwischen sie, und Perce fing eines im Galopp auf der linken Seite ein, und Gay fing das andere beinah im selben Augenblick auf der rechten. Und Guido streckte den Kopf aus dem Fenster und rief zu Perce, der auf seiner Seite des Wagens stand, hinüber: »Gut gemacht«, und Perce grinste ihn aufgeregt an, aber zugleich schien in seinen Augen eine gewisse Beunruhigung zu liegen.

Guido beschrieb in aller Ruhe einen Halbkreis und fuhr dann zur Stute und dem Fohlen zurück, und einige Minuten später hielt er etwa zwanzig Meter vor ihnen und stieg aus. Die Hündin blieb auf dem Boden sitzen, sie zitterte am ganzen Körper.
Die drei Männer näherten sich der Stute. Sie hatte niemals zuvor einen Menschen gesehen, und ihre Augen waren vor Angst weit aufgerissen. Ihr Brustkorb hob und senkte sich sehr schnell, und aus ihren Nüstern tropfte Blut. Sie hatte eine schwere dunkelbraune Mähne, und ihr Schweif berührte fast den Boden. Das Fohlen trat mit dumpfen Augen von einem noch kindlich gebogenen Bein aufs andere und versuchte, die Stute zwischen sich und den Männern zu halten, und die Stute wandte sich hin und her, um das Fohlen vor ihnen abzuschirmen.
Sie wollten jetzt die Schlinge am Hals der Stute höher hinaufschieben, denn sie war von hinten über sie gefallen und lag um die Mitte des Halses, wo sie die Stute erwürgen konnte, wenn sie weiter so an dem schweren Reifen zog. Von früheren Unternehmungen wußten sie, daß man ein Pferd nicht so angebunden zurücklassen konnte, ohne zu riskieren, daß es stranguliert wurde, und sie wollten die Tiere am Leben halten, bis sie aus Bowie einen größeren Lastwagen geholt und sie darauf verladen hatten.
Gay war der beste Lassowerfer, und deshalb überließen es Perce und Guido ihm, das Lasso zu werfen, das er sanft knapp hinter die Vorderhufe der Stute offen auf den Boden fallen ließ. Sie warteten einen Moment, gingen dann auf sie zu, und sie trat einen Schritt zurück. Gay zog kräftig an dem Lasso, und ihre Vorderläufe waren zusammengebunden. Dann fesselte Gay mit einem zweiten Lasso ihre Hinterläufe, und sie schwankte und fiel mit der Seite auf den

Boden. Ihr Körper hob und senkte sich, aber sie schien aufzugeben. Das Fohlen streckte den Hals und berührte ihren Schweif mit den Nüstern und stand still, als die Männer auf die Stute zugingen und ruhig auf sie einredeten. Guido beugte sich hinunter und lockerte die Schlinge und schob sie bis unter die Kinnlade hoch. Sie untersuchten sie auf einen Brand, aber sie war ungezeichnet.

»Hab noch nie so 'n großes Pferd hier oben gesehn«, sagte Gay zu Guido.

Guido stand da und sah auf die große Stute hinunter.

Perce sagte: »Vielleicht sind die Wildpferde alle mal so groß gewesen«, und er blickte Guido an, als ob er eine Bestätigung erwartete.

Guido hockte sich hin und öffnete das Maul der Stute, und die beiden anderen sahen auch hinein. »Sie ist mindestens fünfzehn, jede Wette«, sagte Gay, und zu Perce: »Sie hätte es sowieso nicht mehr lange gemacht.«

»Ja, sie ist alt«, stimmte Perce nachdenklich zu.

Guido richtete sich auf, und die drei gingen zum Lastwagen zurück. Perce sprang auf und setzte sich auf die Ladefläche und ließ die Beine baumeln, und Gay setzte sich zu Guido ins Fahrerhaus. Sie fuhren über das Seebecken zu dem Hengst und hielten an, und die drei gingen auf ihn zu.

»Sieht nicht schlecht aus, das Pferd«, sagte Perce.

Sie standen da und sahen sich das Tier einen Augenblick lang genauer an. Der Hengst stand jetzt still, rang keuchend nach Atem und blutete aus den Nüstern. Er hielt den Kopf gesenkt und das Seil gespannt und blickte sie mit tiefbraunen Augen an, die wie die Linsen eines riesigen Feldstechers aussahen. Gay legte sich das Lasso in der Hand zurecht. »Er ist auch für nichts zu gebrauchen«, sagte er,

»nur für'n Kind. Mit dem kann man kein Vieh treiben, und für'n Reitpferd ist er zu klein.«

»Klein ist er«, gab Perce zu. »Hat aber 'nen schönen Hals.«

»Ach ja, schön sehn sie aus, einige von ihnen«, sagte Guido. »Aber was soll man bloß mit ihnen anfangen? Kostet mehr, sie irgendwohin zu transportieren, als sie einbringen.«

Gay schwang die Schlinge über dem Kopf, und sie fiel über den Hengst. »Sie sind einfach für nichts gut, das ist alles«, sagte er und warf das Lasso hinter die Vorderläufe des Hengstes, und der trat zurück, und Gay zog an dem Seil, und es schloß sich um die Pferdeläufe, zog sie zusammen, und der Hengst schwankte, fiel aber nicht.

»Halt mal«, rief Gay Perce zu, der um das Pferd herumlief, das Seil ergriff und es straffhielt. Dann ging Gay zum Wagen zurück, holte noch ein Seil, kam zurück und band die Hinterläufe des Pferdes zusammen. Aber der Hengst wollte einfach nicht umfallen.

Guido trat heran, um ihn umzuwerfen, aber das Pferd warf den Kopf herum, bleckte die Zähne, und Guido wich zurück.

»Zieht!« schrie Guido Gay und Perce zu, und sie zogen an den Lassos, um den Hengst umzuwerfen, aber er richtete sich auf und stand da, den Kopf an den Reifen gebunden und die Füße in den Seilen, die die Männer hielten. Dann eilte Guido zu Perce hinüber und nahm ihm das Seil ab, ging damit an das Hinterteil des Hengstes und zog kräftig. Die Vorderhufe des Hengstes rutschten zurück, und er brach in die Knie, und die Nüstern schlugen auf den Lehmboden, und er schnaubte, als er mit dem Kopf auf den Boden traf, aber er fiel nicht um und blieb auf den Knien, als

ob er sich vor etwas verbeugte, seine Nase auf den Boden gestützt, und seine kurzen Atemstöße bliesen den Staub in kleinen Wolken unter seinen Nüstern auf.
Guido gab das Lasso wieder Perce Howland, der es strammhielt, und er ging zur Schulter des Hengstes, legte die Hände an seinen Hals und drückte, und der Hengst fiel auf seine Flanke und lag da; und er schien genau wie die Stute vorher aufzugeben, als sein Körper den Boden berührte, und zum ersten Mal flatterten seine Augenlider, und sein Atem kam jetzt seufzend und nicht mehr grimmig keuchend. Guido schob die Schlinge hoch unter seine Kinnlade, und sie öffneten die Seile um die Hufe, und als der Hengst spürte, daß seine Beine frei waren, hob er zuerst neugierig den Kopf, kam dann mit den Hufen klappernd auf die Beine und stand da und sah sie an, einen nach dem andern, und Blut tropfte ihm aus den Nüstern, und an den staubigen Knien waren jetzt Flecken von tiefem Rot.
Einen Augenblick lang standen die drei Männer da und beobachteten ihn, um sicher zu sein, daß die Schlinge um den Hals fest saß. Nur das Pochen des Lastwagenmotors war auf der riesigen Ebene zwischen den Bergketten zu hören und das ächzende Einatmen des Pferdes und das schnaubende Ausatmen. Dann gingen die Männer ohne Hast zum Wagen zurück, und Gay verstaute seine beiden zusätzlichen Lassos hinter dem Fahrersitz und setzte sich ans Steuer, Guido neben ihm, und Perce kletterte auf die Ladefläche und legte sich auf den Rücken und sah mit hinter dem Kopf verschränkten Händen in den Himmel.
Gay fuhr nach Süden, wo das Flugzeug auf sie wartete, das sie jetzt noch nicht sehen konnten. Guidos Atem beruhigte sich langsam, und er zündete sich eine Zigarette an, machte ein paar Züge und rieb sich mit der linken Hand den

kahlen Kopf. Er starrte durch die Windschutzscheibe und aus dem Seitenfenster. »Ich bin müde«, sagte er.
»Was schätzt du?« fragte Gay.
»Was du?« sagte Guido. Er hatte Staub in der Kehle, und seine Stimme klang hoch, fast wie die eines Mädchens.
»Die Stute wiegt gut und gerne ihre sechshundert Pfund.«
»Würd ich auch sagen, Gay«, stimmte Guido zu.
»Die Braunen vielleicht vierhundert das Stück und der Hengst 'n bißchen mehr.«
»Hab ich auch ungefähr gedacht.«
»Was bringt das?«
Guido dachte nach. »Neunzehnhundert, vielleicht zweitausend«, sagte er.
Sie schwiegen und rechneten. Zweitausend Pfund zu sechs Cents das Pfund machten hundertzwanzig Dollar. Das Fohlen würde noch ein paar Dollar dazu bringen, aber nicht viel. Wenn man das Benzin für das Flugzeug und den Wagen rechnete und die zwölf Dollar für ihre Lebensmittel, blieb eine Summe von hundert Dollar für alle drei übrig. Guido würde fünfundvierzig Dollar bekommen, weil er sein Flugzeug gebraucht hatte, Gay bekam fünfunddreißig, die Benutzung seines Lastwagens eingeschlossen, und Perce Howland würde die restlichen zwanzig bekommen, wenn er zustimmte, und das würde er zweifellos.
Nachdem sie die Zahlen genannt hatten, waren sie still, und Gay fuhr in Gedanken verloren. Dann sagte er: »Wir hätten den Pferden beim letzten Mal Wasser geben sollen. Sie werden 'n ganzes Stück schwerer, wenn man sie tränkt.«
»Ja, laß uns das nicht vergessen«, sagte Guido.
Sie wußten, daß sie es wahrscheinlich vergessen würden,

die Pferde auf dem Hof des Händlers zu tränken. Sie würden es eilig haben, sie abzuladen und loszuwerden, und erst später würden sie sich wie jetzt daran erinnern, daß sie fünfzehn oder zwanzig Dollar mehr herausholen konnten, wenn sie die Pferde trinken ließen. Jetzt, da sie alles ausgerechnet hatten, dachten sie nicht weiter an das Geld, und wenn Perce mit seinem kleineren Anteil nicht einverstanden sein sollte, würden sie ihm beide noch einen Fünf- oder Zehndollarschein oder mehr geben, wenn er es wollte.

Gay hielt neben dem Flugzeug am Rande des Beckens an. Die angebundenen Pferde waren jetzt weit weg, nur die Stute und ihr Fohlen waren nicht weiter als eine halbe Meile entfernt deutlich zu sehen. Guido öffnete seine Tür und sagte zu Gay: »Weißt du, wir fahren rein und holen den Wagen und kommen heut nachmittag vielleicht wieder her. Vielleicht schaffen wir's, sie heut abend reinzubringen.«

»In Ordnung, wie du willst. Ich seh euch morgen«, sagte Guido, und er stieg aus und blieb einen Moment stehen, um mit Perce zu reden.

»Perce?« sagte er. Perce stützte sich auf einen Ellenbogen und sah zu ihm hinunter. Er sah sehr schläfrig aus. Guido lächelte. »Schläfst du?«

Perces Augenlider schienen angeschwollen, und sein Gesicht wirkte gedankenverloren und verstört. »Kurz davor«, sagte er.

Guido übersah den Vorwurf. »Wir sind ungefähr auf glatte hundert Dollar gekommen. Sind zwanzig für dich in Ordnung?«

»Ja, zwanzig sind okay«, sagte Perce und schlug ein paar Mal die Augen auf und nieder. Er schien kaum zuzuhören.

»Wir sehn uns in der Stadt«, sagte Guido und drehte sich um und watschelte auf seine Maschine zu, wo Gay schon mit den Händen am Propellerblatt auf ihn wartete. Guido stieg ein, und Gay zog das Blatt herunter, und der Motor sprang sofort an. Guido winkte Gay und Perce zu, und Perce auf der Ladefläche hob ein wenig die Hand. Guido gab Gas, und die Maschine holperte davon und erhob sich in die Luft, und die beiden Männer am Boden sahen zu, wie sie auf die Berge zuflog und verschwand.

Gay ging zum Wagen zurück, und als er hinter das Steuer kletterte, sah er Perce an, der noch immer auf einen Ellenbogen gestützt dalag, und sagte: »Sind zwanzig in Ordnung?« Und er sagte das, weil er dachte, daß Perce verletzt aussah.

»Was? Ja, zwanzig sind okay«, antwortete Perce. Dann rutschte er von der Ladefläche, und Gay setzte sich hinters Steuer. Perce stand neben dem Wagen und pinkelte, während Gay auf ihn wartete. Dann stieg Perce ein, und sie fuhren los.

Die Stute und ihr Fohlen standen zwischen ihnen und der Salbeiwüste, auf die sie zufuhren. Perce starrte durch das Fenster auf die Stute, und er sah, daß sie sie besorgt aber nicht wirklich alarmiert anblickte, und das Fohlen lag auf dem Bauch auf dem Lehmboden, sein Kopf nickte leicht, als würde es gleich einschlafen. Perce sah lange auf das Fohlen, während sie näherkamen, und er dachte daran, wie es dort neben der Stute wartete, ungebunden und frei, davonzulaufen, und er sagte zu Gay: »Hast du schon mal gehört, daß 'n Fohlen die Stute verlassen hat?«

»Nicht so'n junges«, sagte Gay. »Das läuft nicht weg.« Und er sah Perce von der Seite an.

Sie fuhren an der Stute und dem Fohlen vorbei und ließen

sie hinter sich, und Perce legte den Kopf zurück und schloß die Augen. Sein Tabak zeichnete sich unter der linken Wange ab, er kaute nicht, er ließ ihn sich da vollsaugen.
Der Lastwagen ließ jetzt das lehmige Seebecken hinter sich, und er holperte und schaukelte über die Salbeiwüste. Sie würden zu ihrem Lager zurückkehren und ihre Decken und Kochgeräte aufladen und dann zur Straße fahren, die ungefähr zwanzig Kilometer quer durch die Wüste jenseits des Lagers verlief.
»Ich glaub, ich fahr heut abend zurück zu Roslyn«, sagte Gay.
»Okay«, sagte Perce, ohne die Augen zu öffnen.
»Wir können die Pferde morgen früh holen und dich dann nach Largo fahren.«
»Okay«, sagte Perce.
Gay dachte an Roslyn. Sie würde ihnen wahrscheinlich Vorwürfe machen, daß sie all diese Arbeit für ein paar Dollar getan hatten. Sie würde sagen, daß sie zu blöd seien, ihre Arbeitszeit und andere versteckte Kosten richtig zu berechnen. Wenn man sie so hörte, hatten sie manchmal überhaupt keinen Profit gemacht. »Das Fohlen wird Roslyn leid tun«, sagte Gay, »wir sollten's besser gar nicht erwähnen«.
Perce öffnete die Augen und sah, den Kopf an den Sitz gelehnt, durch das Fenster zu den Bergen hinüber. »Mann, sie füttert ihren Hund mit Dosenfutter, oder?«
Gay fühlte sich Perce wieder näher, und er lächelte. »Klar tut sie das.«
»Ja, und was glaubt sie denn, was in den Dosen ist?«
»Sie weiß, was in den Dosen ist.«
»Da sind Wildpferde in den Dosen«, sagte Perce wie zu sich selbst. Eine Zeitlang fuhren sie schweigend. Dann sagte Perce: »Das ist es, was ich einfach nicht versteh.«

Einen Augenblick später sagte Gay: »Kommst du mit zu Roslyn oder willst du in der Stadt bleiben?«
»Ich würde genausogern mit dir kommen.«
»Okay«, sagte Gay. Er freute sich jetzt darauf, heute abend bei ihr zu sein. Auf den Regalen in ihrem Haus, die er für sie gebaut hatte, standen ihre Bücher, und sie würden etwas trinken, und Perce würde auf der Couch einschlafen, und sie würden zusammen ins Schlafzimmer gehen. Er kam gerne zu ihr zurück, wenn er gearbeitet hatte, lieber, als wenn er sie bloß herumgefahren hatte oder einfach bei ihr geblieben war. Er hatte gerne eigenes Geld in der Tasche. Und er stellte sich immer deutlicher vor, wie es mit ihr sein würde, und er dachte daran, daß er bald sechsundvierzig sein und dann auf die Fünfzig zugehen würde. Er wußte, daß sie eines Tages in den Osten zurückkehren würde, vielleicht dieses, vielleicht das nächste Jahr. Er fragte sich wieder, wann sein Haar grau werden und wie er mit grauem Haar aussehen würde, und bei der Vorstellung, daß er bald grau und ein alter Mann sein würde, biß er die Zähne zusammen.
Perce setzte sich auf und sagte: »Ich will meine Mutter anrufen. Verdammt, ich hab sie das ganze Jahr über nicht angerufen.«
Er starrte aus dem Fenster auf die Berge. Er erinnerte sich daran, wie das Fohlen aussah, und er wünschte sich, daß es weg wäre, wenn sie morgen früh zurückkämen. Dann sagte er: »Ich muß unbedingt morgen nach Largo und mich einschreiben.«
»Wir fahren«, sagte Gay.
»Ich könnte 'ne Prämie gut gebrauchen«, sagte er. Er dachte jetzt an fünfhundert Dollar und daran, daß er oft fünfhundert Dollar gewonnen hatte. »Weißt du was, Gay?« sagte er.

»Hä?«
»Ich werd's nie zu irgendwas bringen.« Dann lachte er. Er hatte Hunger, und er lachte einen Augenblick lang laut drauflos, und dann legte er den Kopf zurück und schloß die Augen.
»Das hab ich dir damals schon gesagt, als wir uns das erste Mal trafen, oder?« Gay grinste. Er kam jetzt langsam in die Stimmung, bei Roslyn ein paar Gläser zu trinken.
Dann sagte Perce etwas. »Das Fohlen bringt sowieso keine zwei Dollar. Was meinst du, können wir's nicht da draußen lassen?«
»Nee, weißt du, was es dann tun würd?« sagte Gay. »Es würd dem Wagen direkt bis in die Stadt nachlaufen.«
»Wahrscheinlich würd's das tatsächlich tun«, sagte Perce. Er spuckte einen Strahl Tabak aus dem Fenster.
Zwanzig Minuten später erreichten sie das Lager und luden das Benzinfaß auf, ihre Decken und die Lebensmittelkiste aus Aluminium, und fuhren nach Bowie weiter. Nachdem sie fünfzehn Minuten schweigend gefahren waren, sagte Gay, daß er schon sehr bald nach Norden gehen wolle, um sich nach den Hunderten von Pferden umzusehen, die dort oben in den Bergen sein sollten. Aber Perce Howland war fest eingeschlafen. Gay wollte über diese Expedition reden, denn, als sie sich Bowie näherten, stellte er sich wieder Roslyns Meckerei vor, und es war ihm klar, daß er es irgendwie nicht geschafft hatte, die Dinge in den Griff zu bekommen; er hatte drei Tage für fünfunddreißig Dollar gearbeitet, und es gab keine Möglichkeit, dies so zu erklären, daß es Sinn machte, und das würde peinlich sein. Und dennoch wußte er, daß alles so gewesen war, wie es eigentlich sein sollte, auch wenn er es weder ihr noch sonst jemandem erklären konnte. Er streckte die Hand aus und stieß

Perce an, der die Augen öffnete und den Kopf träge zu ihm wandte. »Du kommst mit rauf nach Thighbone, nicht?«
»Okay«, sagte Perce und schlief weiter.
Jetzt, da er wußte, daß der junge Mann bei ihm bleiben würde, fühlte sich Gay wieder friedvoller. Er fuhr zufrieden weiter.

Den ganzen Tag brannte die Sonne auf die gelbe Ebene. Weder Fliege noch Käfer noch Schlange wagten sich in die Einöde, um die vier Pferde, die dort angebunden waren, oder das Fohlen zu stören. Sie waren fast zwei Stunden galoppiert, und als sich der Nachmittag über sie senkte, scharrten sie in dem harten Boden nach Wasser, aber da war keines. Gegen Abend kam Wind auf, und sie stellten sich mit dem Hinterteil gegen den Wind und blickten in die Berge, aus denen sie gekommen waren. Von Zeit zu Zeit witterte der Hengst den Geruch der Weiden dort oben, und er machte ein paar Schritte auf die hügeligen Felder zu, auf denen er gegrast hatte; aber der Reifen bog seinen Hals, und nach ein paar Schritten drehte er sich wieder zu ihm um, bäumte sich auf, und die Vorderläufe schlugen in die Luft, und dann fiel er wieder auf die Vorderhufe und war still.
Mit der tiefblauen Dunkelheit wurde der Wind stärker, er warf ihre Mähnen herum und wehte die langen Schweife zwischen die Hinterläufe. Die Kälte der Nacht brachte das Fohlen auf die Beine, und es drückte sich wärmesuchend an die Stute. Dem südlichen Weideland zugewandt, standen fünf Pferde im grünen Licht des aufgegangenen Mondes, und dann schlossen sie ihre Augen und schliefen. Das Fohlen ließ sich wieder auf dem harten Boden nieder und lag unter der Stute.

In den Hochtälern der Berge richtete sich das Gras, das sie an diesem Morgen abgefressen hatten, in der Dunkelheit auf. Auf den tieferen Grasflecken, die noch vom Frühlingsregen feucht waren, verschwanden ihre Hufabdrücke allmählich. Als der erste rosa Schimmer des neuen Morgens den Himmel erhellte, stand das Fohlen auf, und so wie immer bei Tagesanbruch streunte es auf der Suche nach Wasser davon. Die Stute bewegte sich, und ihre Hornhufe klickten auf dem Lehmboden. Das Fohlen wandte den Kopf und kam zu ihr zurück und stand mit leerem Blick an ihrer Seite. Seine Nüstern schnupperten in der wärmer werdenden Luft.

Ansicht eines Jockeys

So ist das hier, ist der beste Laden in New York, oder? Hier kannst nicht mal aufs Klo, ohne daß dir Hundertdollarscheine aus den Ohren gucken, sieh dir mal den grauhaarigen Typ mit dem Mädchen da drüben an, besäuft sich, um die Frau zu vergessen, und wofür? Damit er's mit der Trulle da machen kann, für die er auch noch bezahlt hat. Mann, ich lieb sie alle. Ich vermach alles, was ich hab, denen hier, diesem Leben, der ganzen Schau.

Mit dir kann man reden, wieso eigentlich? Wer weiß schon, warum man 'n Draht zu manchen Leuten findet und zu andern nicht? Ich fühl mich sauwohl. Was Männer miteinander verbindet, wird immer unterschätzt, ist anders als mit 'ner Frau, es fordert einen ganz anders. Ich hab manchmal gewonnen und hab mich trotzdem geschämt, weil das verdammte Pferd mich über die Ziellinie geschaukelt hat, statt daß ich 'ne gute Figur machte im Sattel. Normal konnte ich tiefer runter auf den Hals als jeder andere von den Hohlköpfen, aber manchmal ziehst du irgendeinen steifbeinigen Gaul und du klatschst im Sattel rauf und runter wie 'ne tote Flunder auf einem bockenden Lastwagen. Man reitet für die andern Jockeys, sie sollen dich bewundern, deinen Stil. In meinem letzten Rennen bin ich gestürzt, durchs Hindernis geflogen, zweiundzwanzig Knochen verdrahtet, genagelt, zusammengeschraubt, und nach drei Monaten Krankenhaus kamen keine Blumen mehr. Ein Jockey ist wie ein Filmstar, Tag und Nacht nur Schau, die Frauen schielen nur nach deinem Namen, als wär er dir auf die Stirn geschrieben. Das ist nichts. Nur zwei Jungs, hauptsächlich Virgil, treu wie Gold, der Hund, für den Bastard würd ich sterben.

Wer versteht sowas noch? Letztes Jahr war ich bei diesem Doktor Hapic, was für'n süßer alter Herr, nach allem, was man hört, der Größte. Und ich leg mich auf seine durchgesessene alte Couch, und er wühlt in den Papierkörben rum und kommt mit 'nem Wettschein an! Ich denk schon, er kommt damit raus, daß ich homosexuell bin, weil sie das immer sagen, wenn Männer einen so rühren, aber alles, was der alte Al will, ist'n Tip für das sechste Rennen und wer'n ehrlicher Bookie ist. Ich machte drei Stunden bei ihm, er sagte einen Termin nach dem andern ab, und am Schluß wollte er nur Geld für 'ne halbe Stunde! Aber woher zum Teufel soll ich wissen, wer gewinnt? Sogar als ich noch geritten bin, hab ich das nie gewußt. Gott im Himmel, nicht mal das Pferd wußte es! Warum können sie's nicht lassen, ich mein die Analyse? Alle, die das mitgemacht haben, kamen verdammt besserwisserisch da raus, wie Richter höchstpersönlich. Ich geb zu, die ganze Schau dreht sich um Männchen und Weibchen, alles klar, ich streck die Waffen. Aber, Gott noch mal, laß mir 'n bißchen Platz, wenn ich schon sterben muß, will ich dabei lachen können. Ich bin bereit. Wenn ich da draußen im Schnee ausrutsch und unter 'ne Taxe gerat, dann gut, ich würd mich nicht beklagen. Ich lieb meine Frau, achtzehn Jahre verheiratet, lieb meine Kinder, aber irgendwo ist Schluß, ich will noch 'n bißchen Spielraum haben, bevor's zu Ende geht. Die

Männer haben alle Angst, hast du das auch gemerkt, da, wo du warst? Sie mucken ab und zu mal auf, aber sie tun nichts. Keiner weiß mehr, wo oben und unten ist, sie haben die Karten gefälscht und Chicago nach Lettland verlegt. Sie lassen keinen mehr aus Treue sterben, da ist kein Geld drin.

Was zum Teufel weiß ich schon, mit dem vernagelten Verstand, den ich hab, aber was Stil angeht, macht mir keiner was vor. Was wirklich zählt, ist nicht das Gewinnen, sondern auf dem verdammten Pferd zu bleiben, auf dem sich sonst niemand halten kann. Das ist der Bastard, den du reiten willst. Wenn die anderen Jockeys rübergucken und wissen, das Pferd will dich umbringen. Da willst du's wirklich wissen, und jede Faser in dir ist lebendig. Einmal hab ich meinen Vater besucht.

Das hab ich noch nie jemandem erzählt, und du weißt, wieviel ich red. Ehrlich, ich hab's noch nie erzählt. Ich hab diese Fernsehsache gemacht, häßliche Autoren über ihr letztes Buch interviewt, der Witz war, daß ein Jockey tatsächlich lesen konnte, und es war'n großer Erfolg, bis ich's nicht mehr aushalten konnte, mich in den Jaguar gesetzt hab und nach Mexiko gefahren bin. Ich bin für Raub zu haben, aber nicht für Taschendiebe, diese Autoren waren verdammt schlechte Autoren, aber jede Woche mußte man eine Schau machen, als wären sie Man O'War,* der die Meile in nichts gelaufen wär, dabei die ganze Zeit gepißt hätte, und obendrauf ein blinder Jockey. Auf jeden Fall kriegt der Sender einen Brief aus Duluth mit allen möglichen Fragen, ob ich in Frankfort, Kentucky, geboren wär und ob der Name meiner Mutter so und so wär, ob das

* Man O'War, das berühmteste amerikanische Rennpferd. A.d.Ü.

alles auf mich zuträf, und er wär wahrscheinlich mein alter Herr. Mit seiner komischen alten Handschrift, als hätte er's auf einem Traktor geschrieben. Also stürz ich ins nächste Flugzeug und fahr bis vor die Tür, und er ist Anstreicher.
Ich wollte nur mal sehen, verstehst du? Ich wollte ihn mit eigenen Augen sehen. Und da war er, ungefähr siebzig oder hundert. Er ist verschwunden, als ich ein Jahr alt war. Ich hab ihn nie gesehen. Aber ich hab immer von ihm geträumt, als wär er 'ne große Nummer oder 'n eleganter Dieb oder der Rousseau von Kentucky oder jemand Stilvolles mit vielen Frauen, der damals verschwunden war, um sein Glück zu machen. Irgendwas halbwegs Interessantes. Aber er streicht Häuser an. Und wohnt im Schwarzenviertel. Ich gehör zur Nachhut, ich kann sie nicht leiden. Aber nebenan wohnte einer, der war'n wirklich netter Typ, und seine Frau war auch nett. Man konnte sehen, daß sie ihn gern hatten. Und ich steh da. Warum war ich gekommen? Wer ist er? Wer bin ich, wenn er mein Vater ist? Aber das Verrückte an der Sache ist, ich wußte, daß ich zu ihm gehörte. Es stimmt, was du gesagt hast, ich bin der Sohn meines Vaters. Ich wußte es, obwohl er für mich ein total Fremder war. Ich wollte einfach irgendwas für ihn tun. Irgendwas. Ich war bereit, ihm mein Leben zu Füßen zu legen. Schließlich, wer weiß, wie's damals war? Vielleicht hat ihn die alte Dame rausgeworfen? Wer kennt schon die Innenseite der Außenseite? Also frag ich ihn, was möchtest du?
Ich besorg dir alles, sag ich, das heißt, soweit es mir möglich ist. Ich hatte 'nen Haufen Geld, es war nach dem Derby. Er war auch klein, wenn auch nicht so klein wie ich. Ich bin so klein, daß ich schon fast unamerikanisch bin, aber er

war auch klein, und er sagt, das Gras hinterm Haus ist so hoch und dicht, daß ich mit dem Mäher nicht mehr durchkomm. Also wenn ich einen von diesen Mähern mit Motor haben könnte.

Ich greif zum Telefon, und sie schicken 'ne ganze Wagenladung mit allen Modellen rüber. Und er verbringt den ganzen Nachmittag damit, sich einen nach dem anderen genau anzusehen, und am Schluß sucht er sich einen mit einem Riesenmotor aus, größer als der Tisch hier, und ich kauf den für ihn. Ich mußte los, um meine Maschine zu kriegen, weil ich Virgil versprochen hatte, rechtzeitig in San Pedro zu sein, um auf eine Frau aufzupassen, die er da eine Nacht allein lassen mußte, also geh ich in den Garten und sag auf Wiedersehen. Und er wollte noch nicht mal den Motor abstellen, damit wir in Ruhe reden konnten. Und ich ließ ihn da zurück, wie er hinter dem verdammten Mäher herlief und seinen Spaß hatte.

Herrgottnochmal, wieso bin ich so besoffen? Die beiden Frauen da drüben gucken schon die ganze Zeit rüber. Was meinst du? Ist doch egal, wie sie aussehen, sie sind alle gleich, ich lieb sie alle.

(1962)

Die Prophezeiung

Nicht alle, aber manche Winter in dieser Gegend sind fast unerträglich. Der Nebel setzt sich Ende November in die alten Holländertäler, und bis zum April verschwindet er nie wieder wirklich. In manchen Nächten hebt er sich plötzlich bis zu den Kämmen der Hügel und gibt das darunterliegende Land frei, und niemand weiß, warum er sich bewegt, aber er tut es. Manchmal legt er sich tagelang um ein bestimmtes Haus und ist nirgendwo sonst. Dann verschwindet er und taucht an einem anderen Haus wieder auf. Und in manchen Wintern sieht man die Sonne zwei Monate lang kaum. Ein Grau ertränkt jeden Ausblick wie Wasser, und von den Bäumen tropft es den ganzen Tag, wenn die Äste nicht mit knarrendem Eis überzogen sind.

Zu Beginn des Winters gibt es natürlich immer die Hoffnung, daß es dieses Mal nicht ganz so schlimm werden wird. Aber wenn derselbe eintönige Wind Tag um Tag und Woche um Woche die Wärme aus den Häusern zieht und sich kein Riß im eisernen Himmel zeigt, dann sind es zuerst die alten Leute und dann alle anderen, an denen sich zeigt, wie sehr der Winter hier auf das Gemüt schlägt. Unerklärliche Streitereien brechen in den Supermärkten oder an der Tankstelle auf, lebenslange Feindschaften entstehen, einige beschließen fortzuziehen und tun es auch, verlassen die Gegend für immer, und es gibt immer eine Häufung unnötiger Verkehrsunfälle. Leute fahren auf Straßen, die sie im Traum kennen, gegen Bäume und brechen sich die Knochen; in jedem Winter gibt es einen oder zwei, die von ihren eigenen plötzlich die Auffahrt herunterrollenden Autos erfaßt werden; und die Verzweiflung gebiert Entscheidungen, die den Verlauf vieler Leben dauerhaft ändern.

Gegen Ende Dezember eines solchen Winters entschloß sich Stowey Rummel, persönlich die Einrichtung einer Dauerausstellung seiner architektonischen Zeichnungen und Modelle zu überwachen. Sein Werk sollte an einer neuen Universität in Florida gezeigt werden, deren Campus er selbst ein paar Jahre vorher entworfen hatte. Er war zu dieser Zeit ein Mann Mitte fünfzig, hatte sich längst seinen Namen gemacht und auch nicht mehr das Bedürfnis nach gesellschaftlicher Anerkennung. Seit fast einem Jahrzehnt hatte er keine Vorträge mehr gehalten. Es gab keinen Zweifel mehr, wie seine Bauten aufgenommen wurden; sie waren jetzt durchgesetzt und galten als uneingeschränkter Erfolg. Ob es nun eine Privatresidenz in seinem County in Pennsylvania war oder eine Kirche in Brasilien, alles, was er baute, trug sein Gütesiegel, und auch wenn hier und dort eine kritische Stimme laut wurde, daß seine luftige Technik repetitiv sei – es waren so schmucke und manchmal sogar verspielte Bauten, daß nach einiger Zeit der Beifall der Öffentlichkeit jeden Zweifel über ihren sonstigen Wert zum Schweigen brachte. Stowey Rummel war eine internationale Berühmtheit, in den Augen des Auslands Gestalter einer authentischen amerikanischen Architektur, Schöpfer eines neuen Stils, dessen erfinderische Kindlichkeit im Umgang mit Stahl und Beton durch seine Persönlichkeit noch glaubwürdiger wurde.

Seit fast dreißig Jahren lebte er mit derselben Ehefrau in

demselben Bauernhaus – das bereits eine bemerkenswert kindliche Sache in sich. Er stand jeden Morgen um halb sieben auf, machte sich seinen französischen Kaffee, aß Cornflakes und trank noch mehr Kaffee, rauchte vier Zigaretten, während er die *Herald Tribune* vom letzten Sonntag und die *Pittsburgh Gazette* vom Tag zuvor las, zog dann seine hohen Farmerstiefel über und ging durch eine Weinlaube zu seiner Werkstatt hinüber. Die war ein enorm langes Gebäude, deren Wände aus Felsquadern zusammengesetzt waren. Einige von ihnen hat er von allen Kontinenten der Erde mit nach Hause gebracht. Zu der Zeit arbeitete er sechs Jahre lang als Geologe in der Ölprospektion. Überall verstreut lagen die Überbleibsel seiner anderen Karrieren: Drahtkäfige für Mäuse aus seiner Zeit als Genetiker, ein Mikroskop umgekippt auf der Fensterbank, senkrechte Stahlsäulen, die mit Draht an den offenliegenden Dachbalken festgemacht waren – wie spindeldürre Arme, die in die Luft griffen, Ziegelkonstruktionen auf dem Fußboden aus der Zeit, als er seinen katastrophalen Kamin erfand, dessen Rauch durch das ganze Haus zog, immer sichtbar durch ein Gitterwerk auf jedem Stockwerk. Seine Ordner, sein Arbeitstisch, das Zeichenbrett und ein hoher Hocker bildeten die einzige aufgeräumte Insel in diesem Chaos. Überall sonst lagen oder hingen seine Ideen in sichtbarer Form – seine Modelle, Skizzen, Drei-Meter-Leinwände in Monochrom aus seinen Malertagen – und auf dem Fußboden ein Windbruch von aufgerissenen Büchern, die aussahen, als wären sie von einem Wahnsinnigen geplündert worden. Fahrradgangschaltungen, die er einmal als Grundlage für den Entwurf einer Fabrikanlage der Camdener Fahrradfabrik benutzt hatte, hingen an einem Strick in einer Ecke, und über seinem Tisch baumelte neben mehreren alten, staubigen Hüten ein sauberes Paar Rollschuhe, die er ab und zu auf der Straße vor seinem Haus benutzte. Er arbeitete im Stehen, die linke Hand in der Hosentasche, so als wäre er nur auf einen Moment vorbeigekommen, zeichnete mit dem überraschten Gesichtsausdruck von jemanden, der der Hand eines anderen zusieht. Manchmal grunzte er leise, wie um einem unsichtbaren Zuschauer an seiner Seite etwas mitzuteilen. Manchmal blickte er streng und tadelnd, wenn sein Stift etwas machte, was er mißbilligte. Hätte man durch ein Fenster hineingesehen und ihn beobachtet, wäre es einem so erschienen, als wäre dieser Mann mit der gebrochenen Nase, den muskulösen Armen und dem Nacken eines Ringers der Hausmeister, der einmal versucht, seinen Chef nachzuahmen. Dieser Ausdruck der Distanz erstreckte sich auch auf seine äußerlich sichtbare Einstellung zu seinen Dingen, und Leute mißdeuteten ihn oft als Langeweile oder Ergebung in eine monotone Routine. Aber er war überhaupt nicht gelangweilt; er hatte ziemlich früh in seiner Karriere seinen Stil gefunden, und er fand es ganz und gar erstaunlich, daß die Welt den bewunderte, und sah deshalb keinen Grund, ihn zu ändern. Es gibt schließlich die glücklichen Seelen, die alles mitbekommen, aber nur auf das hören, was gut für sie ist, und Stowey war, soweit man das sagen kann, ein glücklicher Mann.

Er brach am Tag nach Neujahr auf, gekleidet in einen schweren Plaidmantel und Schaffellhandschuhe, aber ohne Hut. Dasselbe würde er in Florida tragen, obwohl seine Frau Cleota ihn fünf Tage daran erinnert hatte, daß er Sommerkleidung mitnehmen müsse. Aber er war zu beschäftigt, um ihr zuzuhören. Deshalb war sie ungeduldig, als er losfuhr. Als er hinter dem Steuerrad des Kombis saß

und vornübergebeugt auf der Suche nach dem Autoschlüssel, den er einen Moment vorher fallengelassen hatte, seine Hosenaufschläge befühlte, kam sie mit einem riesigen rumänischen Schal, den sie auf einer Reise dort gekauft hatte, um den Kopf aus dem Haus und reichte ihm ein frisches Taschentuch. Er fand den Schlüssel unter seinem Schuh, ließ den Motor an, und während er warmlief, wandte er sich an sie, die im tropfenden Nebel dastand, und sagte: »Tau den Kühlschrank ab.«
Er sah die Überraschung auf ihrem Gesicht und lachte, als wäre das der witzigste Gesichtsausdruck, den er je gesehen hatte. Er lachte so lange, bis auch sie zu lachen begann. Er hatte eine tiefe Stimme, voll all der guten Dinge, die sie kochte, und er hatte viel Humor. Sein explodierendes Lachen schwemmte alles hinweg. Er lehnte sich in seinem Sitz zurück, um zu lachen. Wenn er lachte, dann war das alles, was er tat. Und sie konnte nicht anders, als sich wieder in ihn zu verlieben, da auf der zerfurchten, ungepflasterten Auffahrt im kalten Nebel und obwohl sie wütend war, daß er wegfuhr, da es doch gar nicht nötig war, wütend, daß sie beide älter geworden waren in einem Leben, das ihr nicht länger vorkam als eine Woche. Zu der Zeit war sie neunundvierzig, eine schlanke, hochgezüchtete Frau mit einem asketischen schmalen Gesicht, das aus einer anderen Zeit zu stammen schien wie die Linien einer Kirche, die für eine besonders hartnäckige Art des Gebets gebaut war. Ihre Brauen waren entschieden und schwer und formten zwei Linien, über denen sich eine hohe Stirn erhob und um die üppiges braunes Haar floß, das auf die Schultern herabfiel. In ihren grauen Augen lag etwas Blindes, der Ausdruck eines erschreckten Pferdes, der einigen Frauen zuteil wird, deren Linie zwar längst alles Geld verloren, das Anwesen

der Ahnen aber erhalten hat. Persönlich war sie ziemlich schlampig, und wenn sie erkältet war, blies sie ihre Nase den ganzen Tag im selben Taschentuch aus, das völlig durchnäßt von ihrem Gürtel baumelte, und wenn sie im Garten arbeitete, aß sie am Abend, ohne sich den Schmutz von den Waden zu waschen. Aber immer, wenn sie endgültig in einer Art bäurischer Verkommenheit zu versinken schien, verschwand sie und kam gewaschen und frisch frisiert und tief atmend wieder herunter, und wenn ihre Hände sich – wenn auch mit gebrochenen Nägeln – mit gedankenloser Delikatesse auf den Tisch oder auf ein Blatt legten, war darin, sozusagen, eine historische Grazie, und einen Moment lang sah man, wie unbeugsam stolz sie war und wie kompromißlos in Fragen des persönlichen Werts. Sie sprach sogar anders, wenn sie sich zurechtgemacht hatte, und für diesen Abschied hatte sie sich zurechtgemacht, und ihre Stimme war klar und ziemlich schrill.

»Fahr um Gottes willen vorsichtig!« rief sie in dem Versuch, einen halb humorvollen Groll gegen seinen Aufbruch aufrechtzuerhalten. Aber er nahm das nicht wahr, schon dabei, den Wagen rückwärts auf die Straße zu setzen. »Ätsch«, sagte er zu dem Baumstumpf, als er an ihm vorbeifuhr, dem Baumstumpf, der schon manches Auto von Gästen in den letzten dreißig Jahren aufgespießt hatte und den zu beseitigen er sich standhaft weigerte. Sie stand da, den Schal um die Schultern gezogen, bis er den Wagen auf der Straße hatte. Dann, als der Kühler den Hügel hinunter wies, hielt er an, um sie durch das Fenster hindurch anzusehen. Sie war schon auf dem Weg zurück zum Haus, aber sein Blick fing sie, und sie blieb stehen, wartete auf das ernsthafte Lebwohl, das sein Blick anzudeuten schien. Er sah sie aus sich heraus an, dachte sie, wie er es nur selten einen Moment lang tat, dieser Blick, der sie immer überraschte, auch jetzt noch, da sein unkämmbares Haar ein wenig gelb geworden war und der Atem schwer durch die nikotinerstickte Lunge kam, der Blick des mageren Jungen, der sie plötzlich an einem Donnerstag im Louvre angestarrt hatte. Wie um sich vor dem Ernst zu schützen, bereitete sie sich darauf vor, wieder zu lachen, und tatsächlich zeigte er mit dem Finger auf sie und sagte noch einmal »Ätsch« und donnerte in den Nebel davon, offenbar ebenso überrascht, daß sein Fuß so entschlossen auf das Gas drückte, wie sonst über das, was seine Hand tat, wenn er arbeitete. Sie ging zum Haus zurück, trat hinein und empfand ihre Rückkehr wie eine neue Möglichkeit, die ihr das leere Gebäude bot. In allen Abschieden ist Tod, wußte sie, und vergaß es sofort wieder.

Sie liebte große Parties, wenn sie die ganze Nacht aufbleiben, reden und tanzen konnte, aber ihr schien immer, daß Alleinsein, vor allem allein in ihrem Haus, der realste Teil ihres Lebens war. Jetzt konnte sie die drei Sittiche herauslassen, ohne zu fürchten, daß jemand auf sie trat oder daß Stowey sie durch eine der Türen hinausfliegen ließ; sie konnte die Pflanzen abstauben und plötzlich damit aufhören, konnte einen alten Roman herausholen und in der Mitte zu lesen anfangen, auf der Harfe Chachacha improvisieren und – das Beste von allem – einfach am langen Holztisch in der Küche sitzen mit einer Flasche Wein und den Zeitungen und alles lesen, die Anzeigen ebenso wie die Nachrichten, ohne irgend etwas wahrzunehmen, ihre Seele frei von Wunsch oder Sehnsucht. Das tat sie jetzt, in dem behaglichen Bewußtsein, daß draußen der Dunst die Fenster hinabrann, daß es still war, daß der Nachmittag schon jetzt dunkel wurde.

Sie schlief ein, den Kopf in die Hand gestützt, hörte, wie das Haus knarrte, als führte es diese letzten zweihundert Jahre ein Eigenleben, hörte, wie die Vögel in den Käfigen raschelten, ab und zu das Surren der Flügel, wenn einer von ihnen auf dem Tisch landete und über die Zeitung lief, um sich in die Beuge ihres Arms zu nesteln. Alle paar Minuten erwachte sie, um die Dinge noch einmal durchzugehen: Ja, Stowey war auf dem Weg nach Süden, die beiden Jungen waren auf dem College, auf dem Herd kochte nichts, und Lucretia kam mit drei Gästen zum Abendessen. Dann schlief sie träge wieder ein, als hätte sie Fieber, und als sie aufwachte, war es draußen dunkel, und sie war wieder klar im Kopf. Sie stand auf, glättete ihr Haar, strich ihr Kleid glatt und empfand Dankbarkeit für die einhüllende Dunkelheit draußen und vor allem für das Fehlen jeder Notwendigkeit zu antworten, zu reagieren, sich auch nur Stoweys Kommens und Gehens bewußt zu sein. Und dennoch, jetzt, als sie zu kochen begann, wenn sie sich eine Zukunft ohne ihn vorstellte, eine Zukunft allein wie jetzt, war der Schmerz in ihrem Kopf unerträglich, und einen Moment lang empfand sie es als sehr schwer, darauf zu warten, daß Lucretia mit ihren Gästen kam.
Sie ging ins Wohnzimmer und schaltete drei Lampen an, ging dann in die Küche zurück, wo sie das Deckenlicht anknipste und die Scheinwerfer, die die Scheune anstrahlten und die Auffahrt beleuchteten. Sie wußte, daß sie Angst hatte, und lachte innerlich über sich selbst. Sie waren beide so jung, noch lange nicht soweit, sich endgültig zu trennen. Wie konnten es schon dreißig Jahre gewesen sein, fragte sie sich. Aber ja, neunzehn plus dreißig waren neunundvierzig, und sie hatte mit neunzehn geheiratet. Sie stand still über der Lammkeule, rieb sie mit Kräutern ein, und ihr

wurde plötzlich bewußt, daß ihr schlecht war und daß sie zornig war, ein Gefühl von Gewalttätigkeit, das sie schaudern ließ. Sie hörte die Hintertür klappen und ging sofort durch die Speisekammer darauf zu. Das mußte Alice sein.

Die alte Frau kam auf sie zu, sie war schon im Haus und dabei, ihre gelbe Regenjacke mit steifen Fingern zu öffnen.

»Mein Telefon ist nicht in Ordnung«, sagte sie, um sofort zu beweisen, daß sie aus gutem Grund gekommen war und sich nicht aufdrängte.

»Was willst du tun?« fragte Cleota, ohne sich in ihrer Speisekammer von der Stelle zu rühren. So wie sie dastand, versperrte sie den Weg zur Küchentür. Ihr Zorn erstaunte sogar sie selbst. Wenn Stowey dagewesen wäre, hätte sie es nie gewagt, den Weg zu versperren, und ihre Aggressivität gegen seine alte Schwester befriedigte sie tief.

»Ich muß ja wohl die Telefongesellschaft anrufen«, sagte Alice, und ihr Ton machte deutlich, daß sie das Seltsame daran, daß Cleota ihr den Weg versperrte, sehr wohl wahrnahm, aber nicht bereit war, sofort wieder hinauszugehen.

»Na gut, du kannst das Telefon benutzen«, sagte Cleota und kehrte der alten Frau den Rücken und ging zu ihrer Lammkeule zurück.

Alice ging in ihren kniehohen Gummistiefeln und einem Südwester mit hängender Krempe zum Telefon, hielt den Hörer ein Stück vom Ohr entfernt, blinzelte mit papiernen Augenlidern und sah sich gierig in der Küche um, während sie auf die Vermittlung wartete. Neben dem Telefon – zwischen ihm und einem kleinen Mehlfaß – stand eine Fidschi-Maske, ein geschnitztes, längliches Gesicht. Sie drehte es geistesabwesend hin und her.

»Laß das, *bitte,* Alice!«
Schockiert wandte sich die alte Dame so schnell zu ihr um, daß der Südwester auf ihrem Kopf verrutschte und nun quer über ihrer Stirn saß. Cleota beugte sich mit vor Wut geschwollenem Gesicht über den Herd und schob das Fleisch hinein.
»Es sah ein bißchen zur Wand«, begann Alice zu erklären.
Cleota richtete sich auf, ihre Wangen waren gerötet. Eine Windbö schlug auf das Haus, das es erzitterte. »Ich hab dir immer wieder gesagt, daß du die Finger von meinen Sachen lassen sollst, Alice. Ich erwarte Gäste, und ich hab 'ne Menge zu tun. Also erledige bitte, was du zu tun hast, und laß mich weitermachen.«
Sie ging zum Kühlschrank, öffnete ihn und stand gebeugt da, sah hinein und versuchte, sich darauf zu konzentrieren, was sie herausholen wollte.
Die alte Dame legte auf. »Deins geht auch nicht, glaub ich.«
Cleota antwortete nicht, blieb, unfähig, einen Gedanken zu fassen, vor dem Kühlschrank stehen.
Einen Augenblick standen sie wartend da, die eine auf die andere, wie sie es immer wieder mal getan hatten, seit Alice vor neun Jahren in ein Haus weiter unten an der Straße gezogen war. Jetzt hakte die alte Frau ihre Regenjacke zu, ihre wäßrigen Augen glitten hungrig über die Küche, als suchte sie nach einem Detail, das ihr bisher entgangen war. Sie kam nicht auf die Idee zu fragen, was los sei, denn sie setzte einfach voraus, ohne es klar zu wissen, daß sie von dieser Frau mit einem grundlosen Haß gehaßt wurde, ein Haß, der nie zu stillen war. In ihrer Autobiographie, an der sie jeden Tag in ihrer Küche schrieb und bei gutem Wetter

unter dem Apfelbaum hinter ihrem Haus, entwickelte sie ein Konzept von menschlichen Typen, unveränderlichen Persönlichkeiten, die, aus einem ursprünglichen Geist geschaffen, die Funktion hatten, gegen andere, ebenfalls unveränderliche, zu kämpfen. In ihrem Buch war Cleota der Typus der Ewigunzufriedenen. Sie trug Cleota das nicht nach, bedauerte sie sogar und wußte, daß nichts, was sie sagte oder tat, je etwas daran ändern konnte, daß Cleota eine Gegnerin, eine Feindin brauchte. Cleota, wie so viele andere pervers unbegreifliche Phänomene, war Notwendig.

Alice zögerte an der Speisekammertür. Sie wollte nicht zu eilig gehen. Sie hatte, fand sie, eigentlich das Recht, heute abend eingeladen zu sein; sicherlich wäre sie eingeladen worden, wenn Stowe nicht fort wäre. Außerdem war sie hungrig, weil sie sich nicht die Mühe gemacht hatte, Mittagessen zu kochen, und die paar Bissen, die sie essen würde, konnten bei dem Dinner, das hier vorbereitet wurde, kaum eine Rolle spielen. Und sollten Männer kommen, würden sie sicherlich – wie immer – an ihren Ansichten interessiert sein. Viele seiner Gäste hatten ihrem Bruder das gesagt, nachdem sie ihr begegnet waren.

Sie stand an der Hintertür und wandte sich zu ihrer Schwägerin um. »Wiedersehn«, sagte sie. Das erste Beben ihrer Verletztheit ließ die Worte erzittern und Cleota erstarren, die kaum aufsah, um den Abschiedsgruß zu erwidern. Alice ergriff die Klinke. Sie spürte, wie die Frage in ihr aufstieg, und versuchte zu entkommen, bevor sie herauskam, aber es war zu spät. Sie hörte sich fragen: »Wer kommt denn?«

Die Schöpfkelle fiel aus Cleotas Hand auf den Herd und rutschte dann über den Boden. »So geht das nicht, Alice. Du weißt genau, was ich meine, also laß mich in Ruhe.«

Die alte Dame schüttelte den Kopf, drückte die Klinke herunter und ging hinaus, schloß die Tür leise hinter sich.
Cleota hob die Schöpfkelle auf und stand zitternd da. Wieder einmal hatte sie das Gefühl, daß dies Haus nicht ihr gehörte. Das Entwürdigende an dem Besuch ließ sie die Zähne zusammenbeißen; Alice wußte ganz genau, daß wenn ihr Telefon nicht funktionierte, auch das Telefon hier nicht in Ordnung sein konnte, da sie dieselbe Leitung hatten. Sie war klar und deutlich nur gekommen, um zu demonstrieren, daß sie das Recht hatte, dieses Haus zu betreten, um zu zeigen, daß Stowey, was immer aus ihm inzwischen geworden war und wen immer er geheiratet haben mochte, zuallererst ihr kleiner Bruder war.
Cleota, die nicht an einen bestimmbaren Gott glaubte, sah unwillkürlich zur Decke auf, als sehnte sie sich nach einem Ohr, das sie hören konnte, und flüsterte: »Warum stirbt sie nicht endlich?« Alice war dreiundsiebzig, und sie war nicht mehr als ein Geruch, ein Paar wäßriger Augen und, vor allem, eine Macht, die zusammengerollt wie eine Schlange in dem Haus weiter unten an der Straße lebte, das Stowey ihr gekauft hatte, als ihr Mann gestorben war. Sie hatte jetzt das altbekannte Gefühl, daß die alte Frau nur weiterlebte, um heimlich über sie zu lachen. Sie wußte, wie unvernünftig dieser Gedanke war; die Frau überlebte Stürze auf vereisten Wegen, gebrochene Hüften und im letzten Winter Erkältung und Lungenentzündung, weil sie leben wollte, aber Cleota erschien diese hartnäckige Weigerung, sich zu ergeben, irgendwie obszön, so als läge in dem schamlosen Verlangen nach einem Leben, das nie endete, etwas Unerlaubtes.
Cleota ging zu der Fidschi-Maske hinüber und drehte sie wieder in die alte Stellung, so als könnte das ungeschehen

machen, daß Alice sie bewegt hatte. Sie streichelte das harte braune Holz, und ihr Finger blieb auf einer rauhen Stelle unter der Unterlippe liegen. Die hatte sich immer wie eine Warze angefühlt und schien der Statue Leben zu geben, und die Berührung der Stelle erinnerte sie an die Hände ihres Vaters auf dem Holz, als er ihr die Maske schenkte. Er hatte viele Fehler gemacht, aber er hatte gewußt, wann er aus dem Leben von Menschen verschwinden mußte, denen er nicht helfen konnte. Sie empfand einen wachsenden Stolz auf ihren Vater; mit der bizarren Würde, die ihm eigen war, hatte er seine wahnwitzigen Expeditionen auf die Beine gestellt, hatte die falschen Bücher gelesen, sich an überholte anthropologische Theorien gehalten, war zu unbedeutenden Inseln aufgebrochen, hatte Jahre damit verbracht, Stämme zu studieren, die schon viele Male vorher beschrieben worden waren, und das einzige, was dabei herauskam, war all der Nippes der Südsee, mit dem er die Häuser seiner Kinder vollstellte. Jetzt aber, jetzt, da er nie wiederkehren konnte, spürte sie, daß in seiner Arbeit eine bestimmte, verborgene Absicht gelegen hatte, die er, glaubte sie, insgeheim verfolgt hatte. Noch in seiner Torheit hatte er sich unbedingt erklären wollen, und er hatte den Versuch nicht aufgegeben bis an sein idiotisches Ende, als man ihn vor San Francisco außenbords an einer Yacht hängend fand, den Knöchel in einer Schlinge gefangen und den kahlen Kopf unter Wasser. Wie seltsam es war, daß dieser Narr allmählich – auch von vielen anderen – mit immer mehr Respekt angesehen wurde. Und das war gar nicht falsch, dachte sie. Er hatte eine Leidenschaft gehabt, und das, so fand sie jetzt, war alles.

Sie ging zum Herd zurück und dachte, daß sie weit von sich selbst entfernt war, etwas, das ihr Vater nicht gekannt hatte. Das hagere Bild von Stowey erschien vor ihrem Auge, machte sie wütend; warum konnte sie ihn nicht *haben!* Sie waren wie zwei Planeten, die umeinander kreisten, von einer unsichtbaren Kraft in Umlaufbahnen gehalten, die eine Vereinigung nicht erlaubten, und die Kraft kam aus diesen beiden wäßrigen Augen, den verkrallten weißen Fingern, der gespielten Dummheit und selbstsüchtigen Arroganz, die grinsend in dem Haus da unten thronte. Ein Windstoß rüttelte am Haus und erinnerte sie, daß ihre Gäste bald kommen würden. Sie wandte ihre Aufmerksamkeit dem Essen zu und suchte wieder nach der weichen Aufhebung aller Sehnsucht. Einer der Sittiche flog vom Boden auf und setzte sich auf ihr Handgelenk. Sie hielt in ihrer Arbeit inne und hob ihn an die Lippen und küßte seinen glänzenden Kopf, und wie immer duckte er sich und zupfte mit seinen kleinen Krallen an ihrer Haut.

Cleota erschien es immer ein wenig stillos, sich nach den Lebensumständen eines Gastes zu erkundigen. Was die Leute machten, um Geld zu verdienen, ob sie verheiratet oder geschieden waren, eine Geliebte oder einen Liebhaber hatten, ob sie im Gefängnis oder in Princeton oder in einem der Kriege gewesen waren – diese normalen Stützen einer abendlichen Konversation existierten für sie nicht. Bis sie siebzehn wurde, hatte sie niemanden getroffen, oder war zumindest nicht gezwungen gewesen, mit jemandem zurechtzukommen, dessen Hintergrund und Lebensauffassung sich von der ihren unterschied. Ihre Onkel, Tanten, Cousins und Cousinen waren alle wie von einem Stück und einem Ort, auch wenn sie sich über die Welt verstreut hatten, und das war für die anderen Mädchen, die ihre Schule und ihr College besuchten, genauso – oder schien genauso gewesen zu sein. Ihr Leben hatte sie, an Stoweys Seite, in viele Länder geführt, sie kannte die Palazzos von Financiers, die Löcher der Künstler, die Harlems dieser Welt, die Apartments der *nouveaux riches* und die möblierten Zimmer bekiffter Musiker, aber ob reich oder arm, berühmt oder unbekannt, Genie oder Dilettant, Cleota grüßte sie alle mit demselben blinden Blick, hörte ihnen allen mit derselben Gleichgültigkeit gegen Details zu, Diskriminierung kannte sie nicht. Ihr schien nicht klar zu sein, daß Menschen normalerweise andere Menschen beurteilten; nicht daß sie alle gleich gern hatte, aber solange sie irgendwie amüsant waren oder aufrichtig oder zumindest irgend etwas Bestimmtes, hieß sie sie in ihrem Haus willkommen. Was sie nicht ertragen konnte, war Aufdringlichkeit, oder wenn man ihr sagte, was sie denken oder empfinden sollte. Es war einfach absurd, daß jemand sich jemandem aufdrängte. Von dieser Regel, die sie schon durch ihr Auftreten leicht durchsetzte, abgesehen, hatte sie mit Menschen keine Schwierigkeiten. Überraschenderweise hatte sie nichts gegen Moralisten. Es war in ihren Augen einfach so, daß das Moralisieren für diese Leute, so schien es ihr zumindest, etwas Notwendiges war, genau wie andere nicht gern wanderten oder kein scharf gewürztes Essen mochten. Natürlich gab es Dinge, die sie mißbilligte, und oft schien sie am Rand der moralischen Empörung, wenn Leuten zum Beispiel der Reisepaß entzogen wurde oder Farbige nicht in einem Restaurant essen durften. Aber dann wurde bald deutlich, daß sie nicht von einer moralischen Frage sprach; es war einfach so, daß ihr Selbstgefühl durch den Gedanken verletzt wurde, daß ein blinder, allgemeiner Wille einem Individuum etwas aufzwang. Und dann empfand sie weniger Empörung als Verwirrung, ein Nichtbegreifen, das dem ihres

Vaters glich, als er auf eigene Kosten drei Reisen um die Welt machte, um dem Völkerbund Petitionen vorzulegen, die gegen die Unterdrückung verschiedener Stämme protestierten, von denen einer ihn fast aufgefressen hatte, und er noch nicht einmal eine Antwort bekam.
Lucretia hatte an diesem Morgen angerufen und unter anderem gesagt, daß John Trudeau am Abend vorher auf dem Weg nach New York bei ihr Halt gemacht habe, und als die beiden Frauen beschlossen hatten, ein Dinner zu machen, war Trudeau natürlich dabei, zusammen mit einem anderen Gast Lucretias, einer Madame Soundso, die sie auch gerade besuchte. Cleota hatte Trudeau und vor allem seine Frau Betty bis zum letzten Jahr gut gekannt, als er seine Lehrerstelle an der Pemmerton Highschool in Hancock, ein paar Meilen von hier, aufgab und nach Baltimore zog. Er hatte sie weniger beeindruckt als seine Frau, eine hochgewachsene junge Schönheit, die trotzdem sehr vernünftig war. Vor etwa sechs Jahren hatten sich versprengte Teile ihrer Hochzeitsparty in das Haus der Rummels verirrt, und Cleota brachte Trudeau immer noch mit dieser Nacht in Verbindung. Damals erschien er ihr mit Betty an seiner Seite als ein vielversprechender, tiefernster junger Mann, und sie hatte sehr gehofft, daß er der Dichter werden würde, der er so unbedingt sein wollte. Zwischen den beiden schien es ein rührendes Vertrauen zu geben, so wie sie an Stowe geglaubt hatte, als er jung war. Sie bekamen vier Kinder und lebten sehr bescheiden in einem unrenovierten Farmhaus in der Nähe der Schule, und Cleota hatte sie oft besucht. Sie hatte gehofft, sie aus einer wachsenden Isolation herauszuholen, die, so schien ihr, vielleicht daher rührte, daß sie sich ihrer Armut schämten. Sie hatte sie eingeladen, wann immer bei ihr zu Hause etwas

los war, und meistens waren sie auch gekommen, aber gegen Ende ihrer Jahre hier war nicht zu übersehen, daß sie sehr kühl zueinander waren und daß Trudeau plötzlich graue Haare bekommen hatte. Sie konnte sich selbst nicht erklären, warum das Scheitern der beiden in ihr eine so wütende Hilflosigkeit hinterlassen hatte, besonders da sie nie wirklich eng befreundet gewesen waren.
Also war sie nicht ganz überrascht, Trudeau heute abend mit einem Mädchen zu sehen, das nicht seine Frau war. Aber ein Mädchen wie dieses! Er war immer noch das, was man sich geläufig als gutaussehenden Mann vorstellte, groß, graue Schläfen, ein ziemlich langes Gesicht mit einer Byron-Nase, aber, so fand sie jetzt, im ganzen doch ein wenig schwächlich. Sie sah nun, daß ihr dieses Gesicht auf vielen Segelbooten vor langer Zeit begegnet war, die ewigen Segler, die ihr Leben lang Princeton-Studenten blieben. Wie hatte sie sich so in ihm täuschen können? Dennoch, er hatte immer noch etwas Ernsthaftes, etwas Leidendes in den Augen, die sie, wie sie glaubte, mit einem Anflug nervöser Scham ansahen. Wahrscheinlich war das Äußere dieses Mädchens, die offenbar seine Geliebte war, der Grund.
Während des ganzen Essens konnte Cleota sie nicht direkt ansehen, konnte andererseits aber nicht die Augen von ihrem Profil wenden. Das Mädchen sagte kaum etwas, sie starrte über die Köpfe der anderen hinweg, verachtete offenbar die nicht gerade brillante Konversation, zog die Brauen hoch, die ohnehin fast bis in ihr Haar nachgezogen waren, schlug die geschwärzten Lider – wie die einer Ballerina in einem Hexentanz – schnell über den riesengroßen braunen Augen auf und nieder. Sie trug einen schwarzen Pullover und einen schwarzen Rock, beides lag eng über

enormen Brüsten und um kräftige, aber wohlgeformte Schenkel, und ihre Schuhe waren extrem hochhackig und ebenfalls schwarz. Auf ihrer olivfarbenen Haut war keine Spur von Make-up, nicht einmal Lippenstift. An ihren Armen klirrten Armbänder, und ihr Name war Eve Saint Bleu. Trudeau nannte sie unglaublicherweise »Saint«, und ab und zu versuchte er, sie in die Unterhaltung zu ziehen, aber sie richtete dann nur ihre mürrischen Augen auf ihn statt auf die Wände und Fenster. Bei jedem seiner unterwürfigen Versuche, das Mädchen zum Reden zu bringen, wandte sich Cleota schnell ihr zu, um zu hören, was von Saints vollen Lippen kam, und um zu erleben, wie sie ihre in Cleotas Augen unglaublich rüde Anstrengung, gelangweilt zu wirken und alles zu mißbilligen, aufgab. Oder war sie einfach so stupide, wie sie aussah? Nach zwanzig Minuten dieses stillen Kampfes weigerte sich Cleota, für Saint noch irgendein Interesse aufzubringen, und tat, was sie immer tat, wenn sie Gäste hatte, sie ignorierte, wer ihr nicht gefiel, und konzentrierte sich auf diejenigen, die es taten.

Lucretia hatte sie immer gemocht, seit der Schule war sie ihre Freundin, und Madame... »Ich fürchte, ich hab Ihren Namen nicht mitbekommen, Madame«, sagte sie zu der Frau, die ihr gegenübersaß, große Stücke Lamm aß und mit vollen Backen kaute.
»Lhevine. Manisette-Lhevine. Wird mit ah geeschriebn«, sagte die Dame, während sie gleichzeitig zu schlucken versuchte.
Cleota lachte über den Versuch und fand die häßliche Frau, die so klein war, daß sie bei Tisch auf einem Kissen sitzen mußte, sympathisch. Sie hatte ein männliches Gesicht, die Haut einer Mulattin und eine Nase, die keine

Knochen zu haben schien, so ungestaltet und verschwommen saß sie in ihrem Gesicht. Ihre Augen waren so schwarz wie ihr krauses Haar, das sie hochgesteckt hatte, so daß ihre männlichen, abstehenden Ohren zum Vorschein kamen. Sie hatte einen großen Mund, und man konnte die vielen Füllungen in ihren Zähnen sehen. Ihre Hände hatten dicke, geschwollene Knöchel und waren von Venen durchzogen, und wenn sie lachte, was sie oft tat, zogen sich tiefe senkrechte Falten über ihre festen Wangen. Sie hatte darum gebeten, das Jackett ihres Kostüms ablegen zu dürfen, und nun sah man ihre dünnen, muskulösen Arme, die aus einer ärmellosen Bluse herauswuchsen wie die knotigen Äste eines alten Apfelbaums. Cleota legte nur ihr, wie um sie für die sinnlicheren Formen ihrer anderen Gäste zu entschädigen, immer wieder neue Brotscheiben und Fleisch vor, während sie sich unterhielten.

»Ich finde, Madame sollte dir mal die Zukunft vorhersagen«, sagte Lucretia, und erst jetzt fiel Cleota wieder ein, daß sie ihr am Telefon gesagt hatte, daß diese Frau Weissagungen machte. Ein seltsam distanziertes Lächeln lag auf Lucretias Gesicht, als Cleota sich ihr zuwandte. Lucretia saß da, als müsse sie nun mit einem peinlichen, aber wahren Geständnis heraus, denn sie war immer eine streng praktische, wissenschaftlich denkende Frau gewesen, die überhaupt kein Verständnis für irgendeine Art von Mystik aufbrachte. Nachdem sie geheiratet hatte, war sie sogar noch einmal auf ein paar Jahre an die Universität zurückgekehrt, um ihren Magister in Bakteriologie zu machen, und hatte in Laboratorien gearbeitet, bis die Kinder kamen. Sie wußte genau, wie viele Kalorien, Proteine und Kohlehydrate in Lebensmitteln waren, sie kochte mit Drucktöpfen, um die Vitamine zu erhalten, hatte Geräte in ihrer Küche, die die Luftfeuchtigkeit anzeigten und das Wetter vorhersagten, und begegnete jedem, einschließlich der eigenen Kinder, mit herzhafter Vermeidung von Sentimentalität und Unklarheit.

Aber da saß sie nun, nicht halb so verlegen, wie Cleota es erwartet hätte, da sie doch ein intensives Interesse an Weissagung zugegeben hatte. Es fiel Cleota schwer, einen so abenteuerlichen Widerspruch im Wesen ihrer Freundin hinzunehmen, und einen Moment lang hörte sie auf zu lächeln und fragte sich mit ernstem Gesichtsausdruck, ob man sich hier über sie lustig machen wollte.

»Sie ist wundervoll, Cleota«, sagte Lucretia mit Nachdruck. »Ich hab ihr nichts von dir erzählt, aber paß auf, was sie herausfindet.«

Völlig unerwartet sagte Saint etwas: »Ich hatte eine Tante, die sowas machte.« Es war die erste Bemerkung, die nicht durch eine Frage Trudeaus hervorgelockt war, und alle wandten sich ihr zu und warteten auf mehr. Und einen Moment lang sah sie so aus, als wollte sie ihnen etwas mitteilen, voller Eifer, das hochmütige Gehabe war ganz verschwunden, und sie wirkte wie ein scheues Mädchen, daß sich von der Tatsache, daß sie sich in Stowe Rummels Haus befand, hatte einschüchtern lassen. Trudeau entspannte sich und lächelte zum ersten Mal und ermutigte sie mit glücklichen Augen, fortzufahren. Sie öffnete den Mund, um etwas zu sagen.

»Ihre Tante hat *sowas* nicht gemacht, Liebste«, Madame Lhevine schnitt ihr das Wort ab, grinste sie über den Tisch hinweg mit unmißverständlicher Abneigung an und gab dem Tisch einen einzigen bedeutungsschweren Klaps.

Saint sah verletzt aus, und Trudeau legte ihr unter dem Tisch die Hand auf den Oberschenkel und sagte:

»Süße ...« Aber Madame Lhevine war nun schon bei Cleota, die sie mit sanfteren Augen ansah, als teilte sie nur mit ihr ein geheimes Einverständnis. »Gibt keinen Grund, das für Sie zu machen«, sagte sie.

»Warum nicht?« Cleota errötete.

»Sie sind schon da.«

Cleota lachte hell. »Wo?«

»Wo es alles anfängt«, sagte Madame, und ihre unveränderte Ruhe, die Cleota zuerst absurd erschienen war, gab ihr eine Autorität, die nun alle dazu brachte, jede ihrer Bewegungen zu beobachten.

Cleotas helle, hustende Lache platzte aus ihr heraus; dann nippte sie an ihrem Glas Rotwein, und schließlich warf sie Lucretia einen fragenden Blick zu, denn ihr war plötzlich klar geworden, daß ihre alte Freundin in großen persönlichen Schwierigkeiten stecken mußte, wenn sie sich auf diese Frau so intensiv eingelassen hatte. Aber sie wandte sich schnell wieder Madame Lhevine zu.

»Ich lach nicht über sie, Madame«, sagte sie, und ihre Hände waren damit beschäftigt, Krümel auf der Decke zusammenzuschieben. »Es ist nur so, daß ich nicht weiß, wo *irgendwas* anfängt. Oder endet.«

Sie lachte wieder, errötete. »Oder überhaupt was.«

Madame Lhevines Augen blieben unbewegt. »Ich weiß, meine Liebe«, sagte sie.

Es war, als hätte Cleota ein Schlag getroffen; sie fühlte sich durchbohrt von den fanatischen, aber seltsam gütigen Augen der Wahrsagerin. Ein ganz neues Bedürfnis, von dieser Frau wahrgenommen, ja, umsorgt zu werden, erwachte in ihr. Sie fühlte sich plötzlich einsam. Sie senkte die Augen auf die Krümel und sagte: »Ich nehm an, das ist genauso real wie irgendwas sonst.«

»Weder mehr noch weniger«, sagte Madame Lhevine mit der stillen Zufriedenheit jener, die glauben und daher gerettet sind.

Cleota hielt es auf ihrem Stuhl nicht mehr aus. »Ich mach Kaffee«, sagte sie und ging in die Küche.

Unerklärlicherweise zitterte ihre Hand, als sie den Kessel unter den Wasserhahn hielt. Ihre Wangen waren heiß. Die Gesichter im Wohnzimmer drehten sich um sie, bis sie nur noch Lucretia vor sich sah, ihren Gesichtsausdruck, die dicht zusammenstehenden Augen, denen es so seltsam wichtig zu sein schien, daß Cleota Madame Lhevine akzeptierte. Auf einmal schien es ihr offensichtlich, daß Lucretia und ihr Mann sich getrennt haben mußten.

Sie starrte in die Flamme, still, bewegungslos. Bud Trussel war in diesem Jahr nur an den Wochenenden zu Hause – aber nicht, weil er geschäftlich im ganzen Staat unterwegs war. Sie lebten praktisch getrennt. Diese Erkenntnis kam ihr wie etwas, das schon lange in ihr gelegen hatte, ohne daß sie es wußte. Wie hatte sie einer so offensichtlichen Tatsache gegenüber so blind sein können! Sie bekam Angst. Selbst ihre Küche begann, ihr fremd zu erscheinen. Was, fragte sie sich, lag noch in ihr, ohne daß sie es wußte? Wieder dachte sie an Lucretias neues, fast laszives Benehmen heute abend, dieselbe Lucretia, die immer mit streng übereinandergeschlagenen Beinen dagesessen hatte, die immer errötet war, bevor sie auch nur zu lachen wagte! Und jetzt war sie so ... unmoralisch. Aber was hatte sie getan oder gesagt, das unmoralisch gewesen wäre? Es war alles albern!

Kälte breitete sich in ihrem Körper aus, und sie blickte zur Speisekammer hinüber, um zu sehen, ob die Tür sich geöffnet hatte. Sie spürte Alice draußen, horchte, aber es war still. Trotzdem, es war keineswegs unter der Würde von Stowes Schwester, durch die Fenster zu spähen. Sie ging zur Hintertür und riß sie auf, schon jetzt wütend. Es war niemand da. Der kräftige Wind zog durch die Bäume, und durch die wildbewegten Äste fiel ihr ein fernes, ungewohntes Licht in die Augen. Sie blieb still stehen, zeichnete im Kopf den Verlauf der Straßen nach und entschied schließlich, daß es Josephs Haus sein mußte. Das war überraschend, denn Joseph und seine Frau kamen nur selten im Winter hier herauf, und wenn, dann kam er allein, um zu schreiben. Hätte sie gewußt, daß er da war, hätte sie ihn heute angerufen.

Mit einem Lächeln auf den Lippen kehrte sie an den Herd zurück, sie dachte daran, wie es wäre, wenn Joseph und Madame Lhevine zusammenstießen. »Eine *Wahr*-sagerin? Welche Wahrheit?« würde er mit seiner Pokermiene fragen oder irgend etwas Ähnliches, halb Witzelndes, das sie aus Verlegenheit lachen lassen würde. In allem, was er sagte, lag immer irgend etwas, das am Rande des Ungehörigen war, am Rande der ... Wahrheit. Sie ging zum Telefon hinüber und hielt den Hörer geistesabwesend ans Ohr, wartete auf das Freizeichen. Und trotzdem, dachte sie, und Josephs Gesicht stand vor ihr, ist der Mann irgendwie gläubig. Wie so viele Juden, dachte sie zum ersten Mal. Und sie sah ihn deutlich vor sich, während sie auf die Maske neben dem Telefon starrte – er war in der Hinsicht wie ihr Vater, es war, als stecke irgendeine quälende Erkenntnis in ihm, die immer herauskommen zu wollen schien, aber nie herauskam. Stowe war auch so! Jetzt wurde ihr bewußt, daß der Apparat still war, und sie legte ärgerlich auf, halb gab sie Alice die Schuld an der Störung. Als sie sich wieder dem Herd zuwandte, kam Lucretia herein und blieb, ohne etwas zu sagen, mitten in der Küche stehen, das Gewicht ihres langen, breitschultrigen Körpers lässig auf eine eingedrückte Hüfte gelegt. Und Cleota sah das gezwungene Lächeln auf ihrem schüchternen Gesicht.

»Hat's dich ein bißchen durcheinandergebracht?« Lucretias Stimme war tief; wenn sie eine Pflicht erfüllte, schien sie immer einen Mann zu imitieren.

»Nein!« Cleota lachte, von der eigenen Schärfe überrascht. Und sofort hatte sie das Gefühl, daß Lucretia an diesem Abend irgendwas von ihr wollte – sie hatte die Wahrsagerin aus einem bestimmten Grund mitgebracht. Weshalb? Wenn sie doch nur beide gehen würden! Jetzt, auf der Stelle, bevor diese grauenvolle Intimität sich weiter verstärkte! So war es nie gewesen, nicht mal im Bett auf dem Internat, als sie bis tief in die Nacht geredet hatten – von Anfang an hatte es eine stillschweigende Übereinkunft zwischen ihnen gegeben, wahrhaft private Dinge nicht anzusprechen. Sie hatten das nicht durch Worte erklärt, es war mehr wie der stille Gang des Lichts von der Sonne zum Mond. So hatte Lucretia sich das Haar wachsen lassen, nachdem Cleota aufgehört hatte, ihres zu schneiden, oder angefangen, Ringe zu tragen, nachdem Cleota mit einigen aus Mexiko zurückgekommen war. Als sie jetzt ihrer lebenslangen Freundin gegenüberstand und das seltsam gebrochene Lächeln in ihrem Gesicht sah – war es ein zynisches Lächeln? – empfand sie die Furcht dessen, der die Macht des Vorbilds ausgeübt hat, ohne es zu wissen, und nun mit der Revolte derer fertigwerden muß, die er unbewußt unterdrückt hat. Ihr ging plötzlich durch den Kopf, daß Lucretia wahrscheinlich nur aufs Land gezogen war, weil sie das getan hatte, und niemals, niemals das Chaos in ihrem Haus aufräumen würde, weil es nur eine Imitation dieses

Hauses war, und daß Lucretias Kette von immer neuen Projekten – den Beginn einer Baumschule, dann Schuhe entwerfen, jetzt Pferdezucht – nicht die guten und natürlichen Blüten einer überschäumenden Energie waren – wie sie es immer darzustellen versuchte –, sondern fruchtlose Ablenkungen in einem Leben ohne Form, einem Leben, das, wie Cleota jetzt sah, von ihrem und Stowes Leben überschattet gewesen war. Cleota starrte in die Augen ihrer Freundin, die ihr schuldig und gefährlich erschienen, und spürte – was sie immer gewußt hatte! –, daß eine Katastrophe sich in den letzten dreißig Jahren im Leben ihrer Freundin vorbereitet und es nun zerstört hatte.
Lucretia trank einen Schluck von ihrem Drink und sagte: »Bud hat mich verlassen, Cleota«, und lächelte.
Cleota lief es kalt über den Rücken. Die Prophezeiung hatte sich als wahr erwiesen. Sie legte den Kopf auf die Seite wie ein Hund, der gerufen worden ist und nicht weiß, ob er gehorchen oder weglaufen soll. »Wann?« fragte sie, nur um die Stille zu erfüllen, bis sie wußte, was sie sagen wollte.
»Wann, weiß ich nicht. Er war schon lange unterwegs dahin, glaub ich.« Und jetzt hob sie die Arme, schlang sie Cleota um den Hals und legte ihren Kopf ungelenk – sie war viel größer als Cleota – auf deren Schulter. Cleota drückte sie nach einem Moment ein wenig weg, und sie sahen einander an, beide verändert.
»Laßt ihr euch scheiden?« fragte sie Lucretia. Wie traumhaft gefühllos diese Umarmung gewesen war!
»Ja«, sagte Lucretia, rot im Gesicht, aber grinsend.
»Ist es eine andere ...?«
»Nein«, unterbrach Lucretia. »Wenigstens glaub ich nicht, daß da jemand anderes ist.« Und mit einem Blick auf die Kanne sagte sie: »Der Kaffee ist jetzt kalt, oder?«

Der Kaffee? Cleota fiel erst jetzt wieder ein, warum sie in die Küche gekommen war. Sie holte die Tassen aus dem Schrank und setzte sie auf ein Tablett.

»Wird sowieso keine große Veränderung sein«, sagte Lucretia hinter ihr.

»Du scheinst es ziemlich ruhig aufzunehmen. Oder?« Cleota wandte sich ihr zu, nahm das Tablett auf und dachte, daß sie noch nie jemandem so absurd persönliche Fragen gestellt hatte. Irgend etwas gefährlich Obszönes hatte sich ihrer bemächtigt, glaubte sie, und ihres Hauses, und es mußte unter Kontrolle gebracht werden. Aber Lucretia bemerkte das offenbar nicht. Plötzlich schien es Jahre her, daß Stowe hier gewesen war.

»Mir geht's schon lange sehr schlecht, Cleo«, antwortete Lucretia.

»Das hab ich nicht gewußt.«

»Nein.«

Sie standen in der Mitte der Küche unter der herabhängenden Glühbirne und sahen einander an.

»Ist er richtig ausgezogen?«

»Ja.«

»Was wirst du jetzt tun?«

»Mir'n Job suchen, glaub ich. Mir scheint, ich hab überhaupt die Nase voll von der Gegend hier oben.«

»Oh«, sagte Cleota.

»Ich bin froh, daß ich's dir allein sagen kann, ohne Stowe.«

»Ja? Wieso?«

»Er mag Bud so.« Lucretia lachte trocken. »Ich würd mich schämen, es ihm zu sagen.«

»Oh, Stowe hätte nichts dagegen. Ich mein«, verbesserte sie sich, »er ist nie von irgendwas überrascht.« Sie lachte über Stowes kindliche Selbstgenügsamkeit, seine irgend-

wie irritierende Unwissenheit, wenn es um die Beziehungen von Menschen ging, und sie sagte: »Du weißt schon...« und brach ab, als Lucretia lächelte, wie um Stowes gegen alle Schwierigkeiten blinden Charme zu feiern.
Cleota nahm das vollbeladene Tablett auf. »Kennst du sie schon lange? Madame?«
»Erst seit gestern. Sie ist raufgekommen, um Pferde zu kaufen. Sie hat ein Haus in der Nähe von Harrisburg oder so. Sie ist fabelhaft, Cleo. Laß dir mal von ihr weissagen.«
Wieder empfand Cleota Lucretias Hartnäckigkeit wie eine Last, die sie niederdrückte. Es war, als wollte Lucretia sie in ein Komplizentum hineinziehen. Trudeau kam herein, verbeugte sich ein wenig vor den beiden Frauen, um sich für die Unterbrechung zu entschuldigen. »Wir müssen los, Cleota.«
Er ergriff ihre Hand, die sie ihm unter dem Tablett hingehalten hatte, und hielt sie wie unter großem Druck, von dem er sich offensichtlich nur befreien konnte, wenn er ihr Haus verließ. Sie hatte das Gefühl, daß sie ihn nicht fragen konnte, was los sei, da es offenbar das Mädchen war, das darauf bestanden hatte, noch vor dem Kaffee zu gehen. Cleota errötete, als sie sah, wie verlegen er war, und sagte ihm: »Es war schön, dich mal wieder zu sehen, John. Ich glaub, das Licht an der Auffahrt ist noch an.«
Trudeau nickte ihr zu, dankbar für den Abschied ohne Fragen, aber seine Ehre schien es ihm doch zu verbieten, sich von dem offen verwirrten Ausdruck auf ihrem Gesicht zu schnell abzuwenden.
»Grüß Stowe von mir«, sagte er und ließ ihre Hand los.
»Ja.«
Jetzt wandte er sich ab, ein leichtes Ausweichen seiner Au-

gen gestand ihr, daß sein Leben ein Elend war. Die drei betraten zusammen das Wohnzimmer.
Saint war schon im Mantel, einem formlosen schwarzen Umhang, und sie trug einen schwarzen Schleier über dem Kopf. Sie sah durch die Scheibe in der Haustür auf die Auffahrt hinaus und wandte sich Trudeau zu, der sofort seinen Mantel holte und zu ihr ging. Sie sah Cleota kurz an, die gerade noch Zeit hatte, das Tablett abzustellen, als beide auch schon fort waren.
»Na!« Sie lachte errötend, aber erleichtert. »Was ist denn passiert?«
»Sie hat sich über mich aufgeregt«, sagte Madame Lhevine.
»Warum?« fragte Cleota, die immer noch bebte, weil sie spürte, wie sehr Saint sie haßte. Was für ein verrückter Abend! Aus dem Nichts erscheint ein fremdes Mädchen und haßt sie! Und dennoch schien alles irgendwie seine Ordnung zu haben, zu sein, wie es sein mußte. Um sie herum brach das Leben von Menschen zusammen, rutschte wie bröckelnde Steilküsten ab und ins Meer.
»Ihre Tante *kann* keine Zigeunerin gewesen sein. Ein Zigeuner ist ein Zigeuner, nicht jemand, den man einfach nur als Zigeuner bezeichnet. Ich hab ihr gesagt, daß ihre Tante keine Zigeunerin war.«
»Oh«, sagte Cleota mit großen Augen. Sie versuchte zu verstehen, warum Madames Unterscheidung ihr so wichtig war. »Sind Sie Zigeunerin?« fragte sie unschuldig.
»Ich? Nein, ich bin Jüdin.«
Lucretia nickte bestätigtend. Offenbar fand sie diese Identitäten ebenfalls wichtig. Cleota hatte das Gefühl, daß die beiden das Geheimnis einer geschlossenen Welt teilten, und das gab ihnen Sicherheit, das Wissen, dazuzugehören. Sie trank einen Schluck Whisky. Madame zündete sich

eine Zigarette an und zog die Augen gegen den Rauch zusammen. Lucretia blickte auf den Tisch und spielte mit einem Streichholz. Einen Augenblick lang herrschte totale Stille. Cleota wurde klar, daß sie nun Madame bitten sollte, ihr zu weissagen. Es war, so empfand sie es, eine Frage ihrer und Lucretias Würde, daß sie darum bat. Wenn sie es nicht tat, zog sie ihre Authentizität in Zweifel. Und wieder stieg in Cleota das Gefühl auf, daß sie in etwas hineingedrängt wurde, daß man versuchte, sie in eine Art von Glaubensgemeinschaft zu ziehen.

»Ich versteh John nicht«, sagte sie zu Lucretia. »Du?«

»Das ist nur Sex«, sagte Lucretia, eine Erfahrung andeutend, die sie, wie Cleota wußte, nicht besaß. Oder doch?

»Aber dieses Mädchen«, sagte Cleota, »sie ist doch nicht hübsch, oder?«

Lucretia war seltsam erregt, zog plötzlich mit langem Arm einen kleinen Tisch zu sich herüber, auf dem eine Packung Zigaretten lag. »Was hat hübsch mit Sex zu tun?« sagte sie.

»Na ja, ich versteh's nicht. Er wird seine Gründe haben, aber seine Frau ist viel schöner als sie.«

Cleota war sich vollkommen darüber im klaren, daß Lucretia so redete, um ihr Einverständnis mit Madame Lhevine zu betonen, sie tat so, als wäre ihr diese Welt, die Cleota so abgeschmackt fand, vertraut. Aber trotzdem konnte Cleota nicht umhin, sich ausgeschlossen zu fühlen, so als blickte sie von außen in eine Welt unter Wasser. War das *die* Welt? Sie betete, daß Stowe etwas vergessen hätte und plötzlich hereinkäme.

Madame Lhevine sprach mit Autorität, sie war die Ältere, die abwartete, daß sich die Fronten klärten, um dann einzugreifen und die Dinge zurechtzurücken. »Der Geist liebt nicht immer das, was die Person liebt«, sagte sie.

Oh, das stimmte wirklich! Cleota spürte eine Bewegung in sich, sie schien plötzlich klarer denken zu können, und sie hatte Vergnügen daran.

»Es ist nicht einfach«, fuhr Madame fort. »Nicht viele Menschen können ihre innere Stimme hören. Alles um uns herum lenkt uns ab. Obwohl wir wissen, daß die innere Stimme das einzige ist, das uns leiten kann.«

Sie blickte mit verkniffenen Augen in den Aschenbecher und hörte genau zu, als Cleota sprach. »Aber wie kann man sie hören? Oder wissen, was man glauben soll? Man spürt so viele Dinge.«

»Denk daran, wie du es mit deinem Körper machst. Deine Hände fühlen ihn, deine Augen sehen ihn jeden Tag im Spiegel. Es ist Übung, nichts anderes. Jeden Tag betrachten wir unseren Körper, nicht wahr? Aber wie oft nehmen wir uns die Zeit, um unsere Seele zu betrachten? Um zu hören, was sie uns sagen kann? Fast nie. Die Leute«, sagte sie jetzt mit anklagender Stimme, »machen sich darüber lustig, aber sie akzeptieren fraglos, daß man sich nicht ans Klavier setzen und beim ersten Mal spielen kann. Obwohl es viel schwieriger ist und viel mehr Übung erfordert, seine innere Stimme zu hören. Und ihre Zeichen zu verstehen – das ist sogar noch schwieriger. Aber es geht. Ich sage euch, es geht.«

Mit enormer Erleichterung begriff Cleota, daß Madame Lhevine ernst zu nehmen war, sie war keine Närrin.

»Sie ist wundervoll«, sagte Lucretia nun ohne jede Einschränkung, da sie sah, welchen Eindruck sie auf Cleota machte.

»Ich sage die Zukunft nicht voraus«, fuhr Madame fort, »weil es keine Zukunft in dem vulgären Sinne gibt.«

Wie gütig sie war! Wie ihre Autorität sie sogar verschönte!

Sich selbst zu verlieren, dachte Cleota, das machte Frauen unattraktiv. »Das mit der Zukunft«, sagte Cleota, »versteh ich nicht.«

»Vielleicht kannst du mir etwas anderes sagen, was du nicht verstehst«, sagte Madame.

Die Aufforderung bewegte Cleota; sie hatte das Gefühl, verstanden zu werden, denn sie hatte gar keine Lust, über ihre Vorstellung von der Zukunft zu sprechen. Sie lehnte sich in ihrem Sessel zurück und sammelte ihre Gedanken. »Ich weiß nicht. Ich glaub, ich hab nie wirklich darüber nachgedacht, aber – na ja, ich glaub, wenn man an einen bestimmten Punkt kommt, und hinter einem liegt mehr als vor einem, dann scheint es irgendwie ... die Sache nicht ganz wert gewesen zu sein. Ich mein damit nicht«, fügte sie schnell an, denn ihr fiel auf, daß Lucretia diese Andeutung eines unerfüllten Lebens merkwürdig befriedigt aufnahm, »ich sag nicht, daß es mir nicht gut gegangen wär, das nicht. Es war gut. Es hat in Wirklichkeit nichts zu tun – denk ich – mit Glück oder Unglück. Es ist mehr, daß man sich fragt ..., man fragt sich, ob es nicht alles ein bißchen zu ...« sie lachte, errötete, »klein war.« Und bevor Madame etwas sagen konnte, fügte sie ohne Betonung hinzu: »Ich nehm an, daß man auf solche Gedanken kommt, wenn die Kinder nicht mehr da sind.« Ihr wurde klar, daß sie solche Zweifel nie in Stowes Gegenwart geäußert hätte, und sie fühlte sich durch seine Abwesenheit befreit.

»Es ist mehr, als daß die Kinder nicht mehr da sind«, sagte Lucretia.

»Es ist das auch«, erinnerte Madame Lucretia. »Wir dürfen das Physische nicht unterschätzen, aber« – sie wandte sich wieder Cleota zu – »es ist auch der Höhepunkt im Inneren.«

Cleota wartete. Sie hatte das Gefühl, das jemand ihre Gedanken verstand, aber es war kein nur neugieriges Interesse. Madame, glaubte sie, sah etwas in ihr, mit dem sich der Ausdruck ›Höhepunkt‹ verband.
»Man sieht einfach, daß es keine Ekstase mehr geben wird«, sagte Madame Lhevine. »Und das ist der Zeitpunkt, zu dem die Krise kommt. Sie kommt, könnte man sagen, wenn wir die Zukunft zu klar sehen, und wir sehen sie als eine Ebene, eine endlose Ebene und nicht als das, was wir uns vorgestellt haben – als einen Berg mit einem gloriosen Gipfel.«
»Oh, an Glorioses hab ich nie gedacht.«
»Ich spreche nicht von Leistung. Ich spreche von Einheit. Das Gloriose ist der Moment, in dem wir mit uns selbst eins sind.«
Der Tod brach in Cleotas Gedanken ein, die Vorstellung vom Sterben; nicht das Sterben einer bestimmten Person, nicht ihr eigener Tod, sondern irgendein unbekannter Mensch, der tot dalag. Angesichts des Todes würde sie mit sich selbst eins sein, und etwas Glorioses würde in ihr sein, ein wohltuender Friede.
Durchströmt von plötzlicher Freude, stand sie auf, ging zur Anrichte und holte eine neue Flasche Whisky, ging dann zum Tisch zurück und goß, ohne zu fragen, ein. Dann sah sie mit erhitzten Wangen Madame Lhevine an.
»Also, wie wird es gemacht?« fragte sie und unterdrückte das Wort »jetzt«. Sie wollte Madame keine formale Routine unterstellen, kein billiges Ritual. Eine Wahrheit war ganz nahe, eine einzigartige Erkenntnis, die, so empfand sie es, nicht gefährdet werden durfte.
»Wenn du willst, kannst du einfach die Hände auf den Tisch legen.«

Stowe würde darüber lachen; ihr Vater hätte zur Decke aufgeblickt und wäre aus dem Zimmer marschiert. Sie hob die Hände, und als sie sie auf den Tisch legte, war es ein Gefühl, als hielte sie sie in einen kalten Wind. Jetzt glitten Madames Hände heran, bis sie mit dem Mittelfinger an Cleotas stießen. Es waren alte Hände, viel älter als Madames Gesicht. Die vier Hände sahen aus wie lebendige kleine Tiere, die einander auf dem Tisch ansahen.

Cleota wartete auf die nächste Anweisung, aber es kam keine. Sie blickte zu Madame auf.

Wieder war sie betroffen darüber, wie alt die Frau war. Ihre Wangen schienen eingesunken zu sein, sie wirkte jetzt slawisch, ihre Haut war von Fältchen bedeckt wie ausgetrocknete Sahne, die Adern in ihren Augen wanden sich wie Dschungelflüsse auf einer Landkarte.

»Sieh mir bitte in die Augen«, sagte Madame Lhevine.

Cleota schauderte. »Das tu ich doch«, sagte sie. War es möglich, daß die Frau erblindet war? Als sie genauer hinsah, bemerkte Cleota, daß Madame in der Tat nichts sah, daß ihr Blick erstorben, nach innen gegangen war. Es war zu klischeehaft, und einen Augenblick lang dachte sie daran, es abzubrechen, aber sie spürte, daß sie durch Spott etwas Wichtiges verlieren würde; wie mißtrauisch sie auch war, sie hatte das Gefühl, daß sie weiter in diese schwarzen Augen sehen mußte, wenn sie je wieder hoffen wollte, sich selbst zu finden.

Jetzt hob Madame Lhevine die Hände und tätschelte Cleotas und atmete tief. Cleota legte ihre Hände wieder in den Schoß. Madame blinzelte ins Nichts und schien das in sich zu sammeln, was sie gehört oder gesehen hatte.

»Ist da eine ältere Frau ...?« Madame unterbrach sich. »Ist da eine alte Frau?« berichtigte sie sich.

»Die Schwester meines Mannes. Sie wohnt hier in der Nähe.«

»Oh.« Madame hob das Kinn. Es war, als wollte sie sich stählen. »Sie wird länger leben als er.«

Ein Beben überlief Cleota; sie starrte Madame Lhevine stupide an, schockiert von der Vorstellung, daß Stowe in seinem Sarg lag und Alice über ihm stand, während sie für immer in einer Ecke warten mußte, wieder zu einer Fremden geworden. Dieses Bild hatte sie, so schien ihr, schon immer im Kopf gehabt, und das einzig Neue war jetzt, daß es jemand anderes auch gesehen hatte.

Aber sie stellte gequält fest, daß die Vorstellung, daß Alice Stowe überleben würde, sie erleichterte. Sie wischte einfach ihr ganzes Leben mit Stowe aus. Als sie ihn zuerst in der Galerie mit Alice getroffen hatte, war die Luft zwischen den beiden zu dicht, zu schwer gewesen, sie waren zu eng miteinander verbunden. Diese Nähe zu ihm hatte sie nie erreicht, hatte nie allein im Zentrum seines Interesses gestanden. Dreißig Jahre verschwanden, waren annulliert. Sie war wieder da, wo sie begonnen hatte, mit leeren Händen.

»Tut mir leid, daß ...« Madame unterbrach sich und legte die Hand auf Cleotas Hand. Die Berührung brachte Cleota in den Raum zurück, und zugleich hatte sie das Gefühl, daß Alice sich irgendwo in der Nähe des Hauses herumtrieb. Ihre Augenlider waren geschwollen vor Wut. Madame und Lucretia sahen, wie der Zorn in ihr Gesicht stieg.

Ein Wagen kam mit hoher Geschwindigkeit die Straße herunter und stoppte quietschend in der Auffahrt. Die drei Frauen wandten sich zusammen der Tür zu. Man hörte, wie sich Schritte näherten, die Schritte eines Mannes. Cleota ging zur Tür, als er klopfte, und öffnete sie.

»Joseph«, schrie sie fast.

Der junge Mann warf die Arme in gespielter Furcht hoch.
»Was hab ich getan?« rief er.
Cleota lachte. »Komm rein!«
Er trat ein, grinste sie an und redete in dem witzelnden Ton, der zwischen ihnen immer am besten funktioniert hatte. »Bin ich zu spät gekommen?«
»Wofür!« Cleota hörte das mädchenhafte Brechen in ihrer eigenen Stimme.
»Was immer«, sagte er, zog seine Jacke aus und warf sie auf einen Stuhl. »Ich mein, es ist schließlich spät, und ich wollte euch nicht aufwecken.«
»Wir sind offensichtlich wach«, spottete sie und spürte eine neue Grausamkeit in sich.
Er fühlte sich angesichts der anderen beiden Frauen in die Enge getrieben, und deshalb rief er: »Ich mein, stör ich euch, wenn ich einfach so für'n paar Minuten reinplatz. Ich hatte noch keine Lust, ins Bett zu gehn, und ich dachte, es wär nett, mal guten Abend zu sagen! Mehr nicht!«
Lucretia lachte auch. Sie hatte Cleota früher einmal gesagt, daß sie fand, er habe etwas von einem Eingeborenen an sich, etwas Primitives.
»Also: Guten Abend!« sagte er und zog einen Stuhl zum Tisch heran, fuhr sich mit den Fingern durch das dichte braune Haar und steckte sich eine Zigarre an.
»Hast du was gegessen?« fragte Cleota.
»Ich hab einmal um fünf gegessen und dann nochmal um neun«, sagte er. Cleota schien seltsam geladen. Er wußte nicht, ob es daran lag, daß er hier störte, oder daran, daß er als der einzige Mann hochwillkommen war.
Er blickte Madame Lhevine an, die ihn mit einem Nicken anlächelte, und erst jetzt bemerkte Cleota, daß sie die beiden noch nicht vorgestellt hatte, und holte das nach.

»Wie lange wirst du hier oben bleiben?«
»Ich weiß nicht. Paar Tage.« Er trank, was sie ihm hingestellt hatte.
»Wie geht's Stowey?«
»Oh, ganz gut«, und sie lachte kurz und ironisch auf. Dieses Lachen hatte ihm immer das Gefühl eines nebelhaften Einverständnisses mit ihr gegeben, wenn er auch nicht genau wußte, worüber. Aber jetzt fügte sie ernst hinzu: »Er hat 'ne Ausstellung in Florida.«
»Na, toll!«
Sie lachte wieder.
»Ja, mein ich wirklich!« protestierte er.
Ihr Gesicht wurde sofort wieder ernst. »Weiß ich doch.«
Zu Madame Lhevine und Lucretia sagte er: »Das ist zwischen uns immer ein Kampf zweier Schwachsinniger.«
Das Lachen der Frauen erleichterte ihn; er war etwa zehn Jahre jünger als Cleota und Lucretia, ein Schriftsteller mit rollendem Gang, die Hände in den Hosentaschen, und seine enorme Unerfahrenheit mit Frauen hatte ihn so neugierig auf alles gemacht, was sie betraf, daß er sie fast verstand. In Gegenwart von Frauen trug er gewöhnlich irgendeine Art von Maske. Es kam auf die Situation an; im Augenblick war er der draufgängerische junge Mann, der jugendliche Dichter vielleicht. Denn es war unmöglich – besonders hier bei Cleota –, so aufzutreten, wie man war. Sie war, das spürte er immer, eine unglückliche Frau, die vielleicht selbst gar nicht erkannte, daß sie nicht glücklich war. Deshalb suchte sie etwas, irgendeine sinnliche Bestätigung, und seine Vorspiegelung des sorgenfreien, herumalbernden Künstlers war ein Versuch, sie davon abzulenken. Es war nicht so, daß Cleota selbst Reiz für ihn hatte; schon daß sie verheiratet war, machte sie zu etwas unbestimmt Geheiligtem. Das war nur

zu umgehen, wenn er sich zu einer anderen Art des Lebens entschloß, einem Leben von, wie er sich das vorstellte, absolut ehrlichen Beziehungen – mit anderen Worten, persönlichen Beziehungen von fast religiöser Offenheit. Aber irgendwo im Hinterkopf wußte er, daß absolute Wahrheiten nur aus Katastrophen entstanden, und er würde tun, was er konnte, um solche Katastrophen in allen Bereichen seines Lebens zu vermeiden.

Er mußte das, so glaubte er, schon aus Anständigkeit tun. Denn der wahre Schrecken, der in einem Leben unter falschen Voraussetzungen lag, war, daß die Liebe anderer sich daran band und verraten wurde, wenn man sich zur Wahrheit entschloß. Und Verrat an anderen war – für Joseph Kersh – die endgültige Zerstörung, schlimmer sogar als der Verrat an sich selbst, das Leben mit einer Frau, die er nicht lieben konnte.

Als er schließlich am Tisch saß, war ihm die jungenhafte Rolle, die Cleota ihm in den sechs oder sieben Jahren ihrer Bekanntschaft aufgedrängt hatte, schon lästig. Er gab sich also einen ernsthaften und sogar etwas besorgten Ausdruck, und da im Moment die Aufmerksamkeit auf ihn, als den einzigen Mann, gerichtet war, mußte er etwas sagen. Also sah er Lucretia direkt in die Augen und fragte: »Wie geht's deinem Mann?«

Lucretia blickte auf ihre Zigarette herunter, schnipste ungeduldig die Asche ab und sagte: »Ganz gut.«

Es war wie eine zuschlagende Tür. Wenn Frauen alleine waren, glaubte er, redeten sie über Sex. Daran glaubte er seit seiner Kindheit, als die Bridge-Partys seiner Mutter von kreischender Heiterkeit in matronenhafte Stille umschlugen, sobald er auftauchte. Er wußte damals, und er wußte es jetzt, daß daran etwas Unerlaubtes war, etwas

Verbotenes lag in der Luft. Das zu wissen, war für ihn kein Problem; viel schwieriger war es, sich einzugestehen, daß er es wußte. Denn es verletzte seine Vorstellung von dem, was gut und richtig und der Natur der Dinge angemessen war, daß Frauen auch nur eine Andeutung von Verachtung ihrer Ehemänner preisgaben. Und doch war, glaubte er, diese Verachtung hier am Tisch mit Händen zu greifen. Und es bedrückte ihn, daß ihm das schmeichelte und ihm ein überschwengliches Gefühl von Kraft gab. »Nur 'n kleinen«, sagte er zu Cleota, die ihm Whisky nachschenkte. »Ich muß bald schlafen gehen.«

»Oh, geh noch nicht!« sagte sie mit Nachdruck, und er sah, daß sie vom Whisky rote Wangen hatte. »Schreibst du was da oben?«

»Nein.« Es befriedigte ihn, daß sie ihm eine so ernsthafte Frage stellte. Lucretia war auch neugierig. »Ich mach mir nur Sorgen.«

»Du?«

»Warum nicht?« fragte er, echt überrascht.

»Weil du immer zu tun scheinst, wozu du Lust hast.«

Ihre Bewunderung, glaubte er, galt einer Stärke, die sie ihm zuschrieb, und er akzeptierte das mit Vergnügen. Aber irgendein ferner Alarm ließ ihm keine Ruhe; hier lief etwas Intimes ab, und er hätte nicht kommen sollen.

»Ich weiß nicht«, sagte er zu Cleota. »Vielleicht tu ich, was ich will. Das Problem ist nur, ich weiß nicht, daß ich's tu.« Und er entschloß sich im Namen einer fernen Wahrhaftigkeit, ein wenig von seiner Verwirrung zu enthüllen. »Ich leb wirklich von Augenblick zu Augenblick, auch wenn's anders scheint. Ich weiß auch nicht besser als jeder andere, was ich tu.«

»Oh doch, das wissen Sie«, sagte Madame Lhevine und

zog die Augen zusammen. Er sah sie überrascht an. »Ich hab Ihre Bücher gelesen. Sie wissen das schon. Tief drinnen wissen Sie es.«
Er entdeckte plötzlich eine große Sympathie für diese häßliche Frau. Ihr Ton erinnerte ihn an seine Mutter, wenn sie ihn ansah, nachdem er eine Vase umgeworfen hatte, und sagte: »Aus dir wird mal ein großer Mann.«
»Folgen Sie Ihrer inneren Stimme, Mr. Kersh«, fuhr sie fort, »dann ist es nicht nötig, noch mehr zu wissen.«
»Ich nehm schon an, daß ich das tu«, sagte er, »aber es würde mir 'ne Menge Schwierigkeiten ersparen, wenn ich daran glauben könnte.«
»Aber Sie verstehen doch sicher«, fuhr Madame unbeirrt fort, »daß Ihr Gefühl der Unsicherheit genau das ist, was Ihre Kunst ausmacht. Wenn ein Künstler weiß, was er tut, kann er es nicht mehr tun, meinen Sie nicht?«
Das traf so genau die Freizügigkeit, die Joseph insgeheim für sich selbst beanspruchte, und die gesegnete Freiheit von Verantwortung, nach der er sich sehnte, daß er es nicht mit gutem Gewissen hinnehmen konnte. »Na, soweit würd ich nicht gehen«, sagte er. »Es ist romantisch, sich den Künstler als unbewußt vorzustellen.« Er reckte sich jetzt in den Schultern, und er ballte die rechte Hand zur Faust. »Ein Kunstwerk muß funktionieren, wie eine gute Maschine ...«
»Aber eine Maschine, die ein Blinder gebaut hat«, sagte Madame mit routinierter Stimme.
»Das würd ich bestreiten«, sagte er kopfschüttelnd, hilflos gegen die Gewißheit, die in ihm aufstieg. »Ich muß eine Form durchdenken, bevor ich schreibe. Ich muß eine Struktur entwerfen. Ich muß wissen, was ich tue.«
»Natürlich«, warf Madame ein, »aber an einem bestimmten Punkt muß man alles Wissen vergessen und sich ganz

dem Gefühl überlassen. Um es klar zu sagen, das ist das einzige, was mir an Ihren Arbeiten nicht gefällt.«
»Was?« fragte er. Er mochte sie nicht. Frauen sollten nicht kritisieren. Sie war abstoßend häßlich, wie eine Zwergin.
»Sie sind ein bißchen überkonstruiert«, sagte sie. »Ich hoffe, Sie halten mich nicht für unverschämt, aber ich empfinde das so, obwohl ich sonst außerordentlich bewundere, was Sie machen.«
Er hoffte, daß die Hitze, die ihm in die Wangen stieg, dem Whisky zugeschrieben würde. Er schlug die Beine plötzlich übereinander, und dabei stieß er den Tisch gegen Madame, zog ihn schnell wieder an seinen Platz zurück und lachte. »Oh, Entschuldigung, ich wollte Sie nicht verletzen.«
Er sah – fast schockiert –, daß Cleota ihn offen anstarrte, voller Bewunderung. Es war sehr auffällig. Warum war Stowe allein weggefahren?
Lucretia war tief in Gedanken, sie starrte auf den Aschenbecher und klopfte ihre Zigarette ab. »Aber meinst du nicht, Joe«, – sie sah ihn mit übertrieben nachdenklicher Miene an, »daß die meisten Leute in Wirklichkeit viel desorientierter sind, als du sie darstellst? Ich glaube . . .«
»Meine Gestalten sind ziemlich desorientiert, Lucretia«, sagte er und brachte Cleota zum Lachen.
»Nein, im Ernst; deine Leute scheinen immer was zu *lernen*«, hielt sie ihm entgegen.
»Glaubst du nicht, daß Leute lernen?« sagte er und fragte sich, worum es eigentlich ging. Lucretia hatte wirklich etwas Dümmliches an sich. Das war ihm schon immer so vorgekommen. Als er sie das erste Mal getroffen hatte, war sie gerade vom Decken einer Stute gekommen und über den Erfolg fiebrig begeistert, und es schien ihm eindeutig, daß sie ein sexuelles Interesse an dem Vorgang hatte, ohne

das aber selbst zu wissen, und es hatte ihren Augen etwas Stumpfes gegeben – allerdings auch etwas Erregendes.
»Natürlich lernen sie«, sagte sie – und es war klar, daß sie sich mit ihm intellektuell messen wollte, etwas, das eine Frau, wie er meinte, nicht tun sollte. »Aber sie lernen Geometrie und die Zahlen, die sie kennen müssen. Nichts...« Sie suchte nach dem Wort, und Madame sprang ihr bei.
»Nichts Geistiges.«
»Genau!« stimmte Lucretia zu, überließ es aber Madame, fortzufahren.
»Ich glaub, daß wir uns darauf einigen können«, sagte Madame, »daß der Geist im wesentlichen sehr früh geformt wird. Im Grunde weiß er alles, was er je wissen wird, von Anfang an.«
»Ja, aber warum lebt man dann überhaupt?«
»Weil wir leben müssen. Das ist alles.«
»Ich find nicht, daß das viel Sinn macht«, sagte Joseph.
»Vielleicht ist alles ziemlich sinnlos«, warf Cleota plötzlich ein.
Betroffen von ihrer traurigen Ernsthaftigkeit, wandte sich Joseph ihr zu. Er fragte sich, ob Stowe ahnte, daß sie so hoffnungslos war. Aber dann beruhigte er sich – sie redete vielleicht nur so daher, sie war immer sehr tolerant. Das war etwas, das er nie verstehen konnte – sie und Stowe konnten sich sehr entschieden für irgendeine Sache einsetzen und trotzdem vollkommen freundlich mit Leuten umgehen, die alles vertraten, wogegen sie waren. Für sie war das Leben eine Art von Spiel, während er überzeugt war, daß man an etwas glauben und auch dafür leiden mußte. Er wünschte sich, hier irgendwie rauszukommen, statt herumsitzen und mit diesen drei verschrobenen Hühnern über Geister streiten zu müssen!

»Obwohl ich schon glaube, daß wir lernen«, fuhr Cleota mit einem um Unterstützung bittenden Blick auf Joseph fort. »Ich weiß nicht, ob wir nur lernen, was wir unbewußt schon in uns hatten, oder ob es immer Neues ist, aber ich glaube, daß wir lernen.«
Wie bewundernswert direkt sie war! Joseph fing die Blume auf, die sie ihm so überraschend zugeworfen hatte, und wandte sich damit gegen die anderen beiden Frauen: »Was mich immer wundert, ist, daß Leute sich über die Wissenschaft lustig machen und über Rationalität überhaupt, aber wenn dieselben Leute in die ›tieferen‹ Länder reisen, wie Mexiko oder Sizilien oder irgendein anderes spirituelles Land, vergessen sie nie, sich vorher gegen Typhus impfen zu lassen!«
Die spöttischen Stimmen von Madame Lhevine und Lucretia erhoben sich sofort, und er errötete vor Ärger. Lucretia schrie: »Das hat damit gar nichts zu tun!«
»Es ist leider genau der Punkt! Wenn man an etwas glaubt, muß man danach leben, sonst ist es nur Gerede! Man kann nicht sagen, wir lernen nichts, und dann in aller Ruhe die Früchte dessen genießen, was wir gelernt haben. Das ist, das ist ...« Er wollte sagen: »Eine Lüge.«
»Oh, komm, Joe«, sagte Lucretia mit gedehnter Stimme – er klang wie ihr Mann, der ihr nach den Regeln der Wissenschaft vorrechnete, daß sie gar nicht unglücklich war – »worüber wir reden, ist einfach nicht auf *der* Ebene. Du bist zehn Jahre zurück. Niemand unterschätzt die Wissenschaft und bewußte Kenntnisse; es ist nur, daß die kein inneres Ziel liefern, keinen Sinn, für den zu leben sich lohnte. Sie lassen den Menschen im wesentlichen allein.«
»Außer daß die einzigen Leute, die ich je getroffen hab, die

sich als Teil einer internationalen, einer Weltgemeinschaft fühlen, die Wissenschaftler sind. Sie sind die einzigen, die nicht allein sind.«

»Also Joe, wirklich – was soll so'n Satz *aussagen?*«

Er war wütend. »Das soll heißen, daß sie nicht nur für sich leben, sie dienen einer größeren Sache.«

»Welcher, um Himmels willen?«

»Welcher? Der Minderung menschlichen Leidens und der Beseitigung menschlicher Armut.«

»Wir können nicht alle die Armut beseitigen, Joseph. Was sollen *wir* machen? Wir reden einfach nicht über dasselbe.« Sie wandte sich an Cleota. »Verstehst du, daß da ein Unterschied ist, Clee?«

»Natürlich ist da ein Unterschied«, sagte Cleota, und ihre Augen vermieden den Blick Lucretias. »Aber warum könnt ihr nicht beide recht haben?« Und sie sah Joseph Bestätigung suchend an. Aber für ihn war das völlig absurd.

»Mir ist es egal, ob ich recht habe oder nicht«, sagte er ruhig. Aber Cleota hatte ihn wieder enttäuscht; sie war ihm ein totales Rätsel. Sie drückte sich nie klar für oder gegen etwas aus. Ihm wurde plötzlich deutlich, daß er immer enttäuscht worden war, wenn er hierherkam. Und immer, wenn er ging, hatte er das Gefühl, seine Zeit verschwendet zu haben – sie waren Leute, die einfach in einer formlosen Monotonie lebten und nicht nach einer Apotheose strebten, nach irgendeinem Höhepunkt im Leben, sei es nun eine große Leistung oder eine Entdeckung oder eine plötzliche Erleuchtung, die ihr Leben veränderte, sie in einen neuen Rhythmus brachte.

Trotzdem, als er von der Universität gefeuert wurde, weil er sich geweigert hatte, sich von einer linksgerichteten Studentengruppe zu distanzieren, hatte sie monatelang empört davon gesprochen, hatte ihn immer wieder angerufen, um zu hören, wie es ihm ging, und eine Zeitlang sogar davon gesprochen, ins Ausland zu gehen, um auf die Weise gegen die bedrückende politische Atmosphäre in Amerika zu protestieren.

Madame und Lucretia hatten offenbar das Gefühl, daß er durch ihre Argumente zum Schweigen gebracht worden war, und die häßliche Frau gönnte ihm nun einen freundlichen Blick und sagte: »Das ist sowieso nicht wichtig – Sie sind ein sehr guter Autor.«

Daß sie ihm auf die Weise den Finger anbot, nachdem sie die Hand zurückgezogen hatte, brachte Joseph und Cleota zum Lachen, und er sagte: »Ich hab nichts gegen Intuition.« Cleota lachte noch lauter, aber er hatte das als Angebot eines Kompromisses mit Madame gemeint, und er sagte zu Cleota: »Moment, ich vertrag mich gerade wieder mit ihr«, und Cleota lachte noch lauter. Seine abrupte Offenheit hatte sie schon immer amüsiert, aber jetzt kam etwas anderes hinzu; in seiner Leidenschaft für Ideen, Ideen, die sie verstand, aber nicht für unersetzlich hielt, ahnte sie etwas von einer vitalen Verbindung mit einer Kraft, die von außen kam, einem unsichtbaren Imperativ, der seinem Leben Richtung gab. Was er sagte, *mußte* er sagen, was er glaubte, mußte er glauben, er konnte keine Kompromisse machen, und darin lag eine Unbedingtheit, die der der Liebe nicht unähnlich war.

Sie stürzte drei Zoll Whisky auf einmal herunter und sah einen grünen Flecken Mondlicht in den nassen Fenstern über den Köpfen ihrer Gäste. Ein kosmisches Schweigen schien den sich fortsetzendenStreit zu umgeben; sie hatte das Gefühl, davonzutreiben. Sie fürchtete nur, daß niemand mehr etwas sagte und alle gehen würden. Sie schenkte Joseph Whisky nach. Er schlug mit der offenen Hand auf den Tisch. »Nichts gegen Intuition«, sagte er wieder. »Ich arbeite damit, ich leb davon.« Aus dem Nichts kam ihm plötzlich ein Gedanke. »Hören Sie mal, Madame. Ich komme aus einer langen Linie von abergläubischen Idioten. Ich hatte mal 'ne Tante, die machte Weissagungen ...« Cleota explodierte geradezu vor Lachen, sie warf die Hände in die Luft und wandte sich nach Luft schnappend und gekrümmt vom Tisch ab. Lucretia lächelte zuerst und versuchte, um Madames willen ernst zu bleiben, aber dann wurde sie angesteckt, und auch Madame selbst konnte nicht widerstehen, und Joseph sah die drei hysterisch lachenden Frauen um sich herum mit einem stupiden Lächeln an und fragte: »Was ist denn? Was ist denn?« Aber keine der drei war in der Lage zu antworten, bis schließlich auch er von ihrem Gelächter mitgerissen wurde. Es begann immer wieder von neuem, denn eine brauchte nur der anderen ins Gesicht zu sehen, um wieder hilflos in Lachen auszubrechen. Und als sie sich endlich so weit beruhigt hatten, daß er sich wieder Gehör verschaffen konnte, erklärte er Cleota: »Aber es ist wahr. Sie hatte Zigeunerblut!« Cleota schrie vor Lachen, und sie und Lucretia beugten sich über den Tisch, ergriffen einander bei den Armen und keuchten und lachten, den Kopf in die Schulter der anderen gegraben, und Madame schlug immer wieder auf den Tisch und schüttelte den Kopf und lachte: »Ho, ho, ho.« Joseph verstand nicht, was hier vor sich ging; er hatte nur das unbestimmte Gefühl, daß diese ganze Hysterie auf seine Kosten ging. Er wurde lange vor ihnen wieder nüchtern und saß mit einem geduldigen Lächeln da, fühlte sich ein wenig wie ein Narr, zündete seine Zigarre an, trank etwas und wartete darauf, daß sie wieder zu sich kamen.

Schließlich erklärte Cleota gutmütig, daß Saint ganz genau dasselbe gesagt hatte und daß ... Aber jetzt war es schwierig, die Situation mit Saint zu rekonstruieren, besonders Madames Ärger über die Unverschämtheit, mit der Saint behauptet hatte, sie hätte eine Tante, die das konnte, was Madame tat – zumindest konnte das nicht erklärt werden, fand Cleota, ohne Madame Lhevine als extrem eifersüchtig und sogar kleinlich, was ihr Talent als Wahrsagerin anging, hinzustellen. Und außerdem war sich Cleota bewußt, daß Madame über den Titel einer Wahrsagerin nicht glücklich war, aber sie wußte auch nicht, wie sie sie sonst nennen sollte, ohne Wörter wie Spiritualistin oder Seherin zu bemühen – Wörter, die Cleota verlegen machten und die Dame noch dazu aufs neue verletzen könnten. Die ganze Erklärung wurde zu einem Nebel, so verwirrend, daß Joseph sich wieder darin bestätigt sah, daß die Rummels wirklich trivial waren und unklar dachten, während in Cleota die Unmöglichkeit, Madame zu beschreiben, den Verdacht hinterließ, daß sie vielleicht doch eine Hochstaplerin war. Das alles lief unter dem Anschein höchster Amüsiertheit ab. Daß Madame vielleicht eine Schwindlerin war, kam Cleota gar nicht so schlimm vor, das lag einfach in Madames Charakter. Was sie wirklich unter ihrem Lächeln verstörte, war der Gedanke, allein zurückzubleiben, wenn die anderen gingen. Trotzdem griff sie nicht ein, als Madame sagte, es sei spät geworden. Das Bild des toten Stowe in seinem Sarg stieg wieder in ihr auf, und sie empfand ein wenig Widerwillen gegen Lucretia, als sie ihr in den Mantel half, so als hätte Lucretia ihr diese Prophezeiung eingetragen, überbracht aus ihrem eigenen zerstörten Heim, in dem immer alles schiefging.

Cleota kam von der Auffahrt ins Haus zurück, legte ihren

rumänischen Schal ab und schenkte sich einen neuen Drink ein. Sie genoß immer noch die Gelöstheit, die hilflosem Gelächter folgte, das Gefühl von Erneuerung und Kraft, das es in gesunden Menschen hinterläßt, und doch hatten ihre Augen den nach innen gewandten Ausdruck, den die beunruhigende Nachricht in ihr hinterlassen hatte. Joseph beobachtete sie, verwirrt durch dieses Gegeneinander ihrer Stimmungen.
Ohne ihn zu fragen, gab sie ihm einen Drink, und sie sahen einander vor dem Feuer an, das sie gerade wieder zum Leben erweckt hatte. »Ich geh auch gleich«, sagte er. »Ich muß morgen arbeiten.«
Er sah, daß sie betrunken war, viel betrunkener, als sie ihm in Gesellschaft der anderen beiden Frauen erschienen war. In einer fließenden Bewegung setzte sie sich nieder, ließ die Knie auseinanderfallen und starrte über seinen Kopf hinweg. Dann lehnte sie sich schwerfällig nach vorn und setzte das Glas zwischen den Beinen auf dem Fußboden ab und ließ sich wieder in den Sessel zurückfallen, blies Luft aus und wandte das Gesicht dem Feuer zu. Sie atmete immer noch tief, und ihre Hände hingen schlaff von den Armlehnen des Korbsessels. Ihre völlige Entspanntheit erschien ihm zunächst nicht als Anzeichen von Sinnlichkeit. Er glaubte eher, daß sie ihm vertraute und meinte, sich nicht zusammennehmen zu müssen.
Betrunkene Frauen machten Joseph nervös. Er sagte etwas, versuchte, auf ihren üblichen spöttelnden Ton zurückzukommen. »Nun sag mal, was war denn *das* alles?« fragte er grinsend.
Sie antwortete nicht, schien kaum gehört zu haben. In ihren starren Augen lag etwas, das auf tiefe Gedankenverlorenheit deutete und schließlich auf eine Verzweiflung, die

er an ihr noch nie erlebt hatte. Ihm war, als stünde eine wirkliche persönliche Auseinandersetzung mit ihr bevor, und um das abzuwehren, sagte Joseph: »Ich hatte wirklich so eine Tante. Sie las in meiner Hand am Abend, bevor ich zum Studium von zu Hause wegfuhr, und sagte voraus, daß ich schon nach einem Semester scheitern würde.«

Er hatte kaum zu reden begonnen, da klang es in den eigenen Ohren schon wie Geschwätz, das der Situation nicht angemessen war. Und jetzt wandte Cleota den Kopf, der noch an der Lehne ruhte, und sah ihn an. Mit einem Schock traf ihn die Herausforderung in ihren Augen. Sie sah ihn als Mann, und das zum ersten Mal. Ihre Herausforderung wuchs in ihm, und um sie abzulenken, legte er träge den Arm über die Sessellehne und wandte sich dem Feuer zu, als wäre auch er tief mit anderen Gedanken beschäftigt. War es möglich? Cleota Rummel?

»Erinnerst du dich an John Trudeau?« fragte sie.

Er wandte sich ihr erleichtert zu; es war doch nur Klatsch. »Ich glaub ja. Der lange Typ, er war doch Lehrer in ...«

»Warum – weißt du, warum ...?« Sie unterbrach sich, ihr Gesicht zu einem rätselnden Ausdruck zusammengezogen. Sie sah an ihm vorbei, um ihn herum, starrend. »Warum landen sie am Ende alle beim Sex?«

Ihr echt fragender Ton erleichterte ihn; sie war nicht kokett. Er war wütend über seine Gedanken vor ein paar Minuten. »Was meinst du damit?« fragte er.

»Er hat eine absolut schöne Frau. Und dann sind da die Kinder. Er war heute abend hier. Mit einem Mädchen. Mit einem völlig unmöglichen Mädchen.« Und wieder forderte sie von ihm eine Antwort, als müsse er – als Mann – es wissen. »Weißt du, warum sowas passiert? Bei jedem?«

Es erschütterte ihn zu sehen, wie sehr sie eine Antwort

brauchte, denn von derselben Frage war er in diesen Tagen wie besessen. Ihm kam es sehr seltsam vor, daß sie in ihn hineingesehen und genau das herausgegriffen zu haben schien, was ihn quälte.

»Mir scheint«, fuhr sie fort, »daß fast alle, die ich kenne, langsam verrückt werden. Es scheint überhaupt kein anderes Thema mehr zu geben. *Nichts* anderes mehr...« Sie brach wieder ab und atmete tief ein und wischte sich eine Haarsträhne aus den Augen. Dann wandte sie sich wieder dem Feuer zu, als könnte sie es nicht ertragen, Joseph in das energische Gesicht zu sehen. Sie wollte weinen, lachen, tanzen – alles, nur nicht so hilflos vor ihm dasitzen. Einen Augenblick lang erinnerte sie sich an die Wärme in Madame Lhevines Augen, an das Gefühl, von jemand Stärkerem umschlossen zu sein, und sie sehnte sich verzweifelt danach, in die Arme genommen und gehalten zu werden.

Ihr bittender Ton sagte Joseph, daß er in eine schiefe Situation geriet, da er selbst es nicht wagte, seine eigene Verwirrung einzugestehen. Wenn sie beide zugaben, daß sie nicht weiterwußten, wären sie in ihrem Elend vereinigt, und er konnte nicht zugestehen, daß er in noch umfassenderem Sinne mit dem Leben nicht fertigwurde. »Ich weiß, was du meinst«, sagte er und achtete sorgfältig darauf, seinen trauernden Ton auf unbestimmte andere hinzusteuern, fort von sich und Cleota. »Ich seh das selbst die ganze Zeit.«

Sie sah vom Feuer auf und zu ihm hinüber. »Wirklich?« fragte sie, forderte ihn auf, mehr zu sagen.

»Ich kenn die Antwort auch nicht«, sagte er und streifte sie kurz mit einem Blick. »Ich nehm an, daß es kein größeres Ziel mehr im Leben gibt. Alles ist zu persönlichen Beziehungen geworden, und daneben gibt's nichts mehr.«

Die verschwommene Sinnlichkeit verschwand aus ihren

Augen, und sie schien wieder wacher zu werden. »Gibt's denn noch was anderes?«
»Sicher. Das heißt, es könnte schon noch mehr geben.«
»Was?«
»Na ja ...« Er fühlte sich wie ein Schuljunge, denn nun mußte er sagen, daß dieses »Mehr« im Wohlergehen der Menschheit, im Kampf für Gerechtigkeit, in der Liebe zu den Unterdrückten bestand. Aber als er beginnen wollte, diese Gedanken zu beschwören, würgte ihre Irrelevanz ihn ab, ihre Ferne von dem Leiden, das er in dieser Frau sah, die mit auseinandergefallenen Knien im Korbsessel lag, ihren Drink zwischen den Füßen. Sie war begierig auf eine Antwort, die über das hinausging, was er besaß, und doch konnte er nicht aufhören. »Es ist ein historisches Gesetz. Wenn eine Gesellschaft ihre Ziele nicht mehr kennt, wenn sie nicht mehr vom Kampf um Essen und Trinken und Sicherheit beherrscht wird, bleibt nur noch das Privatleben übrig. Und wenn es kein größeres Ziel gibt, sind wir im Herzen alle Anarchisten. Also springen wir in alle Betten.« Gott, was für Lügen all diese Ideen waren – sie wollten doch alle nur Liebe!
»Joseph«, begann sie mit sehr leiser Stimme, die Augen auf dem Feuer, »warum passiert das alles?«
Er hatte das Gefühl, daß sie gefährlich nahe an einem Vorschlag war, daß sie ihn sozusagen ausprobierte. Er trank aus und stand auf. »Ich geh jetzt, Cleota«, sagte er.
Sie sah träge blinzelnd zu ihm auf. »Die Frau hat gesagt, Stowe würde vor seiner Schwester sterben.«
Er konnte nichts sagen; ihr Glaube an die Prophezeiung schockierte und überzeugte ihn. Er sah Stowe tot vor sich. Er legte seine Hand auf ihre und drückte sie ungelenk. »Du glaubst den Unsinn doch nicht, oder?«

»Warum gehst du denn schon?« fragte sie.
Ihre Einfachheit versetzte ihn in Schrecken. »Ich trink noch einen«, sagte er, holte die Flasche und stellte sie neben seinen Sessel auf den Fußboden und setzte sich wieder. Er nahm sich dazu soviel Zeit wie nur möglich. Und wieder verfluchte er sein Mißtrauen – sie hatte einfach Angst um Stowe, um Himmels willen! Er würde bleiben, bis sie entweder einschlief oder ihre Angst überwunden hatte.
Durch den warmen Nebel, der sie einhüllte, sah sie, daß Joseph plötzlich zu Leben erwacht war. Wie jung er in Wirklichkeit war! Sein Haar war noch nicht grau, seine Haut war glatt, und er richtete sie nicht, kommandierte sie nicht herum, da war nichts von der Ungeduld des Ehemanns; ihr Körper fühlte sich neu und unbekannt an. »Ein größeres Ziel«, sagte sie undeutlich.
»Was?« fragte er.
Sie stand auf und schob die Finger in die Haare, atmete tief und ging zur Tür. Er saß still da und beobachtete sie. Sie blieb vor der Scheibe stehen und sah in den Dunst hinaus – wie eine Gefangene, dachte er. Er nahm einen langen Zug und beschloß zu gehen. Sie stand acht Schritte vor ihm mit den Händen im Haar, und er bewunderte die gerundete Linie ihres Torso, wie sie ein wenig vornübergebeugt dastand, der Körper von einem grauen Wollkleid umschlossen. Er sah sie im Bett, aber alles, was er fühlte, war ihr Leid. Und dann würde Stowe irgendwann wiederkommen, und dann – sie alle drei in einem Raum? Der Morast der Szene ließ ihn erschauern.
Lange Augenblicke verstrichen, und sie wandte sich nicht von der Tür ab. Sie wartete auf ihn, das sah er. Verdammt, warum war er geblieben? Ihm wurde klar, daß er falsch gespielt hatte, eine Rolle, die des Beschützers. Unter ihrem

Charakter und seinem, unter allem, was sie ausdrücken konnten, lag die Anarchie der Begierde, die Lust auf Vergessen und ihr Trost. Er saß da und errötete vor Scham. Er hatte sie irregeführt, seine Männlichkeit war ihm zuwider, eine bloße Vorspiegelung.

Sie wandte sich zu ihm um, immer noch an der Tür, ließ die Arme herabfallen. Das Amateurhafte an ihrem Verführungsversuch quälte ihn um ihretwillen. Sie stand da und starrte ihn offen an. »Magst du mich nicht?«

»Natürlich mag ich dich.«

Sie zog die Brauen zusammen, während sie auf ihn zuging und mit hängenden Armen über ihm stand, das Kinn ein wenig vorgeschoben, und als sie sprach, drehten sich ihre offenen Hände ein wenig ihm zu. »Was ist los mit dir?«

Er stand auf und sah sie an, unfähig zu sprechen angesichts der wilden Wut in ihrem Gesicht.

»Was ist los mit dir!« schrie sie.

»Gute Nacht«, sagte er, ging um sie herum und auf die Tür zu.

»Wozu bist du hiergeblieben?« schrie sie seinen Rücken an.

Sie kam unsicher auf ihn zu, ein spöttisches Lächeln breitete sich auf ihrem Gesicht aus. Sie spürte, berührte fast sein Zittern, und sie biß die Zähne aufeinander und hatte den Wunsch, mit ihnen zu reißen. Sie merkte, daß sich ihre Hände öffneten und schlossen, und empfand eine erstaunliche Kraft im Nacken. »Du . . .! Du . . .!«

Sie stand dicht vor ihm, sah, wie seine Augen sich vor Überraschung und Furcht weiteten. Ein bitterer Geschmack stieß ihr auf; ihr Abscheu vor ihm und seinem gebrochenen Versprechen trieb ihr die Tränen in die Augen. Aber er machte nicht die geringste Bewegung auf sie zu; er war mitleidlos wie Stowe, wenn er durch sie hindurch

auf Alice starrte, und Alice, wenn sie in diesem Haus ein- und ausging. Sie weinte.
Joseph berührte mit der Hand ihre Schulter und sah sofort Stowes lachendes Gesicht vor sich. Weder nahm sie seine Berührung hin, noch wehrte sie sie ab. Als hätte er für sie keine Bedeutung mehr. Also hob er das ungeheure Gewicht seiner Arme und zog sie an sich. Die Treppen zum oberen Stockwerk waren ein paar Schritte entfernt; er würde sie fast tragen müssen. Sie würde halb bewußtlos in den Kissen liegen; gegen Sonnenaufgang würde die Landschaft des Schlafzimmers verunreinigt sein von Haar, von Knochen, von den Resten seiner Suche nach einer Ordnung in seinem Leben. Er hielt sie in den Armen und fürchtete, ihr Angebot sei eine Behauptung seiner Komplizenschaft, ein Zeichen, daß sein Leben genauso sinnlos war wie ihres. Aber er umarmte sie fester, wie um jeden Verdacht aus ihr herauszuquetschen, daß er nicht willens sei, die Verstörung ihrer Welt zu teilen.
Sie legte die Arme um seine Taille und preßte ihren Körper an seinen. Lieben! An nichts denken, nur lieben!
Er nahm ihren Kopf zwischen die Hände und hob ihr Gesicht, um den nächsten Schritt zu verzögern. Ihre Augen waren fest geschlossen, und Tränen quollen aus den Winkeln, ihre Haut war heiß unter seinen Händen. Cleota! Cleota Rummel! Aber ohne Liebe? dachte er. Sogar ohne Begierde? Und wieder sah er Stowe in diesem Raum, sah sich mit ihm witzeln, diskutieren, spürte Stowes brummelnde Wärme. Wie leicht es war, einen Mann zu zerstören! Von morgen an konnte er Stowe mit dem üblichen Händedruck und dem Klopfen auf die Schulter zerstören. Die Kraft zu zerstören formte sich in seinen Gedanken wie eine aufsteigende Rakete, verblüffte ihn mit Schrecken und

Schönheit, eine automatische Kraft, die ihm wie ein ganz neuer Charakter gegeben wurde, eine neue Macht, die irgendwie seinem Kampf gegen die Sinnlosigkeit des Lebens ein Ende machen und ihn bequem mit den blinden Legionen vereinen würde, die in den Zügen saßen, die auf den Straßen fuhren und die Restaurants füllten, eine Macht, das Böse in der Welt zu ertragen und auf die Weise schließlich das Leben zu lieben. Sie drückte ihre Lippen an seinen Hals, überraschend weiche Lippen. Katastrophale Verachtung würde er auf sich ziehen, ginge er jetzt, aber sie nach oben zu bringen – sein praktischer Verstand sah die Ingenieursaufgabe, die darin lag. Ein erzwungener Zusammenstoß von Skeletten. Er wußte, daß nicht die Tugend seine Umarmung löste, sondern eine ältere Begierde nach einem unverurteilten Herzen; ein kleinmütiger Ehrgeiz schien es ihm nun, als er alle Kraft zusammenrief, um zu sagen: »Gute Nacht, Cleota«, und das in einem Ton, der sie davon überzeugen sollte, daß er es dennoch schön fand in ihren Armen.
Sie schlug die Augen auf. Gott, dachte er, sie könnte töten!
»Wasis los mit dir?« fragte sie ihn.
»Nichts ist los mit mir«, sagte er und ließ die Arme herabfallen, errötete aber.
»Was?« Sie schwankte, blickte ihn mit verwirrten Augen an. Es war eine echte Frage: »Warum bist du hiergeblieben?«
Gute Frage, dachte er und verfluchte seine Naivität. »Ich dachte, du wolltest nicht allein sein«, sagte er.
»Jaha. Du magst mich nicht. Bin alt. Älter und älter.«
Er griff nach ihr, hatte Angst, daß sie hinfallen könnte, aber sie schlug seine Hand weg, wodurch sie zur Seite stolperte und gegen die Wand fiel, an der sie sich aufrecht hielt. Ihr

Haar war ihr halb über das Gesicht gefallen. »Wasis mit euch allen los! Allen und allen!« Sie schluchzte, schien es aber selbst nicht zu bemerken. »Und wenn er vor ihr stirbt? Muß nicht jemand ... muß nicht jemand gewonnen haben, vorm Ende?« Sie beugte sich vor, streckte die Hände in einer merkwürdig theatralischen Geste des Flehens aus – wie steif sie geworden war! Wie verlogen alle Grazie ist! Und mit wieder erhobenen Armen und gespreizten Fingern, weinend, mit einer wütenden Grimasse, die die zwei Sehnen am Hals deutlich hervortreten ließ, rief sie: »Muß man denn nicht gewinnen, bevor's vorbei ist? Bevor alles ... *vorrrbei* ist!«

Er konnte seine Tränen nicht zurückhalten. »Ja«, flüsterte er. Der Versuch zu sprechen, löste etwas in seiner Bauchmuskulatur, und er floh weinend aus dem Haus.

Die Schläge hallten dumpf durch seinen traumlosen Schlaf. Wuuum, wuuum, wuuum. Er schlug die Augen auf. Wuuum. Noch einmal. Er stand auf und taumelte. Der Whisky, dachte er. Ihm war schwindlig, und er hielt sich an der Fensterbank fest. Die Schläge von unten hörten nicht auf. Er zog die Jalousie hoch. Die Sonne! Endlich ein klarer Tag! Die Sonne stieg gerade über die fernen Kämme des Tals. Wieder kamen die dumpfen Schläge von unten. Er zog das Fenster hoch und versuchte, sich hinauszulehnen, stieß aber mit dem Kopf gegen das Fliegengitter. Dann sah er Cleotas Wagen auf der Straße vor dem Haus, schräg geparkt, als sei er in einem Notfall dort stehengelassen worden. Das Lärmen ging weiter, jetzt noch wilder. Er rief: »Ja!« und zog seine Hosen an, die auf dem Fußboden lagen, kämpfte sich in sein Hemd und lief barfuß die Treppe hinunter und öffnete die Tür.

Sie stand da, morgendlich frisch, nur die Erschöpfung in ihren Augen war sichtbar. Aber sie hatte sich die Haare gebürstet und stand sehr aufrecht da, wieder sie selbst, wenn man nicht wußte, daß sie in ihrem ganzen Leben noch nie jemanden so furchterfüllt und flehend angesehen hatte. Plötzlich empfand er sie in der strahlenden Luft um ihren Kopf als schön. Er war noch immer nicht ganz wach, der Schlaf hing noch an ihm, und sie war teilweise ein Traum, wie sie da in einem tiefbraunen Mantel mit einem Fuchskragen vor seiner Tür stand und ihn ansah, als sei sie aus dem Boden gewachsen, geschichtslos, nur der Erde zugehörig wie die riesigen Bäume an der Straße hinter ihr. Er reichte ihr die Hand, und sie nahm sie und trat in die Diele. Er fror in der eisigen Brise und wollte die Tür schließen, aber sie hielt sie offen und sah verzweifelt zu ihm auf – sie wollte wiederhaben, was sie ihm gegeben hatte.
»Ich entschuldige mich für heute nacht«, sagte sie.
Irgend etwas war ganz falsch; er stand da und versuchte, die Augen offenzuhalten, anscheinend unberührt von dem, was sie getan hatte. Offensichtlich, dachte sie jetzt, hatte er viele Frauen gehabt, und sie war idiotisch naiv gewesen, hierherzukommen. Sie schämte sich so sehr über ihre Naivität, daß sie sich abrupt umwandte und die halbgeschlossene Tür wieder aufzog, aber er hielt sie am Arm fest und drehte sie herum.
»Cleota ...«
Als er sie an sich zog, fing er den Duft von Kirschen in ihrem Haar ein. Die bloße Anwesenheit ihres Körpers in seinem Haus verblüffte ihn. Erst jetzt war er betrunken. Er wollte sie küssen, aber die Überraschung in ihren Augen stoppte ihn, eine Überraschung, die etwas Steifnackiges an sich hatte, einen Widerstand, eine Scham, die er überwin-

den müßte – und plötzlich hatte er das Gefühl, sie überwinden zu wollen.
Sein Zögern rührte sie, es drückte Respekt aus; aber er war ihr jetzt nicht mehr wichtig, da sie sein Begehren spürte. Sie hob die Hand und berührte zärtlich seine Brust, erleichtert, daß er sie wollte. Jetzt waren sie Komplizen, und sie konnte seiner Verschwiegenheit trauen. Sie richtete sich vor ihm auf, und ein weiches Lächeln ging über ihr Gesicht, als sie sah, daß er sie ganz offen begehrte.
Er merkte, daß ihre alte Haltung zurückkehrte, ihre Selbstachtung, aber es war nicht mehr notwendig, diese Haltung zu respektieren. Er küßte sie auf die Wange. Aber nun, da ihre Verzweiflung schwand, erschien sie ihm nicht mehr so schön; sie war wieder Cleota, gepflegt, klaräugig und unerreichbar.
»Mach's gut«, sagte er, und Bedeutung lag nur in dem spröden, witzelnden Ton, den sie beide so gut kannten. Aber wie lebendig diese Fassade nun geworden war, wieviel interessanter ihr respektvoller Umgang miteinander als früher!
»Willst du zum Frühstück kommen?« fragte sie.
Heil und sicher, wie an einer Küste, die sie schließlich erreicht hatten, sagte er, daß er noch schlafen müsse.
»Dann komm später«, sagte sie warm, tief befriedigt.
»Okay.«
Sie ging zu ihrem Wagen hinüber, stieg ein und fuhr an. Mit einer Hand winkte sie ihm durch das Fenster zu, mit der anderen schlüpfte sie schon aus ihrem Mantel heraus. In ein paar Stunden wird sie im Garten umgraben, dachte er.
Er ging nicht zu ihr. Er lag bis spät in den Morgen hinein im Bett, beschimpfte sich selbst einen Augenblick als Feig-

ling und fragte sich im nächsten, ob er nicht stolz sein sollte, weil er sich selber treu geblieben war – und, wie sich herausgestellt hatte, auch ihr.
Aber es ließ ihm keine Ruhe, daß jeder Anspruch auf Tugend zumindest ein wenig verlogen ist; war er tugendhaft gewesen oder hatte er einfach nur Angst gehabt? Oder beides! Er wollte sehr gerne glauben, daß das Leben ein Zentrum hatte, in dem Gewissen und Sinnlichkeit sich aussöhnten, denn sonst war alles außer einer blinden Sexualität nur Heuchelei. Er hörte wieder ihre Stimme: »Was ist los mit dir!« Sie klang in ihm nach. Aber war da nicht auch Wahrheit in ihrer Morgenstimme gerade eben, so zurückhaltend und zivilisiert, als sie ihn zum Frühstück einlud? Jetzt herrschte wieder schöne Ordnung im Tal. Ein Gedanke brachte ihn zum Lächeln – sie würde Stowey jetzt wahrscheinlich mit mehr Wärme willkommen heißen, nachdem sie einer Eroberung so nahe gewesen war. Er freute sich für sie. Auf die Weise hatte der Abend vielleicht doch sein Gutes gehabt. Gott! Von welch einem Ring aus Feuer die Wahrheit immer umgeben war!
Er lag lange da und lauschte der Stille in seinem lieblosen Haus.

Alice starb Ende Mai, sie schlief in ihrem Schaukelstuhl ein, während sie auf das Tal hinausblickte und auf die Zeit für das Abendessen wartete. Joseph hörte nur zufällig davon, als er nach seiner Scheidung zurückkehrte. Er hatte sein Haus zum Verkauf angeboten und entdeckt, daß er keinen Schlüssel für die Haustür hatte. Der Makler brauchte einen. Er baute das Schloß aus und brachte es in den Haushaltswarenladen, um sich einen Schlüssel machen zu lassen, und der Verkäufer dort erwähnte die Beerdigung der alten Dame. Er wollte fragen, wie es Stowe ging, unterdrückte es aber. Er fuhr mit dem Schlüssel zurück, baute das Schloß ein und sperrte ab, stieg in den Wagen und fuhr los. Noch bevor er sich darüber klar wurde, wohin er wollte, fand er sich auf der Straße zum Haus der Rummels wieder. Er hatte Stowe zuletzt irgendwann vor seiner Florida-Reise gesehen, und auch Cleota war er seit dem Morgen, nachdem ihr geweissagt worden war, nicht mehr begegnet.

Als er merkte, daß er sich auf ihrer Straße befand, fuhr er langsamer. Bei diesem schönen Wetter konnten sie durchaus draußen sein und würden ihn sehen, wenn er vorbeifuhr. Aber schließlich gab es nichts, dessen er sich schämen müßte! Er gab entschlossen Gas, ihm wurde jetzt klar, daß es Stowe war, den er lieber nicht treffen wollte. Oder, dachte er – war das möglich? – war auch Stowe tot?

Der Wagen beschrieb die lange Kurve, an deren Ende die Straße sich begradigte und den Blick auf das Haus der Rummels freigab. Stowe und Cleota schlenderten die Straße entlang, er hatte einen Stock in der Hand, mit dem er Margeriten köpfte und alle paar Schritte das Unkraut zur Seite bog, um suchend hineinzublicken. Sie war an seiner Seite und sah zu; sie atmete tief – Joseph konnte das schon sehen – und wirkte sehr gesund. Ab und zu starrte sie an Stowes Kopf vorbei auf das junge Grün im Tal. Dann hörten sie das Auto und wandten sich beide um. Sie erkannten es und blieben still und groß stehen. Stowe sah Joseph durch das Fenster und nickte und blickte ihn so an wie vor vielen Jahren, als sie einander zuerst begegnet waren, mit kühlen und klugen Augen. Joseph nickte zurück, ärgerlich über die Kühle seines Freundes, aber er lächelte und sagte zu beiden: »Hallo. Wie geht's euch?«

»Sehr gut«, sagte Cleota.

Erst jetzt konnte er sie direkt ansehen und, gestärkt durch Stowes ungerechte Verurteilung, hielt er ihren Augen stand. Sie hatte Angst vor ihm!

»Du verkaufst?« fragte Stowe mit deutlicher Verachtung.

Ihm dämmerte, daß Stowe ihn wegen seiner Scheidung verurteilte; er hatte Josephs Frau immer bewundert. Erst jetzt begriff Joseph, wie korrekt seine Einschätzung gewesen war – im Grunde waren sie eine altmodische Familie, und Stowe verachtete alle, die sich schließlich doch nicht an die Gesetze der Anständigkeit hielten.

»Ich versuch, zu verkaufen«, sagte Joseph und entspannte sich auf seinem Sitz. »Aber ich komm wahrscheinlich doch bald wieder her. Vielleicht guck ich mal bei euch vorbei.«

Stowe nickte kaum wahrnehmbar.

»Bis dann«, sagte Joseph. Aber jetzt sah Stowe ihn nur an.

»Wünsch euch 'nen schönen Sommer«, sagte Joseph an Cleota gewandt und sah überrascht, daß auch sie ihn wie einen Fremden betrachtete. Sie waren sich einig.

Er fuhr an ihnen vorbei und davon, ein Lachen stieg in ihm auf, ein Jubel darüber, daß eine schöne Ordnung sich wieder über dem Chaos geschlossen hatte wie das Meer über einem Wrack. Und er atmete den Mai tief ein, sah hinaus in die Landschaft, die nun niemals monatelang kalt und naß und unerträglich dunkel gewesen zu sein schien.

Als sein Wagen fort war und es an der Straße wieder still wurde, schwang Stowe seinen Stock und köpfte eine Margerite. Ein paar Schritte sprach keiner von beiden, dann blies er sich die Nase und sagte: »Mit ihm ist nicht viel los.«

»Nein«, sagte sie, »ich glaub auch.«

»Da war immer irgendwas Verstecktes an ihm, irgendsowas.«

»Ja«, sagte sie, nahm seinen Arm, und sie gingen zusammen am leeren Haus seiner Schwester vorbei. Sie küßte ihn auf die Schulter, und er sah sie überrascht und grinsend an, denn sie zeigte ihre Gefühle nicht oft so offen. Er brummte zufrieden, und sie hielt seinen Arm fester und spürte die Sonne wie einen Segen auf dem Rücken. Wieder einmal wurde ihr bewußt, wie zuverlässig Stowe war, und sie selbst war es auch. Gott sei Dank, dachte sie, daß es sowas wie Vernunft gibt! Joseph, daran erinnerte sie sich, hatte sie an dem Morgen in der Diele unbedingt gewollt. Und sie ging schweigend weiter, voller Glück, mit dem reinen Herzen jener, deren Türen stark genug sind, die Stürme der Welt auszuhalten.
»Trotzdem«, sie mußte es sagen, »es ist schade um die beiden.«
Er zuckte die Achseln und beugte sich vor, um das Unkraut am Straßenrand zu teilen. Er griff hinein und holte eine junge Kröte heraus, deren Quieken ihn zum Lachen brachte. Und plötzlich warf er sie auf Cleota. Sie schrie auf und wurde rot vor Ärger, aber dann begann auch sie zu lachen. Und wie es manchmal zwischen ihnen geschah, standen sie einander gegenüber und lachten sich mit enormer Herzhaftigkeit an.

(1961)

Berühmt

Siebenhundertfünfzigtausend Dollar – minus der zehn Prozent Provision – da blieben ihm sechshundertfünfundsiebzigtausend über einen Zeitraum von zehn Jahren. Als er aus dem Gebäude seines Agenten auf die Madison Avenue herauskam, lächelte er fast über den leichten Groll, den er spürte, weil er Billy die fünfundsiebzigtausend zahlen mußte. Eine hagere, gutaussehende Frau erwiderte im Vorübergehen sein Lächeln; er drehte sich nicht um, er hatte Angst, daß sie stehenbleiben und die Unterhaltung beginnen könnte, die ihm mittlerweile unerträglich geworden war. »Ich wollte Ihnen nur sagen, daß es wirklich das klügste und witzigste Stück ist, das ich jemals ...« Er ging dicht an den Schaufenstern entlang weiter und beschloß zum wiederholten Male, sich ein paar freundliche Antworten für diese Leute zurechtzulegen, die es schließlich – zumindest einige von ihnen – ernst meinten. Aber er wußte, er würde immer wie ein Schaf dastehen, aus irgendeinem Grund beschämt und trotzdem glücklich.

Im Fenster eines Juweliers lag eine Perlenkette auf schwarzem Samt; er blieb stehen. Mein Gott, dachte er, die könnte ich kaufen! Vielleicht könnte ich das ganze Fenster kaufen. Sogar den Laden! Die Perlen waren plötzlich wertlos. In der Scheibe sah er seine traurigen Doggenaugen, sein rundes Gesicht und den schmalen Bart, die hängenden Schultern und die zerknitterten Cordrevers; für den König des Broadway, dachte er, siehst du immer noch wie ein Versager aus. Er ging ein paar Schritte weiter, und eine Hand erfaßte mit ärgerlicher, besitzergreifender Kraft seinen Unterarm und zog ihn herum, er sah sich einer gewaltigen Brust und einem sonnenverbrannten Seglergesicht gegenüber, obendrauf ein modischer Hut mit schmaler Krempe.

»Sie sind nicht zufällig Meyer Berkowitz?«

»Nein. Aber ich weiß, ich seh ihm ähnlich.«

Der Mann errötete unter seiner Bräune, sah beleidigt aus und ging weiter.

Meyer Berkowitz näherte sich der Ecke der Fünfzigsten Straße mit einem Gefühl der Angst vor Vergeltung. Was will ich denn von ihnen, sollen sie mich hassen? An der Ecke blieb er stehen und sah auf die Uhr. Es war erst Viertel vor sechs, und das Abendessen sollte um Viertel nach sieben sein. Er versuchte, sich zu erinnern, ob in der Nähe ein Kino war. Aber für einen ganzen Film hatte er nicht mehr genug Zeit, es sei denn, er käme zufällig genau am Anfang hinein. Na ja, er konnte es sich leisten, auch für einen halben Film zu zahlen. Er ging die Fünfzigste Straße in Richtung Westen weiter. Ein Paar starrte ihn an, als er an ihnen vorbeikam. Sein Blick fiel auf einen Zeitungsständer neben dem Kiosk an der Ecke. Unter *Life* sah der Rand von *Look* hervor, und erneut stellte er sich ungläubig all die Flugzeuge, Küchentische, Zahnarztpraxen und Züge vor, wo die Leute sein Gesicht auf der Titelseite anstarrten. Er dachte daran, sich den Bart abzunehmen. Aber dann, überlegte er, erkennen sie mich nicht mehr. Er lächelte. Ich sitz in der Falle. Dann sitz ich eben in der Falle, murmelte er und nahm sich vor, dem nächsten, der ihn zufällig ansprach, einzugestehen, daß er tatsächlich Meyer Berkowitz war und sich freute, sein Publikum kennenzulernen. Er straffte die Schultern. Eine Woge der Ehrlichkeit breitete sich in ihm aus, und er erinnerte sich an die Jahre in der Burnside Memorial Chapel, als er neben den mumifizierten Toten gesessen und seine Notizbücher auf dem Korkfußboden ausgebreitet und ein Stück nach dem anderen entworfen hatte. Und an den Spiegel in der Herrentoilette, wo er immer wieder seine mürrischen Augen betrachtete und sich fragte, wann und ob die Stücke jemals so einzigartig erscheinen würden, wie sein geheimes Geschick es ihm versprochen hatte. Auf der Fifth Avenue, die so sauber war, so grau und reich, ging er weiter stadteinwärts, die Hände auf dem Rücken. Zwei Häuserblocks westlich, zwei rechts von ihm, mußten Leute gerade dabei sein, die Lichter über seinem Namen einzuschalten; die Besetzungen zweier Stücke sahen zu Hause auf die Uhr; im ganzen waren es fünfunddreißig Menschen, die Regisseure und Dramaturgen eingeschlossen, die durch ihn vereint waren, deren Leben sich verändert hatte und in gewissem Sinne durch seine Worte beherrscht wurde. Und in seinem Herzen, an einer hohlgewordenen Stelle, stand ein Fragezeichen: Würde er je ein weiteres Stück schreiben können? Dankbar dachte er wieder an seinen Reichtum, zog zehn Prozent Provision für den Filmvertrag von *I see You* ab, teilte den Rest auf zehn Jahre auf und strich dann ärgerlich all die Dollars aus dem Kopf. Ein Taxi wurde neben ihm langsamer, und der Fahrer winkte und rief: »He, Meyer!« und die beiden Fahrgäste beugten sich vor, um ihn zu sehen. Das Taxi rollte im Schrittempo neben ihm, also hob er die Hand ein paar Zentimeter, es war die Andeutung eines Winkens – wie ein Preisboxer, so kam es ihm vor. Ein uner-

klärlicher Ekel trieb ihn auf ein Schild zu, das ein paar Meter weiter über dem Bürgersteig hing.
Er erinnerte sich vage an ein Essen mit Billy vor Jahren bei Lee Fong. Der hatte damals erfolglos versucht, einen Fernsehauftrag für ihn zu bekommen. (»Meyer, wenn du bloß einem Handlungsfaden folgen könntest ...«) Wahrscheinlich war es bei Lee Fong um diese Zeit leer, und es war kein elegantes Restaurant. Er stieß die grellrot lackierte Tür auf und sah mit einem Gefühl der Dankbarkeit, daß die Bar leer war, und setzte sich auf einen Hocker. Im Restaurantteil saßen nur zwei Mädchen und unterhielten sich über ihren Teetassen. Der Barkeeper nahm seine Bestellung ohne ein Zeichen des Erkennens entgegen. Er stützte sich mit den Ellenbogen auf die Theke, bewußt entspannt. Scotch und Soda kamen. Er trank und studierte sein Gesicht, das durch die Flaschen vor dem Spiegel in lauter Segmente zerlegt wurde. Deutlich und wie ein sanfter Schlag traf ihn die Erkenntnis, daß etwas immer schwieriger wurde, das noch im letzten Jahr und davor ein ganzes Leben lang, als seine Stücke noch nicht gespielt wurden und er noch nicht bekannt war, einfach gewesen war, nämlich mit jemandem zu reden. Jetzt konnte er sich an ein solches Gespräch kaum noch erinnern. Sogar hier, in diesem leeren Restaurant, wartete er bereits auf die Stimme eines Unbekannten hinter sich, und halb wünschte er sie sich. Lausig. Er sehnte sich geradezu nach jemandem, der mit seinen Gedanken ganz woanders war; jemandem, der nicht diesen aufgedrehten, verzerrten Druck in den Augen hatte, der, wie er wußte, bedeutete, daß er das Gesicht in der Zeitschrift über das wirkliche vor ihm legte. Wieder beobachtete er sich selbst in dem Spiegel hinter der Bar: Meyer, der Mürrische, häßlich wie die Nacht, aber Millionär, Inszenierun-

gen in fünf Ländern! Als er das Glas absetzte, sah er die verschmutzten ausgefransten Ärmel seiner ehemals gelbbraunen Cordjacke und darunter die Manschette mit abgerissenem Knopf. Mit einem fernen Erschrecken wurde ihm klar, daß er seinen Regisseur und den Produzenten mit ihren Frauen im Pavillon treffen sollte und daß er in dieser Kleidung, an die er nie einen Gedanken verschwendet hatte, wie ein Landstreicher aussah, wo er doch zwei Hits am Broadway hatte.

Gott sei Dank hatte er jedenfalls nie geheiratet! Zu der guten alten Dame mit diesem neuen, gedruckten Gesicht nach Hause zu kommen – nicht gut! Aber jetzt, wie konnte er jetzt jemals feststellen, ob eine Frau ihn ansah oder »Meyer Berkowitz« in Farbe auf der Titelseite eines Magazins? Merkwürdig – in den langen Nächten im Lesesaal hatte er sich vorgestellt, daß sich Scharen von Mädchen auf ihn werfen würden, wenn seine Stücke Erfolg hätten, und jetzt war es beinahe unvorstellbar, eine wirkliche Beziehung zu einer Frau zu haben. Er rief sich die Gesichter ins Gedächtnis, und in beinahe jedem sah er Berechnung, den Willen, etwas zu erreichen. Es machte ihn müde – das alles. Seit Monaten schon hatte er nicht eine Notiz zu Papier gebracht. Was er brauchte, war eine Wohnung in Bensonhurst oder irgendwo in der Bronx, unter Menschen, die ... Aber in der Bronx würden sie ihn kennen. Er nahm einen Schluck von seinem zweiten Drink. Auf leeren Magen stieg der Alkohol ihm direkt hinter die Augen, und er hatte das Gefühl, friedlich und entspannt am Hals über der Bar zu hängen.

Der Barkeeper, ein dünner Mann mit schmalem Schnurrbart und nur entfernt an Chinesisches erinnernden Zügen, stand vor ihm. »Tschuldigung? Verzeihen Sie bitte?«

Meyer Berkowitz hob die Augen, und bevor der Mann weiterreden konnte, sagte er: »Ich bin Meyer Berkowitz.«
»Ha!« Der Barkeeper zeigte mit langem Fingernagel auf sein Gesicht.
»Ich weiß. Ich Sie erkennen! In *Today Show,* stimmt's?«
»Stimmt.«
Der Barmann sah jetzt über Meyers Kopf hinweg jemanden an, der hinter ihm stand, und nickte eifrig. Dann begann er aus irgendeinem Grund zu flüstern und sagte Meyer ins Ohr: »Der Boss lädt Sie ein. Irgendwas. Auf Kosten des Hauses.«
Meyer wandte sich um und sah einen Chinesen mit Sonnenbrille, der neben der Kasse stand. Er verbeugte sich überschwenglich und gestikulierte verschwenderisch über die ganze Breite der Bar. Meyer lächelte, nickte mit aristokratischer Anmut, so wie die Leute im Film es taten, und wandte sich wieder dem Barmann zu und bestellte noch einen Scotch und trank den in seiner Hand schnell aus. Wie nett die Leute doch waren! Wie sie ihre Künstler liebten! Scheiße, Mann, dies war ein tolles Land.
Er rührte in dem geschenkten Scotch, in dem die Eiswürfel eine Spur klarer aussahen als die, die er bezahlt hatte. Wie kam es, daß sein Kühlschrank nie so klare Eiswürfel machte? Undeutlich hörte er hinter sich Leute ins Restaurant kommen. Überrascht bemerkte er plötzlich, daß neben ihm drei oder vier Paare an der Bar saßen und daß es im Restaurantteil über den weißen Leinentischtüchern lebendig geworden war, Hände, Teller, Zigarren. Er hielt sich die Uhr vor Augen. Der nicht betrunkene Teil von ihm sah nach, wie spät es war. Er wollte austrinken und langsam zum Pavillon hinübergehen. Wenn er bloß eine Sicherheitsnadel für seine Manschette hätte...

»Entschuldigen Sie...«
Er drehte sich auf seinem Hocker um und sah einen kleinen sehr hellhäutigen Mann vor sich, der einen graukarierten Mantel und einen grauen Hut und auf Hochglanz polierte schwarze Schuhe trug. Er war ein gedrungener, fülliger Mann, und Meyer bemerkte, daß er selber die gleiche Statur und sogar das gleiche Alter hatte, so ungefähr, und plötzlich war er nicht mehr sicher, ob er jemals wieder ein Stück schreiben könnte.
Der kleine Mann hatte ganz deutlich das Auftreten und Benehmen von jemand, der über ziemlich viel Geld verfügte. Geld lag in seinem Abwarten und im Schnitt seines Mantels, und in seinen blauen Augen lag eine gewisse nicht beschreibbare Herablassung, und Meyer stellte sich seine Frau vor, ebenfalls klein, in einen Nerz gehüllt, wie sie ein wenig weiter unter den Leuten an der Bar auf ihn wartete, mit genau demselben selbstgefälligen Blick.
Nach der abwartenden Pause, während derer Meyer nichts gesagt hatte, fragte der kleine Mann: »Sind Sie Meyer Berkowitz?«
»Stimmt«, sagte Meyer, und der Alkohol ließ ihn nach Luft ächzen.
»Erinnerst du dich nicht an mich?« sagte der kleine Mann und schürzte die Lippen zu einem winzigen Lächeln im linken Winkel seines rosafarbenen Mundes.
Meyer wurde nüchtern. Nichts in dem runden Gesicht hatte irgendwas mit einer Erinnerung zu tun, und doch wußte er, daß er nicht ganz so betrunken war. »Tut mir leid, nein. Wer sind Sie?«
»Erinnerst du dich denn nicht an mich?« fragte der kleine Mann aufrichtig verwundert.

»Also, wer sind Sie?«

Der Mann sah weg, nicht so sehr aus Verlegenheit, sondern eher weil er es nicht gewöhnt war, zu erklären, wer er war; aber er schluckte seinen Stolz herunter und sah Meyer wieder an und sagte: »Erinnerst du dich nicht an Bernie Gelfand?«

Was immer Meyer an Mißtrauen gehegt hatte, war weggeblasen. Bestimmt hatte er diesen Mann irgendwo, irgendwann gekannt. Er hatte das Schuldgefühl, das der empfindet, der vergessen hat. »Bernie Gelfand. Tut mir schrecklich leid, aber ich erinner mich nicht. Wo haben wir uns gekannt?«

»Ich hab im Englischunterricht vier Jahre lang neben dir gesessen! De Witt Clinton!«

Meyer hatte innerlich längst einen Vorhang vor seine Highschool-Jahre fallen lassen. Aber der Name Gelfand rührte an etwas längst Vergessenes in ihm. »Ich erinner mich an deinen Namen, ja, ich glaub, ja.«

»Oh komm, Mann, du erinnerst dich nicht an Bernie Gelfand, den mit den roten Locken?« Damit nahm er den grauen Filzhut ab und enthüllte einen kahlen Schädel. Aber in seinen Augen lag keine Ironie, sie waren ganz bei seinen berühmten flammenden Haaren und dem Platz, an dem er neben Meyer Berkowitz gesessen hatte. Er setzte den Hut wieder auf.

»Entschuldige«, sagte Meyer, »ich hab ein fürchterliches Gedächtnis, aber an deinen Namen kann ich mich trotzdem erinnern.«

Gelfand, offensichtlich aus der Fassung gebracht, vielleicht sogar verärgert, versuchte dennoch zu lächeln und sagte bestimmt aus vollstem Gefühl heraus: »Wir waren die besten Freunde.«

Meyer legte beschwichtigtend die Hand auf Gelfands grauen Ärmel.
»Ich bezweifle das gar nicht, ich kann dich bloß im Augenblick nicht unterbringen. Ich mein, ich glaub dir.« Er lachte.
Gelfand schien jetzt besänftigt zu sein, nickte und sagte: »Du hast dich nicht sehr verändert, weißt du? Ich mein, wenn du den Bart nicht hättest, würd ich dich auf der Stelle erkennen.«
»Hmm, na ja«, sagte Meyer, aber er hatte noch immer das Gefühl, den anderen verletzt zu haben, und er fragte folgsam: »Was machst du?« und war auf eine lange Erfolgsgeschichte gefaßt.
Gelfand gefiel diese Frage eindeutig, und er zog die Augenbrauen stolz hoch, so hoch es ging. »Ich bin im Schulterpolstergeschäft«, sagte er.
In Meyers Magen begann ein Lachen zu brodeln; Gelfands Mantel war tatsächlich an den Schultern steif gepolstert. Aber augenblicklich erinnerte er sich daran, daß es eine ganze Schulterpolsterindustrie gab, und die Bedeutung, die Gelfand seinem Beruf beimaß, ließ auf Meyers Gesicht jedes Lächeln ersterben. »Wirklich«, sagte er mit angemessener Feierlichkeit.
»Oh ja, ich bin Geschäftsführer, hab alles bis zum Mississippi unter mir.«
»Was du nicht sagst. Also, das ist ja wundervoll.« Meyer fühlte sich sehr erleichtert. Es wäre schrecklich gewesen, wenn Gelfand sich als ein Versager herausgestellt hätte – oder nur für Neuengland verantwortlich gewesen wäre. »Ich freu mich, daß du's so weit gebracht hast.«
Gelfand blickte zur Seite, damit sich sein Erfolg tief in Meyers Gedächtnis eingraben konnte. Als er Meyer dann

wieder ansah, schaffte er es nicht ganz, den Blick von den ausgefransten Ärmeln der Cordjacke und der darunter schlaff heraushängenden Manschette zu wenden. »Und was machst *du?*« fragte er.

Meyer sah in sein Glas. Ihm fiel nichts ein. Er berührte mit dem Finger die Mahagonitheke, und er war immer noch zu schockiert, um antworten zu können. Der Ärger breitete sich in seinem Kopf aus, und er begrüßte ihn wie einen alten Bekannten. Dann sah er Gelfand in die Augen, der sich mittlerweile einen Ausdruck wohlwollenden Mitleids zugelegt hatte. »Ich schreibe«, sagte Meyer und wartete darauf, daß der Blick auftauchte, die verzerrte Erstarrung, die seine Berühmtheit bei den Leuten hervorrief.

»Sag bloß!« sagte Gelfand amüsiert. »Was denn?«

Wenn ich wirklich Stil hätte, dachte Meyer, würde ich die Achseln zucken und sagen, ich schreib Gedichte in meiner Freizeit, wenn ich von der Post nach Hause komm, und dann könnten wir Bernie sein Essen genießen lassen. Andererseits arbeite ich ja nicht bei der Post, und es muß einen Weg geben, diese fixe Idee loszuwerden und wieder dahinzukommen, daß ich mit den Leuten so reden kann, als wär ich ein ganz normaler Mensch. »Ich schreib Theaterstükke«, sagte er zu Gelfand.

»Sag bloß!« Gelfand lächelte, seine Amüsiertheit wuchs sich zu offener Herablassung aus. »Irgendwas, wovon ich ... gehört haben könnte?«

»Na ja, ehrlich gesagt, eins davon wird weiter unten an dieser Straße gespielt.«

»Wirklich? Am *Broadway?*« Gelfands Gesicht zerfiel, der Mund lächelte noch, aber die Augen drückten eine gewisse wilde Erschrockenheit aus. Den Kopf hielt er plötzlich aufrechter, den Nacken zurückgelegt.

»Ich bin der Autor von *I See You*«, sagte Meyer mit einem bitteren Geschmack auf der Zunge.
Gelfands Mund öffnete sich. Seine Haut lief rot an.
»Und von *Mostly Florence*.«
Die beiden Bombenerfolge schienen vor Gelfands Augen aufzuplatzen wie Fahnen, die der Wind erfaßt. Sein Finger hob sich gegen Meyers Brust. »Bist du ... *Meyer Berkowitz?*« flüsterte er.
»Ja.«
Gelfand streckte zögernd die Hand aus. »Also, ich freue mich sehr, dich kennenzulernen«, sagte er betont formal.
Meyer spürte, wie sich die Distanz zwischen ihnen breitmachte, und wünschte augenblicklich, er könnte Gelfand in die Arme nehmen und die metaphysische Ehrfurcht des armen Mannes auslöschen, seine Niederlage ersticken und irgendwie dieses höchst hassenswerte Vergnügen zurücknehmen, von dem er, das erkannte er jetzt, nie mehr loskommen würde. Er schüttelte Gelfands Hand und legte dann seine Linke darüber.
»Wirklich«, fuhr Gelfand fort und zog seine Hand zurück, als habe sie sich schon zuviel herausgenommen, »es ... es hat mich sehr gefreut, deine – entschuldige mich bitte.«
Meyers schwere Wangen versuchten, ein Lächeln zustande zu bringen.
Gelfand knöpfte seinen Mantel zu und drehte sich schnell um und eilte auf die Gruppe zu, die bei der roten Eingangstür auf freie Tische wartete. Er nahm den Arm einer kleinen Frau, die in einen Nerz gehüllt war, und führte sie zur Tür. Sie schien überrascht, als er sie eilig wegzog und mit ihr auf die Straße trat.

(1966)

Die Nacht des Monteurs

Um vier Uhr nachmittags wurde es im Winter schon fast dunkel, und dieser Januar war einer der kältesten, an die man sich erinnern konnte. Die Männer der Nachtschicht, die sich durch die Drehkreuze der Marinewerft schoben, machten ernste Gesichter, vergruben sich in dicken Reißverschlußjacken und zogen die Ohrenschützer herunter. Sie traten von einem Fuß auf den anderen, während die *Marines* der Wache jede der Blechdosen, in denen die Männer ihr Essen trugen, inspizierten und die Fotos auf den Ausweisen mit den schlitzäugigen, blaunasigen Gesichtern verglichen, die sie passierten. Die früheren Lebensmittelverkäufer, Arbeitslosen, Studenten und die auf geheimnisvolle Weise untauglichen jungen Männer, die Heer und Marine nicht wollten; die ältlichen Maschinisten, die aus dem Ruhestand zurückgekehrt waren, die früheren Lastwagenfahrer, Liftjungen, Maurer, die Rechtsanwälte, die ihre Zulassung verloren hatten, und ein paar Möchte-gern-Dichter strömten im blauen Licht des späten Nachmittags aus den Bussen und warteten am Ende der Schlangen, bis sie zu den jung und frisch aussehenden *Marines* in den Wachthäuschen vorrückten. Die *Marines* gingen auf ihre Witzeleien nicht ein, sondern suchten pflichtbewußt nach der Bombe und dem Brandstab unter den Salat- und

Tomatensandwiches, die durch das Wachspapier näßten. Gegen alle Vernunft schraubten sie Thermosflaschen auf und starrten in den Kaffee. Da zu jeder der Schichten etwa zehntausend Mann ankamen, konnte es nach dem Gesetz des Durchschnitts niemanden überraschen, daß alle paar Minuten jemand seine Thermosflasche mit dem gleichen Witz in seine Essensdose zurücksteckte: »Was hat Roosevelt gegen heißen Kaffee?« Und die *Marines* blinzelten und winkten den Witzbold auf das Werftgelände.

Für die Marinearchitekten, die Ingenieure, den Werftdirektor und seinen Stab war die Marineschiffswerft nicht schwer zu definieren; sie hatte sich in der Tat seit ihrer Gründung in den ersten Jahrzehnten des 19. Jahrhunderts kaum verändert. Die riesigen Trockendocks, die auf die Bucht hinausgingen, zogen ein Netz von unregelmäßigen, sich dahinschlängelnden Straßen hinter sich her, die von einstöckigen Werkstätten und Lagern aus Ziegelstein gesäumt wurden. In dunklen viktorianischen Büros wurden die Papiere immer noch auf scharfe Stahlnadeln gespießt, und die Aktenschränke waren aus dunkler Eiche. Kriegsschiffe glichen einander nie genau, was immer auch behauptet werden mochte, und der Schmied mußte immer noch Einzelstücke zurechthämmern, und die Funken stoben gegen seine bis zum Boden reichende Lederschürze; Bugplatten aus Stahl wurden immer noch mit bloßem Auge angepeilt, ob sie nun auf einer Skizze sorgsam aufgerissen waren oder nicht. Und wenn ein Mann verletzt war, kam ein Schubkarren, um ihn wie eine Speckseite über das Kopfsteinpflaster holpernd zur Sanitätsstation zu schaffen.

Es war sicher, daß irgend jemand wußte, wo alles war, und dieser Glaube wurde von jedem Neuankömmling übernommen. Der Helfer des Schiffsmonteurs, der Schweißer, der Dreher, der Nieter; Maler, Schreiner, Bohrer, Elektriker – Hunderte von ihnen verbrachten manchmal die erste Stunde jeder Schicht damit, einen Fremden nach dem anderen zu fragen, wo er sich melden sollte, oder in welchem Trockendock der Zerstörer oder Flugzeugträger lag, an dem er die Nacht vorher gearbeitet hatte. Und es gab nicht wenige, die ganze Zwölf-Stunden-Schichten hindurch nach ihrer Kolonne suchten, aber sie gaben nie auf. Irgend jemand mußte wissen, was hier angeblich vor sich ging, und sei es auch nur, weil beschädigte Schiffe von den verschiedenen Ozeanen müde hereingeschleppt wurden und nach Tagen, Wochen oder manchmal Monaten tatsächlich wieder unter der Brooklyn Bridge hindurch hinausfuhren, bereit, den Feind aufs neue zu bekämpfen. Es gab natürlich immer ein paar empfindliche Seelen, die diesen kühnen Ausfahrten kopfschüttelnd zusahen, voller Verwunderung über das Geheimnis, wie diese Schiffe es geschafft hatten, repariert zu werden, aber die erdrückende Mehrheit akzeptierte es und fühlte sich sogar irgendwie dafür verantwortlich. Es war wie ein Baseballspiel, in dem fünfhundert Mann gleichzeitig auf dem Feld waren und alle zusammen auf den im hohen Bogen heranfliegenden Ball zuliefen, der irgendwo in der Mitte der Menge gefangen wurde, und niemand wußte, von wem, nur daß das Spiel langsam und unvorstellbarerweise gewonnen wurde.

Tony Calabrese, Schiffsmonteur Erster Klasse, war einer aus der kleinen Kerngruppe von Männern, die wußten, wo sie sich melden mußten, sobald sie das Drehkreuz um vier Uhr nachmittags passiert hatten. Im »wirklichen Leben«, wie man es ausdrückte, war er Monteur in Brooklyn gewesen, und die vielen Menschen, die *Marines,* die seine Sandwiches ansahen, oder das endlose Warten, das auf einer Schiffswerft normal war, brachte ihn nicht durcheinander. Das Drehkreuz hinter sich, die Essensdose unter dem Arm, die Mütze schief auf dem Kopf, lehnte er sich mit gebrochener Nase in den Wind, was Entgegenkommenden irgendwie klar machte, daß sie aus dem Weg gehen mußten. Er war in seine dicke Reißverschlußjacke und sein Wollhemd vergraben, lief auf den Außenseiten seiner Schuhe wie ein Bär, o-beinig, mit niedrigem Schwerpunkt, ein Veteran des Wolkenkratzerbaus, der Ausbesserung von Brauereien. Acht Monate hatte er für das Städtische Wasserwerk gearbeitet, bis sie entdeckten, daß er dienstags, mittwochs und freitags einen Ersatzmann geschickt hatte, während er auf der Rennbahn war und ein bißchen Geld machte.

Tony hatte bis vor eineinhalb Jahren noch nie ein Schiff aus der Nähe gesehen, und er hatte kein Interesse an Schiffen, genausowenig wie an den Wasserwerken, Brauereien oder Wolkenkratzern. Arbeit war ein Fluch, ein Unglück, das ein verheirateter Mann zu ertragen hatte, genau wie den fehlenden Schneidezahn, den ihm nach einem Mißverständnis ein Bookie beim Pferderennen herausgeschlagen hatte. Er hatte nicht den geringsten Zweifel, worin das gute Leben bestand, und er verbrachte keinen Tag, ohne daran zu denken – hoffnungsloser und hoffnungsloser, nun, da er schon über die vierzig hinaus war. Das gute Leben war, so zu sein wie Sinatra oder Luciano oder wenigstens wie einer der örtlichen Politiker, die den ganzen Tag einen guten Anzug trugen und keinen Handschlag taten, die sich zwei Wohnungen hielten, eine für die Familie, die andere für die irische Geliebte, die gerade dran war. Er hatte seine Jugend in den Versuch gesteckt, diese Art des Lebens zu erreichen, und er war gescheitert. Er hatte Lastwagen mit geschmuggeltem Alkohol über die kanadische Grenze gefahren, und das und zwei Monate als Johnny Peaches' Leibwächter und zwei Monate als Eintreiber für das Gewerkschaftsbüro der Hafenarbeiter hatten ihn in Reichweite einer Stellung gebracht, einer Machtposition, die es zugelassen hätte, daß er sich in ein Büro oder eine Wohnung zurückzog und übers Telefon und an Restauranttischen arbeitete. Aber im letzten Moment war immer irgend etwas in seinem Wesen dazwischengekommen, hatte ihn wieder auf die Straße geworfen, zurück auf den Job und die Lohntüte – immer dasselbe und keine Aussicht, reich zu werden. Er wußte, daß er einfach nicht gerissen genug war. Wenn er's wäre, was machte er dann auf der Schiffswerft?

Sein Gesicht war so rund wie eine Bratpfanne, ein komisches Gesicht jetzt, da die Nase platt war und der Schneidezahn fehlte. Einen Hals hatte er noch nie gehabt. Er war zum Monteur Erster Klasse zum Teil deshalb aufgestiegen, weil der Aufseher, der alte Charley Mudd, sich gerne mal eine gute Telefonnummer zuschieben ließ, und auch, weil Tony die Blaupausen lesen und schnell löten, schweißen, hämmern und einen Job auf Kraft zu Ende bringen konnte, wenn Charley Mudd, was ab und zu passierte, ein Schiff wieder in den Krieg zurückschicken mußte.

Als Schiffsmonteur Erster Klasse wurden ihm oft schwierige und komplizierte Aufgaben anvertraut, und er konnte die verschiedenen Gewerke anfordern, damit sie nach seinen Anweisungen arbeiteten. Aber sein Status beeindruckte ihn wenig – Sinatra brauchte nur den Mund aufzumachen und kassierte einen Riesen. Wichtiger war ihm, daß seine Allianz mit Charley Mudd ihm bei kaltem Wetter

Arbeit unter Deck und bei klarem Himmel an Deck verschaffte. Wenn er sich nicht wohl fühlte, konnte er Charley Mudd ein Zeichen geben und für die Nacht in einer dunklen Ecke verschwinden und schlafen. Aber meistens arbeitete er gerne, besonders dann, wenn er von »Schiffsmonteuren«, die einen rechten Winkel nur in Einheiten über einem halben Meter berechnen konnten, gefragt wurde, wie man solche Operationen zustande brachte. Er begann diese Belehrungen immer gleich, und jeder, der ihn um Hilfe fragte, erwartete das. Er entrollte die Blaupause, deutete auf eine Linie oder Zahl und sagte mit einer vom Wein durchtränkten und von inhalierten italienischen Zigarren aufgerauhten Stimme: »Paß auf, Arschloch.« Niemand, der das nicht hinnehmen wollte, bat um seine Hilfe, und auch niemand, der Angst hatte, sich vor ihm zu blamieren.

Aber Tony hatte noch eine andere Seite, die zum Vorschein kam, wenn gewartet werden mußte. Vor Pearl Harbor hatte die Werft etwa sechstausend Mann beschäftigt, und jetzt arbeiteten da fast sechzigtausend. Natürlich kam es vor, daß sie sich manchmal in nicht mehr zu bewältigender Zahl in einem bestimmten Abschnitt konzentrierten. Und die Reparaturarbeiten, die in einem genau festgelegten Ablauf vor sich gehen mußten, machten es für die meisten von ihnen unmöglich zu beginnen. Andererseits konnten sie auch nicht gehen. Also begann das Warten; vielleicht konnte der Schweißer nicht beginnen, bevor die Nieter nicht die alte Schweißschicht heruntergeschlagen hatten, also wartete er mit seinem Gehilfen oder Partner. Der Trennschweißer konnte nicht anfangen, solange sein Helfer nicht den Abluftschlauch heruntergeschafft hatte, und der Helfer konnte keinen Schlauch bekommen, bis ein anderer Trennschweißer unten im Gang fertig war, also wartete er; der Mann mit der Bohrmaschine konnte nicht anfangen zu bohren, bevor ihm der Monteur nicht die Stelle angeschlagen hatte, an der er in den Stahl bohren sollte, und dem Monteur war es verboten anzuschlagen, solange die Elektriker nicht die elektrischen Leitungen auf der anderen Seite der Stahlwand, durch die das Loch gebohrt werden sollte, beseitigt hatten. Also warteten sie. Bis der einzige Ausweg eine Runde Crap* war oder Tony, der sie alle »vergnügte«, indem er jemanden nachahmte oder beleidigte oder indem er grinste, was mit seiner Zahnlücke alle in wildes Gelächter stürzte. Nach diesen Unterhaltungseinlagen war Tony immer deprimiert, sie erinnerten ihn an sein Scheitern, seinen Mangel an strenger Würde, an Autorität, an Kraft. Luciano hätte nie in einem Kreuzerschott den Clown gespielt und gezeigt, wie dumm man mit einer Zahnlücke aussehen konnte.

An diesem Januarnachmittag – es war schon jetzt so dunkel, und der Wind biß in die Augen – hatte Tony Calabrese, als er die vertrauten Straßen der Werft hinunterging, beschlossen, heute nacht ganz bestimmt unter Deck zu arbeiten. Sogar hier im Schutz der Werftgebäude war der Wind elend kalt – wie würde es erst auf dem Hauptdeck sein, das ungeschützt der offenen Bucht ausgesetzt war? Außerdem wollte er sich auf dieser Nachtschicht nicht müde arbeiten, denn er hatte um halb fünf Uhr morgens eine Verabredung. Er ging es im Kopf noch einmal durch: Dora würde ihn bei Baldy zum Frühstück treffen; um sechs wäre er zu Hause, um sich zu duschen und umzuziehen; Kaffee mit den Kindern um sieben, bevor sie zur Schule gingen, dann

* Würfelspiel, A. d. Ü.

vielleicht ein Nickerchen bis neun oder halb zehn, dann Dora abholen und vielleicht zur ersten Vorstellung um zehn ins Fox; um zwölf in Doras Zimmer, schnell einen bumsen, und dann ein gutes Stück Schlaf bis halb drei oder drei, dann nach Hause, Arbeitsklamotten anziehen und vielleicht nochmal die Kinder sehen, wenn sie früh nach Hause kamen, dann mit der U-Bahn zur Werft. Er hatte einen guten, unkomplizierten Tag vor sich.

Als er am Ende der Staße ankam, sah er die kalten Sterne über dem Hafen, ein weiter Himmel streckte sich über die Bucht und darüber hinaus aufs Meer. Bündel von Scheinwerfern glitten über die Brooklyn Bridge, der zunehmende Verkehr der nach Hause Zurückkehrenden, die nicht wußten, daß sie über die Werft und die vom Krieg zerstörten Schiffe hinwegfuhren. Er ging vorsichtig um Stapel von Stahlplatten und mit Planen abgedecktem Gerät herum, das überall herumlag, und einen Moment traf ihn das grelle Licht des Scheinwerfers, der vom Ausleger eines fahrbaren Krans nach unten gerichtet war. Langsam, Meter um Meter, rollte er über sein Gleis, hoch wie ein vierstöckiges Haus, auf zwei weit auseinandergestellten Beinen stehend, den einen Arm gegen die Sterne gereckt. Von ihm baumelte eine schimmernde Stahlplatte herab, die so breit wie ein Omnibus war. Geführt wurde er von einem Monteur, der nicht größer war als eines seiner Räder; er ging zwischen den Schienen rückwärts vor ihm her und wies in der leuchtenden Weiße seines einen Auges nach rechts. Als wäre er ein denkendes Wesen, schwang der Kran gehorsam seinen riesigen Arm herum und senkte die hin- und herpendelnde Stahlplatte auf einen Punkt, auf den der Monteur zeigte. Tony konnte sein Gesicht nicht erkennen, er trug eine Kappe, deren Schirm sein Gesicht gegen das herabströmende Licht des hohen weißen Auges schützte. Tony machte einen großen Bogen um die herabschwebende Platte – er traute keinem Drahtseil und keinem Kranführer – und tauchte wieder in die Dunkelheit ein. Er ging auf den Kreuzer zu, der hoch erhoben im Trockendock lag, sein Bug schwang sich in einem langen Bogen über die Straße. Er preßte die Lippen zusammen, damit der Wind nicht an die Zähne kam. Er bog ab und ging an der Längsseite des Kreuzers entlang, den Kopf gegen den Wind gesenkt, der ihm wie ein kalter Fluß entgegenströmte. Erleichtert hörte er das Dröhnen fußstampfender Männer auf der Gangway – die neue Schicht ging an Bord, eine gelegentliche, grüßende Stimme klang jetzt am frühen Abend noch lebhaft. Er schaukelte über die Gangway auf das Hauptdeck hinauf und ging mit kaum wahrnehmbarem Nicken an dem jungen Leutnant mit hochgeschlagenem Kragen vorbei, der am Kopf der Gangway in einem kleinen, provisorischen Wachhäuschen stand und die behandschuhten Hände zusammenschlug. Da war ein angenehmer Geruch von verbranntem Stahl und Kaffee, die einfache, klare Schärfe der Marine und das Gefühl, in einen Bienenkorb zu steigen, als er eine steile Schiffstreppe hinunterkletterte, die in ihrer ganzen Länge von Schweißschläuchen und 4-Zoll-Abgasrohren bedeckt war – das provisorische Eingeweide, das den Reparaturkolonnen immer in die Patientenschiffe folgte.

Sein Gehilfe, Looey Baldu – woher ein Italiener einen Namen wie Baldu bekam, konnte Tony nicht verstehen, es sei denn, ein Jugoslawe hatte da irgendwie mit dringesteckt oder sie hatten ihn abgekürzt –, Looey jedenfalls wartete schon im Zwischendeck auf ihn. Er sah aus wie dreiundzwanzig, würdevoll und überlegen mit seinem High-

School-Abschluß und seinen vorschriftsmäßigen Sicherheitsschuhen mit den Stahlkappen – die Tony hartnäckig ablehnte – und seinem entschlossenen, aber vorsichtigen Gruß.

»Wo's Charley Mudd?«

»Hab ihn noch nicht gesehen.«

»Bist blind? Da isser doch.«

Tony ging um den verblüfften Baldu herum und in eine Abteilung hinein, in der Charley Mudd, sechzig und halb eingeschlafen, auf drei Ballen von Elektrokabeln saß, die Augen geschlossen, das Klemmbrett kurz davor, ihm aus den Händen zu rutschen. Tony berührte den älteren Mann an der Schulter und beugte sich zu ihm hinunter, um leise auf ihn einzureden, damit er bekam, was er wollte. Charley nickte mit rollenden Augen. Tony gab ihm einen dankbaren Klaps und kam wieder aufs Deck heraus, das sich mit Männern füllte, die versuchten, mit endlosen Metern von Kabeln und Drahtseilen und mit Leitern und gewichtigen Werkzeugkisten aneinander vorbeizukommen. Jeder suchte jemand anderen, und Tony mußte rufen, damit Baldu ihn verstand. Er sprach immer sehr präzise mit dem High-School-Jungen, der nichts auf Anhieb verstand, aber ein guter Junge war, obwohl seine Frau, wie er sagte, Jüdin war. Baldu war gegen rassische Vorurteile, was immer das heißen mochte, und runzelte die Stirn wie ein Richter, wenn man mit ihm redete, als hinge irgendein Schleier vor seinem Gesicht, der verhinderte, daß er die Dinge laut und deutlich hörte.

»Wir machen auf'm C-Deck 'n paar Lukendeckel wasserdicht«, sagte Tony und drehte sich um, die Hände immer noch in den Jackentaschen geballt. Er ging los.

Baldu blieb keine Zeit zu nicken, und er war beleidigt, aber er folgte Tony mit hinter der Schutzbrille zusammengezogenen Augenbrauen. Er hielt sich dicht hinter ihm, damit er nicht schon wieder auf demütigende Art verlorenging und sich von Tony beißende Andeutungen anhören mußte, die immer in Richtung auf unablässiges Masturbieren gingen.

Sie stiegen ins C-Deck hinunter, einen großen, offenen Bereich, der voller Schlafkojen war, immer ein paar übereinander. Ein paar Matrosen lagen darin herum, einige schliefen, andere lasen oder schrieben Briefe. Der Kaffeegeruch war hier sehr stark, und Tony freute sich darüber, denn Kaffee war rationiert, man bekam nicht mehr als ein Pfund die Woche außer zu Schwarzmarktpreisen. Ohne seinen Gehilfen noch einmal anzusehen, zog er den Reißverschluß seiner Jacke auf, verstaute seine Essensdose unter einer Koje, nahm ein blaues Taschentuch heraus und blies sich die Nase und wischte die tränenden Augen aus, nahm die Mütze ab und kratzte sich am Kopf und hockte sich schließlich hin und fuhr mit den Fingern den leicht erhobenen Rand einer Luke, die sich auf dem Boden des Decks öffnete, entlang. In der Öffnung sah man eine Leiter, die nach unten im Zwielicht verschwand.

»Hier, Looey, heb mal den Deckel an.«

Baldu eilte mit seiner vollen Brottüte aus braunem Papier in der Hand zu dem schweren Lukendeckel und versuchte, ihn mit einer Hand anzuheben. Da er nicht zugeben wollte, daß er dazu nicht stark genug war oder einen Fehler gemacht hatte, zog er mit aller Kraft, und während Tony ihn zornentbrannt mit fast geschlossenen Lidern anstarrte, brachte er den Deckel so hoch, daß er ihn mit dem Knie abstützen konnte, und erst dann setzte er seine Tüte auf den Boden und hob schließlich mit beiden Händen den

Deckel auf Tony zu, der die Arme ausstreckte, um ihn auf keinen Fall zufallen zu lassen.
»Halt, halt, halt ihn genau da.«
»Ihn offenhalten?«
»Ja, Scheiße, was sonst? Willst du ihn zuhalten? Natürlich offen. Was issnmitdirlos?«
Tony strich mit den Fingern über die Gummidichtung, die um den Rand des Deckels lief. Dann packte er ihn und ließ ihn über die Luke fallen. Mit dem Kopf so weit am Boden, daß seine Wange auf dem kalten Deck lag, überprüfte er mit zusammengezogenen Augen, ob die Dichtung am Stahl der Luke auflag. Dann stand er auf, und auch Looey Baldu richtete sich auf, so daß sie einander dicht gegenüberstanden.
»Ich geb dir jetzt 'n sehr guten Job, Looey. Besorg 'n bißchen Kreide, reib sie auf die Dichtung und guck, ob sich auf'm Deck was abzeichnet. Wo von der Kreide nix zu sehn ist, schweiß 'n bißchen was drauf, hol dir 'n Schleifer und sag ihm, er soll's schön glatt machen, bis es rundum sauber und glatt ist, hast verstanden?«
»Klar, mach ich.«
»Paß bloß auf, daß du dir nicht wehtust. Das isses für heut nacht. Also mach's gut.«
Baldus Gesichtsausdruck war fast grimmig, während er sich patriotisch auf die Anweisungen konzentrierte, und jetzt nickte er streng und trat zurück. Tony packte ihn, bevor er über den Lukendeckel hinter ihm fiel, dann ließ er ihn los und floh, ohne noch etwas zu sagen, in Richtung auf den Kaffeegeruch.
Das würde keine schlechte Nacht werden. Dora, die ihm Hindu überlassen hatte, war etwas kleiner, als er sie gemeinhin mochte, aber sie hatte eine wunderschöne weiße Haut, besonders an den Brüsten, und sie lebte allein in

einem gutgeheizten Zimmer – keine Schwestern, Tanten, Mütter, nichts. Und beide Male hatte sie von Macy's, wo sie nachts als Packerin arbeitete, frisches Brot mitgebracht. Alles, was er jetzt zu tun hatte, war, halbwegs entspannt durch die Schicht zu kommen, damit er nicht müde war, wenn er sie zum Frühstück bei Baldy's traf. Voller Freude suchte er sich einen Weg durch den Gang auf den sich verstärkenden Kaffeeduft zu, und als er einen betrunkenen Matrosen sah, der versuchte, die Leiter herunterzuklettern, schob er die Schulter unter den Hintern des Jungen und stützte ihn sanft bis herunter auf Deck, half ihm dann die paar Meter den Gang entlang, bis der Junge in eine Koje fiel. Er hob ihm die Beine hinein, drehte ihn um, öffnete ihm die Jacke und die Schnürsenkel und kehrte zu seiner Suche nach dem Ursprung des Kaffeedufts zurück.
Er hätte es ahnen müssen. Da stand Hindu über einem elektrischen Kaffeekocher, der von zwei Matrosen in T-Shirts bedient wurde. Hindu war groß und kräftig, aber neben ihm stand ein Arbeiter, der noch einen Kopf größer war, ein Riese. Tony schlenderte hinüber, und Hindu sagte zu den Matrosen: »Is'n Kumpel von mir. Wie isses?«
Ein Dutzend Spinde standen an der Schiffswand, und aus einem von ihnen nahm ein Matrose eine saubere Tasse und eine Fünf-Pfund-Tüte Zucker. Tony dankte ihm und trat dann ein wenig zur Seite, als Hindu zu ihm herüberkam.
»Wo bist du?« fragte Hindu.
»C-Deck, Lukendeckel dicht machen. Wo bist du?«
»Abgehauen. Sie bauen immer noch den Windbrecher auf'm Hauptdeck auf.«
»Ach du Scheiße.«
»Weißt du, was Washington gesagt hat, als er über'n Delaware fuhr?«

Dann beide zusammen: »Es ist scheißkalt!«
Sie tranken Kaffee. Hindus Haut war so dunkel, daß er manchmal für einen Indianer gehalten wurde; er machte es wieder gut, indem er sein dickes, welliges Haar gutgekämmt trug und seinen blauen Bart sehr kurz und die großen Hände immer sauber hielt.
»Ich muß mal anrufen«, sagte er leise und beugte sich zu Tony herunter. »Ich hab sie heulend stehengelassen. Gottnochmal, er kam mir entgegen, als ich die Treppe runterging.«
»Warum, zum Teufel, bist du so lang geblieben?«
»Konnte nicht anders.« Seine Augen wurden weich, sein Mund zuckte in genießerischer Qual. »Sie macht mich verrückt. Wir sind sogar spazierengegangen.«
»Bist du verrückt geworden?«
»Konnte nicht anders. Wenn du sie siehst, fällst du tot um. Wuuunderschön. Ehrlich. Ich werd wahnsinnig. Ich schwör, ich bin an ihm vorbei, als ich die Treppe runterging!«
»Du kannst es bald im Grab machen, Hindu.«
»Wenn sie mich berührt, sterb ich. Ich sterb, Tony.« Hindu schloß die Augen und schüttelte in Erinnerung den Kopf.
Sie hörten Bewegung hinter sich und drehten sich um. Der große Arbeiter hatte seinen Kaffee ausgetrunken und zog an einer Kette, die über einen Satz von Flaschenzügen lief. Sie waren an einem Stahlträger unter der Decke befestigt, und als er zog, erhob sich ein riesiger Elektromotor langsam vom Deck. Tony, Hindu und die beiden Matrosen sahen zu, wie der gewaltige Mann den Motor ohne Mühe hochzog, bis er die Flaschenzüge berührte und nicht weiter hochgezogen werden konnte. Aber es fehlten noch etwa

zehn Zentimeter Höhe, um ihn auf eine Plattform zu schieben, die vom Deck darüber herabhing. Der Arbeiter zog seine großen Sicherheitshandschuhe fester, stellte sich mit hochgestreckten Armen und gebeugten Knien unter den Motor und stemmte. Unglaublicherweise hob sich der Motor, bis er ein winziges Stück über der Höhe der Plattform hing. Der Mann stemmte noch einmal, und der Motor blieb auf der Höhe hängen. Dann trat er unter dem Motor hervor, stellte sich hinter ihn und schob ihn ganz auf die Plattform, wohin er gehörte. Sein Gesicht war gerötet, und von der Anstrengung gezeichnet, wirkte er riesiger denn je. Er zog die Handschuhe aus und sah auf die Matrosen hinunter, die immer noch auf dem Deck saßen.

»Hat einer von euch mal *Oliver Wiswell* gelesen?«

»Nee.«

»Solltet ihr mal. Gibt einem 'nen ganz neuen Blick auf die Amerikanische Revolution. Es gibt nämlich Leute, die glauben, daß die Revolution gar nicht nötig war.«

Tony war schon wieder unterwegs, und Hindu folgte ihm auf den Fersen und flüsterte ihm zu: »Vielleicht bleib ich heut nacht bei dir, Tony, okay? Ich frag Cholly, okay?«

»Ja, mach!«

Hindu klopfte Tony dankbar auf den Rücken und kletterte eilig eine Leiter hinauf.

Tony sah auf seine Taschenuhr. Fünf. Er hatte eine Stunde rum. Noch zu früh, um ein Nickerchen zu machen. Er spürte plötzlich Gefahr, und er sah in den Gang vor sich, aber da spielte nur ein schwarzer Arbeiter, den er nicht kannte, mit einem Meißel herum, der nicht in sein Preßluftgerät passen wollte. Tony wandte sich gerade noch rechtzeitig zur anderen Seite, um einen Kapitän und einen Mann mit Mantel und Filzhut zu sehen, die beide halb entrollte Blau-

pausen in den Händen trugen. Vor Tony lag ein Preßluftschlauch, und er folgte ihm auf Händen und Füßen in das nächste Schott. Die beiden Männer gingen vorbei, und er stand auf und trat wieder aus dem Schott heraus.
Es sah ganz nach einer dieser ewig langen Nächte aus, in denen die Uhrzeiger sich einfach nicht bewegen wollten. Der Kaffee hatte ihn noch frischer gemacht, also war an ein Nickerchen nicht zu denken. Er ging mit eiligen Schritten durch die Gänge, als hätte er ein Ziel, kletterte Leitern rauf und runter und sah sich nach Leuten um, die er kannte, aber auf dem Schiff wurde heute nacht nicht viel gemacht. Er wußte nicht, warum, und es interessierte ihn auch nicht. Wahrscheinlich waren sie plötzlich bei den beiden Zerstörern unter Druck, die gestern nacht hereingekommen waren. Dem einen war eine Bugseite weggesprengt worden, und der andere war mit schwerer Schlagseite aus der Bucht hereingetrieben. Die armen Schweine auf den Zerstörern, kein Zentimeter Platz, und einige von den Jungen seekrank, wenn Sturm war. Am schlimmsten war es, wenn britische Schiffe reinkamen. Ein Glück, daß er nicht auf einem von den Kähnen war, wo die Schaben so dick drin saßen, daß man sich nicht hinsetzen konnte, ganz zu schweigen von hinlegen, und so viele von ihren Matrosen Schwule. Er konnte das beim ersten Mal, als er das sah, gar nicht glauben. Letzten Sommer, auf dem britischen Kreuzer, der Kapitän lief Tag und Nacht auf dem Deck auf und ab, und das Schiff lag doch im Trockendock. So'n richtiger ausgekotzter Engländer mit Monokel und Schnurrbart und einer kleinen Reitpeitsche, die er immer mit beiden Händen auf dem Rücken umklammert hielt – er starrte alle wütend an und weigerte sich, seinen Posten zu verlassen, selbst im Trockendock. Und so hohe Pfeifen alle paar Mi-

nuten, die die Matrosen zur Gefechtsausbildung an Deck holten, diesen Haufen Schwuler, die durch die Gänge schrien, sich gegenseitig in die Rippen stießen, und alle mit Pickeln im Gesicht. Oh Gott, er haßte die Engländer dafür, wie sie Italien rumgeschubst und schlechtgemacht hatten. Und diese blöden Offiziere, die im Sommer in dicken blauen haarigen Uniformen rumliefen und schwitzten wie die Schweine. Man konnte ein US-Schiff mit verbundenen Augen erkennen, den Geruch von Kaffee und die Sauberkeit, und Eiswasser, wohin man sah. Natürlich sagte man, daß die britischen Kanoniere besser waren, aber wer zum Teufel gewann denn den Krieg? Ohne uns hätten sie einpacken können und vor den Scheißdeutschen strammstehen müssen. Die Franzosen hatten ein gutes Schiff, diese gekaperte *Richelieu,* was für eine Holztäfelung in der Messe, wie ein verdammter Palast, aber irgendwas stimmte nicht mit den Kanonen, sagten sie, schossen immer vorbei.
Er fand sich im Maschinenraum wieder und sah durch die tunnelartige Dunkelheit auf, immer weiter hinauf durch den Bauch des Schiffes. Es gab irgendwo, das wußte er, einen Gang voller Kabel, in dem er sich hinlegen konnte. Irgend jemand, den er in der Dunkelheit hoch oben kaum sehen konnte, warf einen Schauer von Funken aus seinem Schweißbrenner herab, der viel zu weit vom Stahl entfernt gehalten wurde, aber Tony zog den Kragen hoch und stieg Leitern hinauf, ging über Gitterstege, bis er an eine niedrige Tür kam. Er öffnete sie und ging in ein Loch hinein, das voller Kabel war. Er legte sich hin und verschränkte die Hände hinter dem Kopf. Das Zischen des Schweißbrenners war alles, was er jetzt hören konnte. Schritte auf den Gitterstegen waren gut zu hören und würden ihn rechtzeitig warnen.

Er war nicht müde, aber er schloß die Augen. Er war dabei, die Regierung zu bescheißen. Sogar hier im Dunkeln machte er Geld, jede Minute, jede Sekunde. Mit diesem Wochenlohn würde er wahrscheinlich fast zweitausend auf dem Konto haben plus der hundertzwanzig auf dem Konto, von dem Margaret wußte. Mann, war die Frau blöd! Blöd, blöd, blöd. Aber eine gute Mutter, das war sicher. Aber wieso auch nicht, mit nur zwei Kindern, was hatte sie sonst schon zu tun? Er würde nie wieder mit ihr schlafen und konnte sich kaum daran erinnern, wie ihr Körper aussah. Ja, zum tausendsten Mal in seinem Leben wurde ihm klar, daß er seine Frau nie nackt gesehen hatte, so wie es sich gehörte. Man konnte einen See füllen mit den Tränen, die sie in diesen fünfzehn Jahren vergossen hatte – einen Ozean. Gut.

Er heizte den Zorn auf seine Frau an, den Groll, der sein Leben zusammenhielt. Er war seine große Sache, seine Qual und sein Entzücken, wenn er daran dachte, wie sie sich fühlen mußte, die er seit elf – nein, seit zwölf, ja, letztes Frühjahr waren es zwölf – Jahren nicht mehr angerührt hatte. In diesem Frühjahr würden es dreizehn, dann vierzehn, dann zwanzig Jahre sein, und dann bis ins Grab, ohne daß seine Hand je auf ihr lag. Niemals, niemals würde er nachgeben. Im Bett, wenn er zu Hause schlief und sich räkelte, um einzuschlafen, mit dem Rücken zu ihr, waren ihre wortlosen Schluchzer manchmal wie ein weicher Regen auf dem Dach, der ihm ein behagliches Gefühl gab. Sie hatte nichts anderes verdient. Er hatte sie damals gewarnt. Er mochte ja komisch aussehen, aber Tony Calabrese war nicht wirklich komisch. Um sich selbst zu gestatten, aufzugeben und einzulenken, um seine Hand wieder auf sie legen zu können, müßte er ihr vergeben, was sie ihm angetan hatte. Und jetzt, wie er mit geschlossenen Augen in dem Kabelgang lag, ging er noch einmal alles, was sie getan hatte, durch, und wie immer, wenn er diese Erinnerungen vorüberziehen ließ, stand das liebe Gesicht seiner Irin in der Dunkelheit – Patty Moran, mit echtem rotem Haar, Brüsten ohne eine Falte darunter und Lippen, die so rosa wie Lippenstift waren. Oh, Jesus! Er schüttelte im Dunkeln den Kopf, und wo war sie jetzt? Er wagte nicht, seinen Großvater zu hassen; der alte Mann war wie ein Sturm oder ein Tier, das nur tat, was es tun mußte. Er unterdrückte die Erinnerung nicht, die für ihn wie ein Film geworden war, dessen Ende er kannte und eigentlich noch einmal zu sehen fürchtete und es doch wollte. Es war die einzige Zeit in seinem Leben, die nicht beliebig gewesen war, und jeder Tag in jenen wenigen Monaten hatte ihn verändert und ihn schließlich ganz und für immer verschlossen gemacht.

Vom Tag seiner Geburt an, so schien es ihm, hatte seine Mutter ihn vor Großpapa gewarnt. Wenn er etwas stahl, sich prügelte, gute Hosen zerriß, an die Polizei geriet, wurde ihm dasselbe versprochen: Wenn Großpapa je nach Amerika kam, würde er jedes einzelne von Tonys Vergehen mit tagelangen, vielleicht wochenlangen Prügeln ahnden, und er würde ihn mit einer solchen geistigen Autorität andonnern, daß Tony für den Rest seines Lebens den rechten Weg sehen würde. Denn Großpapa war ein Riese, eine Laune der Natur in dieser kleinwüchsigen Familie, ein Rückfall ins Zeitalter irgendwelcher Giganten, deren Schlauheit und Grimm sie zu den Herren von Kalabrien gemacht hatte, zu Häuptlingen in den Bergen, zu Kommandeuren von Fischerbooten, zu Capos in den Bergwerken. Selbst sein eingeschüchterter Vater verließ sich auf den abwesenden, nie gesehenen alten Mann, wenn es um

Autorität ging, und verbrachte jede freie Stunde beim Pferderennen, beim Brettspiel mit seinen Kumpanen, statt die Söhne zu erziehen. Großpapa würde eines Tages kommen und ihnen allen den Kopf zurechtsetzen. Und außerdem würde er, wenn er kam, sein Geld mitbringen. Ihm gehörten Fischerboote, er war der Star der ganzen Familie, ein reicher Mann, der es geschafft hatte, erstaunlicherweise ohne Kalabrien je zu verlassen, was wiederum darauf hinwies, wie gerissen und gnadenlos er war, wie tapfer und gerecht.

Der Teil, an den zu erinnern, weh tat, war auch diesmal schwierig, und Tony schlug im Kabelgang die Augen auf, bis er sich, ja, bis er sich wieder erinnerte. Wie er jemals an Margaret geraten konnte, war ihm ein Rätsel, ein weinerliches Mädchen mit großen Augen, aber sonst völlig langweilig, ohne körperlichen Reiz, schüchtern und ängstlich. Es war nur, weil er gerade aus dem Knast gekommen war und Mama nun gar keinen Spaß mehr verstand. Sie war eine Furie, als er in die Wohnung zurückkam, und sie war durch all seine Eide, daß er keine Schuld und man ihm die Sache angehängt hätte, nicht zu beschwichtigen. Und dieses Mal griff das Schicksal ein, seine unsichtbare Präsenz trat in Tonys Leben, es war seine Geschichte; die Probleme begannen für ihn, als nichts mehr beliebig war, und jeder Tag veränderte, was er war und was er tun mußte.

Ein Brief war angekommen, den niemand lesen konnte. Sie saßen um den Tisch, Mama und Papa und Tante Celia, die nebenan wohnte, und Frank und Salvatore, seine verheirateten Vettern. Tony entzifferte langsam die italienische Handschrift, las laut vor, damit Papa die Wörter nachsprechen und verstehen konnte, was sich hinter ihnen verbarg. Es war unglaublich, ein Wunder, das ihnen allen kalte

Schauer über den Rücken jagte. Großpapa hatte seine Besitzungen verkauft, jetzt, da Großmama gestorben war, und war auf einem Schiff, auf dem Weg nach Amerika, um sie zu besuchen oder, wenn er billigte, was er hier sah, für den Rest seines Lebens zu bleiben.

Der Kabelgang schien sich unter den Blitzschlägen der Vorbereitung auf die Ankunft zu erhellen – das Haus wurde geschrubbt, Wände angemalt, die Möbel poliert, Sessel repariert, und die Erpressung begann. Mama, die das Gesicht ihres Sohnes sah und die Hoffnung und den Eifer in seinen Augen, drückte ihn auf einen Stuhl in der Küche. Ich werde Großpapa alles sagen, was du angestellt hast, Tony. Alles. Außer du tust, was ich dir sage. Du heiratest Margaret!

Margaret war ein Jahr älter als Tony. Irgendwie fiel es ihm schwer, sich vorzustellen, daß er sich ab und zu auf die Treppe vor ihrem Haus gesetzt hatte, meistens wenn er gerade aus dem Knast kam und die Anstrengung, mit dem Leben fertig zu werden und irgendwo einen Platz für sich zu finden, einfach zuviel war, in diesen Augenblicken, wenn ihn eine Vision des respektablen Lebens überwältigte wie ein Wahn, wenn er sich nach einem sauberen und ruhigen Leben sehnte – einen Augenblick lang. Sie war wie ein nervöses Pony, wenn er kam, und leicht zu beruhigen. Es war die Zeit, als er für Harry Ox Schnapslaster über die kanadische Grenze fuhr, Ende der zwanziger Jahre, und wenn er aus dem Knast kam, war es schön, eine halbe Stunde damit zu verbringen, mit Margaret auf die Straße zu starren – wie eine Muschel, die von der aufgerührten See für einen Augenblick auf den Sand geworfen worden war. In der Nähe von Albany war er in seine erste Schießerei geraten, und er hatte Angst. Und damals hatte er ihr zum

ersten Mal gesagt, daß er gerne mit ihr ins Kino gehen würde.
In all den Jahren, die er sie gekannt hatte, war ihm nie in den Sinn gekommen, sich mit ihr zu verabreden. Als er an dem Abend nach Hause kam, redete seine Mutter über Margarets Familie. Das Netz zog sich um ihn zusammen, und er wehrte sich nicht. Er entschied auch nichts. Er ließ es auf sich zukommen, ohne es zu berühren, er ließ es über sich fallen. Sie waren verlobt, ohne daß jemand auch nur das Wort ausgesprochen hätte, aber immer, wenn er Margaret sah, tat sie so, als hätte sie nur auf ihn gewartet, als hätte sie ihn vermißt, und er ließ es geschehen, ging auf eine bestimmte Art, wenn er neben ihr ging, berührte ihren Ellenbogen mit den Fingerspitzen, nahm sie nie mit in die Kneipen und paßte auf, wie er redete, wenn sie dabei war. Voller Wohlwollen war das Lächeln in ihrem Haus, wenn er erschien, aber er konnte nie lange bleiben, es war zu langweilig, es war, als erstickten sie sein Leben.
Zu der Zeit war Patty Moran sein Leben. Als er einmal die Schwelle zu Oxs Saloon überschritten hatte, war er von allem, was er da sah, fast geblendet. Es hatte mit ihr um drei Uhr nachts angefangen, hinten in Oxs geliehenem Buick, und ihr Knöchel riß das dicke Cordseil von der Rückseite des Vordersitzes, und die Weite ihres Schenkels im Raum zwischen Vorder- und Rücksitz war für immer in Cremefarben in sein Hirn gemalt. Wie betäubt wanderte er durch sein Viertel, seine Gedanken mit einem heißen Draht mit ihrem harten weichen Bauch verbunden. Sie war noch nicht mal Harry Oxs Mädchen, sondern eine, die für viele verfügbar war, und Tony wußte das, und seine Gedanken begannen dort, stiegen quälend auf, bis er sie als unendlich süß sah, bis er sich fast, aber doch nicht ganz

vorstellen konnte, sie zu heiraten. Der bloße Gedanke, daß andere Männer bei ihr waren, genügte, ihn schwer mit der Faust auf den Tisch schlagen zu lassen, auch wenn er ganz alleine war. Seine Nase war damals noch nicht gebrochen; er war klein, aber er sah wach und lebhaft aus, kräftig und dunkeläugig. Sie überzeugte ihn schließlich, daß es für sie niemand anderen gab, sie betete sein Gesicht an, seinen Körper, seine gestohlenen Witze. Und in denselben zwei oder drei Monaten ging er mit Margaret ins Kino. Er küßte sie sogar ab und zu. Warum? Warum! Großpapa würde kommen, sobald er die Dinge in Italien geregelt hatte, und was mit Margaret als ein zielloser, aber angenehmer Zeitvertreib begonnen hatte, bekam Gewicht dadurch, daß es Mama erfreute und sie still hielt und daß es ihm Respekt in Großpapas Augen eintragen würde – jedenfalls lange genug, um sein Erbe zu kriegen.

In den Briefen des alten Mannes stand nichts von einem Erbe, aber zuerst stellten sie sich vor und dann bestätigten sie einander, daß Tony es bekommen würde. Und wenn er es kriegte, dann nichts wie ab nach Buffalo – er und die Irin, vielleicht sogar irgendwo heiraten, wo niemand sie kannte und wo sie ernsthaft zusammen sein konnten. Und das beste von allem war: Mama wußte nichts von der Irin. Neuerdings behandelte sie Tony wie den Kopf des Haushalts. Er hatte einen Job als Hafenarbeiter angenommen, war so gut wie Gold und saß an vielen Abenden zu Hause und hörte dem Tick-Tack zu.

Der endgültige Brief kam. Tony las ihn zuerst allein im Badezimmer und kündigte dann an, daß Großpapa am zehnten käme, obwohl der Brief sagte, am neunten. Am Morgen des neunten sagte Tony, er müsse seinen guten Anzug anziehen, weil er nicht arbeiten, sondern nach einem guten Geschenk für Großpapas Ankunft am nächsten Tag suchen wollte. Sie gratulierten ihm zu der Idee, küßten ihn, winkten ihm nach, und er ging um den Block zu Ox und borgte sich dreihundert Dollar und nahm eine Taxe zum Pier von Manhattan.

Der Mann war tatsächlich riesig. Tonys erster Eindruck war der eines seltsam jungen alten Mannes in einem grünen Anzug, mit einem dicken schwarzen Schlips an der Kehle. Ein Träger neben ihm hielt den weitkrempigen schwarzen Hut, während er selbst einen kleinen, aber schweren Koffer auf der Schulter die Gangway heruntertrug. Tony verstand sofort – das Geld war in dem Koffer. Auf dem Pier gab Tony dem Träger ein Trinkgeld dafür, daß er den Fellhut getragen hatte, und küßte seinen Großvater, sobald der den Koffer abgesetzt hatte. Tony schüttelte ihm die Hand und spürte die Kraft darin, hart wie ein Treppengeländer. Der alte Mann nahm den einen Henkel des Koffers, Tony den anderen, und im Taxi machte Tony ihm den Vorschlag. Statt gleich nach Hause zu eilen, warum nicht erst New York angucken?

Sehr gut. Aber zuerst wollte Tony seine Kleidung amerikanisieren; die Leute würden den falschen Eindruck bekommen, wenn sie so einen grünen Einwanderer-Anzug sahen und die schweren, schwarzen Stiefel. Großpapa erlaubte es, hingerissen von den Dollarnoten, die Tony für den neuen Anzug, die neuen Schuhe und einen amerikanischen Schlips von seinem Bündel abpellte. Dann fuhren sie durch die Stadt, sanken tiefer und tiefer in sie hinein. Tony verfolgte eine genaue Stufenleiter von den Mittelklasselokalen oben in der Stadt bis hinunter zu denen in seinem Revier um die Canal Street herum, und schließlich küßte der alte Mann seinen Enkel zwei- bis dreimal die Stunde und sprang auf, um den Minsky-Mädels zuzujubeln, die sich vom Laufsteg herunter seinem aufblickenden Gesicht zuneigten. Um vier Uhr morgens trug Tony den Koffer die Treppe zur Wohnung hinauf, spürte den Ballast darin; dann lief er wieder hinunter und trug Großpapa auf dem Rücken nach oben und legte ihn in sein Bett und sich selbst auf den Boden. Er hatte größte Mühe, sich daran zu hindern, zu Patty Moran hinüberzulaufen und ihr zu erzählen, daß er es geschafft hatte; der alte Mann liebte ihn wie einen Sohn, und vielleicht würden sie zusammen erstmal ein Lokal in Queens aufmachen. Aber er riß sich zusammen und schlief schnell ein, das Gesicht unter der Hand des alten Mannes, die über die Matratzenkante herunterhing.

Im Kabelgang, in die Dunkelheit starrend, konnte er sich an seine Hochzeit nicht klar erinnern, genausowenig wie schon eine Stunde nach der Zeremonie. Es war etwas, das er tat und nicht tat. Großpapa war am Morgen nach seiner Ankunft mit Tony zusammen, den Arm um seine Schultern gelegt, aus dem Schlafzimmer aufgetaucht; und als sie ihren Vater sah, war Mamas Gesicht lang geworden, als wäre Gott oder ein Toter hereingekommen – besonders da sie sich gerade feingemacht hatte, um ihn abzuholen. Das Rufen und Weinen und Küssen dauerte bis zum Nachmittag. Großpapas Freude über seinen männlichen Enkel wurde zu einer komplizierten Kraft, schien seinem Leben eine neue Mission zu geben: Es bewies Großpapas Größe, daß er sein Erbe einem guten Mann von seinem Fleisch und Blut – und einem Mann von Stil noch dazu – hinterlassen konnte.

Papa nickte dazu unsicher, ein Auge auf dem Koffer, aber als der Abend kam, sah Tony in den winzigen braunen Augen seiner Mutter Gedanken auftauchen wie Lichter. Und nach der dritten Mahlzeit des Tages, als der Tisch abgeräumt war und die Augen des alten Mannes müde blinzelten, legte sie beide Hände offen auf den Tisch, lächelte demütig und sagte, daß Tony immer wieder in Gefängnissen gesessen hatte, seit er zwölf war.

Großpapa wachte auf.

Tony trieb sich mit Schnapsbrennern herum, hatte sich bis vor zwei Monaten geweigert, eine ordentliche Arbeit zu tun, und jetzt ging er zu einer irischen Hure, obwohl er mit Margaret verlobt war, der Tochter einer guten Familie aus Kalabrien, die unten im Block wohnte, einem Mädchen, das so rein war wie eine Taube, schön, aufrichtig – deren Ruf aber jeden Tag weiter ruiniert würde, an dem sich Tony weigerte, ein Datum für den Hochzeitstag zu nennen. Die Brüder des Mädchens würden unruhig, ihr Vater hatte Blut im Auge. Margaret allein konnte Tony vor dem elektrischen Stuhl bewahren, der auf ihn so sicher wartete, wie Gott Jesus in die Welt gesandt hatte, denn er war ein Junge, der ebenso leicht log, wie er spuckte. Und der Beweis dafür war sein offensichtlicher Versuch, Großpapa mit einer Sauftour einzuwickeln, bevor jemand aus der Familie ihm die wahren Tatsachen unterbreiten konnte.

Es brauchte zwanzig Minuten, um Großpapa zu überzeugen; er hatte Tony eine lange Zeit anstarren müssen, wie durch ein Fernrohr, das sich nicht scharfstellen ließ. Tony schluckte seine Wut herunter, verteidigte sein Leben, leugnete alles, versprach alles, zog den neuen Wecker hervor, den er von seinem eigenen Geld für das Haus gekauft hatte. Und schließlich saß er wie ein Sterbender auf seinem Stuhl Großpapa gegenüber, während der alte Mann sein Urteil sprach. Tony, du wirst dieses wunderbare Mädchen heiraten, oder du siehst nichts von meinem Geld. Die Früchte meiner Arbeit kommen nicht in die Hände eines Gangsters, nein, nicht in die Hände eines Verbrechers, der jung auf dem elektrischen Stuhl sterben wird. Heirate das Mädchen und ja, das sage ich, ich geb dir, was ich habe.

Zuerst Tage, dann Wochen – dann, waren es Monate? – vergingen nach der Hochzeit, aber das Geld wurde nie wieder erwähnt. Tony arbeitete jetzt pflichtbewußt am Hafen, und wenn er Patty Moran sah, dann nur gelegentlich auf eine Stunde, wenn er auf dem Weg zur Einteilung seiner Kolonne war oder wenn es regnete und die Arbeit an Deck abgesagt wurde. Er tauchte in den Hauseingang neben Oxs Saloon und flog die Treppen hinauf und lebte für eine halbe Stunde und ging dann wieder nach Hause, um zu warten; er wagte es nicht, sich vor den alten Mann hinzustellen und ihn einfach nach seiner Belohnung zu fragen, denn er wußte, daß sie ihn noch beobachteten. An den Sonntagen ging er wie ein Ehemann mit Margaret spazieren, verbrachte die Nachmittage mit der Familie und tat so, als wäre er glücklich. Der alte Mann war nie wieder so nahe und vertraulich und kameradschaftlich wie in der ersten Nacht, als er vom Schiff gekommen war, aber er war auch nicht feindselig. Er beoachtete ihn, das begriff Tony, um sicher zu gehen.

Und Tony würde ihm die Sicherheit verschaffen. Das einzige Problem bestand darin, was er in der Wohnung machen sollte, wenn er mit Margaret allein war. Er hatte sie nie wirklich gehaßt, und er hatte sie nie gemocht. Es war, als wäre das Ganze ein dummer Zufall, das war alles. Er redete nur selten und dann ruhig mit ihr, hörte sich ihren Klatsch über den Tag an und las seine Zeitung. Er hatte nicht erwartet, daß sie plötzlich im Kino aufstand und wei-

nend hinauslief – das war zwei Monate, nachdem sie geheiratet hatten – oder daß er eines Abends im Frühling von der Arbeit nach Hause kam und Großpapa mit Margaret im Wohnzimmer sitzen sah. Großpapa blickte ihn schweigend an, als er eintrat.
Du rührst deine Frau nicht an?
Tony konnte sich plötzlich weder von der Schwelle rühren noch lügen. Der alte Mann hatte kurze borstige Haare, die ihm wie Draht auf dem Kopf standen, und er war wieder in seinen schweren italienischen Schnürstiefeln. Nach einem Tritt von denen mußte auch ein Maultier tief durchatmen. Margaret wagte es nicht, etwas zu sagen, sie sah Tony nur an, aber er begriff jetzt, daß seine Taube Fänge hatte und nicht mehr loslassen würde.
Glaubst du, ich bin geistig unterentwickelt, Tony? Ein Mann mit Spucke in den Mundwinkeln? Schiel ich? Wofür hältst du mich?
Dann saßen sie wieder zusammen im Kino, aber jetzt zu dritt. Großpapa saß hinter ihnen. Nach ein paar Minuten wandte sich Margaret um und sagte: Siehst du, er legt mir nicht den Arm um die Schultern.
Nimm sie in den Arm. Tony legte den Arm um sie.
Dann, wieder ein paar Minuten später, wandte sie sich an Großpapa: Er berührt nur die Lehne, siehst du?
Großpapa packte Tonys Arm und legte ihn ihr um die Schultern. Dann warteten sie eines Abends wieder zusammen auf ihn. Okay – Großpapa sprach zu dieser Zeit schon ab und zu englisch – Okay, ich schlaf auf der Couch.
Tony hatte noch nie mit ihr in einem Bett geschlafen. Er hatte Angst vor Großpapa, weil er wußte, daß er nie die Hand gegen ihn erheben könnte, und er wußte, daß Großpapa ihn an die Wand werfen konnte; aber das Körperliche

war es gar nicht, es war die Sünde, die er immer wieder auf sich geladen hatte, als er versucht hatte, den alten Mann hereinzulegen, dessen Meinung von ihm von Tag zu Tag niedriger wurde, bis er eines Tages, Tony sah es kommen, den Koffer nehmen und nach Kalabrien zurückgehen würde. Lebewohl. Großpapa war nicht mehr erstaunt über New York, und er hatte noch ein Haus in Italien, und Tony stellte sich das Haus vor, jederzeit bereit, Großpapa wieder aufzunehmen, und er hatte Angst.

Er ging mit Margaret ins Schlafzimmer. Sie schniefte auf dem Kissen neben ihm. Es war noch hell draußen, das frühe Blau eines Frühlingsabends. Tony horchte auf ein Geräusch von Großpapa, aber nichts drang durch die Tür. Er griff nach ihr und fand ihre Hüfte und schob das Nachthemd hoch. Sie war weich, zu weich, aber sie hielt den Atem an. Er streckte den Nacken und legte die Lippen auf ihre Schulter. Sie atmete oben in ihrer Brust, fast in der Kehle, und sie wagte es nicht, die Hand auf ihn zu legen, ihr Gesicht erhoben wie im Gebet. Er streichelte ihre Hüfte und wartete auf seine Spannung, aber nichts geschah, bis sie anfing zu weinen. Sie zog sich nicht zurück, sondern drückte sich weinend an ihn. Sein Haß auf die enttäuschten, verräterischen Laute, die sie in das Nachbarzimmer schickte, stieg, und plötzlich spürte er, wie er hart wurde, und er kniete sich vor sie hin, stieß sie auf den Rücken und sah ihr Gesicht im schwachen Licht des Fensters, die Augen waren geschlossen und drückten unter den Lidern graue Tränen hervor. Dann schlug sie die Augen auf und sah ihn in tiefem Schrecken an, als wollte sie alles widerrufen und ihn um Verzeihung bitten, und er warf sich mit entblößten Zähnen auf sie und grub sein Gesicht in die Matratze, als fielen Steine vom Himmel auf ihn herab.

»Tony?« Er setzte sich in der Dunkelheit auf, horchte.
»Heh, Tony.«
Jemand rief ihn, halb flüsternd, von draußen vor dem Kabelgang. Tony wartete, verstand es nicht. Margarets Tränen waren noch vor seinen Augen, Großpapa saß im Wohnzimmer. Plötzlich wußte er, wer das war. Baldu.
Er kroch auf den Gittersteg hinaus. Sein Gehilfe stand im dünnen Licht einer gelben Glühbirne, die ein paar Meter weiter hing. »Looey?«
Baldu fuhr erschreckt herum und eilte über den Gittersteg auf ihn zu, Dringlichkeit in den Augen, ein Notfall. »Charley Mudd sucht dich.«
»Wofür?«
»Weiß ich nicht, er sucht dich überall. Komm lieber mit.«
Das war ungewöhnlich. Charley ließ ihn immer in Ruhe, wenn er ihm einmal seine Aufgabe für die Schicht gegeben hatte. Tony eilte die eiserne Wendeltreppe hinunter und stellte sich irgendeine Invasion von hohen Offizieren vor, ein Schwarm von Männern mit Kordeln und dicken Mänteln, die aus dem Büro des Direktors kamen. Im letzten Sommer hatten sie plötzlich die Arbeit unterbrochen und nach Freiwilligen gefragt, die eine Öffnung in den Bug eines Kreuzers brennen sollten, der vom Pazifik hereingeschleppt worden war. Seine vorderen Abteilungen waren abgeschottet worden, nachdem er einen Torpedotreffer erhalten hatte und Wasser eingedrungen war. Neun Matrosen waren eingeschlossen worden. Tony hatte es abgelehnt, die Arbeit zu tun und sich den treibenden Leichen und dem blutigen Wasser, das bestimmt herausströmen würde, auszusetzen.
An dem Morgen, als er das Blut auf dem Laken gesehen hatte, war Großpapa verschwunden.

Auf dem B-Deck stand Charley Mudd, kratzte sich den Rücken unter seiner Winterjacke und dem schwarzen Pullover und redete alarmierend wach und konzentriert mit einem Protestanten, der einen Mantel trug, aber keinen Hut; er war blond und sah aus wie ein Ingenieur aus einem der Büros. Charley streckte die Hand aus und hielt Tony fest, als der herankam, und noch bevor Charley ein Wort sagte, wußte Tony, daß es keinen Ausweg gab, denn der Protestant sah Tony mit einer gewissen Erleichterung in den Augen an.

»Das isser. Hör mal, Tony, die haben da 'n Vorfall am North River, irgendein Zerstörer. Also greif dir 'ne Kolonne, nimm Gas und Vorschlaghämmer mit und sieh zu, was du tun kannst, ja?«

»Was für'n Vorfall, Charley?«

»Weiß ich nicht. Die Schienen für die Wasserbomben sind verbogen. Is nix Großes, aber sie müssen um vier draußen sein, um 'n Konvoi zu treffen. Der Mann hier bringt dich zum Lastwagen. Also mach hin, hol dir 'ne Kolonne.«

»Wie krieg ich Eisen heiß? Muß achtzehn unter Null sein.«

»Da wartet 'n Konvoi auf'm Fluß. Tu, was du kannst, das is alles. Nimm 'n Vorschlaghammer und viel Gas. Nu mach schon.«

Tony sah, daß Charley sich vor dem Ingenieur aufspielte, und er wollte seine Beziehung zu ihm nicht ruinieren. Er holte sich Hindu, schickte Baldu los, sein Essen unter der Koje des Matrosen herauszuholen. Die Marine, Margaret, den Winter und sein Leben verfluchend stieg er auf das Hauptdeck hinaus, wo ihn ein peitschender Wind empfing, der aus Eis gemacht schien. Gefolgt von Hindu, der mit einer Azetylengasflasche kämpfte, die am anderen Ende von Baldu getragen wurde, stampfte Tony die Gangway hinunter auf den offenen Pickup zu, der an ihrem Fuß stand. Ein Matrose saß hinter dem Steuerrad und hielt den Motor auf Touren, damit der Wagen aufgeheizt blieb. Er schickte Hindu und Baldu zurück, damit sie noch zwei Flaschen holten, nur um sicherzugehen, und Ersatzdüsen für den Schweißbrenner und noch einen Vorschlaghammer und ein Brecheisen, und saß im Fahrerhaus und hielt die Hände, die noch gar nicht kalt waren, unter die heiße Lüftung.

»Was is passiert?« fragte er den Matrosen.

»Frag mich nicht, ich bin nur der Fahrer. Ich bin hier auf der Werft stationiert.«

Vorsichtig wie immer fragte Tony, wie lange der Fahrer schon wartete, aber es waren nur fünfzehn Minuten, also konnte Charley nicht zu lange nach ihm gesucht haben. Hindu stieg neben Tony ein. Er befahl Looey Baldu, auf die Lastfläche zu springen, und sie fuhren im Gleis der Hilfsaggregate, dann durch die dunklen Straßen und schließlich durch das Tor hinaus und nach Brooklyn hinein.

Baldu kauerte sich an die Rückwand des Fahrerhauses, der Wind kam durch seine Wollmütze, und er spürte, wie seine Haut hart wurde. Er konnte es nicht ertragen, auf der eisigen Pritsche zu sitzen, und seine Knie verkrampften sich, wenn er auf den Fersen hockte. Aber der Stolz, den er empfand, war groß genug, die Kälte zu vertreiben; jetzt endlich half er mit, Mussolini an die Kehle zu gehen, jetzt litt er, teilte die eisige Kälte der Murmansk-Route, wo unsere Schiffe mit Nachschub zu den Russen durchstießen, durch Schwärme von Unterseebooten. Er hatte einen Fleischlieferwagen gefahren, bis der Krieg ausbrach. Er hatte zufällig am Tag nach Pearl Harbor geheiratet, und das schmerzte ihn immer noch wie eine Todsünde, obwohl er sich unablässig daran erinnerte, daß die Hochzeit lange geplant gewesen war, bevor er wußte, daß Amerika in den Krieg eintreten würde. Und doch hatte sie ihn für eine Weile davor bewahrt, sofort eingezogen zu werden, und dann hatte ihn ein Loch im Trommelfell bei der Musterung ganz außer Gefecht gesetzt.

Er war zur Werft gegangen, obwohl er dort, wenn man es nach Stundenlohn rechnete, etwas weniger verdiente, aber mit der Zwölf-Stunden-Schicht und Überstunden machte er mehr als vorher. Das störte ihn aber viel weniger als die Atmosphäre völliger Konfusion auf der Werft, denn wenn er wirklich die fünf Monate überdachte, die er jetzt hier war, konnte er an einer Hand die Schichten abzählen, die wirklich anstrengend gewesen waren. Alles blieb immer wieder stecken, kaum daß es angefangen hatte, bis er sich wünschte, er hätte den Mut, zum Werftdirektor zu gehen, um ihm zu sagen, daß irgend etwas schrecklich falsch lief. Das endlose Herumstehen und, schlimmer noch, daß er Tonys Nickerchen decken mußte, verwandelte seine Arbeitsstunden in eine fortwährende Frustration, die in seinem Kopf irgend etwas Seltsames anzurichten schien. Er hatte noch nie so viel Zeit gehabt, nichts zu tun, und die Schichten kamen ihm endlos vor, und schließlich hatte er sogar das Gefühl, etwas Unerlaubtes zu tun und immer aufpassen zu müssen, ob Vorgesetzte vorbeikamen. Es war etwas ganz anderes, als von Laden zu Laden zu rasen und Fleisch abzuladen und es am Ende des Tages gerade so zu schaffen.

Er hätte es nie für möglich gehalten, daß er so viel an Sex dachte. Er achtete und verehrte beinahe seine Frau Hilda, und doch schien er nun, da sie mit ihrer Mutter zwei Wochen in Florida war, ständig an andere Frauen zu denken. Plötzlich brachte Mrs. Curry, die Nachbarin, die wußte, wann er frühstückte, ihren Mülleimer um sechs Uhr morgens hinaus. Sie trug dabei nur einen Mantel und nichts darunter, und selbst an sehr kalten Morgen stand sie vornübergebeugt mit offenfallendem Mantel manchmal minutenlang am unteren Ende ihrer Ausfahrt, im Blick seines Küchenfensters; und jeden Tag, jeden einzelnen Tag, kam sie zufällig gerade aus der Haustür, wenn er zur Arbeit ging, bis er anfing, sich zu fragen, ob sie ... Aber das war unmöglich; eine so gute, verheiratete Frau wie sie wußte sehr wahrscheinlich gar nicht, was sie da tat, besonders da ihr Mann in der Armee war und den Faschismus bekämpfte. Er blies sich in die schweren wollenen Handschuhe, und die Vorstellung, wie sie sich vornüberbeugte, hielt ihn fest. Er drängte sie wütend aus seinen Gedanken, nur um zu erstarren, denn er erinnerte sich wieder an einen Traum, in dem er in sein Schlafzimmer gekommen war, und auf dem Bett lag seine Kusine Lucy, ganz nackt, und er stürzte sich plötzlich auf sie, stolperte über den Teppich und wachte auf. Warum sollte sich Lucy in seinem Zimmer ins Bett gelegt haben?

Aber jetzt setzte sich die Brooklyn Bridge Stück um Stück hinter der Ladeplanke des Lastwagens zusammen, und wie schön sie war, wie großartig, hier so schnell entlangzufahren in einer Mission für das Land, und sie alle, sogar Tony, plötzlich voller Energie, um das Land im Krieg zu stärken. Baldu mußte seine Mütze abnehmen und die Haut reiben, damit wieder Blut hineinkam. Er zitterte vor Kälte bis in die Brust, und er sah sich um und entdeckte eine Plane, die zusammengefaltet in einer Ecke lag. Er deckte sich mit ihr zu und blies sich in der Dunkelheit in die Fäuste.

Tony aß drei Spinatbrote aus seiner Dose, schluckte sie in jeweils zwei Bissen, wie feuchte, grüne Kekse. Hindu, eingeschüchtert von Tonys gereiztem Aussehen, sagte nichts. Der Monteur war streitlustig, den Kopf hatte er in die Schultern gezogen. Als sie Chambers Street überquerten, waren die hohen Büro- und Bankgebäude, die sie sahen, dunkel, die Leute, die in ihnen arbeiteten zu Hause, warm und klug und geborgen. Jeder, der sich heute nacht draußen herumtrieb, war entweder ein Cop oder ein Idiot. Der Defroster kam gegen die Kälte nicht mehr an, und die Windschutzscheibe überzog sich mit Eis. Nur ein paar Zentimeter unten, wo die warme Luft herauskam, blieben frei. Jeder Fluch, den Tony kannte, stieg in ihm auf. Heute nacht auf Deck! Und wahrscheinlich auch keine Möglichkeit, sich zu verstecken, denn der Kapitän und die Mannschaft waren auf dem Schiff. *Margaret!* Ihr verhaßter Name, der ihn wild machte, ihr schlaues Gesicht, ihr geschwätziger Mund kreisten vor ihm in der Luft, der Mund, der ihn zerstört hatte. Denn sie hatte Großpapa so mißtrauisch gegen ihn gemacht, daß er sich weigerte, den Koffer zu öffnen, bis er sehen konnte, daß sie schwanger war. Und sogar, als sie größer und größer wurde und kaum noch von einer Ecke des kleinen Wohnzimmers zur anderen watscheln konnte, weigerte er sich immer noch, bis das Baby zur Welt kam. Großpapa hatte nicht umsonst einen so großen Ruf – dumme Männer oder Männer, die auf Rache verzichteten, wurden in Kalabrien nicht reich.
Als die letzten Tage herankamen und die Drei-Zimmer-Wohnung für das Baby zurechtgemacht wurde, begann der alte Mann, sich komisch zu benehmen. Er kam nach dem Abendessen in ihr Zimmer, vorgeblich um sich mit Margaret zu unterhalten, aber in Wirklichkeit, um zu sehen, wie

die drei sehr wohl wußten, ob Tony abends zu Hause blieb. Seit etwa einem Monat war er jetzt Tony in den Nächten von Bar zu Bar gefolgt, hatte ihm Gläser aus der Hand geschlagen und in Oxs Saloon ein Dutzend Flaschen hinter der Bar zu Boden gefegt, um Ox zu lehren, seinem Enkel nie wieder etwas zu trinken zu geben. Schließlich mußte sich Tony in Lokale schleichen, in denen er nie zuvor gewesen war. Aber selbst dorthin war der Ruf des alten Mannes ihm schon vorausgeeilt, und Tony war in allen Saloons zwischen der Fourteenth Street und Houston ein Paria. Schließlich gab er auf, beschloß, mit den stärkeren Bataillonen zu gehen, statt gegen sie zu kämpfen, und kam Abend um Abend vom Hafen direkt nach Hause, um schweigend in der Wohnung zu sitzen, während seine Frau anschwoll. Eines Abends, etwa acht oder neun Tage vor der Geburt, kam Großpapa nicht mehr. Am nächsten Abend kam er auch nicht, und am Abend darauf ebenfalls. Eines Abends ging Tony in der Wohnung seiner Eltern vorbei, um zu sehen, ob sich noch eine Katastrophe ereignet hatte, ob der alte Mann zum Beispiel krank geworden war und sterben würde, bevor er ihm das Geld aushändigen konnte, aber Großpapa ging es gut. Nur der normale harte, mißtrauische Ausdruck in seinen Augen war verschwunden. Jetzt warf er Tony nur verstohlene Blicke zu und schien ihm gegenüber weicher geworden zu sein, als bereute er etwas. Tony hatte das Gefühl, irgendeine Art von Sieg errungen zu haben, denn der alte Mann schien sich an etwas Kommendem, etwas irgendwie Heiligem zu wärmen, glaubte Tony, an einer übernatürlichen, geweihten Stunde, in der nicht nur sein erstes Urenkelkind geboren werden sollte, sondern er auch die Frucht seines Lebens weitergeben und den ersten Schatten des eigenen Todes sehen würde. Die neue Atmosphäre zog Tony Abend um Abend zu ihm, und wenn er ging, legte ihm der alte Mann die Hand auf den Arm, als ginge seine Kraft auf diese Weise auf einen schwierigen, aber stolzen Nachkommen über. Sogar Mama und Papa schlossen sich der Stille und tiefen Ernsthaftigkeit dieser Abschiede an.

Der Lastwagen nahm jetzt die Kurve zum Kai unter der Brücke des West Side Highway; der Matrose fuhr tief über das Steuerrad gebeugt, um durch die handgroße unvereiste Fläche am unteren Rand der Windschutzscheibe zu sehen. Jetzt fuhr er langsamer und kurbelte die Scheibe herunter, um auf die Nummer eines Piers zu gucken, an dem sie vorbeifuhren. Dann schloß er das Fenster schnell wieder. Das Fahrerhaus war sofort völlig ausgekühlt, ein Temperatursturz, der Hindu aufstöhnen ließ: »Mamma mia.« Er zog die Ohrwärmer noch weiter herunter. Die Nacht der Geburt war genauso kalt gewesen, auch Januar, und er wollte um den Klinikblock gehen, um etwas Zeit totzuschlagen, aber er kam in der eisigen Kälte nur bis zur nächsten Ecke.

Als er zurückkehrte und wieder in die Eingangshalle der Klinik trat, lief Mama auf ihn zu und packte ihn wie ein kleiner Ringer und stieß die doppelte Neuigkeit hervor. Es waren Zwillinge, zwei Jungen, beide groß und gesund, kein Wunder, daß sie so gewaltig gewesen war, das arme Mädchen. Tony schwebte aus der Klinik hinaus, ohne den Boden zu berühren, flog durch den eisigen Wind die Seventh Avenue hinunter, glitt die Treppen hinauf zu Großpapa und wußte es auf den ersten Blick, wußte es sofort, denn der Kopf des alten Mannes bewegte sich so unsicher, als säße er auf einem gebrochenen Genick, so voller Furcht war er, so verzweifelt. Aber Tony hielt trotzdem die Hand auf, forderte den Schlüssel, immer wieder, bis Großpapa sich auf

die Knie warf und seine Beine umfing und um Vergebung ächzte und stöhnte und hustete.
Der Koffer öffnete sich. Tony sah das in braunes Papier eingewickelte, verschnürte Bündel, halb so groß wie eine Matratze und tief wie der Koffer. Die Schnur wurde heruntergerissen, das braune Papier knackte wie splitterndes Holz, und er sah die Notenbündel – italienische Lire natürlich, bedeckt mit Schwingen, Bildern von Mussolini, Flugzeugen und Nullen, Fünfern, Zehnern, farbig und unter seinen suchenden Händen durcheinanderfallend. Er wußte, wußte es schon, hatte es gewußt, seit dem Tag, an dem er geboren wurde, aber er lief ins Wohnzimmer zurück und fragte. Es war ein Irrtum, ein Fehler, ehrlich. In Kalabrien, du kannst sie alle fragen, konnte man damit, oder hätte man damit alles mögliche kaufen können, hätte man früher, noch vor ein paar Jahren, bis diese Geschichte mit dem Geld passierte, überall auf der Welt, sogar hier in Amerika, frag Roosevelt, warum er darüber redet, die Banken dichtzumachen. Das Geld ist irgendwie krank geworden, und warum sollte Italien da eine Ausnahme machen, ein armes Land, Geld ist nur in Rom. Behalte es, es wird wieder raufgehen, vielleicht. Ich wußte es selbst nicht, hab es erst vor zwei Wochen erfahren, als ich zur Bank gegangen bin, um es einzutauschen, frag deine Mutter. Ich hab das ganze Bündel zur National Bank geschleppt, ich hab dran geglaubt, ich war voller Freude, weil ich wußte, all deine Sünden waren die Sünden der Jugend, der Übermut des jungen Mannes, der erwachsen wird und zu einem Segen für seine Eltern und Großeltern, ein Mann, der all seine Vorfahren durch seinen Mut und seine Männlichkeit berühmt macht. Es sind siebzehnhundertundneunundreißig Dollar. Das ist es in Dollar wert.

Ich hab dreihundert gemacht in vier Tagen, Großpapa, eine Fahrt von Toronto nach New York. Siebzehnhundert – weißt du, was siebzehnhundert sind? Siebzehnhundert, damit kann ich einen guten Anzug kaufen und einen Buick, und dann hab ich nichts mehr, um Benzin zu kaufen, das sind siebzehnhundert. Siebzehnhundert, wenn ich damit einen Lebensmittelladen kauf, land ich nach der ersten schlechten Woche auf 'm Arsch. Siebzehnhundert gibt dir nicht das Recht, einem Mann zu sagen, häng dir das Mädchen an den Hals und spring in den Fluß, und wenn du wieder hochkommst, bist du reich. Das ist nicht entfernt in der Nähe von 'ner Summe, die das wert wär, das ist meilenweit davon entfernt, und Zwillinge hab ich mir dabei noch dazu eingehandelt. *Ich hab zwei Zwillinge, Großpapa!*

Das Blut schwand aus seiner Vision, als der Lastwagen eine Linkskurve machte und auf den Pier hinausfuhr, an einer einsamen Glühbirne und dem Wachmann vorbei, der sie müde weiterwinkte und zu seinem Ofen in der Hütte zurückkehrte. Etwa auf halber Höhe des Pierschuppens stand ein großes Tor offen, und der Matrose ließ den Wagen im Leerlauf darauf zurollen und bremste, die Federn quietschten in der Kälte, als der Kühler beim Bremsen einmal nickte.

Tony stieg nach Hindu aus und ging an ihm vorbei auf die Gangway zu, die auf das Deck des Zerstörers führte. Er stapfte hinauf und sah nach rechts und links über die volle Länge des Schiffes. Warmes Licht kam aus den Mittschiffskabinen, und als er auf das Stahldeck trat, schloß er, daß sie vielleicht blöde waren in der Marine, aber nicht so blöde – sie hatten sich alle ins warme Innere verkrochen, und niemand stand hier draußen Wache. Aber dann sah er, daß er sich geirrt hatte; ein Matrose mit einem Gewehr über der

Schulter, die blaue Wollmütze tief über die Ohren gezogen, schritt, eine Gesichtsmaske über Kinn und Mund und den Kragen seiner Windjacke hochgeschlagen, von Reling zu Reling hin und her.
Tony ging auf ihn zu, aber der Matrose, der ihn auf dem Weg zur Steuerbordseite angestarrt hatte, marschierte wie in Trance über das Deck zur Backbordseite zurück. Tony wartete darauf, daß er wieder eine Wendung machte und auf ihn zukam, und stellte sich ihm in den Weg, so daß der Matrose ihn anrempelte und erschrocken hochfuhr.
»Ich komm von der Werft. Wo ist der diensthabende Offizier?«
Der Matrose begann, das Gewehr von der Schulter zu kippen, und Tony packte es und stieß es zurück.
»Kommt ihr meinetwegen?«
»Was?«
Der Matrose nahm die wollene Gesichtsmaske ab. Sein Gesicht war jung und matt, und er starrte Tony mit großen Augen an. »Ich soll keinen Dienst mehr auf See tun. Ich werd immer seekrank. Das Schiff hier ist schrecklich. Ich kann nichts im Magen behalten. Aber jetzt haben sie mir gesagt, ich kann nicht runter, bis sie wieder zurückkommen. Sind Sie von dem ...«
»Ich komm von der Marinewerft. Ihr habt hier 'n Problem, oder?«
Der Matrose blickte auf Hindu, der ein wenig hinter Tony stand, und dann auf ihren Aufzug, und er schien sich zu schämen und drehte sich um, rief ihnen zu, sie sollten einen Augenblick warten, und verschwand in einer Tür.
»Willst du dir die Schienen ansehen?« Hindus Frage war als Witz gemeint, eine Parodie des Befehls, den Charley ihnen gegeben hatte. Er trat von einem Fuß auf den anderen und beugte sich von seiner Höhe zu Tonys Ohr herab.

»Scheiß auf die Schienen. In dem Wetter können wir sowieso nix machen. Sind die verrückt? Spürst du den Wind? Der legt dir den Arsch auf Eis. Aber halt du die Klappe, ich red mit den Kaspern hier. Die haben vielleicht Nerven!«

Looey Baldu tauchte aus der Dunkelheit des Piers auf, er trug die beiden Vorschlaghammer. »Wohin damit, Tony?«

»Schieb sie dir in 'n Arsch, Looey. Bring sie zurück zum Wagen.«

Baldu blieb verblüfft stehen.

»Wartest du auf 'n Taxi? Beweg dich!«

Baldu drehte sich verwirrt um und stampfte mit den Vorschlaghammern die Gangway wieder hinunter.

Die Tür, durch die der Matrose verschwunden war, öffnete sich, und warmes gelbes Licht ergoß sich wie eine Versuchung über das Deck bis zu Tonys Füßen, und ein großer Mann kam, den Kopf abduckend und sich den langen Mantel zuknöpfend, heraus. Sehr wahrscheinlich der Maat vom Dienst oder vielleicht einer der Oberleutnants, aber dann stufte ihn Tony wegen seines jungenhaften Gangs und der zu kurzen, um die Knöchel schlagenden Hosen zum Fähnrich herab. Er kam näher, schlug den Kragen hoch und zog die Mütze herunter und beugte sich vor, um Tony zu begrüßen.

»Gut, daß ihr da seid. Bin euch sehr dankbar. Ich zeig euch, wo's ist.«

»Moment, Moment mal, Mister.«

Der Offizier wandte sich um und kam die beiden Schritte zurück, die er auf das Heck zu gemacht hatte. Sein von der Kälte gerötetes Gesicht trug einen Ausdruck höflichen Interesses. Eine Windbö ließ seine Hand zum Schirm seiner Mütze fahren, und er neigte den Kopf gegen New Jersey, woher der Wind über den schwarzen Fluß auf sie schlug.

»Ist Ihnen klar, wie kalt es hier auf Deck ist?«
»Was? Oh. Ich bin eine Weile nicht draußen gewesen. Es ist sehr kalt geworden. Ja.«
Hindu war einen respektvollen Schritt zurückgetreten, um Tony instinktiv den Rang zu geben, den Abstand andeutet, und jetzt kam Baldu vom Wagen zurück und blieb neben Hindu stehen.
»Kann ich Sie um 'nen kleinen Gefallen bitten?« sagte Tony, die Fäuste in den Jackentaschen geballt, die Schultern hochgezogen, die Augen gegen den Wind zusammengezogen. »Würden Sie bitte mal da reingehen und dem Käptn sagen, wie kalt es hier draußen ist?«
»Ich bin der Kapitän. Stillwater.«
»Sie sind der Käptn.« Tony zögerte einen Augenblick, alle seine bisherigen Einschätzungen der Lage wirbelten ihm durch den Kopf. Er sah hilflos auf das Deck hinunter. Noch nie zuvor hatte er mit einem befehlshabenden Offizier gesprochen; das, was dem am nächsten kam, war ein strenges Nicken gewesen, wenn er dem einen oder anderen in einem Gang begegnete. Die Tatsache, daß der Mann hier an Deck gekommen war, um mit ihm zu reden, mußte heißen, daß die Reparatur lebensnotwendig war, und Tony merkte, daß die Streitlust, die sonst in seiner Stimme lag, verlorenging.
»Kann ich Ihnen 'nen kleinen Rat geben, Käptn?«
»Gewiß. Was meinen Sie?«
»Wir können in dem Wetter hier draußen nix machen. Sie wollen doch keine schlampige Arbeit, oder? Warum bringen Sie das Schiff nicht in die Werft, wir setzen ihnen 'n paar brandneue Schienen rein, und Sie sind tipptopp, wenn Sie rausgehn.«
Der Kapitän lachte halb auf vor Überraschung über das

Mißverständnis. »Oh, das geht nicht. Wir müssen um vier einen Konvoi übernehmen. Morgen früh um vier. Ich kann keinen Konvoi aufhalten.«
Die Leichtigkeit und die Unbedingtheit, mit der er das sagte, machte Tony plötzlich Angst. Er sah am Gesicht des Kapitäns vorbei, suchte nach einem neuen Ansatzpunkt, aber der Kapitän redete schon weiter.
»Kommt, ich zeig's euch. Geben Sie mir die Lampe, Farrow.«
Der kranke Wachtposten gab ihm die Taschenlampe, und der Kapitän ging mit schnellen Schritten auf das Heck zu. Tony folgte ihm. Er saß in der Falle. Wenn er Charley Mudd wiedersah ...
Der Strahl der Taschenlampe schoß hinaus und beleuchtete die beiden parallel zueinander stehenden Schienen, die vom Deck aus etwa drei Meter über das Wasser hinausragten. Einen halben Meter vor dem Ende der Backbordschiene war ein Knick.
»Gott! Wie is'n das passiert?«
»Wir waren da draußen« – der Kapitän zuckte mit dem Lichtstrahl auf den Fluß hinter der Helling hinaus –, »und ein britisches Schiff, das in die Formation wollte, ist uns ein bißchen zu nahe gekommen.«
»Die Scheißengländer!« explodierte Tony in Richtung auf den Fluß, wo der Engländer sein mußte. Der Kapitän lachte überrascht auf, aber Tony zog die Hände aus den Taschen und machte eine flehende Geste und sagte mit ernstem Gesicht: »Warum sagt ihnen nicht mal jemand, daß sie aufhörn sollen, so 'n Scheiß zu machen oder aus dem Krieg zu verschwinden!«
Der Kapitän, dem jemand wie Tony offensichtlich noch nie begegnet war, beobachtete ihn amüsiert und erwartungsvoll.

»Im Ernst. Sie sind die einzigen, die Küchenschaben in die Werft reinschleppen!«
»Küchenschaben? Wieso ...«
»Können Sie fragen, wen Sie wollen! Wir kriegen Franzosen, Norweger, Brasilianer rein, aber bei denen sieht man keine Schaben. Nur die Briten haben welche.«
Der Kapitän schüttelte mitfühlend den Kopf, kämpfte mit dem Lächeln, bis es verschwand. »Einige von ihren Schiffen sind lange Zeit auf See, wissen Sie.«
Tony sah plötzlich einen kleinen Hoffnungsschimmer. »Aha«, murmelte er und legte aus Sorge um die Briten die Stirn in Falten. Da deutete sich ein unerwartetes Verständnis mit dem Kapitän an; der Mann nahm ihn ernst, machte sich die Mühe zu erklären, warum die Briten Küchenschaben hatten, ließ sich für ein paar Augenblicke sogar von der verbogenen Schiene ablenken. Und was noch wichtiger war als alles andere, er schien auf Tony zu hören – vielleicht auch in der Frage, ob heute nacht gearbeitet werden konnte oder nicht. Besser noch, er hörte nicht auf, ging auf die Frage weiter ein.
»Ein paar von den englischen Schiffen sind ohne Unterbrechung zehn oder zwölf Monate auf Feindfahrt unten im Indischen Ozean gewesen. Die Schiffe werden natürlich sehr mitgenommen, wenn sie, ohne überholt zu werden, so lange auf See sind. Meinen Sie nicht?«
Tony legte großen Ernst und tiefe Nachdenklichkeit in seinen Gesichtsausdruck und sagte dann großzügig: »Oh ja, sicher. Ich hab's nur so gesagt. Sie können nix dafür, aber man kann sich auf ihren Schiffen nicht hinsetzen.«
Ein weiterer Offizier und noch zwei Matrosen waren aufs Deck herausgekommen und sahen aus der Entfernung zu, wie Tony mit dem Kapitän sprach, und ihm wurde allmäh-

lich klar, daß sie alle seit Stunden auf ihn gewartet haben mußten und nun gespannt waren, wie er die Situation einschätzte.
Der Kapitän nickte zu der verbogenen Schiene hinüber und fragte: »Was meinen Sie? Kriegen Sie's hin?«
Tony wandte sich um und sah auf die beschädigte Schiene hinaus, aber sein Blick war verschwommen. Er war so erfreut und stolz darüber, mit dem Kapitän so vertraulich zu sprechen, auf diesem Deck einfach unersetzlich zu sein, daß er nicht klar denken konnte. In dem Versuch, seine fünf Sinne wieder zusammenzubekommen, fragte er den Kapitän, ob er für einen Moment die Taschenlampe haben könne.
»Aber sicher«, sagte der Kapitän und gab sie ihm.
Ein wenig über die Kante des Decks gebeugt, richtete er den Lichtstrahl auf die verbogene Stelle. Dieses arschlekkende Schwein von Charley Mudd! Guck dir das an, da sind Eisschollen im Wasser – fall da rein und gute Nacht! In den Wolkenkratzern hinter ihm verdreifachten Männer ihr Geld jeden verdammten Kriegstag, die Fleischer machten mit dem knapp gewordenen Fleisch große Kasse, jeder mit einem Lastwagen, der nicht auseinanderfiel, konnte praktisch jeden Preis fordern, und er stand hier, der letzte Arsch, *der* Versager überhaupt, keinen Pfennig in der Tasche außer dem Geld, das er mühsam stundenweise mit seinen zwei Händen zusammenmalocht hatte.
Mehr als eine Minute war vergangen, aber er weigerte sich aufzugeben, bis ihm etwas einfiel, also hielt er den Lichtkegel auf der verbogenen Stelle, als überlegte er gründlich, wie sie zu beheben sei. Es mußte einen Ausweg geben. Es war dieselbe alte Scheiße – er hatte nie die richtige Idee zur richtigen Zeit, weil er ein dummer Hund war, das stand fest, und das würde sich auch nie ändern.

»Was meinen Sie?«
Was er meinte? Er meinte, daß man Charley Mudd an den Eiern aufhängen sollte. Als er sich jetzt dem Kapitän zuwandte, sah er ihm ins Gesicht, das seinem sehr nahe war, um ihn in dem Wind zu verstehen. Konnte es sein, daß es noch kälter geworden war?
»Gucken Sie mal her, Käptn. Würd wirklich alles tun, um Ihnen zu helfen, aber das is wirklich Scheiße da draußen. Entschuldigen Sie. Gucken Sie mal.«
Er deutete auf die verbogene Stelle. »Ich muß da mit 'm Hammer ran, verstehn Sie?«
»Ja?«
»Aber wo soll ich stehn? Es ist über 'm Wasser. Wir brauchen 'n Trapez dafür. Und das ist noch nicht alles. Ich muß den Stahl gut heiß machen. Aber mit dem Wind hier weiß ich noch nicht mal, ob ich's heiß genug krieg.«
»Hmmm.«
»Verstehn Sie? Ich will Sie nicht im Stich lassen, aber das sind die Tatsachen.«
Er beobachtete den Kapitän, der zwinkernd auf die verbogene Stelle hinaussah, die Brauen zusammengezogen. Er war wie ein Kind, unschuldig. Draußen im Dunkel bellten Nebelhörner, als wollten sie bezeugen, wie schlecht das Wetter war. Tony sah die sinkende Enttäuschung im Gesicht des Kapitäns, die Trauer, die in ihm aufstieg. Was zum Teufel war mit dem los? Er hatte eine perfekte Ausrede, nicht rauszumüssen, wo sie ihn vielleicht versenkten. Die deutschen U-Boote lagen überall vor der Küste von Jersey und warteten auf diese Konvois, und der Mann hier hatte beste Chancen, sich für ein paar Tage in ein Hotel zu legen. Tony sah, daß der junge Mann Hilfe brauchte, man mußte ihn zu seinem Glück zwingen.

»Käptn, hörn Sie auf mich. Bitte. Ich will Ihnen 'nen kleinen Rat geben.«
Ausdruckslos sah der Kapitän Tony an.
»Ich versteh Sie ja. Aber was zum Teufel soll schon sein, wenn Sie melden, daß sie heut nacht nicht raus können? Nicht Ihr Fehler.«
»Ich bin für den Konvoi abgestellt. Ich muß.«
»Weiß ich doch, Käptn, aber wie isses hiermit: Sie legen hier ab, fahrn zur Werft rüber; wir setzen 'n Gerüst ran und hauen Ihnen bis morgen mittag 'ne neue Schiene hin, vielleicht sogar bis zehn. Dann haben Sie's.«
»Nein, nein, das ist zu spät. Also, jetzt hören Sie mal ...«, der Kapitän deutete mit einem Finger auf die Krümmung. »Sie brauchen sie nicht perfekt zu machen, nur so, daß die Bomben runterrollen können, das würde reichen.«
»Hörn Sie, Käptn, ich würd für Sie tun, was ich kann, aber ...« Ein unglaublich eisiger Windstoß zerrte an Tonys Wangen. Der Kapitän lehnte sich in den Wind, neigte den Kopf wieder gegen den Fluß, griff nach dem Schirm seiner Mütze und zog mit der anderen Hand den Kragen zusammen. Tony hatte ihn keuchen gehört, als die Bö mit ihrer noch tieferen Kälte ihn traf. Was war mit diesen Leuten los? Die Marine hatte eine Million Zerstörer – warum zum Teufel brauchte sie diesen, nur diesen und ausgerechnet heute nacht? »Ich hab doch recht, oder? Sie können Ihnen doch nix, oder? Wenn das Schiff nicht gefechtsklar ist, isses nicht gefechtsklar, oder? Sie haben doch nicht die Schuld, wenn 'n anderes Schiff Sie im Dunkeln rammt? Sie hatten doch die richtige Position, oder? War doch seine Schuld, nicht Ihre!«
Der Kapitän sah ihn an, und in seinem Blick sah Tony die Enttäuschung, das Urteil des Mannes über ihn. Er konnte

nicht anders, er streckte den Arm aus und berührte den Kapitän entschuldigend am Ärmel. »Jetzt hörn Sie mal. Bitte. Denken Sie mal an mich, meine Situation. Ich kenn meine Vorschriften, Käptn; mir kann auch keiner was vorwerfen. Ich darf nicht unter unsichern Bedingungen arbeiten. Ich hätt hier nur kurz hingucken und die Werft anrufen können, und ich wär schon wieder drüben unter Deck irgendwo, weil, wenn man's nicht nach den Sicherheitsvorschriften machen kann, darf man's gar nicht machen. Einzige Art, wie ich's machen könnt, wär, wenn's überhaupt geht, ich häng mich an'n Seil und kriech da raus und versuch, mit 'm Hammer ranzukommen. Niemand würd auch nur mit der Wimper zucken, wenn ich sagen würd, ich kann's nicht machen. Verstehn Sie, was ich mein?«
Der Kapitän, dessen Augen im Wind tränten und dessen Gesicht vom Druck der Bö straff war, wartete auf den Schluß, den Tony daraus zog. »Was ich mein, ich mein, daß ...« Was meinte er eigentlich wirklich? Nur ein paar Zentimeter vom jungenhaften Gesicht des Kapitäns entfernt, begriff er zum ersten Mal, daß es hier nicht um irgendeinen Vorwurf ging. Da war kein Vorwurf und auch kein Befehl. Der Mann war einfach hilflos, er brauchte ihn. Und er sah auch, daß es für den Kapitän gar nicht darum ging, ob ihm jemand einen Vorwurf machen konnte oder nicht. Plötzlich war das Ganze so klar und kalt wie die Luft, in der sie frierend standen – sie waren beide in der gleichen Lage, sie waren frei.
»Ich wär Ihnen sehr dankbar, wenn Sie es tun könnten. Ich versteh, wie schwierig es ist, aber ich wär sehr dankbar.«
Tony entdeckte, daß er den Handschuh zum Gesicht erhoben hatte, und er blies hinein, um Wärme auf seine Wan-

gen zu bringen. Der Kapitän war zu einem kleinen Punkt am Rande seines Blickfelds geworden. Zum ersten Mal im Leben spürte er Platz um sich herum, Spielraum, in dem er sich frei bewegen konnte. Zum ersten Mal, so schien es ihm, war es ausschließlich seine Entscheidung, ob er nein sagte, er würde dafür nicht bestraft werden. Und es gab auch keine Belohnung, wenn er ja sagte. Gewinn und Verlust spielten plötzlich keine Rolle mehr, und was blieb, war, daß jemand ihn um einen Gefallen bat. Profitieren würde niemand davon. Der Kapitän sah ihn an, wartete auf seine Antwort. Er schämte sich, nicht weil er gezögert hatte, es zu versuchen, sondern weil er sich so nackt fühlte. Und als er redete, hatte er wirklich Angst, daß die Reparatur sich als unmöglich erweisen könnte, daß er seine Werkzeuge zusammenpacken und besiegt und beschämt zur Werft zurückkehren müßte.

»Von Mann zu Mann, Käptn, kann ich Sie was fragen?«

»Natürlich.«

»Ich will's nur mal loswerden«, er hatte seinen streitlustigen Ton wiedergefunden, und er kam ihm jetzt, als er sich erinnerte, wieder natürlich vor, »weil, oft kommen sie bei mir an und sagen, ›Tony, mach hin, das Schiff muß heut nacht raus‹, und ich maloch mir den Arsch ab. Und am nächsten Tag komm ich rein, und der Kahn liegt immer noch da, und sogar zwei Wochen später hängt er immer noch da rum, verstehn Sie?«

»Sobald Sie fertig sind, die Minute, leg ich ab und fahr in den Fluß raus, da brauchen Sie sich keine Sorgen zu machen.«

»Was ist mit Kaffee?« fragte Tony und versuchte, seiner Verrücktheit irgendeinen geschäftlichen Anstrich zu geben.

»Soviel Sie wollen. Ich sag den Männern gleich, Sie sollen frischen aufsetzen. Sagen Sie der Wache, wann Sie ihn wollen.« Der Kapitän streckte ihm die Hand hin. »Vielen Dank.«

Tony konnte seine Hand kaum bewegen. Er spürte, wie der Kapitän sie ergriff. »Ich brauch 'n Seil.«

»Klar.«

Er wollte etwas sagen, etwas, das dem Dank des Kapitäns gleichkam. Aber es war unmöglich, einzugestehen, daß sich in ihm etwas gewandelt hatte. Er sagte: »Ich kann Ihnen nix garantiern«, und die vertraute Verdrossenheit seines Tons beruhigte ihn.

Der Kapitän nickte und ging in den Mittschiffsbereich zurück. Der andere Offizier und die beiden Matrosen, die zugesehen hatten, folgten ihm. Er würde ihnen berichten, aber was würde er sagen? Daß er den Monteur reingelegt hatte?

Hindu und Looey Balu kamen auf ihn zu. Worauf hatte er sich eingelassen!

»Wie sieht's aus?« Hindu grinste in Erwartung der Geschichte, wie Tony das Arschloch von einem Kapitän ausmanövriert hatte.

»Wir machen das Ding grade.« Tony wollte an Hindu vorbei, aber der hielt ihn am Arm fest.

»Machen was grade?«

»Ich hab gesagt, wir machen's grade.« Er sah den Unglauben in Hindus Augen, den verschlagenen Ausdruck totaler Verweigerung, und er spürte, wie der Zorn in ihm hochschoß. »Frag nach einer Holzsäge und einem Hammer und ob sie 'ne große Brechstange haben.«

»Wie zum Teufel willst du das Scheißding . . .«

»Geh mir nicht auf'n Senkel, Hindu. Tu, was ich sag, oder

sieh zu, daß du vom Schiff kommst!« Er war verblüfft über seine rasende Wut. Worüber, zum Teufel, regte er sich so auf. Er hörte Baldus Stimme hinter sich: »Ich besorg's!« und ging die Gangway hinunter auf den Pier. Er verstand überhaupt nichts mehr, nur, daß dieses ernste Gefühl ihn gepackt hatte und nicht mehr losließ. Es war, als hätte man ihn beleidigt und als würde er sich bald mit jemandem schlagen, das losgelöste Gefühl von Gewalttätigkeit. Hindu sollte ihm besser nicht zeigen, daß er ihn für verrückt geworden hielt.

Es dauerte Minuten, bis er im Pierschuppen wieder etwas sehen konnte. Er ging in der Leere herum und beleuchtete mit der Taschenlampe ein paar Ecken, fand aber nur die nackten Wellblechwände. Baldu kam die hohl dröhnende Gangway heruntergeeilt, brachte ihm die Werkzeuge. Noch so ein Idiot. Verdammt noch mal, was machten diese Typen eigentlich den ganzen Tag, holten sich einen runter, statt was zu lernen? Was er jedenfalls von Job zu Job gemacht hatte, nicht, daß es ihm viel genützt hätte.

Der Lichtkegel fand einen Stapel Paletten, die hoch gegen eine Wand aufgetürmt waren. Tony kletterte die drei Meter hinauf zur obersten Palette. »Was willst du damit?« fragte Baldu und nahm sie ab, als Tony sie über die Kante des Stapels kippte. Er kam wieder herunter, ohne zu antworten, und verlangte mit einer Handbewegung die Brechstange. Baldu reichte ihm, mit dem Blatt zuerst, die Säge, und Tony schlug sie beiseite, holte sich selbst den Hammer und die Brechstange und löste die beiden Vierkantbalken aus der Palette. »Greif dir einen«, sagte er und ging die Gangway hinauf auf Deck.

Er maß den Abstand zwischen den beiden Schienen ab und sägte die beiden Balken so zu, daß sie paßten. Es mußte

jetzt fast elf Uhr sein, vielleicht später, und es würde immer noch kälter werden. Er nahm das Seil, schnitt es in der Mitte durch und befahl Baldu, es sich um die Brust zu binden, band sich das andere um, und löste dann wieder Baldus verrückten Knoten und machte einen neuen, der hielt. Er machte beide Seile an einem Träger am Ausgang der Wasserbombenschienen fest, ließ genug Länge, damit er und Baldu auf die Schienen hinauskriechen konnten. Er nahm ein Ende eines Holzbalkens, und Baldu nahm das andere, und sie legten sich lang auf die Schienen und bewegten sich dann langsam, den Balken zwischen sich, über das offene Wasser vorwärts. Er sagte Baldu, er solle sein Ende in das L seiner Schiene legen, und er drückte sein Ende gegen seine Schiene, kurz hinter der verbogenen Stelle. Er befahl Baldu, ganz langsam wieder an Deck zurückzukriechen, und Hindu, Baldu einen der Vorschlaghammer zu geben. Aber die Hammer waren noch auf dem Lastwagen. Er befahl beiden, zum Lastwagen zu gehen, die Hammer, zwei Gasflaschen, den Schweißbrenner mit Ersatzdüsen zu holen und sich dabei nicht wehzutun.
Baldu lief los. Hindu ging langsam, mit Absicht. Tony hockte auf den Hacken, sah sich die Schienen genau an. Die seekranke Wache marschierte hin und her, tief in ihrem Traum versunken. Der beschissene Charley Mudd, bis unter die Decke, an den Eiern.
»Heh, Seekranker«, sagte er über die Schulter, als der Posten sich näherte, »sieh mal zu, ob du mir 'ne Plane besorgen kannst.«
»Plane?«
»Genau, 'ne Plane, 'ne Plane. Und 'n bißchen plötzlich!«
Mein Gott, einer blöder als der andere, niemand wußte was, alle mit'm Arsch und 'm Mund offen. Was sagte der

Käptn jetzt, was machte er? Hatte er ihn wirklich reingelegt? Nur, was hatte der Käptn davon, er riskierte doch nur sein Leben mit all den U-Booten draußen vor Jersey? Wenn er ihn reingelegt hatte, verdammt noch mal, dann zeig's dem Schwein.

Zeig ihm was?

Er starrte ins Leere und wußte plötzlich nicht mehr, warum er das hier machte, wenn er's je gewußt hatte. Und noch dazu konnte jemand ins Wasser fallen, wenn sie erstmal mit den schweren Hammern anfingen.

»Kaffee?«

Er drehte sich um und sah auf. Der Kapitän gab ihm eine dampfende Tasse und hatte noch zwei mehr in der Hand.

»Danke.«

Jetzt zogen Baldu und Hindu die Gasflaschen scheppernd hinter sich her auf das Deck. Tony trank seinen Kaffee und atmete dabei den guten Dampf ein. Der Kapitän gab den anderen beiden ihre Tassen.

»Warum legen Sie sich nicht hin, Käptn? Gehn Sie ruhig, wärmen Sie sich auf.«

Der Kapitän nickte und ging.

Tony setzte seine Tasse auf das Deck. Der Wachtposten kam mit einer zusammengefalteten Plane, durch deren Ösen ein Viertelzolltau gezogen war. Tony befahl ihm, sie aufs Deck zu legen. Er ließ Baldu noch eine Minute, um seinen Kaffee auszutrinken, sagte ihm dann, er solle auf seine Schiene hinauskriechen und den Vierkantbalken halten, während er das andere Ende mit dem Vorschlaghammer herunterschlug, um den Balken fest zwischen den beiden Schienen zu verkeilen. Den Hammer vor sich her schiebend, kroch er hinaus, unter ihm das Wasser. Zu seiner Linken kroch Baldu, wieder angeseilt, mit geweiteten

Augen. Tony sah, daß ihm das Wasser unter ihm Angst machte.
Baldu bewegte sich zentimeterweise vorwärts, bis er den Balken erreichte. Er packte ihn mit beiden Händen und hielt ihn im Winkel des L fest. Tony stand auf seiner Schiene vorsichtig auf, bückte sich und nahm den Hammer auf, dann bewegte er sich noch ein kleines Stück weiter hinaus, um Platz zum Ausholen zu haben. Hindu hielt die Lampe, und das Wasser in ihrem Licht war schwarz und von treibendem Papier bedeckt. Tony schwang vorsichtig den Hammer und schlug auf den Balken, dann noch einmal und noch einmal, und er saß fest zwischen den Schienen. Er befahl Baldu zurückzukriechen, und sie holten den zweiten Balken und schoben ihn Stück um Stück vor sich her und schlugen ihn neben dem ersten fest. Jetzt hatten sie etwas, worauf sie stehen konnten, obwohl man noch sehen mußte, ob ein Mann mit einem so schmalen Stand die verbogene Schiene hart genug treffen konnte.
Er faltete die Plane auseinander, gab Baldu eine Ecke und nahm die gegenüberliegende, und beide krochen wieder langsam hinaus und banden die Plane so an die beiden Balken, daß sie an der dem Wind zugewandten Seite hing, damit der Wind den Stahl nicht abkühlte. Vielleicht funktionierte das auch nicht. Er kroch den halben Weg zum Deck zurück und befahl Hindu, ihm die Lampe zu geben, sich einen Hammer zu nehmen und auf die schmale Brücke zu gehen, die er gebaut hatte, und sich bereitzuhalten, auf den Stahl zu schlagen.
»Ich nicht, mein Junge.«
»Doch, du.«
»Warum nicht der Admiral hier?« fragte Hindu und deutete auf Baldu.

»Nein, du!«
»Ich nicht, mein Junge. Mir wird schwindlig, wenn ich runterguck.«
Tony kroch rückwärts von der Schiene und baute sich vor Hindu auf.
»Mach keine Scheiße, Tony, niemand zahlt mir was dafür, da rauszugehen. Ich kann noch nicht mal gut schwimmen.«
Er sah die sichere Kenntnis der Vorschriften in Hindus spöttischen Augen. Tonys Brauen waren erhoben, seine Augen schmal, er hatte das Gesicht aufgesetzt, das er immer machte, wenn es zu einer Kraftprobe kam. Und niemals zuvor hätte er es zugelassen, daß jemand ihn so verhöhnte, ohne die Herausforderung anzunehmen, aber jetzt empfand er, so seltsam es war, nur Verachtung für Hindu, der viel mehr Kraft hatte und die Schiene viel härter treffen konnte als der kleinere Baldu, und sich weigerte. Es war lange, lange her, daß er zum letzten Mal das Gefühl gehabt hatte, von jemandem im Stich gelassen zu werden, so lange, wie es her war, daß er von jemandem etwas erwartet hatte. Er wandte sich von Hindu ab und winkte Baldu zu sich, und in dem Moment, den Baldu brauchte, um zu ihm zu kommen, empfand Tony in aller Schärfe, wie merkwürdig es war, daß er diese Arbeit durchzog, die doch, wie Hindus Haltung bewies, etwas für Blöde war und die er außerdem fast sicher gar nicht schaffen konnte, weil der Wind den Stahl wahrscheinlich so schnell wieder auskühlte, wie er erhitzt wurde. Er bückte sich und nahm den schlanken Schweißbrenner auf.
»Schon mal mit'm Brenner gearbeitet?«
»Nicht so richtig, aber ...«
Tony wandte sich an Hindu, streckte die Hand aus. »Gib

das Feuerzeug her.« Hindu zog das Feuerzeug aus der Jakkentasche und gab es Tony, der es nahm. Er bemerkte das winzige Grinsen in Hindus Mundwinkeln und sagte: »Leck mich am Arsch.«
»Im Quadrat«, sagte Hindu.
Tony drückte auf das Feuerzeug, während er gleichzeitig die beiden Ventile des Schweißbrenners öffnete. Die Flamme erschien und ploppte im Wind aus. Er schirmte sie mit dem Körper ab, hielt das Feuerzeug wieder an die Ventile, und die Flamme brannte stetig. Er ergriff Baldus Hand und legte den Brenner hinein. »Komm jetzt hinter mir her, und ich zeig dir, was du machst.«
Baldu nickte eifrig. Seine Augen fieberten vor Dienstbeflissenheit.
»Klar. Okay.«
Baldus Übereifer machte Tony nervös, und er sagte: »Mach alles langsam. Beweg dich nur, wenn du vorher genau geguckt hast.« Und er ging zu der verbogenen Schiene hinüber, schob den Hammer vorsichtig auf die Schiene hinaus, legte sich langsam selbst auf die Schiene und kroch langsam hinaus, unter ihm das Wasser. Er kam bei den beiden Balken an, von denen die Plane, im Wind schlagend, herabhing, zog seine Beine an und setzte sich auf. Dann winkte er Baldu, ihm zu folgen.
Baldu legte sich auf die Schiene; er hielt den Schweißbrenner in der linken Hand, die vom Wind gekrümmte Flamme nach unten gerichtet, dann schob er sich Zentimeter um Zentimeter auf Tony zu. Aber mit jedem Vorwärtsruck kam die Flamme hoch und seinem Gesicht nahe. »Laß den Brenner runterhängen, Baldu, zieh 'n bißchen mehr Schlauch zu dir ran«, rief Tony.
Baldu hielt inne, zog einen halben Meter Schlauch zu sich

und ließ den Brenner baumeln. Jetzt bewegte er sich wieder vorwärts, und als er herankam, streckte Tony die Hand aus und preßte sie an Baldus Kopf.
»Stop.« Baldu blieb liegen.
»Nimm den Brenner in die Hand.«
Baldu zog den Brenner zu sich herauf und hielt ihn. Tony wies mit dem Finger auf die verbogene Stelle. »Die Flamme hier drauf.« Baldu drehte den Brenner, dessen Flamme sich am Stahl gabelte. Tony nahm Baldus Hand ein paar Zentimeter vom Stahl zurück und führte sie in eine kreisende Bewegung, dann ließ er los, und Baldu machte weiter.
»Gut so.«
Es mußte jetzt halb zwölf sein, vielleicht später. Tony beobachtete den Stahl. Die Farbe wurde schwarz, kleine Bläschen tauchten auf. Nicht schlecht. Er hob die Plane, um die Flamme besser abzuschirmen. Ein blasses gelbes Glühen begann, sich auf dem Stahl zu zeigen. Nicht schlecht. Windböen rüttelten ihn an den Schultern. Er sah, wie Tränen aus Baldus Augen tropften, und die Flamme entfernte sich von der Schiene. Er zog einen Handschuh aus und drückte Baldus Lider herunter, um die Augen auszuwischen, und die Flamme kehrte an ihre richtige Position zurück. Er sah, daß der Wachtposten wieder auf dem Deck hinter Hindu auf- und abmarschierte. Hindu stand grinsend da und hielt die Taschenlampe.
Das gelbe Glühen wurde tiefer. Nicht schlecht. Eine Orangetönung begann, sich im Stahl abzuzeichnen. Er nahm Baldus Hand und bewegte sie in größeren Kreisen, um den erhitzten Bereich zu erweitern. Er zog wieder einen Handschuh aus und drückte die Tränen aus Baldus Augen, dann auch den anderen und hielt die Hände an die Flamme, um sie zu wärmen.

Der Stahl rötete sich. Er stopfte die Handschuhe in die Seitentaschen seiner Jacke, hob einen Fuß und setzte ihn auf die Schiene, lehnte sich auf der Holzbrücke, die er gebaut hatte, vor und brachte den anderen Fuß unter sich und richtete sich langsam auf. Er bückte sich langsam und nahm den Hammer von der Schiene und richtete sich wieder auf. Er stand breitbeinig da, einen Fuß auf den Holzbalken, den anderen auf der Schiene. Dann brachte er sich mit winzigen Teilbewegungen in eine Position, aus der er zuschlagen konnte. Er hob den Hammer und schlug zu, nicht hart, nur um zu sehen, ob er das Gleichgewicht halten konnte. Die Schiene erzitterte, aber sein Fuß blieb sicher auf ihr stehen. Er brachte den Vorschlaghammer wieder hoch, höher diesmal, und ließ ihn mit Kraft herunterkommen, so daß er seitlich auf die Schiene prallte. Mit einem Auge beobachtete er die Brücke, die losgerüttelt werden konnte, dann stürzte er ins Wasser, aber sie war immer noch zwischen den Schienen verkeilt, ruhte auf dem unteren Vorsprung, den das L der Schiene bildete. Baldu legte seinen freien Arm um die Schiene, und jetzt hatte er sie auch mit den Beinen umklammert.
Tony hob den Vorschlaghammer und schlug zu. Der Stahl klang, und er hörte Baldu aufstöhnen, als der Ruck des Aufpralls seinen Körper erschütterte. Er hob den Hammer wieder und legte Gewicht in den Schlag, und der Stahl klang, und Baldu hustete, als hätte es ihn in der Brust getroffen. Tony spürte, wie der Wind unter dem Kragen hindurchgriff und seinen Rücken erreichte und den Schweiß zu Eis werden ließ. Lungenentzündung, verdammt noch mal. Er schwang den Hammer noch einmal und ließ ihn seitlich auf die Schiene herunterkommen und setzte ihn dann neben dem Fuß ab. Die Krümmung war ein wenig

zurückgegangen, um ein oder zwei Zentimeter vielleicht. In seinen Armen hämmerte das Blut, seine Schenkel schmerzten von der verkrampften, angsterfüllten Haltung. Er sah zu Hindu auf dem Deck.

»Ich nicht, mein Junge.«

Er fühlte sich ganz allein. Baldu zählte nicht, er war eine Art Verrückter, auf jeden Fall dumm, er lief rum und hatte immer zu allem eine Meinung, und inzwischen lachten alle über ihn, ein Clown, der nicht wußte, daß er ein Clown war. Man konnte Baldu nicht für voll nehmen, obwohl er ganz in Ordnung war, wie er da lag, so verängstigt, wie er war.

Er kam wieder zu Atem, hustete den Nikotinschleim oben in der Brust hoch. Er sah hinunter auf den Stahl. Ein wenig vor seinem Schuh war er tiefrot. Noch einmal ließ er den Vorschlaghammer niedersausen, er ganz allein – dann schöpfte er wieder Atem. Die Schiene war wieder etwas gerader geworden, vielleicht um einen Zentimeter. Sein Atem ging schwer, und sein Rücken verspannte sich in der unmöglichen Haltung, die Spannung kam daher, daß er sein Gewicht zum Teil in den Hammer legen, zum Teil in den Füßen lassen mußte, die er nicht zu bewegen wagte. Er stand da ganz allein über dem Wasser, und der Strahl der Taschenlampe erstarb in der schwarzen Luft um ihn.

Er legte zum dritten Mal eine Ruhepause ein, spuckte den Schleim aus. Das Miststück, er würde es gerade kriegen. Wenn er das Hämmern durchhielt, war es zu schaffen. Er wagte es nicht, Baldu hämmern zu lassen. Baldu würde bestimmt ins Wasser fallen – der mit seinen beiden linken Füßen, konnte nichts richtig machen, der Kerl. Aber er war nicht schlecht mit dem Brenner, und der Stahl unter ihm mußte eiskalt sein und die Kälte an ihn weitergeben.

Er blickte auf Baldu hinab und sah wieder die Furcht in seinem Gesicht, die Furcht vor dem Wasser, das ihn von unten ansah.
Er hob wieder den Hammer. Schwäche breitete sich in seinen Oberarmen aus. Er mußte bewußt Luft einsaugen und bei jedem Schlag die Luft anhalten. Charley Mudd schien ihm eine Million Kilometer entfernt. Er konnte sich kaum erinnern, wie Dora aussah. Wenn er sich tatsächlich mit ihr traf, würde er nur in ihrem Zimmer einschlafen. Egal. Er setzte den Hammer neben dem Fuß ab. Jetzt war es schon eine Frage, ob er ihn überhaupt noch anheben konnte. Hindu, dem er ein Dutzend Telefonnummern gegeben hatte, war weit weg.
Tony leckte sich die Lippen, und seine Zunge schien Eisen zu berühren. Seine Hand am Stiel des Hammers schien für immer in diesem Rundgriff erstarrt zu sein. Der Wind schoß durch seine Nase und betäubte Kopf und Kehle. Er hob den Vorschlaghammer und spürte, wie sein rechtes Knie krampfhaft wegknickte, und streckte es schnell. Dieses Scheißeisen, dieses störrische, idiotische Eisen war immer noch krumm, weigerte sich, ihm zu gehorchen. Geh an Deck zurück, dachte er, leg dich 'ne Minute hin. Aber jetzt war der Stahl heiß, und er würde ihn dann wieder neu erhitzen müssen, weil er nicht an Baldu vorbeikonnte, der auch an Deck zurückmußte. Und wenn er einmal aufhörte, würden seine Muskeln steif werden, und es wäre noch schwerer, wieder anzufangen. Wütend schwang er den Hammer, legte jetzt sein ganzes Gewicht in die Schläge, zum Teufel mit den Füßen – wenn er fiel, würde das Seil ihn halten, und sie hatten reichlich Leute, ihn rauszufischen.
Die Schiene wurde langsam gerade, einen kleinen Knick würde sie allerdings behalten; aber solange er sie soweit

zurückdrücken konnte, daß die Bombenfässer durchrollen und ins Meer fallen konnten, würde irgendso'n Scheißdeutscher es von dieser Schiene aus kriegen, wuuum, und er stellte sich vor, wie die Stahlplatten des U-Boots aufplatzten und das Wasser einbrach und wie der Kapitän das Wasser nach aufsteigendem Öl absuchte. Er setzte den Hammer noch einmal ab. Er hatte das Gefühl, daß er gleich losheulen würde, wie ein Baby gegen seine Schwäche anheulen würde, aber er wär ein Scheißkerl, wenn er jetzt aufgäbe und aufs Deck zurückkröche und Hindu auf sich herabblicken ließe, beide genau wissend, daß die ganze Geschichte sinnlos gewesen war.

Er fühlte sich ganz allein; was war ihm Hindu? – irgendein Typ, mit dem man Mädchen austauschen und in Bars einen saufen konnte und von dem man die ganze Zeit wußte, daß er einen im Stich lassen würde, wenn es ihm nützte. Wie jeder Mann, den Tony je gekannt hatte, und wie jede Frau, sogar Mama, wenn er daran dachte, wie sie ihn bei Großpapa verraten hatte. Wenn sie das nicht getan hätte, wäre er auch nie gezwungen worden, Margaret überhaupt erst zu heiraten. Er knallte den Vorschlaghammer auf den Stahl, ohne Rücksicht auf sich selbst, bewegte seinen Oberkörper frei, und zum Teufel damit, wenn er reinfiel.

»Das reicht. Das reicht!«

Einen Moment lang, den Hammer halb erhoben, wußte er nicht, woher die Stimme kam, sie war wie ein Traum, eine Stimme aus der Luft.

»Ich bin sicher, das reicht!«

Er drehte den Oberkörper vorsichtig herum und sah zum Deck. Der Kapitän und zwei andere Männer und die Wache blickten ihn an.

»Ich glaub, Sie haben's geschafft. Kommen Sie zurück, ja?«

Er versuchte zu sprechen, aber er brachte nichts heraus. Baldu sah zu ihm auf, und Tony nickte, und Baldu stellte den Brenner ab, und die Flamme ploppte aus. Dann kroch Baldu auf der Schiene zurück. Ein Matrose packte ihn hinten an der Jacke, als er den Rand des Decks mit den Füßen erreichte, und hielt ihn fest, bis er sicher aufs Deck rutschte. Dann half er ihm aufzustehen.

Draußen auf der Schiene, den Hammer noch in der gefühllosen Hand, stand Tony bewegungslos und versuchte, seine Knie dazu zu bringen, sich zu beugen, damit er sich auf die Schiene legen und an Deck zurückkriechen konnte. Sein Kopf saß schief auf dem Körper, nichts in seinem Körper funktionierte. Langsam dämmerte ihm nun, daß er sich sowieso nicht hinlegen durfte, denn dann mußte er mit dem Körper über die Stelle rutschen, die wahrscheinlich immer noch heiß genug war, um ihn zu verbrennen. Versuchsweise zwang er einen Fuß, ein paar Zentimeter auf der Schiene weiterzurücken, aber er schwankte, er hatte vergessen, daß der Vorschlaghammer ihn nach rechts zog. Er sah auf seine den Stiel umklammernde Hand hinunter und befahl ihr, sich zu öffnen. Der Hammer rutschte gerade hinunter und schlug klatschend auf, verschwand im schwarzen Wasser. Der Kapitän und die beiden Männer der Mannschaft und Baldu standen hilflos in einer zusammengedrängten Gruppe zusammen und beobachteten den kleinen Mann, der mit ein wenig ausgebreiteten Armen auf dem herausragenden Stahlgrat stand. Das Seil um seine Brust verband ihn, in einem langen Bogen durchhängend, mit dem Träger über dem Deck, an dem es festgemacht war. Tony blickte auf seine Füße hinunter und ging seitwärts, Zentimeter um Zentimeter, auf das Deck zu. Mit unendlicher Erleichterung spürte er, wie eine Hand seinen Arm packte, und die

Spannung floß aus ihm heraus, als er von der Schiene herunter und aufs Deck trat. Das Knie knickte ein, als er es belastete, und sie fingen ihn auf, und er stand wieder gerade. Der Kapitän wandte sich um. Zwei Matrosen stützten ihn unter den Armen und führten ihn ein paar Schritte wie einen Betrunkenen, aber die Bewegung entspannte ihn, und er machte sich los. Ein paar Meter vor ihm ging der Kapitän langsamer und machte, zurückblickend, eine einladende Armbewegung auf mittschiffs zu und ging, vom Wind geschoben, durch eine Tür.

Er und Baldu und Hindu tranken den Kaffee und aßen die Brötchen. Tony sah das ernsthafte, respektvolle Lächeln auf den Gesichtern der Matrosen, und er bemerkte, wie locker Hindu Witze mit ihnen machte, und er sah den Kapitän, jetzt ohne Mütze, er sah das blonde Haar und die Art, wie er ihn anblickte, mit Liebe in den Augen. Er sagte kaum etwas, aber er persönlich schenkte ihm Kaffee nach und stand neben ihm und hörte Hindu höflich, aber ohne Interesse zu. Dann stand Tony auf, die Lippen wieder warm und der Schweiß nicht mehr vereist, sie sagten einander gute Nacht. Als Tony durch die Tür aufs Deck hinaustrat, berührte ihn der Kapitän mit der Hand an der Schulter.

Als Hindu und Baldu die Gasflaschen und den Vorschlaghammer auf den Lastwagen geladen hatten, winkte Tony Baldu ins Fahrerhaus, und der Gehilfe kletterte auf den Sitz neben dem Matrosen, der den Motor hochjagte. Tony stieg nach ihm ein und zog die Tür zu, und aus den Augenwinkeln sah er Hindu draußen stehen. Er lächelte nicht, er hob die Brauen, beleidigt. »Ist erst Mitternacht, mein Junge«, sagte Tony und blickte Hindu kaum an. »Wir haben noch vier Stunden vor uns. Spring hinten drauf.«

Hindu stand mit schmalen Augen etwa zwanzig Sekunden da, lange genug, um allen deutlich zu machen, daß er das übelnahm, und kletterte dann auf die Pritsche des Wagens.

Am Ende des Piers bremste der Matrose einen Moment, um nach rechts und links zu sehen, und als er abbog, um in die Stadt zurückzufahren, sah Tony durch sein Seitenfenster, daß Matrosen die Gangway des Zerstörers herunterliefen. Sie legten schon ab. Der Lastwagen fuhr schnell durch die Kälte und über leere Straßen auf Chambers und die Brooklyn Bridge zu, alles hinter sich zurücklassend. In einer halben Stunde würde der Zerstörer auf seiner Position neben den Frachtschiffen sein, die in der Flußmündung auf einer Linie lagen. Kapitän Stillwater. Er kannte ihn. Im Augenblick hatte er das Gefühl, daß der Kapitän der einzige Mensch auf der Welt war, den er kannte.

Auf der Werft ließ Tony den Matrosen bis zum Trockendock fahren, wo der Kreuzer lag, an dem sie gearbeitet hatten. Er ging mit Baldu an Bord, ohne darauf zu warten, daß Hindu von der Ladefläche herunterkam, und suchte Charley Mudd und weckte ihn auf und überschüttete ihn mit Flüchen, weil er ihm diesen Job gegeben hatte, und weigerte sich, seinen Dank und seine Erklärungen anzuhören. Und ohne auf Erlaubnis zu warten, ging er durch das Schiff zum Maschinenraum. Hoch oben arbeitete immer noch jemand, der den Schweißbrenner zu weit vom Stahl abhielt, und er schlug den Kragen hoch, um keine Funken abzubekommen, und kletterte auf den dunklen Gittersteg und fand den Kabelgang und kroch hinein und streckte sich auf dem Stahlfußboden aus. Sein Körper schien aus lauter Knoten zu bestehen, schmerzte, als hätte er Rheuma. Er roch stark. Er ging die Lösungen durch, die er für die Aufgabe gefunden hatte, und hatte ein gutes Gefühl, weil ihm eingefallen war, die Balken aus den Paletten herauszubrechen. Das war eine verdammt gute Idee gewesen. Und Baldu war in Ordnung. Er sah den Knick vor sich, der noch in der Schiene geblieben war, und es tat ihm leid, er wünschte, er hätte sie vollkommen gerade gemacht, aber es würde auch so gehen. Jetzt erschien das Gesicht des Kapitäns hinter seinen geschlossenen Augen, das Gesicht ohne Mütze, wie es gewesen war, als sie herumstanden und Kaffee tranken, das leuchtende blonde Haar, der Kragen immer noch hochgeschlagen, und der Ausdruck in seinen Augen, als er Tony Kaffee nachgeschenkt hatte, seine Nähe und seine wunderbare Unfähigkeit, etwas zu sagen. Das leuchtende Gesicht stand allein in einer endlosen Dunkelheit vor ihm.

(1966)

Die Suche nach einer Zukunft

Ich habe gelesen, daß Faulkner kurz vor seinem Tod in einem Restaurant aß und sagte: »Es schmeckt alles gleich.« Vielleicht sterb ich bald. Aber ich fühl mich ganz gut.
Ich klebte mir gerade den Bart an. Durch den Spiegel wanderten meine Gedanken zurück zu all den anderen Bärten, und dieser hier war Nummer neun in meinem Leben. Früher, als ich jünger war, habe ich Bartteile immer gerne getragen, weil sie mich reif und selbstsicherer wirken ließen. Aber jetzt, da ich älter bin, gefallen sie mir nicht mehr so besonders. Wie sehr ich mich auch bemühe, mit einem Bart benehme ich mich auf der Bühne immer abgeklärt, jetzt aber sollte ich einen lauten Farmer spielen.
An diesem Abend sah ich meine Make-up-Töpfchen, den Schwamm, das Handtuch, den Augenbrauenstift an, und plötzlich empfand ich etwas sehr stark: daß es ewig dieselben Töpfe gewesen waren, derselbe Schwamm, dasselbe Handtuch mit seinen rosafarbenen Puderflecken, genau wie dieses hier; daß ich mich seit fünfunddreißig Jahren nicht von diesem Schminktisch erhoben hatte; und daß ich mein ganzes Leben reglos dagesessen hatte, zwanzig Minuten vor dem Vorhang. Daß alles gleich schmeckte. Eigentlich würde ich von mir behaupten, daß ich ein Optimist bin. Aber da habe ich mich eine ziemlich ausgedehnte Minute lang so gefühlt, als hätte ich nie etwas anderes ge-

tan, als mich für eine Rolle zurechtzumachen, die ich nie spielen würde. Ich nehme an, daß es teils an den Garderoben liegt, die alle gleich aussehen. Zum anderen Teil liegt es daran, daß ich auf die Nachricht vom Tode meines Vaters wartete. Ich will damit nicht sagen, daß ich die ganze Zeit an ihn denke, aber häufig, wenn ich ein Telefon läuten höre, denke ich: Jetzt ist es so weit, jetzt sagen sie es mir.
Der Pförtner vom Bühneneingang kam herein. Ich dachte, er würde zehn Minuten ansagen (zehn Minuten bis zum Vorhang), aber statt dessen sagte er, daß jemand mich sprechen wollte. Ich war überrascht. Vor einer Aufführung kommen die Leute nie. Ich dachte, es könnte jemand vom Altersheim sein. Ich bekam Angst. Aber ich wollte sofort wissen, wer es war, und der Pförtner lief hinaus, um den Besucher hereinzuführen.
Ich war nie verheiratet, auch wenn ich mich mehrere Male verlobt habe – aber immer mit Frauen, die nicht jüdisch waren, und ich wollte meiner Mutter nicht das Herz brechen. Ich habe mir seitdem oft anhören müssen, ich hätte eine zu enge Bindung an sie gehabt, aber ich bin mir da nicht so sicher. Ich lieb nichts mehr als Kinder, Familienleben. Aber im letzten Moment hatte ich immer einen bestimmten Gedanken, den ich nicht wieder loswurde. Den Gedanken, daß diese Heirat nicht unbedingt nötig war. Er ließ mich im tiefsten Herzen zweifeln, und ich bin nie über die Verlobung hinausgekommen. Oft wünsche ich mir, ich wäre in Europa geboren, im Dorf meines Vaters, wo man verheiratet wurde und das Gesicht der Braut unter dem Schleier nie vor dem Ende des Zeremoniells sah. Ich wäre ein treuer Ehemann und ein guter Vater geworden, glaube ich. Es ist ein Rätsel. Ich vermisse eine Frau und Kinder, die ich nie gehabt habe.

Ich war überrascht, daß ein Junge hereinkam, auch wenn er schon zweiundzwanzig oder dreiundzwanzig sein mochte. Aber er war klein, hatte lockiges Haar und eine rosa Babyhaut, die aussah, als brauchte er sich nie zu rasieren. Vielleicht, dachte ich, ist er der Sohn des Mannes, dem das Altersheim gehört. Er wirkte gutmütig, hatte ein Zwinkern in den Augen.

»Ich wollte Sie nur an heute um Mitternacht erinnern«, sagte er.

An Mitternacht? Was war um Mitternacht? Ich war völlig durcheinander. Eine Sekunde dachte ich sogar: Mein Vater ist gestorben, und ich hab's vergessen, und heute um Mitternacht findet irgendeine Feier oder Zeremonie statt.

»Die Versammlung«, sagte er.

Dann erinnerte ich mich. Ich hatte mich bereit erklärt, an einer Podiumsdiskussion zum Thema »Broadway for Peace« teilzunehmen. Ich hatte bei einem Essen in Sardi's Restaurant zugestimmt, weil Donald Frost mich dazu herausgefordert hatte. Dem Neffen meines Kostümbildners, einem einundzwanzigjährigen Musiker, waren gerade irgendwo in Vietnam die Augen zerschossen worden, und ich hatte den Krieg satt, so satt. Ich habe meinen Kostümbildner, Roy Delcampo, seitdem nicht mehr gesehen. Er ruft mich noch nicht einmal mehr an, seit damals. Ich weiß, eines Abends wird er wieder auftauchen, aber bisher ist er noch nicht erschienen. Um die Wahrheit zu sagen, ich weiß nicht, wer in dem Streit um diesen Krieg recht hat, aber ich weiß, daß sich in zehn Jahren niemand mehr erinnern wird, worum es überhaupt ging. Genauso wie ich hier an meinem Schminktisch sitze, wo ich dies schreibe und manchmal das Gefühl habe, daß ich nie auch nur aufgestanden bin, um zu spielen, dabei habe ich dreiundvierzig

Stücke, dreiundvierzig Premieren hinter mir, und wer kann sich an all die Leute in den Ensembles erinnern oder daran, wie die Schlachten ausgesehen haben, die wir während der Proben hatten, ganz zu schweigen von den Rezensionen oder auch nur den meisten der Titel. Ich weiß, dies alles hat mich lebendig gehalten, aber das ist auch alles. Es ist sogar schwer, mich daran zu erinnern, was für eine Art von Schauspieler ich eigentlich einmal sein wollte. So einer nicht, das weiß ich.

Plötzlich aber wurde ich etwas nervös, als ich an diese Versammlung dachte. Ich habe Schauspieler mit Überzeugungen immer geachtet, die Leute in den alten Zeiten, die Linke waren und so weiter. Was immer man sagen mag, diese Jungs und Mädchen hatten wundervolle Freundschaften untereinander. Aber ich habe es nie wirklich als notwendig empfunden, meinen Namen unter etwas Politisches zu setzen. Ich hatte immer das Gefühl, daß es völlig gleichgültig war, ob ich meinen Namen daruntersetzte oder nicht.

Außerdem machten mich öffentliche Auftritte nervös. Aber ich sah diesen Jungen an, und er sah mich an, und mir fiel wieder ein, wie meine Generation damals die Dinge angesehen hatte und daß diese Versammlung mehr als eine Versammlung war, sie sollte das Ende der Welt verhindern. Woran ich nicht glaubte, aber ihm war nichts gleichgültig, für ihn war – und ich merkte ihm den Schauspieler an – jedes neue Stück eine Art Neubeginn. Mir war klar, daß er sich noch an jede Einzelheit, die er je erlebt hatte, erinnerte und daß er auf dem Weg nach oben war, ganz nach oben. Tatsächlich hatte ich ziemliche Angst vor der Versammlung, aber ich konnte es nicht über mich bringen, ihm zu sagen, daß es absolut gleichgültig wäre, ob ich erschiene oder nicht. Also drückten wir uns die Hand, und er griff sogar nach meinem Arm, als wären wir Verbündete oder sogar, um anzudeuten, es sei ihm eine besondere Freude, daß ein älterer Mann bei ihnen sein würde. Etwas dieser Art.

Als er sich umdrehte und hinausging, sah ich, daß sein Mantel hinten verschlissen war – an der Sitzfläche war er viel heller als überall sonst. Ein Schauspieler bemerkt solche Dinge. Es bedeutet, daß er viel im Mantel herumsitzt, und zwar auf rauhen Flächen wie zum Beispiel am Betonfuß der Säulen vor der Bücherei in der Zweiundvierzigsten Straße oder auf Parkbänken oder auf den kaputten Stühlen in den Warteräumen der Produzenten. Und dabei verbringt er seine Zeit noch mit solchen Versammlungen. Ich konnte mir nichts vorstellen, dachte ich, wofür ich mich hinsetzen und warten würde, und ich wünschte, ich hätte so etwas. Zuletzt war ich doch ein bißchen froh, daß ich an der Versammlung teilnehmen würde. Warum genau, weiß ich nicht.

Ich glaube, an diesem Abend habe ich besser als sonst gespielt, nicht daß es irgend jemandem aufgefallen wäre, aber ich merkte, daß ich die anderen Schauspieler so ansah, als hätte ich sie noch nie zuvor gesehen. Plötzlich schien mir alles bemerkenswert, die ganze Idee des Theaterspielens, die Fähigkeit, alles um sich herum zu vergessen, so daß wir da oben wirklich wütend waren, oder wirklich lachten, oder wirklich den Wein tranken, den wir trinken sollten, der eigentlich Tee war, und wirklich husteten, als ob er bitter wäre. Gegen Ende des zweiten Aktes stand irgendein Mann in der dritten Reihe auf und ging hinaus, und normalerweise regt es mich auf, wenn jemand während der Vorstellung hinausgeht, aber an diesem Abend kam es mir so vor, als wäre es seine Rolle hinauszugehen, so als spielten die Zuschauer auch mit; schließlich ist die Vorstellung, daß so viele Menschen nebeneinandersitzen und schweigend in dieselbe Richtung blicken, eine Art von Schauspielerei. Nur daß einige von uns wirklich sehr bald sterben werden.

Mir ging auch durch den Kopf – gerade als der Mann hinausging –, daß wirklich der einzige Unterschied zur Bühne der ist, daß man nach der Sterbeszene nicht aufsteht. Sogar der Präsident bekommt heute für seine Fernsehansprachen ein Make-up. Jeder von uns zieht jeden Morgen ein Kostüm an. Nur daß ich, statt wirklich zu heiraten, jedesmal im letzten Moment einen Rückzieher mache.

Als wir uns am Ende des Stücks verbeugten, dachte ich, vielleicht habe ich deshalb nie geheiratet, weil das Wirklichkeit in mein Leben gebracht, mich irgendwie aus der Schauspielerei herausgerissen hätte.

Am nächsten Morgen besuchte ich meinen Vater im Altersheim. Ich war erst vier oder fünf Tage vorher dagewesen, aber ich wachte auf und versuchte, die Drehbücher, die mir geschickt worden waren, zu lesen, und ich rief ein paar Leute an, aber irgend etwas trieb mich dorthin. Also machte ich mich auf den Weg.

Es war ein sehr windiger Oktobertag, ein klarer blauer Himmel über New York. Mein Vater hatte starken Wind und Kälte schon immer geliebt. An solchen Tagen schlug er den Mantelkragen hoch und sagte: »Aahh«, und schon als kleiner Junge habe ich nachgemacht, wie er tief einatmete und sein Gesicht voll Freude in den kalten Wind hielt. Dann sah er zu mir herunter und lachte. »Heiß ist es heute nicht, mein Junge.«

Der alte Mann sitzt in einem Käfig. Aber die Gitterstäbe

sind so nahe vor seinem Gesicht, daß er sie nicht sehen kann, deshalb macht er ständig ein paar Schritte vor und zurück. Und schließlich begreift er, jeden Tag hundert Mal, daß er nicht frei ist. Aber er weiß nicht, warum. Er hat das Gefühl, daß irgend jemand es weiß, und wer immer das sein mag, will ihm Böses. Irgend etwas wird geschehen, wenn es soweit ist. Jemand hält ihn hier eine gewisse Zeit fest, vorübergehend sozusagen.

Das Zimmer ist frisch gestrichen und riecht auch so – ein helles Blau über vielen Farbschichten, so daß die glänzende Oberfläche uneben ist. Eine Schnur hängt mitten im Raum von der Decke herab, an ihrem Ende befindet sich eine fluoreszierende Quaste aus Plastik. Sein Kopf stößt dagegen, wenn er durchs Zimmer geht. Nachts liegt er im Dunkeln auf seinem Bett und schläft mit dem bläulichen Glühen der Quaste auf der Retina ein. Nachmittags kann er an der Schnur ziehen und das Deckenlicht einschalten. Mit technischen Dingen ist er nie gut zurechtgekommen, deshalb sieht er auf die Vorrichtung an der Decke und ist, wenn er an der Schnur zieht, immer ein bißchen überrascht, daß das Licht angeht. Manchmal, wenn er mit dem Kopf an die Quaste gestoßen ist, kratzt er sich an der Stelle, so, als hätte eine Fliege dort gesessen. Ein Schlag hat ihn getroffen, eine Berührung des Gehirns, gerade genug.

Das Altersheim ist ein altes umgebautes Mietshaus, aber ein extrem schmales. Die Flure auf jeder Etage sind kaum mehr als schulterbreit. Wenn man hereinkommt, ist rechts das Büro, wo eine dicke Frau ständig in ein umfangreiches Aufnahmeverzeichnis sieht. Links befindet sich ein langsamer Aufzug. Eine Treppe höher ist die Etage meines Vaters. Immer steht eine Matratze oder ein Lattenrost hochkant im Korridor; jemand ist ausgezogen oder gestorben.

Die Zimmer gehen alle auf den Flur, in den meisten wohnen alte Frauen. Bewegungslos sitzen sie ihren Betten gegenüber, einige in ihren Stühlen eingenickt. Nicht ein Ton ist zu hören; sie dämmern alle vor sich hin wie dünne, weißhaarige Vögel, denen die Gefangenschaft nicht bekommt. Sie scheinen alle blaue Augen zu haben.
Sobald man das Gebäude betritt, schlägt einem ein Zoogeruch entgegen, und er wird stärker, wenn man die Treppen hinaufgeht. Aber es ist nicht der Geruch von Unsauberkeit. Es riecht nach Erde, feucht, aber nicht nach Krankheit. Bei meinem ersten Besuch war ich davon abgestoßen wie von Abwässern. Aber wenn man sich dazu überwindet, tief und normal durchzuatmen, wird einem nach einer Weile klar, daß es der Geruch von Erde ist, und man achtet ihn.
Das Zimmer des alten Mannes ist das letzte auf dem Flur. Gegenüber seiner Tür befindet sich eine Nische, in der ein Schreibtisch für die Schwestern steht. Sie blicken nicht auf, wenn ich seine Tür öffne. Niemand stiehlt hier oder hat Böses im Sinn. Alle sind so alt, daß es Notfälle nicht mehr geben kann.
Gewöhnlich liegt er schlafend auf dem Bett, wann immer ich komme. Ich bin schon zwanzig Jahre älter, als er bei meiner Geburt war. Ich bin älter als der Mann, zu dem ich damals bei unseren Spaziergängen durch den Wind aufgeblickt habe. Mein Haar ist an den Schläfen grau. Mutter ist schon lange, lange tot. Seine Brüder und Schwestern sind alle gestorben, alle, die er kannte und mit denen er Karten spielte. Ich habe auch viele Freunde verloren. Wenn ich darüber nachdenke, ist er eigentlich nicht viel älter als ich, als ich bald sein werde.
Ich stand da, sah auf ihn hinunter und dachte an die Versammlung letzte Nacht. Ungefähr fünfzehn andere saßen

neben mir in einer Reihe auf der Bühne. Donald Frost war der Diskussionsleiter und stellte einen nach dem anderen vor. Aus irgendeinem Grund wurde der Applaus, als ich aufstand, stärker, wahrscheinlich weil ich zum ersten Mal an so einer Sache teilnahm, und auch, weil ich in dem Stück ein ziemlicher Erfolg war und die Leute mein Gesicht kannten. Als ich aufstand und der Beifall nicht aufhörte, winkte mich Donald zum Mikrophon. Ich hatte Angst, die Zeitungen würden das, was ich sagte, aufgreifen, und ich hatte keine Ahnung, was ich sagen sollte. Ich ging also ans Mikrophon. Es folgte eine tiefe Stille. Das Theater war voll bis auf den letzten Platz. Draußen drängten sich angeblich die Leute, um hereinzukommen. Ich beugte mich über das Mikrophon und hörte meine eigene Stimme sagen: »Jemand, den ich kannte, ist jetzt blind.« Dann fiel mir ein, daß ich den Jungen, der erblindet war, eigentlich gar nicht kannte, und ich hörte auf zu reden. Was ich gesagt hatte, hörte sich verrückt an. Ich stellte fest, daß ich Angst hatte, daß es eines Tages Untersuchungen geben könnte und daß man mich wegen der Teilnahme an einer solchen Versammlung belangen könnte. Ich sagte: »Ich wünschte, der Krieg hörte auf. Ich verstehe diesen Krieg nicht.« Dann ging ich zu meinem Platz zurück. Ich bekam einen Wahnsinnsapplaus. Ich verstand nicht, warum, ich fragte mich, was sie an meinen Worten so begeistert hatte. Es war wie bei einer Premiere, wenn eine Zeile, die man nicht weiter beachtet hat, große Resonanz findet. Aber ich war glücklich, und ich wußte nicht, warum. Vielleicht war es nur der Beifall, den ich nicht verstand, aber ich fühlte mich glücklich, und plötzlich dachte ich, daß es ein schrecklicher, schrecklicher Fehler gewesen war, nicht zu heiraten.

»Papa?« sagte ich leise, um ihn nicht zu erschrecken. Er schlug die Augen auf und hob den Kopf, blinzelte mich an.

Er lächelt jetzt immer, wenn er geweckt wird, und der untere Teil seines langen Gesichtes scheint an seinen Augen zu ziehen, so daß sie noch größer werden. Es ist nicht eindeutig, ob er einen erkennt, wenn er einen anlächelt. Wie nebenbei sage ich immer, wer ich bin, bevor ich weiterrede. »Ich bin Harry«, sage ich, aber so, daß es sich beiläufig anhört, als sagte ich es nur deshalb, weil er seine Brille nicht aufhat. Seine Finger spielen nervös an der Unterlippe. Er berührt sich selbst, denke ich, weil er nicht mehr mit Gewißheit unterscheiden kann, was wirklich und was Traum ist, jetzt, da Leute, die er nicht wirklich kennt, jeden Tag plötzlich auftauchen und wieder verschwinden. Er besteht auf der Stelle darauf, das Bett zu verlassen. Er ist unter den Decken vollständig angezogen, manchmal trägt er sogar Schuhe. Aber heute hat er nur Socken an. »Meine Hausschuhe.«

Ich holte seine Hausschuhe aus dem Metallschrank und half ihm, sie anzuziehen. Er stand da, steckte sich das Hemd in die Hose und sagte: »Und äh, und äh«, so als ob wir mitten in einer Unterhaltung wären.

Wir gehen nicht sehr emotional miteinander um, aber es gibt tiefe Strömungen zwischen uns, auf die kein Licht fällt. Er ist ein bißchen gebeugt und steifbeinig, und er zupft an seinen Sachen, um sicher zu sein, daß er alles anhat. Es ist ihm sehr daran gelegen, daß jemand da ist, aber er weiß, daß nichts, absolut nichts dabei herauskommen wird. Aber er möchte den Besuch trotzdem so lange wie möglich ausdehnen, nur für den Fall, daß irgend etwas geschieht, was ihn befreit. Er hat Angst davor, daß man plötzlich sagt,

man müsse gehen, und deshalb versucht er, alles ganz schnell zu machen. Er sagt: »Setz dich, setz dich«, nicht nur, damit man es bequem hat, sondern auch, um das Ende so lange wie möglich hinauszuzögern. Dann setzt er sich in den einen Sessel, hinter ihm die Feuerleiter und ein Fetzen Stadthimmel, und ich setze mich auf die Bettkante ihm gegenüber.
»Stimmt's, daß du heute mit der Schwester spazierengegangen bist?«
»Jo. Unnen am Fluß. Warn dunle Dache, aber dieschier ischn schön Dach. Schön Dach.«
»Ja, es ist ein schöner Tag«, wiederhole ich, damit er weiß, daß ich verstanden habe, wovon er spricht, auch wenn ihm das ziemlich gleichgültig ist. Bei einigen Dingen, die er sagt, kommt es ihm aber sehr darauf an, daß man ihn versteht, und dann wird es ganz schrecklich. Aber ich bin mir nicht sicher, ob er weiß, daß seine Worte meistens unverständlich sind.
Sein Arm wandert unbestimmt in Richtung Nachttisch. »Meine Brille.«
Ich öffne die Schublade und reiche ihm eine der beiden Brillen, die er dort aufbewahrt.
»Diese hier?«
Er setzt sie auf, das Gestell ist ausgeleiert, weil seine zittrigen Hände es verbogen haben. Die Gläser sind von seinen Fingerabdrücken ganz verschmiert. »Jo«, sagt er und blinzelt in die Runde. Dann sagt er: »Nö«, und wühlt in der Schublade. Ich reiche ihm die andere Brille, und er nimmt die erste ab, klappt die zweite auf und setzt die erste wieder auf und guckt mich an.
Als er mich ansieht, merke ich, daß er die Freundschaft zwischen uns empfindet und daß er froh ist, mich zu sehen,

aber nicht sicher weiß, wer ich bin. »Ich bin Harry«, sage ich.
Er lächelt. Er ist immer noch ein stattlicher Mann, obwohl er jetzt sehr dünn geworden ist; aber sein Kopf ist mächtig, und seine Zähne sind gesund und kräftig, und in ihm liegt, wenn auch zerbrochen, eine Kraft, die Kraft eines Mannes, der sich zumindest mit dieser Art von Zimmer und dieser Art von Leben nicht abgefunden hat. Für ihn, wie für mich und jeden anderen, ist das Ganze ein Fehler. Er hat eine Zukunft. Ich glaube, deshalb besuche ich ihn noch immer.
Mir ist vorher nie aufgefallen, daß er abstehende Ohren hat, daß sie im rechten Winkel am Kopf sitzen. Ich glaube, ich habe immer so sehr auf seine Augen geachtet, daß ich seine Ohren nie wirklich gesehen habe. Weil es von ihm jetzt nichts mehr zu hören und für ihn nichts mehr zu fürchten gibt, habe ich Zeit, seinen Körper zu betrachten.
Sein linkes Bein ist ziemlich nach außen gekrümmt, mehr, als mir je aufgefallen ist. Seine Hände sind sehr schlank, fast künstlerisch. Seine Füße sind lang und schmal. Er hat merkwürdig hohe, fast slawische Wangenknochen, die ich damals, als sein Gesicht voller war, nie bemerkt habe. Sein Kopf ist abgeflacht und sein Nacken gerade. Vor weniger als fünf Jahren habe ich zum ersten Mal gesehen, daß er ein alter Mann war, ein sehr gealterter Mann. Ich traf ihn zufällig eines Nachmittags, als er am Broadway spazierenging, und ich mußte sehr langsam neben ihm hergehen. Es wehte ein leichter Wind, und seine Augen tränten. Aber damals hatte ich nicht das Gefühl, daß es etwas sehr Trauriges war, schließlich hatte er ein langes Leben hinter sich.

Aber an diesem Tag sah ich es anders, denn er hatte noch nicht aufgegeben, er glaubte noch an eine Zukunft für sich. Eigentlich griff er nach seiner Zukunft sogar energischer als ich nach meiner. Er wollte wirklich etwas.
»Hömma, ich muschas habn. Wasch wischtisches.«
»Du willst etwas haben?«
»Nö-ö. Ich muschas habn.«
Er wartete auf meine Antwort. »Ich versteh zwar nicht, was du sagst, aber red ruhig weiter, vielleicht versteh ich's gleich.«
Er faßte nach der Klinke, um zu prüfen, ob die Tür geschlossen war. Während er jetzt sprach, sah er die ganze Zeit mit aufgerissenen Augen auf die Tür, hinter der der Flur lag, als ob sich da draußen Eindringlinge herumtrieben, die nichts Gutes verhießen. Er biß die Zähne fest aufeinander und schüttelte den Kopf. »Mich nie im Leben. Nie.«
»Was ist los?«
»Heh läsch misch nisch rausch.«
»Sie lassen dich nicht raus?«
Er nickte, empört, wütend. »Du läsch misch nisch rausch.«
»Aber du bist doch mit der Schwester spazierengegangen, oder?«
»Hömma. Höschu?«
Er wurde ungeduldig.
»Ja, Papa, ich hör zu. Was willst du?«
Etwas Politisches kam über ihn, als er wieder ansetzte, etwas Berechnendes. Seine ganze Haltung sagte, daß er ein Geschäft mit mir vorhatte. Seine Lippen öffneten und schlossen sich geräuschlos wie die eines Schimpansen, während er eine wichtige Botschaft einübte. Dann schlug

er die Beine übereinander und beugte sich über die Armlehne mir zu.
»Gem mir nisch mein Geld.«
»Dein Geld?«
»Gem nisch. Gestern sie sacht ja. Heute gem nisch.«
»Die Frau unten?«
»Jo.«
»Sie wollte Geld von dir?«
»Gem mir nisch mein Geld.«
»Sie wollte dir dein Geld nicht geben?«
Er nickte. »Gem nisch. Fünfzischtausen Dollar.«
»Du wolltest fünfzigtausend Dollar von ihr?«
»Will mein Geld ham.«
Er saß mir zugeneigt da, die Beine übereinandergeschlagen. Genauso hatte ich ihn früher sitzen sehen, wenn er mit Geschäftsleuten sprach, genauso hatte er in der Empfangshalle eines Hotels oder in einem Zugabteil gesessen, eine gutaussehende Haltung, voller Anmut. Natürlich hatte er keine fünfzigtausend Dollar, er besaß überhaupt nichts mehr, aber in dem Moment verstand ich nicht, was er wirklich vorhatte, auch wenn er es mir deutlich zu verstehen gab.
»Weißt du, du brauchst hier kein Geld, Papa.«
Er warf mir einen mißtrauischen Blick zu, und ein kleines wissendes Lächeln ging über sein Gesicht. Auch ich war nicht auf seiner Seite.
»Hömma.«
»Ich hör ja zu.«
»Ich könnt nach Haus«, sagte er mit plötzlicher Klarheit. Er hatte auch kein Zuhause mehr; seine Frau war seit acht Jahren tot, und sogar sein Hotelzimmer hatten wir aufgegeben. »Ich würd auch nichts sagen«, sagte er.

»Es ist besser für dich, wenn du hierbleibst, Papa.«
»Besser!« Er sah mich mit unverhülltem Zorn an.
»Du brauchst jemand, der sich um dich kümmert«, erklärte ich.
Er hörte mir abwesend zu, als ich ihm erklärte, wieviel besser er es hier hätte als zu Hause. Er sah die ganze Zeit auf die Tür, aber sein Zorn verflog. Dann sagte er: »Ich könnt leben.«
Ich nickte.
»Ich könnt leben«, wiederholte er.
Jetzt kam die Stille, die immer das Schlimmste ist. Mir fiel nichts mehr ein, was ich hätte sagen können, und er gab es auf, von mir Hilfe zu fordern. Vielleicht erwartete er auch, daß ich anfing, seine Sachen zu packen, und ihn da herausbrachte. Alles, was wir in dem Zimmer hatten, war seine schwach glimmende Freude darüber, daß jemand bei ihm war, auch wenn er nicht sicher wußte, wer, außer daß es jemand Vertrautes war. Und alles, was ich wußte, war, daß er diese Freude empfand.
Er sah mich dann und wann mit wechselndem Gesichtsausdruck an. Mal mit zusammengekniffenen Augen, ein abschätzender Blick, als wolle er mir eine forschende Frage stellen. Mal blinzelte er und öffnete und schloß den Mund. Dann wieder sah er mich mit dem Versprechen eines warmen, offenen Lächelns an, und dann starrte er wieder ins Leere.
Schließlich hob er den Finger, als wollte er meine Aufmerksamkeit auf sich ziehen, die Aufmerksamkeit eines Fremden, warf den Kopf zurück, als erinnerte er sich an etwas, und sagte: »Warst du in St. Louis?«
»Ja, jetzt bin ich wieder zurück. Ich war da, und jetzt bin ich wieder hier.« Ich war mit einer Aufführung vor neun

oder zehn Jahren in St. Louis gewesen. Vor vierzig Jahren hatte er eine Fabrik in St. Louis besessen.
Er lächelte erfreut. Er liebte Städte; er hatte es genossen, in Städte zu fahren und sie wieder zu verlassen. Er hatte es genossen, sich in Hotels gut bedienen zu lassen. Er hatte sich gerne an Gebäude erinnert, die abgerissen worden waren, an das wunderbare Auf und Ab von großen Unternehmungen und Karrieren. Ich wußte, worüber er lächelte. Einmal hatte er mir einen Spielzeugbus aus St. Louis mitgebracht, der oben auf dem Dach eine ganze Kapelle trug, die, wenn der Bus fuhr, ihre Arme bewegte, während aus dem Innern des Busses eine Platte ertönte, die »Stars and Stripes Forever« spielte. Er war nach Hause gekommen, als ich gerade vom Mittagsschlaf aufgestanden war. Er trug mehrere Geschenkpakete. Ich erinnere mich an diesen Bus und ein Paar langer, beigefarbener Glacéhandschuhe für meine Mutter. Mit ihm kam immer frische Luft ins Haus, Wind, das rosa Gesicht und sein dünnes Lachen.
»Also, ich muß jetzt gehen, Papa.«
»Jojo.«
Er erhob sich hastig, zog die Hose hoch, dahin, wo früher sein Bauch gewesen war, zupfte an seinem braunen Pullover, damit er über den Schultern ordentlich saß. Sogar der Abschied machte ihm Freude, weil er dachte, ich hätte wichtige Dinge vor, Verabredungen, die Geschäfte der Welt, die niemand stören durfte. Wir schüttelten uns die Hände. Ich öffnete die Tür, und er bestand darauf, mich zum Fahrstuhl zu begleiten. »Hier entlang, hier entlang«, sagte er, als wäre er der Hausherr und könnte nichts daran ändern, sich für alles verantwortlich zu fühlen. Er ging mir voran, den schmalen Flur entlang,

gebeugt, sein Gewicht deutlich auf das krumme linke Bein verlagert. Als wir an den offenen Zimmern vorbeikamen, in denen die alten Frauen bewegungslos saßen, wandte er sein Gesicht betont ab. Er hatte alte Frauen nie gemocht.

Draußen hatte der Wind sogar noch zugenommen, aber der Himmel war grau geworden. Ich hatte etwas Zeit und ging eine Weile spazieren, stellte ihn mir vor, wie er sich umdrehte, zurück in sein Zimmer ging, sich wahrscheinlich erschöpft aufs Bett legte und wie das Plastikding an der Lichtschnur über seinem Kopf hin- und herbaumelte.

Es war gut, ohne zu hinken spazierenzugehen. Ich beschloß mal wieder, mit dem Rauchen aufzuhören. Ich habe breite Hände und Füße. Ich bin ganz anders gebaut als er. Ich lief vom Riverside Drive zum Park hinüber und nahm einen Bus nach Harlem, wo ich geboren bin. Aber sobald ich ausstieg, wußte ich, ich hatte das Gefühl verloren, das mich hierhin gebracht hatte, und es war unmöglich nachzuempfinden, was ich in meiner Jugend vor vierzig Jahren dort empfunden hatte.

Es gab nur einen Moment, der mich berührte; ich stand einer Reinigung gegenüber, wo früher einmal eines der besten Restaurants von New York gewesen war. Sonntags hatte der alte Mann meine Mutter und mich oft dorthin zum Essen ausgeführt. Damals war da ein Erker gewesen, in dem ein Bäcker frische kleine Brötchen buk, und sobald ein neuer Gast eintrat, schob er ein paar neue in den Ofen. Ich konnte die Brötchen durch das Waschbenzin der Reinigung auf der Lenox Avenue riechen. Ich sah den Geschäftsführer vor mir, der sich immer eine Weile zu uns gesetzt hatte, während wir aßen. Er hatte irgendeine Krankheit, nehme ich an, weil seine rechte Gesichtshälfte angeschwollen war wie ein Bal-

lon, aber er trug immer Stehkragen und eine weiße Krawatte und schien nie krank.
Ein Schwarzer mit Schnurrbart sah mich durch die Schaufensterscheibe an. Einen Augenblick hatte ich Lust hineinzugehen und ihm zu erzählen, woran ich mich erinnerte, ihm diese Straße zu schildern, wie sie damals war, ohne Abfalltonnen, als die Daimlers und Minervas und Locomobiles die Straße rauf- und runtergefahren waren und der Polizist an der Ecke uns den Ball zurückwarf, wenn er ins *outfield** in der 114. Straße geflogen war. Ich ging nicht in die Reinigung, nicht einmal in die Nähe unseres Hauses. Jeder Anspruch auf irgendwas war verlorengegangen. Ich ging statt dessen in Richtung Innenstadt und setzte mich in meine Garderobe und versuchte zu lesen.
Ich war gerade dabei, meine Puderdose zu öffnen, als ich an etwas dachte, das ich noch immer nicht ganz verstehe: daß der alte Mann der einzige Mensch ist, der nicht Theater spielt. Ich tue das, der Präsident tut es, und sogar Donald Frost tut es, obwohl er von seinen Ansichten aufrichtig überzeugt ist; aber auf dem Podium gestern nacht habe ich gesehen, wahrscheinlich weil ich Schauspieler bin, daß er sich selbst zuhörte, daß er tat, was er tat, weil er es sich vorgenommen hatte. Aber er ist nicht verzweifelt genug, nicht so verzweifelt wie der alte Mann. Der alte Mann weiß nicht genug, um seiner eigenen Stimme zuzuhören oder sich selbst zu fragen, was er tun soll; er spricht einfach aus vollstem Herzen, und sogar die Sprache ist ihm entglitten, so daß alles, was übrigbleibt, sozusagen aus dem Bauch kommt. Und das hat nichts mit Schauspielerei zu tun. Ich

* Spielfläche beim Baseball. A.d.Ü.

fragte mich, ob auch der rotwangige Junge, der mich an die Versammlung erinnert hatte, Theater spielte. Aber er, der damit rechnen mußte, zur Armee eingezogen zu werden, meinte es vielleicht ernst.
Ich begann, mir den Bart anzukleben, und dachte wieder daran, daß ich nicht verheiratet war. Es war wie die ganze Aufregung jetzt, wie alles, das ich sah und kannte, es fehlte irgendeine Notwendigkeit. Niemand scheint etwas tun zu müssen, und diejenigen, die das für sich behaupten, die sagen, daß es für sie etwas unbedingt Notwendiges gibt, sind vielleicht bloß die besten Schauspieler. Denn das ist, was ein wirklich guter Schauspieler tut; es gelingt ihm, seine Gefühle notwendig erscheinen zu lassen, so daß es plötzlich für ihn keine Wahl mehr gibt. Er muß schreien oder sterben, lachen oder sterben, wirkliche Tränen weinen oder sterben. Und zugleich weiß er, daß er nicht sterben wird, und dieser Gedanke macht ihn glücklich, während er schreit oder weint, und das ist es vielleicht, was auch die Zuschauer glücklich weinen läßt.
An dem Abend zog ich mich gerade in meinem Schlafzimmer aus, als das Telefon klingelte. Und ich bekam wieder Angst wie immer in diesen Tagen. Und wirklich war es diesmal die fette Frau aus dem Altersheim; der alte Mann war entkommen. Kurz nach meinem Besuch war er ihnen entwischt, und jetzt war es fast zwei Uhr nachts, er war bei der Polizei vermißt gemeldet, aber sie hatten bisher noch keine Spur von ihm gefunden. Am schlimmsten war, daß er ohne seinen Mantel herumlief, und es regnete und stürmte wie wahnsinnig. Die Polizei suchte ihn, und man konnte im Moment nichts weiter tun, aber schlafen konnte ich nicht. Irgendwie war ich stolz auf ihn und hoffte, daß sie ihn nie fanden, daß er einfach verschwände. Ich habe seinen

Eigensinn immer bewundert, seine blinde Energie, sich das zu verschaffen, was er haben mußte. Ich hatte ihn bewundert, weil er nicht Theater spielte, nehme ich an, und heute abend spielte er kein Theater, nicht da draußen in Regen und Wind. Ich konnte nicht schlafen, aber ich konnte auch nichts tun. Der Zeiger rückte langsam auf drei Uhr zu. Ich zog mich an und ging hinaus.

Ich war noch nicht mehr als einen Häuserblock gegangen, als ich spürte, daß meine Socken naß wurden, also trat ich in einen Hauseingang und überlegte, was ich tun sollte. Irgendwie war es merkwürdig, daß wir beide in demselben Regen herumliefen. Aber wen suchte er? Oder was? Halb wollte ich ihn gar nicht finden. Tatsächlich hatte ich Momente lang die Vision, daß er den Fluß nach Westen überquerte, einfach hier weg, aus der Welt. Aber wie konnte er sich mit jemandem verständigen? War er klug genug, einen Bus zu nehmen? Hatte er überhaupt Geld? Natürlich machte ich mir schließlich solche Sorgen um ihn, daß ich kurz darauf das erste Taxi nahm, das ich sah.

Mit Taxifahrern mache ich Witze, aber ich rede nie mit ihnen, doch diesmal mußte ich erklären, warum ich einfach nur herumfahren wollte, und ich sagte dem Fahrer, daß ich meinen Vater suchte. Taxifahrer scheinen nie etwas zu glauben, aber er glaubte mir – es erschien ihm völlig normal. Vielleicht kommt so was ziemlich häufig vor. Ich weiß nicht einmal mehr, wie er aussah, auch nicht, ob er Schwarzer oder Weißer war. Ich erinnere mich an den Regen, der gegen die Windschutzscheibe und die Seitenfenster klatschte, weil ich versuchte, nach draußen zu sehen. Es war fast halb vier geworden, als ich wieder nach Hause kam, und es goß in Strömen. Ich ging in mein Schlafzimmer, zog mich aus und legte mich hin und blickte auf mein

Fenster, an dem der Regen herunterfloß. Ich hatte das Gefühl, als weinte die ganze Stadt.

Sie fanden ihn gegen zehn am nächsten Morgen, und die Polizei rief mich an. Sie hatten ihn schon wieder ins Altersheim zurückgebracht, und ich eilte dahin. Der Regen hatte aufgehört, und der Himmel war wieder klar, es war ein guter, schneidender, sonniger Oktobertag. Er lag auf seinem Bett und schlief, eingehüllt in seinen Flanellhausmantel. Quer über der Nase klebte ein Pflaster, und ein blaues Auge deutete sich an. Seine Knöchel waren aufgeschrammt und mit Mercurochrom bepinselt. Er war sehr unrasiert.

Ich ging hinunter und sprach mit der fetten Frau im Büro. Sie war mißtrauisch und vorsichtig, weil sie wahrscheinlich angezeigt werden können, aber schließlich bekam ich die Geschichte aus ihr heraus. Man hatte ihn in Harlem gefunden. Er war in eine Imbißstube gegangen und hatte etwas zu essen bestellt, aber der Mann hinter der Theke hatte wahrscheinlich gemerkt, daß er nicht ganz normal war, und wollte das Geld im voraus. Der alte Mann hatte einen Dollar, wollte aber nicht im voraus bezahlen, und sie suchten einen Polizisten, der sich um ihn kümmern sollte. Als er merkte, daß sie einen Polizisten holen wollten, stand er auf, versuchte hinauszugehen, stolperte und fiel lang hin.

Ich ging wieder hinauf und setzte mich in den Sessel und wartete darauf, daß er wach wurde. Aber nach einer Weile kam eine der Schwestern herein und sagte, sie hätten ihm ein Sedativ gegeben, das ihn mehrere Stunden ruhigstellen würde. Ich ging und kam kurz vor der Aufführung wieder, und er saß im Sessel und aß etwas Hühnchen. Er sah sehr überrascht zu mir auf und betastete nervös seine Lippen.

Ich lächelte ihn an. »Ich bin Harry«, sagte ich.

Er sah mich ohne Anzeichen des Erkennens an, nur daß er wie früher wußte, daß es so etwas wie eine Vergangenheit zwischen uns gab. Ich setzte mich aufs Bett und sah zu, wie er aß. Ich redete davon, daß es ein schöner Tag war und wie stark es letzte Nacht geregnet hatte. Ich wünschte mir immer wieder, daß er mich wenigstens für den Bruchteil einer Sekunde klar ansehen und lachen würde – nur ein vielsagendes Lachen unter uns, um seinen Ausflug zu feiern. Aber er saß da und aß, sah mich mit einer Mischung aus ein wenig Wärme und ein wenig Mißtrauen an, und schließlich grinste ich und sagte: »Ich hab gehört, du bist letzte Nacht spazierengegangen.«

Er hörte auf zu essen und sah mich erstaunt an. Er schüttelte den Kopf. »Nein. Oh nein.«

»Erinnerst du dich nicht an den Regen?«

»Den Regen?«

»Du bist nach Harlem gewandert, Papa. Wolltest du nach Hause gehen?«

In seinen Augen lag eine neue Aufmerksamkeit und ein geschärftes Interesse. »Isch geh Hausch morn.« Er sprach die Laute in dem Versuch aus, mich zu überzeugen. Er hielt einen Finger erhoben.

»Du gehst morgen nach Haus?«

»Jo.« Dann sah er auf die verschlossene Tür und wandte sich wieder seinem Hühnchen zu.

Jeden Abend, wenn ich hier sitze und mir den Bart anklebe, warte ich auf einen Anruf oder einen Besucher, einen Fremden, und ich spüre, wie Angst in mir aufsteigt.

Er hat versucht, nach Hause zu kommen, dorthin, wo er vor vielen Jahren so oft eingetreten ist, beladen mit Geschenken. Er hat eine Zukunft, die sie ihm niemals wegneh-

men können. Er wird noch daran denken, wenn er das letzte Mal die Augen schließt. Er muß sich nicht selbst belehren oder sich selbst daran erinnern. Solange er sich noch fortbewegen kann, werden sie ihn nur mit Mühe davon abhalten können, dorthin zu gehen, wohin er gehen will und gehen muß.
Ich bin nicht sicher, wie ich es anstellen soll, aber ich habe eine schreckliche Sehnsucht danach, anders zu leben. Vielleicht ist es sogar möglich, der Schauspielerei etwas Ehrenhaftes abzugewinnen, irgendeinen Weg zu finden, meinem Körper meine Seele zurückzugeben. Ich denke, mein Vater ist wie ein Mann, der liebt, oder wenigstens der Organismus in ihm ist es. Für Augenblicke, nur für Augenblicke, gibt es mir das Gefühl, das ich hatte, als ich anfing. Damals dachte ich, ein großer Schauspieler zu sein, bedeute, den Menschen eine Art Geschenk zu machen.

(1966)